Aus dem Buch Dracul,
eine Vampirgeschichte,
Band I:

Der Beginn der Dämonenplage

(Autor: Abraham van Helsing,
Vampirjäger und Gründer der Rotmasken)

… und Graf Draculas Tränen vermischten sich mit dem Blut, und aus Blut und Tränen formten sich dreizehn Rubine. Die Rubine leuchteten in einem dunklen Rot und pulsierten tief in ihrem Inneren. Aus jedem Rubin wurde einer der dreizehn Vampirclans geboren. Und jeder Clan erhielt die Gabe seines Geburtssteins, der jedem Clan auch seinen Namen gab. Solange die Ehrwürdigen der Clans den Rubin tragen, verfügen alle im Clan geborenen Vampire über die Gabe, die der Rubin verleiht:

MAIKE STEIN

Die Erben der Nacht

Draculas Erwachen

Das Buch zur TV-Serie (Staffel 1)

basierend auf den Romanen
von Ulrike Schweikert

Bei diesem Buch wurden die durch das verwendete Material und die Produktion entstandenen CO_2-Emissionen ausgeglichen, indem der cbj-Verlag ein Projekt zur Aufforstung in Brasilien unterstützt.
Weitere Informationen zu dem Projekt unter:
www.ClimatePartner.com/14044-1912-1001

MIX
Papier aus verantwortungsvollen Quellen
FSC
www.fsc.org
FSC® C014496

Wir produzieren
Klimaneutral
ClimatePartner.com/14044-1912-1001
Druckprodukt

Verlagsgruppe Random House
FSC® N001967

Das Zitat auf Seite 40 stammt aus dem Gedicht
»She Walks in Beauty« von Lord Byron aus den »Hebräischen Melodien«
in der Übersetzung von Otto Gildemeister, aus: Lord Byron's Werke
in sechs Bänden, Georg Reimer, Berlin 1865, Band 3., S. 93.

1. Auflage 2020
Deutsche Erstausgabe Oktober 2020

Lektorat: Linda Sturm
Umschlaggestaltung: Geviert, Grafik und Typografie,
unter Verwendung von Motiven von © Lemming Film/Rolf Dekens
und Shutterstock.com (dwph, Independent birds, Chatchai.J)
Fotos im Bildteil: © Lemming Film/Rolf Dekens
kk · Herstellung: bo
Satz: KompetenzCenter, Mönchengladbach
Druck und Bindung: GGP Media GmbH, Pößneck
ISBN 978-3-570-31331-2
Printed in Germany

www.cbj-verlag.de
Dieses Buch ist auch als E-Book erhältlich.

- *Die Dracas aus Norwegen können Gedanken lesen und in Gedanken miteinander kommunizieren.*
- *Die Nosferas aus Italien können die tödliche Wirkung geweihter Gegenstände überwinden.*
- *Die Vyrad aus England können das Wetter kontrollieren.*
- *Die Pyras aus Frankreich beherrschen alle Tiersprachen.*
- *Die Lycana aus Irland können ihre Gestalt wandeln.*
- *Die Upiry aus Rumänien können ihren Schatten unabhängig von ihrem Körper handeln lassen.*
- *Die Belov aus Russland vertragen das Sonnenlicht.*
- *Die Arrufat aus Spanien können mit den Toten sprechen.*
- *Die Tova aus Holland können die lähmende Wirkung von Wasser überwinden.*
- *Die Caminada aus der Schweiz können sich unsichtbar machen.*
- *Die Vikla aus Griechenland können Gegenstände durch Gedankenkraft bewegen.*
- *Die Grimur aus der Türkei können das Sonnenlicht einfangen.*
- *Die Vamalia aus Deutschland schließlich erhielten die Gabe der Liebe – und dieser Clan ist der Hüter des Funkens, der alles Vampirleben in der Welt auslöschen kann, wenn …*

Alisa

Hamburg

Sie träumt. Denn so muss sich träumen anfühlen. Sie weiß genau, wo sie ist. In ihrem Sarg, schlafend, wie jeden Tag. Sie weiß, wer sie ist. Alisa von Vamalia. Und doch sieht sie sich von außen, als wäre sie eine andere, die hoch oben an der Zimmerdecke schwebt und in der heraufziehenden Abenddämmerung auf sich hinabblickt. Was unmöglich ist, denn dafür müsste sie durch den geschlossenen Sargdeckel sehen können. Vielleicht ist in Träumen alles möglich? Woher soll sie das wissen, Vampire träumen nicht. Auch nicht eine Vampirin mit einem menschlichen Herz, das schlägt wie verrückt. So verrückt, dass sie davon aufwachen sollte. Aber sie wacht nicht auf. Sie schwebt und blickt auf sich hinunter. Ein blasses Mädchen mit langen dunklen Locken. Einen Arm über das Gesicht gelegt, die Nase in der Armbeuge vergraben. Der andere Arm liegt quer über ihrer Brust. Als würde das dabei helfen, ihr Herz zu verbergen.

Graublaues Licht dringt durch die Ritzen zwischen den Brettern, die die Fenster verschließen. Nicht einmal ein Traum gönnt ihr einen anderen Anblick als den der immer gleichen Zimmer. Doch plötzlich verdrängen gleißend helle Strahlen das Dämmerlicht – streichen über den Boden, tasten die Wände entlang, suchen, suchen.

Sie muss weg! Sie muss in den Sarg. In Sicherheit. Fort

von dem Licht, bevor es sie berührt. Bevor es sie verbrennt. Bevor sie als Asche von der Decke rieselt. Tammo wäre so wütend auf sie, wenn sie ihn allein zurückließe. Doch sie kann sich nicht rühren.

Alles nur Einbildung. Sie kann nicht gleichzeitig hier oben und dort unten sein. Logisch betrachtet muss sie in ihrem Sarg liegen. Alles andere muss Einbildung sein. Auch das Licht.

Doch keiner der Gedanken beruhigt sie. Das Licht kommt näher. Sie starrt auf das Mädchen hinab, auf sich, wie sie friedlich daliegt, wünscht sich auch dorthin unter den sicheren Sargdeckel.

Und schon fällt sie. Stürzt. Rast auf den Sarg zu, auf sich selbst, immer schneller, sie wirbelt herum, starrt an die Decke, ein dumpfer Schlag.

Dunkel. Vertraute Wände um sie herum. Sicherheit. Alisa liegt still und lauscht ihrem rasenden Herzschlag – so laut, dass alle im Haus davon aufwachen müssten. Aber ihr Herzschlag bleibt das einzige Geräusch.

Ihre linke Handfläche kribbelt. Sie reibt mit dem Daumen darüber. Wenn sie das alles fühlt, muss das bedeuten, dass sie wach ist. Alles wieder normal. Vielleicht.

Das Kribbeln wird zu einem Pochen. Sie drückt den Daumen dagegen. Das Pochen verstärkt sich, hat denselben Takt wie ihr Herz. *Hör auf, hör auf, hör auf, hör auf, hör auf* – sogar ihre Gedanken setzen den Rhythmus fort. Gleißendes Licht löscht das Dunkel aus. Sie will schreien, doch bringt keinen Ton hervor. Alles ist so grell, dass sie nichts mehr sieht. Gleich wird sie zerbersten. In Flammen aufgehen. Sie presst die Augen zu.

Reißt sie wieder auf. Dunkelheit umgibt sie. Einzelne helle Sterne tanzen darin. Verblassen. Nur das samtweiche Dunkel umfängt sie jetzt. Keine Explosion. Sie ist noch da. Gerade will sie sich erleichtert strecken, da kippt das Dunkel in eine noch tiefere Dunkelheit. Ein Loch tut sich unter ihr auf, saugt sie in einen Schlund hinab, sie fällt-stürzt-schleudert-schwebt-stoppt.

Stille. Endlich Stille.

Weite um sie herum. Eine verschneite, unbekannte Landschaft. Felswände mit einer Tür darin. Sie geht darauf zu. Neben der Tür ist eine Säule aus Stein. Alisa beugt sich darüber. Der Abdruck einer Hand – so groß wie ihre eigene – und kreisförmig darum herum mehrere kleine Vertiefungen. Bevor sie genauer hinsehen kann, wird sie vorwärtsgerissen. Die Tür in der Felswand schwingt auf, schlägt hinter ihr zu. Unsichtbare Kräfte treiben Alisa vor sich her.

Die Luft ist kühl, trocken und grau. Alisa weiß, dass sie in einer Höhle tief unter der Erde ist. Weiß es, ohne zu wissen, woher. Wenige Schritte vor ihr erhebt sich ein Podest, auf dem eine kurze, breite Säule steht. Sie geht darauf zu. Widerstrebend. Aber sie kann nicht stehen bleiben.

Auf der Säule liegt ein dickes Seil, das zu einem einfachen Knoten geschlungen ist. Sie streckt eine Hand danach aus. Und wird zurückgerissen, als hätte jemand sie von hinten gepackt. Sie wird rückwärts durch die Dunkelheit gezogen, um Ecken geschleudert. Ihr schwindelt. Sie wird nach oben gewirbelt. Ein Ruck. Ein Windstoß. Sie fällt, aber nur kurz. Landet weich.

Über ihr erstreckt sich ein weiter Sternenhimmel. Sie

stützt sich auf, ihre Ellbogen versinken in Schnee. Vor ihr schlägt die schwere Felstür zu. Der dumpfe Schlag hallt in ihr wider.

Alisa blinzelte. Um sie herum war es dunkel. Die vertrauten Wände ihres Sarges schlossen sie ein. Alles wie immer. Nur ihre Handfläche kribbelte.

Ivy

Transsilvanien

Ivy duckte sich tiefer hinter den Busch, schmiegte sich enger an den Wolf. Sie presste eine Faust auf ihre Brust, als schlüge dort noch immer ein Herz, das sie beruhigen musste, und legte dem Wolf die andere Hand um die Schnauze. Bestimmt wusste Seymour, dass er leise sein musste, aber sicher war sicher. Ivy zupfte ein paar ihrer roten Haarsträhnen von seiner Nase, damit die ihn nicht zum Niesen brachten und sie verrieten. Gemeinsam spähten sie über die Lichtung zu der Burg, die ihnen gegenüber aufragte. Graue rissige Mauern und halb eingefallene Türme.

So nahe waren sie dem Dieb ihres Clan-Rubins schon lange nicht mehr gekommen. Sie brauchten einen Plan, einen guten, um ihn auszutricksen und ihm den Rubin endlich wieder abzunehmen. Sonst würde Seymour für immer ein Wolf bleiben müssen.

Ivy wollte sich nicht verstecken, sie wollte zur Burg stürmen und dem verdammten Upiry-Vampir den Ring mit ihrem Rubin entreißen. Doch wenn er sie sah, würde er sofort die Gabe des Rubins nutzen, sich verwandeln und fortfliegen. So, wie er ihnen in den vergangenen Monaten wieder und wieder entkommen war. Seymours Kehle bebte in einem unterdrückten Knurren. Ivy verstand ihn nur zu gut.

Der Upiry kniete sich an der Burgmauer auf den Boden und zerrte an einem Gitter, das in die Mauer eingelassen war. Von dort kam ein aufgeregtes Fiepsen. Fledermäuse?

Seymour stieß mit der Schnauze nach vorn, als wollte er sie auffordern loszurennen, solange der Dieb abgelenkt war. Die Bewegung brachte den Busch zum Rascheln. Ivy verkrampfte sich und Seymour winselte. Leise. Aber laut genug, dass der Upiry erstarrte und dann langsam den Kopf in ihre Richtung wandte. Jetzt hielten sie beide still. Ganz still. Nur weggucken konnte Ivy nicht. Ihr war, als blickte der Upiry sie direkt an.

Nicht einmal die Luft bewegte sich noch. Die Stille lag wie eine Decke aus Eis über ihnen allen. Noch konnte alles gut werden. Solange sich nur niemand rührte.

Ein Quietschen rostiger Eisenscharniere brach wie ein Donnerschlag über sie herein. Der Upiry drehte den Kopf mit einem Ruck zur Seite, zerrte dabei aber weiter an dem Gitter, hektischer als zuvor. Die hohen, spitzen Schreie der Fledermäuse vermischten sich mit dem Quietschen der Scharniere. Es kam von der schweren Tür in dem Turm an der linken Burgseite. Langsam schwang sie auf.

Unmöglich. Ivy starrte auf die Tür. Die Burg war seit Jahrhunderten verlassen. Der Upiry fauchte und zeigte seine Fangzähne, als ein alter Mann aus der Tür trat. Ivy spürte ihre eigenen Zähne hervorschießen, und Seymour zog die Lefzen hoch. Der Upiry war aufgesprungen, doch er zögerte. Der alte Mann trat ins Mondlicht.

Das konnte nicht sein. Ivy schluckte. Er sah viel älter aus als auf den Zeichnungen, die sie von ihm kannte. Trotzdem gab es keinen Zweifel. Er war es. Und er war wach. Dabei sollte Graf Dracula im Tiefschlaf liegen, weit fort von hier, in einem mit Ketten gesicherten Sarg.

Der Upiry schien genauso fassungslos wie sie. Und das war sein Verhängnis. Schon war Graf Dracula bei ihm und packte ihn an der Kehle. Ein silbernes Aufblitzen. Der Upiry sackte in sich zusammen, eine Hand um den Griff eines Silberdolches gekrampft. Graf Dracula hielt die andere Hand fest, die mit dem Ring. Er streifte ihn dem Upiry vom Finger und hielt ihn lachend hoch. Der Upiry stürzte zu Boden, regte sich nicht mehr. Graf Dracula sah ihn nicht einmal an. Er ließ den Rubin im Mondschein auffunkeln.

Neben ihr spannte Seymour alle Muskeln an. Bereit zur Flucht. Bereit zum Angriff. Bereit zu allem, was Ivy befehlen würde. Aber was sollten sie jetzt tun?

Ivy strich mit dem Daumen über Seymours kalte Schnauze. Sie waren ihrem Ziel so nah, doch jetzt schien es unerreichbarer als je zuvor. Ihr musste etwas einfallen!

Graf Dracula hockte sich dorthin, wo eben noch der Upiry gekniet hatte. Die Fledermäuse waren verstummt. Wo der Upiry sich abgemüht hatte, riss Graf Dracula mit Leichtigkeit das Gitter auf und griff in die Öffnung. Als er sich aufrichtete, hielt er eine Fledermaus in der Faust, sein Daumen lag über der winzigen Kehle. Mit einem Tritt ließ er das Gitter wieder ins Schloss krachen. Dann hob er die Fledermaus vor sein Gesicht. »Welches Jahr schreiben wir?«

Die Fledermaus kreischte und schrie. Graf Dracula schüttelte die Faust, in der er sie gefangen hielt. »Verfluchte Pyras! Ich sollte ihren Rubin haben, dann könnte ich dich verstehen.«

In ihrem Versteck drückte der Wolf sich enger an Ivy, als

verstünde auch er jedes Wort. Wenn es doch nur so wäre. Ivy lehnte die Stirn an Seymours Kopf und flüsterte so leise in sein Ohr, dass nicht einmal die geschärftesten Vampirsinne sie hören konnten: »Wir schaffen das. Wir sind schon so weit gekommen. Wir schaffen das.« In Wirklichkeit hatte sie keine Ahnung, wie sie ihren Rubin jetzt noch zurückbekommen sollten.

Die hellen Schreie der Fledermaus hallten noch immer zu ihnen hinüber, während Graf Dracula sich ihr mit dem Ring näherte. Ivy sah wie gebannt zu, als der Rubin die Fledermaus berührte, als sie bebte und sich wand und sich krümmte und sich ausdehnte, sich streckte und – wandelte. Dann lag sie in ihrer menschlichen Gestalt nackt auf dem Boden, stützte sich mit beiden Händen auf und blickte zu Graf Dracula hoch.

Ivy wollte heulen, wie Seymour es tat, wenn seine Verzweiflung zu groß wurde. Doch sie unterdrückte das Verlangen und konzentrierte sich ganz auf das Geschehen vor ihnen.

Graf Dracula warf der nackten Frau eine Robe zu. Sie zog sie mit ruckartigen Bewegungen über ihren knochigen Körper, bis nur noch der Kopf mit den kurzen schwarzen Haaren daraus hervorlugte.

»Prinzessin Tonka von Upiry«, murmelte Graf Dracula.

»Graf Dracula. Ihr seid erwacht.« Tonka blickte zu dem toten Vampir ihres Clans, schluckte deutlich. Dann blinzelte sie und sah wieder zu Graf Dracula hoch. »Danke, dass Ihr mir meine Gestalt zurückgegeben habt, mein Gebieter.« Sie blieb in ihrer geduckten Haltung am Boden, die Muskeln wie zum Sprung angespannt.

Ivy wusste nicht, ob sie sich wünschen sollte, dass Tonka auf Graf Dracula losging oder dass sie sich beherrschte. Den Geräuschen nach waren hinter dem Gitter in der Mauer noch mehr Vampire ihres Clans gefangen. Wenn erst ein ganzer Clan im Besitz ihres Rubins war, würden sie ihn niemals wiederbekommen. Obwohl sie Seymour so nah neben sich spürte, hatte Ivy sich nie zuvor einsamer gefühlt.

Graf Dracula starrte auf Tonka hinab. »Welches Jahr schreiben wir?«

»Achtzehnhundertneunundachtzig.«

Graf Dracula stieß einen Schrei aus, den die ganze Welt hören musste. »Dreihundert verlorene Jahre!«

Ivy krallte eine Hand in Seymours Fell. Wenn Graf Dracula sich mit den Upiry zusammentat, standen ihre Chancen schlechter denn je. Aber ganz egal, wie mächtig der Graf war, gleichgültig, wie viele Verbündete er hatte, sie mussten ihren Rubin zurückbekommen.

Leo

Norwegen

Leo hasste es, wie ein Kleinkind beiseitegeschoben zu werden. Nur weil sein Vater ihn von dem Treffen mit der Noaidi ausschließen wollte, würde er ganz bestimmt nicht zu Hause hocken bleiben. Mit langen Schritten rannte er über den Schnee auf das Zelt zu, aus dem die Trommelschläge bis weit über den Fjord klangen. Die Nordlichter tanzten über den Nachthimmel, warfen ihr grünes, blaues, violettes Licht über Meer und Schnee. Leo lief so schnell und leicht, dass der Schnee nicht einmal unter seinen Stiefeln knirschte.

Erst kurz vor dem Zelt wurde er langsamer. Im Schutz der lauten Trommelschläge schlich er dicht an die Zeltbahnen heran und schob zwei von ihnen vorsichtig auseinander. Das war der gefährlichste Moment. Wenn er die falsche Stelle gewählt hatte, wenn sein Vater ihm genau gegenüberstehen sollte, wenn die Trommel ausgerechnet jetzt verstummte – mit starren Fingern öffnete er einen kleinen Spalt, nur so schmal, dass er hineinspähen konnte.

Sein Vater stand ganz im Bann der Noaidi und ihrer Trommel, so wie alle anderen im Zelt. Auch Leo konnte sich ihm nicht entziehen. Der Rhythmus der Trommelschläge hallte durch seinen Körper wie ein warmes Beben. Dann brach er ab.

Leo hielt still. Die Noaidi schlug die Augen auf, und obwohl sie ihn nicht ansah, hatte er das Gefühl, ihr Blick würde die Zeltwand durchdringen. Ihre Augen hatten zwar eine sanfte braune Farbe und nicht das stechende Eisblau seines Clans, doch die Sanftheit täuschte. Leo stand regungslos da, als wäre er ein Teil der gefrorenen Landschaft. Aber die Noaidi hob nur die mit Tattoos überrankten Arme und sagte genau ein Wort: »Ende.«

Im Zelt fing sich sein Vater als Erster. Wer sonst. Leo grinste. Doch sein Vater wirkte besorgt. »Das Ende wovon?«

»Von allem.«

Prophezeiungen hatten offenbar nichts mit Klarheit zu tun. Leo wünschte, er könnte ins Zelt stürmen, die Noaidi packen und schütteln, bis sie sich verständlich ausdrückte.

»Die *Elisabetha* wird wieder über die Meere segeln.«

»Was soll das heißen?« Sein Vater klang genauso verwirrt, wie Leo sich fühlte. Was hatte ein Segelschiff mit dem Ende von allem zu tun? Was sollte ›das Ende von allem‹ überhaupt bedeuten? Das Ende der ganzen Welt? Seines Clans? Leo verzog den Mund gleichzeitig mit seinem Vater. Als ob irgendjemand oder irgendetwas die Dracas vernichten könnte.

Die Noaidi beachtete seine Frage nicht. »Die Kinder aller Clans müssen zusammenkommen«, fuhr sie fort.

Wenn jemand anders als eine Noaidi seinem Vater so einen absurden Vorschlag gemacht hätte, wäre dieser handgreiflich geworden. Der Ehrwürdige der Dracas verstand keinen Spaß, das hatte Leo selbst schon oft genug erfahren müssen. Doch jetzt im Zelt fragte sein Vater nur nach dem Warum.

Die Noaidi nahm sich Zeit mit ihrer Antwort und sagte dann wieder nur ein Wort: »Rotmasken.«

Leo unterdrückte gerade noch ein verächtliches Schnauben. Als wären *Menschen* eine Bedrohung für seinen Clan! Das Lachen seines Vaters dröhnte durch das Zelt. »Die Rotmasken sind hier so gut wie ausgerottet. Selbst ihr berüchtigter Gründer hat sich verkrochen.« Er lachte erneut auf. »Nicht einmal die Rotmasken wissen, wo seine Knochen verrotten.«

Die Noaidi beugte sich über ihre Trommel. »Du bist zu überheblich geworden, Magnus, zu leichtfertig. Eure Clans sind klein geworden, ihr zählt längst nicht mehr so viele wie früher. Während ihr nur euch selbst seht, wächst die Zahl der Rotmasken in vielen Ländern. Sie werden sich vereinen. Und dann werden sie deinen Clan ausrotten, Magnus. Alle Clans.« Sie strich mit einer Hand über das Trommelfell. »Du musst die Clans einen. Eure Erben müssen zusammenstehen. Einzeln werdet ihr untergehen. Vom Angesicht der Erde verschwinden.« Die Noaidi schwieg, und niemand im Zelt durchbrach die Stille. Unter dem plötzlichen Trommelschlag zuckte Leo ebenso wie die Vampire im Zelt zusammen. Die Noaidi stand aufrecht hinter ihrer Trommel, die sie kaum überragte, und sprach durch den verhallenden Klang. »Nimm deinen Rubin, Magnus.«

Als er sah, wie sein Vater ohne jedes Zögern gehorchte, fühlte Leo sich mit einem Mal ganz klein. Kleiner als die Noaidi. Das Gefühl gefiel ihm ganz und gar nicht. Er war Leo af Dracas, Sohn und Erbe des mächtigen Baron Magnus, Ehrwürdiger des Dracas-Clans. Es gab nichts, wovor er sich fürchten musste, niemanden, dessen Befehlen er gehorchte.

Doch nun konnte er nur zusehen, wie sein Vater die Botschaft der Noaidi in den Rubin des Clans raunte, der rot pulsierte und seine Worte an alle verbliebenen Clans aussandte. »Wir müssen uns zusammenschließen, um zu überleben.«

Als wären die Dracas auf andere angewiesen! Leo wollte sich schon abwenden, da erhob die Noaidi erneut ihre Stimme.

»Wir haben einen neugierigen Beobachter.«

Leo wartete nicht erst ab, ob sein Vater ihn sah und erkannte. Er drehte sich um und stürmte davon. Wenn er vor ihm den Wald erreichte, hatte er eine Chance, unerkannt zu entkommen. Leo rannte schneller. So sehr er sich auch anstrengte, hinter sich zu lauschen, sein Verfolger blieb lautlos. Erst im Schutz der Bäume wagte er einen Blick zurück. Nur eine leere Schneefläche. Nicht gut.

Ein Krachen in den Ästen über ihm. Schnee rieselte auf seinen Nacken – und dann stand auch schon sein Vater vor ihm, packte ihn. Leo schrie auf, als er plötzlich keinen Boden mehr unter den Füßen spürte. Sein Vater hielt ihn mühelos in der Luft.

»Wenn ich eine Rotmaske wäre, wärst du jetzt tot.« Er grinste.

Leo knurrte und ließ seine Fangzähne aufblitzen. »Eine Rotmaske wäre zu langsam, um mich zu fangen.«

Sein Vater lachte. »Aber eine Rotmaske kommt nie allein.« Er stellte ihn zurück auf den Boden und zog den Kragen von Leos Jacke gerade. Leo schlug seine Hände weg.

»Es sind nur Menschen. Die werden mich nie töten.«

Das Lachen seines Vaters ließ die Äste über ihnen erzittern. »Ah, wir Dracas.« Er brach sein Lachen schlagartig ab. »Du hast keinen Krieg erlebt, Junge. Vampir gegen Vampir ist –« Er schüttelte den Kopf. »Die Rotmasken hatten am Ende leichtes Spiel mit den noch übrigen geschwächten Vampiren. Du bist mein Erbe, Leo.« Sein Vater wechselte in die Gedankensprache. *Ich werde nicht zulassen, dass mein Erbe für dich eine Welt ohne Vampire ist.*

Leo musterte den Schnee zwischen ihren Stiefeln, zu verblüfft für Worte, selbst in Gedanken.

Sein Vater klopfte ihm auf die Schulter. »Jetzt machen wir erst einmal die *Elisabetha* seeklar – wir segeln noch heute Nacht.« Schweigend stapften sie nebeneinander durch den verschneiten Wald. Eine Hand seines Vaters ruhte schwer auf Leos Schulter. Sollte ihm das Mut machen oder ihn an die Verantwortung erinnern, die auf einem Erben und zukünftigen Clan-Ehrwürdigen lastete? Es war nichts, was er fragen konnte, weder laut noch in Gedanken.

Wochen später, als sie tief in der Nacht auf der Themse vor Anker gingen, hatte er immer noch keine Antwort auf diese Frage gefunden. Dafür hatte er sich längst an das Schwanken des großen Segelschiffs gewöhnt. Dass er beim ersten Aufstehen unter Deck erbärmlich gestolpert und lang hingeschlagen war, würde er für sich behalten. Zum Glück schliefen seine Cousinen in einem anderen Raum und hatten davon nichts mitbekommen.

Jetzt standen Fanny und Inger neben ihm und blickten zum Hafen hinüber. Es stank. Schon allein vom Fluss stie-

im Zweifel darüber, was er von seinem rücksichtslosen Sohn hielt.

»Wenn das vor Sonnenaufgang der Fall ist, sehe ich da kein Problem.« Leo hockte sich auf den Boden des Ausgucks und klopfte einladend neben sich. Mit aufbrausenden Vätern kannte er sich aus.

Alisa

Hamburg

Alisa blieb an ihrer Zimmertür stehen und musterte noch einmal ihre Handfläche. Zu sehen war nichts, doch das leichte Kribbeln ließ sich nicht vertreiben. Trotzdem – sie musste sich das alles eingebildet haben.

»Zufall – coincidence. Fluch – curse.« Nein, Englisch war zu einfach, damit konnte sie sich nicht wirklich ablenken. Sie lehnte den Kopf an die Tür. »Zufall, italienisch coincidenza, holländisch toeval, französisch hasard oder coïncidence, tschechisch náhoda, rumänisch coincidenţă, türkisch tesadüf, griechisch –« Es half alles nichts. Sie schlug ihre Stirn gegen das Holz, als könnte sie damit ihren seltsamen Traum vertreiben. Traum – norwegisch drøm.

Aber Vampire träumten nicht. Alisa rieb sich die Stirn und lehnte sich mit dem Rücken gegen die Tür. Es reichte doch, dass sie ein menschliches Herz hatte, sie brauchte wirklich nicht noch etwas, das sie von anderen Vampiren unterschied.

Vielleicht war in der Dämmerung, während sie alle noch schliefen, jemand ins Haus eingebrochen und hatte ihr diese merkwürdigen Bilder, diese Vision aufgezwungen. Sie sah sich in ihrem Zimmer um. Die Fenster waren nach wie vor mit dicken Holzbrettern verschlossen. Auf dem Fußboden stapelten sich die Bücher, die nicht mehr in die

Regale passten, zu hohen Türmen auf. Niemand hatte auch nur ein Buch verschoben, geschweige denn einen der Türme umgeworfen. Staub sammelte sich in den Ecken und Asche im Kamin. Alles wie gewohnt.

Alisa hob ihr Handgelenk und sog den leichten Duft ein. Veilchen, italienisch viola, norwegisch fiol, französisch violette. Sie ließ den Arm sinken.

Vielleicht würde Großmutter etwas wissen. Vielleicht würde Großmutter sich über ihr Wissen aber auch ausschweigen. Wie so oft. Und vielleicht war es ohnehin besser, diese Sache für sich zu behalten. So wie das Norwegischlernen. Hindrik hatte ihr zwar heimlich die Bücher dafür besorgt, sie jedoch davor gewarnt, jemals vor ihrer Großmutter Norwegisch zu sprechen. Vielleicht konnte sie Hindrik von ihrem Traum erzählen. Der rief bereits das dritte Mal nach ihr, und Tammo stimmte ein, setzte den Ruf als Singsang fort: »Alisa-Essen-Alisa-Hunger-Alisa-Essen-Alisa-«

»Ruhe jetzt!«, übertönte Großmutter ihn.

Alisa seufzte, eilte aus ihrem Zimmer über den Flur ins Wohnzimmer, wo sich alle schon versammelt hatten. Tammo saß am Tisch und hielt einen Löffel in der Hand wie ein Zepter. Hindrik stand an ihrem Stuhl bereit, nickte ihr still zu.

Großmutter blickte nicht einmal von ihrer Lektüre auf. Sie hatte es sich im Sessel vor dem Kamin bequem gemacht und las im Licht des flackernden Feuers. Die Flammen brachten den dunkelroten Rubin ihrer Brosche zum Leuchten, als wäre der Stein lebendig. Erst als Alisa bei ihr stehen blieb und sich hinabbeugte, um ihr wie jeden Abend einen Kuss auf die Wange zu geben, kam ein kurzes Lächeln.

»Was liest du?«

Großmutter strich über die Seiten auf ihrem Schoß. »Sir Milton hat mir das Manuskript eines neuen Autors geschickt, den er entdeckt hat. Bram …« Sie blätterte ein paar Seiten zurück. »Stoker.« Ein verschmitztes Lächeln überzog ihr Gesicht. »Er schreibt über Vampire, und Sir Milton ermuntert ihn zu den abenteuerlichsten Behauptungen. Er ist so ein …« Ihr Lächeln vertiefte sich. »Es ist wirklich sehr amüsant.«

»Darf ich es lesen, wenn du fertig bist?« Bevor ihre Großmutter antworten konnte, fing Tammo an, mit dem Löffel auf seinen Tellerrand einzuschlagen.

Großmutter hielt sich die Ohren zu. »Setz dich, damit dieser infernalische Lärm aufhört, sei so gut.«

Alisa gehorchte. Wie immer. Alles hier war wie immer. Tammos Ungeduld. Hindriks stille Aufmerksamkeit. Die Geräusche von draußen: Wellen, die gegen Kaimauern schlugen, die knarrenden Masten von Segelschiffen, feuchte Taue, die auf Stein klatschten. Darüber schrien Möwen lauter als die Menschen, die abends noch am Hafen arbeiteten.

Drinnen knackte jetzt nur noch das Feuer, flüsterten Stuhlbeine über den Teppich, als Hindrik den Stuhl für sie zurückzog. Sie setzte sich, hörte zu, wie Tammo sein Essen schlürfte. Das Rot auf ihrem Teller leuchtete satt im Schein der Öllampe. Rot, red, rød, rouge, rosso – das Wort drehte sich in ihrem Kopf, bis sie es nicht länger für sich behalten konnte. »Rot, rot, rot – können wir nicht mal was anderes essen?«

Tammo ließ den Löffel sinken. »Und kannst du nicht *ein einziges Mal* essen, ohne herumzunörgeln?«

Konnte sie nicht. »Wenn wir wenigstens *ein einziges Mal* ausgehen würden zum Essen. Was anderes sehen«, grummelte sie. Und Tammo könnte ruhig auch ein einziges Mal auf ihrer Seite sein, statt in sich hineinzugrinsen, während Hindrik sie leise zurechtwies.

Alisa schob den Teller von sich weg, blieb aber sitzen. Von Tammo durfte sie offenbar keine Unterstützung erwarten – und Hindrik konnte letzten Endes nichts für sein Verhalten. Er tat nur, was Großmutter ihm auftrug. Er konnte gar nicht anders. Nicht zum ersten Mal fragte Alisa sich, wie er das aushielt. Sie hatte wenigstens die Aussicht, irgendwann ihre eigenen Entscheidungen zu treffen. Sobald sie endlich volljährig war. Dann konnte Großmutter sie nicht mehr drinnen einsperren. Allerdings schien ihr das noch eine Ewigkeit entfernt. Vielleicht hatten Schattenvampire einfach mehr Geduld. Oder waren eben daran gewöhnt, sich unterzuordnen. Sie starrte auf ihren Teller und ärgerte sich darüber, dass sie plötzlich doch so hungrig war. Tammos Schlürfen machte es auch nicht besser.

Kleiner Bruder, lillebror. Großmutter, nonna. Ehrwürdige, clan elder. Rubin, ruby. Pulsieren, pulse. Alisa blinzelte. Aber es war keine Täuschung: Der Rubin auf der Brosche ihrer Großmutter leuchtete, verlosch, leuchtete, verlosch. Und Großmutter las einfach weiter.

Alisa lehnte sich näher zu Hindrik. »Wieso pulsiert unser Rubin?«, wisperte sie.

»Junges Fräulein, mein Gehör hat nicht nachgelassen, im Gegensatz zu vielem anderen.« Großmutter legte eine

Hand auf die Brosche. »Das kommt vom Dracas-Clan. Die schicken seit Wochen Nachrichten.« Sie vertiefte sich wieder in das Manuskript. Als wäre nichts.

»Könnte das nicht wichtig sein?«

»Wenn es wichtig ist, wissen sie, wo sie mich finden.«

»Bist du denn gar nicht neugierig?«

In Großmutters Seufzer schienen alle Jahrhunderte ihres Lebens mitzuschwingen. »Nichts, was der Dracas-Clan zu sagen hat, interessiert mich. Sie haben dieser Familie mehr als genug angetan.«

Alisa kannte diesen Tonfall. Das Thema war beendet. *Dead.* Genauso tot wie ihre Eltern. Sie senkte den Kopf.

»Ich muss mich ausruhen.« Großmutter streckte eine Hand nach Hindrik aus und ließ sich von ihm aufhelfen. »Weckt mich nächstes Jahr wieder auf. Aber nur, wenn es unbedingt nötig ist.«

Die Widerworte, die ihr auf der Zunge brannten, hielt Alisa zurück. Sinnlos, meningsløs. Die Stille legte sich noch erdrückender über sie als zuvor.

Vom anderen Ende des Flurs hörte sie, wie Hindrik Großmutters Sarg öffnete und ihr hineinhalf. Bestimmt gab sie ihm noch Anweisungen, doch die musste Alisa nicht belauschen, um sie zu kennen.

Lass sie nicht nach draußen.

Sorge für ihren Unterricht.

Achte darauf, dass sie genug essen.

Wenn sie nach Anna und Pieter fragen, erzähle ihnen von den guten Erinnerungen.

Beschütze sie.

Und Hindrik würde lächeln und nicken und alles tun,

was Großmutter verlangte. Alisa presste die Finger fester um den Löffelstiel, bis dessen Ende sich in ihre Handfläche bohrte und der Druck sie davon abhielt, zu schreien. Genauso fest, wie sie die Hände ihrer Mutter gehalten hatte, als diese zum letzten Mal gegangen war. Ihre Worte klangen ganz nah in ihrer Erinnerung, als wäre sie noch immer so klein, dass ihre Mutter sich vor sie knien musste, um auf einer Höhe mit ihr zu sein. Eine Stimme, heller als die von Großmutter, dunkler als ihre eigene. Ein Lächeln, das die Trauer in den Augen überspielen sollte. Und die Worte, an denen sie sich bis heute festhielt. *Wo auch immer dein Vater und ich hingehen, unsere Liebe für dich, für Tammo wird ewig bleiben. Kümmere dich um deinen kleinen Bruder. Und vertraue in allem auf Hindrik. Erinnere dich an alles andere erst, wenn du stark genug dafür bist.*

Der Sargdeckel in Großmutters Zimmer klappte zu, Hindriks Schritte klangen über den Flur, bogen zur Treppe ab, verschwanden nach unten.

Sosehr Alisa sich bemühte, sich an mehr zu erinnern, es gelang ihr nicht. Offenbar war sie nicht stark genug. Sie konzentrierte sich darauf, ihren Griff um den Löffel zu lösen. Jetzt gab es nur noch Tammos Schlürfen, das helle Klirren des Löffels bei jedem Eintauchen ins Rot. Das Trippeln von Mäuseschritten in den Wänden. Das Brummen einer Fliege, die sich in einem Spinnennetz zwischen zwei Bücherregalen verfangen hatte und ihr Leben aussummte. Ein Zweig knackte im Feuer.

Plötzlich zuckte Tammo zusammen. »Hörst du das?«, flüsterte er.

Natürlich. »Dachboden«, flüsterte sie zurück.

Tammo war schon aufgesprungen und zerrte an ihrem Arm. Sie schnappte sich die Öllampe vom Tisch, lief mit ihm auf den Flur, leise, lauschend. Ja, das kam von oben. Das war ein Draußengeräusch, das sich nach drinnen verirrt hatte. Es trillerte und pfiff hinter der Klapptür, die in die Flurdecke eingelassen war. »Halt mal.« Sie drückte Tammo die Lampe in die Hand. Dann sprang sie hoch und zog die Holzleiter hinab.

»Wir dürfen da nicht rauf.« Tammo blickte den Flur entlang, musterte mit großen Augen jede Tür.

»Dann komm halt nicht mit.« Alisa nahm ihm die Lampe wieder ab und setzte einen Fuß auf die erste Sprosse. Sie würde ihn bestimmt nicht zwingen, ihr zu folgen. Die Klapptür ächzte und quietschte beim Aufdrücken. Wie jede Tür in diesem Haus, redete Alisa sich beruhigend ein. Hindrik würde aus dem Quietschen nicht schließen können, welche Tür sie öffnete. Staub stieg ihr in die Nase, und sie wirbelte noch mehr davon auf, als sie den Dachboden betrat.

Offenbar hatte Tammo sich entschieden, denn hinter ihr stieg eine zweite Staubwolke auf. Sie niesten beide. Und mussten kichern. Alisa hielt sich eine Hand vor den Mund. »Leise, du verschreckst den Vogel.« Sie stellte die Lampe auf eine der zahlreichen Holzkisten. Tammo drängte sich an sie.

»Was meinst du, wann zuletzt jemand hier oben gewesen ist?« Selbst seine leise Stimme brachte noch mehr Staub zum Tanzen.

»Muss ewig her sein.« Alisa strich ihm ein paar besonders große Staubflocken von den Haaren. »Komm.« Sie zog ihn weiter in den Raum. Der Gesang war verstummt, aber das Flattern kleiner Flügel verriet den Vogel, der hektisch zwischen den Dachbalken umherflog, sich schließlich auf einem davon niederließ und sie von oben beschimpfte. Die hellrot leuchtende Brust kannte Alisa aus einem ihrer Tierbestimmungsbücher.

»Keine Angst«, sprach sie dem kleinen, zwitschernden Geschöpf zu, »wir beißen nicht.« Sie reckte sich, wollte ganz langsam vorgehen, damit der Vogel nicht noch mehr Angst bekam, doch er breitete schon die Flügel aus, duckte sich – Alisa sprang. Sie war schneller, schloss ihn mit beiden Händen ein. Vorsichtig. Das Köpfchen freilassen. Federn zitterten gegen ihre Finger, als sie wieder landete.

»So ein Schöner.« Tammo strich dem zeternden Vogel über den Kopf.

»Ein Rotkehlchen.« Sie öffnete die Hände ein wenig, um ihm mehr von dem Gefieder zu zeigen, ohne dem Vogel Gelegenheit zur Flucht zu geben. »Erithacus rubecula. Gehört zur artenreichen Familie der Drosseln, Turdidae.«

»Du liest zu viel.«

»Blödsinn. Man kann nicht zu viel lesen.« Aber keines der Bilder oder Worte in ihren Büchern hatten sie auf die Berührung an ihren Handflächen vorbereitet, dieses schnelle Zittern, dieses flattrige Kitzeln, weich und kratzig zugleich, dieses drängende *Fort, Fort, Fort.* Es machte ihre Brust ganz eng, ließ sie das eigene, unnatürliche Pochen darin überdeutlich spüren.

»Können wir ihn behalten?«, fragte Tammo.

Sofort schüttelte Alisa den Kopf. »Er gehört nicht zwischen Wände.«

»Aber da draußen ist es doch viel zu gefährlich für so ein kleines Wesen.« Tammo strich dem Rotkehlchen wieder über den Kopf. »Sieh nur, wie er zittert.«

»Er zittert, weil unser Haus für ihn ein Käfig ist.«

»Aber –«

»Kein Aber.« Auch wenn sie Tammos Wunsch verstand. »Im Gegensatz zu uns ist er da draußen zu Hause.« Sie nickte zu dem winzigen Dachfenster hinüber, in dessen Glasscheibe eine Ecke fehlte, eine Öffnung, die gerade groß genug für den Vogel war.

»Ich wünschte …« Tammo brach ab.

Sie wusste genau, was er sich wünschte. Alisa stieg auf eine Kiste und streckte die Arme, bis das Rotkehlchen nah vor der Fensteröffnung war. Sie öffnete die Hände. »Raus mit dir, Kleiner. Das hier drinnen ist kein Leben für dich, glaub mir.«

Runde, dunkle Augen blickten sie kurz an, winzige Krallen kratzten über ihre Haut, als der Vogel den Kopf Richtung Himmel ruckte, die Flügel streckte, sich von ihrer Handfläche abstieß. Draußen verschluckte ihn bald die Dunkelheit, aber sein Zwitschern klang noch zu ihnen hinein. Alisa drückte das kleine Dachfenster auf.

»Was machst du da?« Tammo zupfte an ihrem Kleid.

»Ich will nur …« Sie streckte den Kopf nach draußen. Der Wind strich kühl über ihre Wangen, und von weit unten leuchtete das Licht der Straßenlaternen hinauf.

»Bist du verrückt?«

»Lass mich los.« Alisa zog den Kopf wieder hinein, als Tammo immer heftiger an ihrem Kleid zerrte. »Ich will doch nur mal –«

»Das ist viel zu gefährlich!« Tammo hielt sie weiter fest.

»Woher willst du das wissen? Wir kennen nur Großmutters Warnungen vor allem dort draußen.«

»Warum sollte sie uns anlügen?«

»Keine Ahnung.« Alisa schüttelte seine Hände ab. »Dem Vogel jedenfalls schien es gut zu gehen. Und was glaubst du, woher unser Essen kommt? Hindrik muss das von draußen holen. Oder glaubst du etwa, die Mäuse in den Wänden geben genug Blut für uns alle ab?«

Tammo ließ den Kopf hängen. »Wenn du da rausgehst und Großmutter das herausfindet, bekommt Hindrik Ärger«, murmelte er und sah sie nicht an.

Das mit Hindrik drückte ihr aufs Gewissen, aber trotzdem konnte Alisa nicht anders, als sich wieder hinauszubeugen. Tausend Gerüche stürmten auf sie ein. Feucht-salzig-faulig-stechend-rußig-scharf. Sie zog sich ein wenig zurück, blinzelte. Die Fenster im Haus gegenüber waren dunkel, Dachziegel schimmerten feucht im Mondlicht. Eng an die Fensterbank gedrückt spürte Alisa ihr Herz pochen. Und das war nur ein kleiner Ausschnitt vom Draußen!

Entschlossen drehte sie sich zu Tammo und nahm seine Hände. »Du verstehst das nicht. Ich muss mehr von der Welt sehen. Vielleicht bin ich da draußen nicht so anders wie hier, vielleicht gehöre ich da eher dazu.« Sie verstummte.

Tammo hielt ihre Hände ganz fest. »Ich will nicht, dass du dich anders fühlst. Warum glaubst du, dass du anders bist?« Er sah sie aus seinen dunklen Augen mit diesem Kleiner-Bruder-Blick an. »Bleib hier. Bitte.«

Aber etwas lockte sie hinaus. Auch wenn sie selbst nicht

genau wusste, was es war. Auch wenn Tammo so verloren vor ihr stand und sich an sie klammerte. »Tamm, bitte. Ich bin nicht wie du.«

»Was meinst du damit?« Er schluckte, aber er lockerte seinen Griff.

»Du sagst doch immer, dass ich zu viel lese.« Sie strich ihm schnell über die Haare, suchte nach Erklärungen, die nicht *Ich habe ein menschliches Herz* lauteten. »Wenn ich zurückkomme, kann ich dir eine echte Geschichte erzählen.« Bevor er weitere Fragen stellen konnte oder sie sich doch noch von seinem besorgten Gesichtsausdruck zurückhalten ließ, zog sie sich hinauf und zwängte sich durch das Dachfenster. Sie musste sich kräftig vom Fensterrahmen abdrücken, bekam zu viel Schwung, taumelte, rutschte über die Dachschräge, griff um sich, bekam nichts zu fassen, woran sie sich hätte festhalten können, rutschte über die Dachziegel, plötzlich war nur noch Leere unter ihr, sie fiel – bekam das Regenrohr zu packen, hielt sich mit pochendem Herz daran fest.

Vorsichtig spähte sie hinunter. Alles schien sich zu drehen. Alisa wartete, bis ihr Herz sich ein wenig beruhigte. Dann erst kletterte sie an dem Rohr hinab, bis sie sicher auf der Straße stand.

Geschafft. Alisa lehnte sich gegen die Hauswand. Hier draußen war alles intensiver. Das Licht grell, die Luft salzig-feucht. Der Wind packte sie an wie Hände, Stimmen brandeten von allen Seiten gleichzeitig heran, obwohl sie niemanden sah. Und dann war da diese Weite, in der das Licht der Straßenlaternen sich immer mehr ausdehnte, aufgehalten nur von den Häusern gegenüber und einer Mauer, die kurz hinter ihrem Haus die Straße versperrte, doch von keiner Decke. Alisa legte den Kopf in den Nacken, und ihr schwindelte von der Weite des Nachthimmels mit seinen unzähligen Sternen. Keine der Beschreibungen, die sie gelesen hatte, kam diesem Anblick auch nur nahe. Sie musste mehr davon sehen.

Das Haus gegenüber war etwas niedriger als ihr eigenes – und trotzdem höher als jeder Sprung, den sie bisher im Leben gemacht hatte. Alisa ging in die Knie und stieß sich vom Straßenpflaster ab. Sie rauschte-pfiff-flog hinauf, schleuderte ihr Lachen dem Wind entgegen, ließ sich von ihm mitreißen, höher und höher, den Sternen entgegen. Die Landung war so abrupt und enttäuschend, dass sie gar nicht erst innehielt, dass sie die Sterne und den Nachthimmel vergaß und rannte, das Dach weiter hinaufrannte, den schmalen First entlang, bis zum Ende, bis zum nächsten Sprung, zum nächsten Flug und immer weiter. So musste sich das Rotkehlchen gefühlt haben, als es wieder freigekommen war. Alisa wollte nie wieder stehen bleiben.

Und stoppte doch, als sie auf dem nächsten Dach landete und plötzlich ein Junge vor ihr stand.

»Himmel!«, rief er und wich vor ihr zurück. Sie blieb in der Hocke, so wie sie gelandet war. Er starrte sie erschrocken an und umklammerte mit beiden Händen ein Buch.

Alisa konnte sein Herz schlagen hören. Es war lauter als ihres. Sie stand langsam auf. »Ich wollte dir keine Angst machen.«

»Hast du nicht«, sagte er schnell. »Hab nur nicht erwartet, hier oben jemanden zu treffen.«

»Ich auch nicht.« Mehr fiel ihr nicht ein. Was sagte man

zu einem Menschen? Er hatte dunkle Locken wie sie, nur viel kürzer, und betrachtete sie neugierig. War es unhöflich, auf seinen Herzschlag zu lauschen? Aber es war unmöglich, dieses schnelle Pochen nicht zu hören. Sie räusperte sich. Fuhr sich durch die Haare. Wusste nicht, wohin mit ihren Händen. Er hingegen stand still da, strich nur mit den Daumen über den Bucheinband. Womöglich begegneten Menschen sich ständig auf Dächern. »Was machst du hier oben?«

»Konnte nicht schlafen.« Er deutete hinter sich auf ein offen stehendes Fenster. »Ich wollte hier draußen ein bisschen lesen.« Wie zum Beweis hob er sein Buch.

Alisa erhaschte einen Blick auf den Titel. »*Don Juan*? Wirklich?«

Er wandte den Blick ab, aber er lächelte. Warum, war ihr nicht klar. Vielleicht gefiel ihm, dass sie Byron kannte. Vielleicht teilte er ihren Spott über Don Juan. Vielleicht war es etwas ganz anderes. »Mir gefällt *Heaven and Earth* besser. Kennst du das auch?«, fragte sie.

»Klar.« Er grinste und deutete mit einer Hand nach oben. »Himmel.« Er deutete mit der anderen Hand nach unten. »Erde.«

Sie verdrehte die Augen, musste aber lachen. »Ich meine, hast du das gelesen? Ist auch von Byron.« Sie wusste schon nicht mehr, wieso sie sich gesorgt hatte. Es war wirklich ganz leicht, sich mit diesem Jungen zu unterhalten. Großmutters ständige Warnungen vor den Menschen waren eindeutig übertrieben. Während sie hier mit ihm stand, fühlte sie sich so leicht wie bei ihren Sprüngen. Und noch leichter, wenn der Junge lächelte. So wie jetzt wieder.

»Ich kenne nur ›She Walks in Beauty Like the Night‹.« Sie hätte das Gedicht mühelos aufsagen können –

In ihrer Schönheit wandelt sie
Wie wolkenlose Sternennacht;
Vermählt auf ihrem Antlitz sieh
Des Dunkels Reiz, des Lichtes Pracht:
Der Dämmrung zarte Harmonie,
Die hinstirbt, wenn der Tag erwacht –

wenn ihr Mund nicht plötzlich so trocken gewesen wäre und alle weiteren Zeilen einen wilden Tanz in ihrem Kopf aufgeführt hätten. Die Augen des Jungen waren dunkel wie die Nacht, von der Byron sprach, und Alisa fiel mitten hinein.

Sie zuckte zusammen, als eine Bewegung ihr Blickfeld streifte. Er streckte ihr eine Hand hin. »Entschuldige, wie unhöflich von mir. Meine Mutter würde – nein, vermutlich nicht. Egal. Ich bin Nicu.« Er streckte seine Hand noch etwas weiter vor und schien auf etwas zu warten. Aber worauf?

»Alisa.«

»Freut mich.« Trotz seiner Worte runzelte er die Stirn. Sie musste etwas falsch machen. Womöglich etwas, das sie verriet. Gleich würde er *Vampir* schreien und die Rotmasken alarmieren. Nicu beugte sich näher zu ihr, und Alisa spannte fluchtbereit die Muskeln an. Er berührte ihre Hand und schloss seine Finger darum. Warm und fest. Und keinerlei Erschrecken im Blick. »Hallo, Alisa.« Nur weiter dieses Lächeln.

»Hallo, Nicu.«

Sie spürte seinen Pulsschlag unter ihren Fingerspitzen. Seine Haut war ganz weich. Sie musste mit dem Daumen darüberstreichen. Das ging gar nicht anders. Sein Lächeln vertiefte sich. Und dann streichelte auch er mit dem Daumen über ihren Handrücken. Alles in ihr flatterte wie vorhin das Rotkehlchen in ihren Händen. Vielleicht gehörte sie wirklich hierher, gehörte unter Menschen.

Alisa spürte ihr Lächeln weiter werden als den Sternenhimmel – und dann brachte ein leises Geräusch das Flattern zum Stillstand, und sie riss die Hand hoch, verdeckte ihren Mund, wirbelte herum, weg, nur weg, damit er nicht sah, damit er sie so nicht sah. Sie presste die Daumen gegen ihre Fangzähne, aber die bewegten sich keinen Millimeter zurück.

»Hab ich was …« Nicu stand dicht hinter ihr, doch er berührte sie nicht. »War das zu … Es tut mir leid, ich wollte nicht –«

»Nein.« Nichts davon. Gar nichts. Nur … »Sind nur Zahnschmerzen.« Sie drückte die Hand fester gegen ihren Mund.

»Soll ich … ich kann dir etwas Knoblauch holen. Wir haben genug davon, stinkt zwar, aber es hilft, wenn du eine Zehe auf den Zahn legst. Warte, ich bin gleich zurück!« Seine Worte stolperten übereinander, während seine Schritte sich von ihr entfernten.

Alisa wartete, bis sie hörte, wie er durch das Fenster kletterte. Dann rannte sie los. Sie lief zum Rand des Daches und sprang. Rannte weiter.

Sie zählte die Dächer nicht und blieb erst wieder stehen,

als sie meinte, genug Abstand zwischen Nicu und sich gelegt zu haben. Hinter einem Schornstein duckte sie sich und spähte hinab. Unter ihr breitete sich der Hafen aus, wo trotz der späten Stunde noch immer Schiffe be- und entladen wurden. Arbeiter fluchten und schleppten Kisten, stapelten sie auf den Docks, wo andere sie aufstemmten, den Inhalt prüften, nickten und sich gegenseitig mit Preisangeboten überschrien. Zum Glück schaute niemand nach oben.

Die Vernunft riet ihr umzukehren, nach Hause zu gehen. Wo sie zugeben müsste, dass Tammo recht gehabt hatte. Die Welt hier draußen war nichts für sie. Aber nachdem sie ihre Weite gespürte hatte, fand sie schon den Gedanken an Wände, die sie einschlossen, so beklemmend, dass sie sich nicht überwinden konnte zurückzugehen.

Außerdem waren die Kisten mit all ihren darin verborgenen Waren zu verlockend. »Nur kurz«, murmelte sie vor sich hin. Nur ein wenig durch den Hafen schlendern, den ein oder anderen Blick in die Kisten wagen, dann hätte sie etwas, von dem sie Tammo erzählen konnte.

Bevor sie wieder ins Zweifeln geraten konnte, kletterte Alisa an Mauervorsprüngen und Fensterbrettern hinab. Unten angekommen, wünschte sie sich, Nicus Hand wieder in ihrer zu spüren. Aber es wäre viel zu gefährlich, ihn wiederzusehen. Alisa fuhr sich durch die Haare, strich das vom Klettern zerknitterte Kleid glatt, so gut es ging. *Los jetzt.*

Hier unten fühlte sich die Stadt ganz anders an. Nicht so abgeschlossen wie das Innere ihres Hauses, aber enger als auf den Dächern. Die Gerüche drängten sich näher an sie heran, ähnlich wie die Häuser. Und dann war da all die

Bewegung um sie herum. Sie blieb neben einem niedrigen Schuppen stehen, um sich zu orientieren. Stimmen, Schritte, Stöße, Flüche, Klappern, Rattern, Knistern – sie stand still, ließ alles auf sich einströmen. Aus den geöffneten Kisten und Fässern stiegen die unterschiedlichsten Gerüche auf. Süß und scharf, stechend, bitter, salzig – und über allem der feucht-modrige Geruch des Wassers. Alisa wollte alles sehen und anfassen und betasten und kosten, erfahren, welcher Geruch wie schmeckte. Langsam wagte sie sich weiter vor.

»Das ist doch kein Preis für Blutorangen!«, schrie ein Händler aufgebracht auf einen anderen ein. Sie standen sich bei mehreren aufeinandergestapelten Kisten gegenüber und warfen sich weiter Zahlen hin und her. Neugierig trat Alisa näher. Von Blutorangen hatte sie gelesen. *Die Blutorange ist eine natürliche Mutation der Orange, die selbst eine Kreuzung ist, vermutlich aus der Pampelmuse und der Mandarine*, rief sie sich ins Gedächtnis. Nichts davon verriet ihr etwas über den Geschmack – oder die kompakte, runde Form der Früchte, die sie in einer offenen Kiste erkennen konnte.

Die beiden Händler waren ganz in ihren Streit um den Preis vertieft, und auch sonst schien niemand Alisa zu beachten. Die Gelegenheit war einfach zu verlockend. Alisa streckte blitzschnell eine Hand aus und schnappte sich eine der orangefarbenen Kugeln.

Trotz der vielen kleinen Knubbel und Vertiefungen auf der Oberfläche fühlte die Orange sich glatt an. Sie wog die Frucht in ihrer Hand, strich immer wieder darüber, roch daran – eine Mischung aus süß, frisch, spitz, warm.

Vielleicht war das der Geruch von Sonnenlicht? Das brauchten die Früchte zum Wachsen, so viel wusste sie. Neugierig drückte Alisa die Frucht zusammen. Eine Flüssigkeit spritzte heraus, brannte in ihren Augen. Sie schrie auf.

»Diebin!«, rief einer der Händler. »Haltet sie!«

Sie konnte nichts sehen. Ihre Augen brannten noch immer. Hatte die Frucht flüssiges Sonnenlicht in sich?

Jemand packte sie am Arm.

Sie schrie erneut auf, fuhr sich mit der freien Hand über die Augen. Blinzelte. Etwas Feuchtes rann über ihre Wangen. Noch einmal blinzelte sie, dann konnte sie wieder verschwommen sehen. Sie starrte direkt in die Augen des wütenden Händlers.

»Dachtest wohl, du kämst davon, was? Wir werden jetzt einen Schwatz mit der Polizei halten, min Deern.«

»Nein … Bitte … Ich wollte doch nur …« Alisa riss ihren Arm zurück, doch der Händler gab sie nicht frei. Sie musste von ihm wegkommen. Der andere Händler rief bereits nach der Polizei. Voller Panik spürte Alisa, wie ihre Fangzähne hervorschossen. Sofort stieß der Händler sie von sich fort und bekreuzigte sich.

»Gütiger Gott! Ein Vampir!«

Einen Moment lang stand sie da wie gelähmt. Sah Nicu vor sich statt des Händlers, sah, wie sein warmes Lächeln sich in Entsetzen verwandelte wie bei dem Händler vor ihr. Ihr dummes Menschenherz pochte.

»Ein Vampir!«

Der erneute Aufschrei verscheuchte Nicus Gesicht aus ihren Gedanken. Alisa rannte. Schneller als je zuvor in ihrem Leben. Hinter ihr schlossen sich immer mehr Stimmen dem Ruf des Händlers an. *Vampir! Vampir! Vampir!*, scholl es durch die Gassen. *Vampir! Vampir! Vampir!* Die Schreie verfolgten sie.

Natürlich war sie schneller als jeder Mensch – aber nicht schneller als der Schall ihrer Rufe. Der schlug ihr bald aus Fenstern entgegen, eilte ihr längst nicht mehr nur von hinten nach, sondern schoss auch von vorn auf sie zu, sodass sie immer wieder nur knapp in die nächste Seitenstraße entkam. Einmal blickte sie hinter sich, bevor sie um eine Ecke hetzte. Und da waren sie: die Jäger mit den roten Tüchern vor den Gesichtern. *Rotmasken*. Dichter an ihr dran als alle anderen. Sie trugen Kreuze, Holzpflöcke, Armbrüste, und das Licht der Straßenlaternen ließ die silbernen Spitzen ihrer Pfeile glitzern, die langen Klingen ihrer Silberdolche aufleuchten. Alisa rannte.

Nicht mehr umschauen. Rennen. Schneller. Schneller. Auch wenn ihr dummes Menschenherz ein Loch in ihre Brust reißen wollte. Rennen.

Wieder bog sie um eine Ecke. Die Stimmen waren immer noch viel zu nah hinter ihr. Weiter vorn versperrte eine Mauer die Straße. Eine Sackgasse. Das hatte sie heute schon einmal gesehen. Sie musterte die Häuser rechts und links – da! Das war ihr Haus. Dort oben war das Fenster, mit dem alles begonnen hatte. Sie stürzte darauf zu. Nicht umschauen. Nicht einen Moment innehalten. Alisa sprang an die Hauswand, packte das raue Mauerwerk – nicht an die Pfeile denken. Sie kletterte die Hauswand empor, blickte immer wieder hinunter. Noch waren keine Rotmasken zu sehen, doch ihre Rufe und Schritte kamen näher.

»Alisa!«

Das war Hindriks Stimme! Er beugte sich aus einem Fenster im ersten Stock und streckte ihr eine Hand entgegen. Schnell änderte sie die Richtung, ließ sich von ihm hineinhelfen.

Drinnen zog Hindrik sie sogleich vom Fenster weg. »Wo bist du gewesen? Du darfst doch nicht –«

»Es tut mir leid. Es tut mir so leid.«

»Was ist passiert?«

Schon drangen die ersten Rufe nach oben. *Vampir!* Alisa schluckte, blickte zwischen Hindrik und Tammo hin und her. Tammo sah sie nicht an und spielte mit den Brettern, die Hindrik von dem Fenster gerissen haben musste, um nach ihr Ausschau zu halten. Hindrik drängte sich an ihr vorbei zum Fenster. Sie schloss die Augen, wusste genau, was er sah. Rotmasken.

»Sofort in eure Särge, Kinder.« Hindrik klang angespannt. Alisa nickte und wollte nach Tammos Hand greifen. Doch er zog sie weg.

»Das ist unfair! Ich hab nichts gemacht. Ich bin nicht draußen gewesen.«

»In eure Särge. Jetzt.« Hindrik schob sie beide auf die Wohnzimmertür zu. »Ich muss eure Großmutter wecken.«

Leo

Nicht einmal das weite, flache Land seiner norwegischen Heimat hatte Leo auf die Endlosigkeit der See vorbereiten können. In der schnell schwindenden Dämmerung vermischten sich die Dunkelheit von Himmel und Wasser. Die Lichter an Bug und Heck ihres Schiffes warfen lange Strahlen über die Wellen, aber auch sie verloren sich bald in der Weite und schienen vom Funkeln der Sterne ausgelacht zu werden. Wenigstens die waren ein vertrauter Anblick.

Wenn Malcolm bei ihm wäre, würde Leo sich jetzt entschieden besser fühlen – auch wenn er eher ins Wasser spränge, als das laut auszusprechen. Doch es war eine Sache, bei sich selbst den erzwungenen Schlaf zu überwinden, und eine ganz andere, in den Kopf eines Schläfers einzudringen, um ihn aus dem Zwang zu befreien. Vielleicht war es nicht unmöglich, aber selbst er schreckte vor dem zurück, was dabei schiefgehen konnte. Er hatte nicht vor, sich im Kopf eines anderen zu verlieren und für immer darin gefangen zu bleiben.

Schlimm genug, vom eigenen Vater in den Schlaf gezwungen zu werden. Wenigstens konnte Leo sich daraus befreien. Was sein Vater niemals erfahren durfte. Leo ballte die Hände zu Fäusten und verdrängte jeden Gedanken daran, welche Folgen das hätte.

Sich an Karen vorbeizuschleichen, war dagegen der reinste Spaziergang gewesen. Dabei hatte die Schattenvampirin immer einen sechsten Sinn dafür, wenn er etwas ausheckte. Doch selbst sie verließ sich darauf, dass alle ihre Schützlinge unter Zwang standen. Leo duckte sich hinter eine Rolle von Tauen. Jetzt musste er nur noch herausfinden, wo sein Vater und die anderen Ehrwürdigen steckten. Die mussten heute etwas Wichtiges vorhaben, sonst hätten sie nicht alle Erben in den Schlaf gezwungen.

Aus der Kapitänskajüte fiel Licht über das Deck. Zwischen ihr und seinem Versteck lagen etliche Meter – und leider wuselten viel zu viele Schattenvampire hier oben herum. Es konnten unmöglich so viele Schatten nötig sein, um ein einzelnes Schiff am Segeln zu halten. Leo verzog das Gesicht. Lieber minderjährig als ein Schatten. Von ihm verlangte wenigstens niemand, das Deck zu schrubben.

Er wartete, bis niemand in seine Richtung schaute, dann schnellte er hinter der Taurolle hervor bis zu einem großen Holzfass, das ihm wieder Deckung bot. Zwei Schattenvampire eilten gefährlich nah an ihm vorbei und spekulierten darüber, wie lange es wohl dauern würde, bis es zu einem Blutbad käme, so wie hier fast alle verbliebenen Clans zusammengepfercht waren. Der eine gab ihnen noch längstens eine Woche, der andere war ein klein wenig optimistischer.

»Vielleicht sind sie ja hier, um endlich Frieden zu schließen«, sagte er.

»Klar. Und wenn morgen die Sonne aufgeht, können wir an Deck herumspazieren, ohne zu verbrennen«, erwiderte der andere. Sie lachten beide auf und gingen weiter. Leo sprintete zu seinem nächsten Versteck. Sein Vater und Frieden. Er musste zugeben, dass man sich das nicht wirklich vorstellen konnte. Aber wer von den anderen würde schon wagen, die Dracas anzugreifen? Sie waren nicht nur in der Überzahl, sie waren auch allen überlegen. Vielleicht war das der eigentliche Plan seines Vaters: alle Clans versammeln und endgültig die Vorherrschaft der Dracas durchsetzen. Zutrauen würde er ihm das. Leo wusste nicht, was er von dem Gedanken hielt, gab sich aber auch nicht weiter damit ab. Er rannte die letzten Meter zur Kapitänskajüte und spähte durch eines der Fenster.

Drinnen standen die Ehrwürdigen der Clans um einen Tisch versammelt. Sir Milton of Vyrad, Madame Audry de Pyras, Conte Claudio und Contessa Viola di Nosferas und am Kopfende sein Vater, Baron Magnus af Dracas. Die Glasscheibe konnte ihre Unterhaltung nicht von Leo abschirmen.

»Wir werden uns nicht auslöschen lassen.« Sein Vater hielt eine Flasche in der Hand und zog den Stöpsel heraus. Die Versammelten blickten wie gebannt auf die rote Flüssigkeit, die er in einen hölzernen Kelch goss. Leo nahm den vertrauten Geruch des Blutes wahr und hatte Mühe, nicht in die Kajüte zu stürmen, um den Kelch schützend an sich zu reißen. Wieso schenkte sein Vater den anderen Ehrwürdigen Dracas-Blut ein?

»Durch dieses Ritual, durch unser aller Blut, werden wir unsere jungen Erben –«

»Pardon?«, fuhr Madame Audry de Pyras auf. »Ein Blutritual? Das hast du uns verschwiegen, Magnus! Ein Zusammenschluss aller Clans, das hast du gesagt, aber nicht, dass unsere Erben eine Blutverbindung eingehen sollen!« Die Französin sah seinen Vater aufgebracht an. Leos Fangzähne schossen hervor.

Drinnen räusperte sich Conte Claudio di Nosferas. »Warum trinken nicht wir davon? Wir sollten unseren Erben nicht eine solche Bürde auferlegen. Sie sind alle noch so jung.«

»Und genau deswegen können nur sie davon trinken, Claudio.« Sein Vater legte die Hände um den Kelch. »Eine solche Blutverbindung kann nur bis zum Alter von achtzehn Jahren eingegangen werden. Danach ist es unmöglich. Hat irgendwas mit unserer Veränderung ab der Volljährigkeit zu tun, der Verlangsamung unserer Alterung.« Er zuckte mit den Schultern. »Ich weiß nur, dass es der einzige Weg ist, unsere Auslöschung zu verhindern. Wer ist dabei?«

Sir Milton of Vyrad zog ebenfalls eine Flasche aus der Innenseite seines Mantels und öffnete sie. »Vermutlich ist es ohnehin besser so. Unsere Erben sind nicht mit unserer Vergangenheit belastet.« Er goss sein Blut zu dem anderen in den Kelch. »Hoffen wir, sie führen unsere Clans in eine bessere Zukunft.«

Contessa Viola di Nosferas gab ihrem Mann einen sanften Stoß mit dem Ellbogen, und er folgte Sir Miltons Beispiel. Nur Madame Audry machte keinerlei Anstalten, ihre Flasche zu öffnen. Sie hielt sie mit beiden Händen umschlossen und starrte in den Kelch. Leo schwirrte der Kopf von allem, was er sah und hörte. Er wollte hineinstürmen, eine Erklärung von seinem Vater verlangen, vor allem eine dafür, warum er ihm das alles verschwiegen hatte. Schließlich war das sein Leben! Über das er offenbar wieder einmal nicht selbst entscheiden durfte. Diese Blutverbindung klang nicht wie etwas, das man mal eben so einging – und die Einzige, die dort drinnen noch einigermaßen bei Verstand zu sein schien, war Madame Audry, die noch immer zögerte.

»Das ist unsere einzige Möglichkeit zu überleben«, drängte sein Vater. »Nur wenn wir alle unser Blut geben und unsere Erben davon trinken lassen, werden sie ihre Gaben miteinander teilen können. Sie werden über die Gaben aller Rubine verfügen – und damit stärker sein, als die Clans es jemals zuvor waren. Willst du unseren Erben diese Chance nehmen?«

Alle Blicke richteten sich auf Madame Audry. Sie seufzte. »Bon, d'accord. Einverstanden.« Schwungvoll goss sie den Inhalt ihrer Flasche in den Kelch.

Leo hatte genug gesehen. Er rutschte an der Holzwand der Kajüte hinunter, bis er auf dem Deck saß. Was hatte sein Vater vor? Dass Baron Magnus af Dracas wirklich die Gaben seines Clans mit den anderen teilen wollte, das würde Leo erst glauben, wenn alle Vampire im Sonnenlicht spazieren gingen, ohne zu verbrennen. Nein, nicht einmal dann. Leo rappelte sich auf. Zeit zu verschwinden. Er wandte sich von der Kajüte ab – und jemand packte ihn am Arm. Ertappt! Er fuhr herum. Aber es war nur Karen. Die Erleichterung entlockte ihm ein Grinsen, das Karen nicht erwiderte.

»Leo! Was tust du hier? Für euch Kinder ist das Deck noch verboten!«

»Ich bin kein Kind!« Es war ein Leichtes, sich ihrem Griff zu entziehen. Er verschränkte die Arme.

»Ganz der große Mann«, spottete Karen und schüttelte den Kopf, bevor sie ernster fortfuhr: »Aber du solltest noch mindestens 48 Stunden schlafen – wie die anderen.«

»Ich bin nicht wie die anderen.« Leo zuckte lässig mit den Schultern. »Ich habe Möglichkeiten, dem Zwang zu widerstehen.« Was ihr ja wohl ganz klar beweisen sollte, dass er kein Kind mehr war. Auch wenn sie immer noch diesen Blick beherrschte, unter dem er sich weich werden fühlte. Er drückte die Arme fester an seine Brust.

»Leo, bitte. Du bringst mich in Schwierigkeiten, wenn dich jemand hier oben entdeckt.«

Er wusste genau, wen Karen mit *jemand* meinte. Genauso wie sie wusste, dass es ihn wenig kümmerte, wenn er sich selbst in Schwierigkeiten brachte, während er niemals riskieren wollte, dass sein Vater auf sie losging. Klug gespielt, das musste er zugeben. »Weißt du, was er plant?« Er hasste, wie seine Stimme bei der Frage klang. Wie die des kleinen Jungen, der auf Karens Schoß gesessen hatte und dem sie die Welt erklärt hatte.

Doch dieses Mal lachte sie nur leise auf. »Uns Schatten erzählt doch niemand etwas. Und jetzt ab mit –«

Die Kajütentür schwang auf. Sir Milton stürmte hinaus, dicht gefolgt von seinem Vater. Leo packte Karen, presste sie hinter sich an die Wand, wo sie sich im Schatten der Tür verborgen halten konnten.

»Es ist entschieden, Milton!« Die Stimme seines Vaters dröhnte über das Deck und ließ den anderen Vampir stehen bleiben. »Niemand braucht die Gabe der Vamalia.«

Sir Milton fuhr herum. »Wir sollten ihr noch etwas Zeit geben.«

»Freifrau Elina von Vamalia hatte genug Zeit zu antworten. So wie alle anderen.«

»Du bist genauso stur wie sie, Magnus! Willst du wirklich einen Clan im Stich lassen?« Ein heftiger Windstoß fuhr über das Deck, und die Kajütentür schlug krachend zu.

»Deine Gefühle vernebeln dir den Verstand, Milton! Die Vamalia sind schwach, und wir haben lange genug auf sie gewartet. Wahrscheinlich haben die Rotmasken sie längst erwischt und getötet. Deswegen erhalten wir keine Antwort von ihnen. Vergiss sie.«

Leo drückte sich enger an die Wand und konnte nicht glauben, dass diese Worte tatsächlich aus dem Mund seines Vaters kamen. Der große, ehrenvolle Baron Magnus, der nie einen Vampir auf dem Schlachtfeld im Stich gelassen hatte. In jeder Erzählung über die Clankriege wurde das betont.

Der Wind brach so plötzlich ab, wie er aufgekommen war. Sir Milton sprach ruhiger als zuvor, aber die Kraft des Windes lag drohend in seiner Stimme. »Wir müssen alle zusammenstehen. Das sind deine Worte.«

»Nennst du mich einen Lügner?«

Das ganze Deck schien unter den Drohungen der beiden zu vibrieren. Leo spürte, wie Karen hinter ihm erstarrte, ebenso wie alle anderen Schattenvampire an Deck. Auch aus der Kajüte kam kein Laut. Bevor Sir Milton etwas erwidern konnte, stürzte Leo nach vorn und baute sich vor seinem Vater auf. »Du bezeichnest die Vamalia als schwach und bist selbst so feige, dass du sie im Stich lässt?«

Die Stille nach seinen Worten war tiefer als die nach

dem Krachen eines Blitzes. Nichts und niemand rührte sich, bis sein Vater ihn packte und nach oben riss. »Wieso bist du nicht in deinem Sarg?«

»Wieso verrätst du deinen eigenen Schwur?«, feuerte Leo zurück. »›Mit den Dracas in ewiger Stärke‹ … Willst du da jetzt ›in ewiger Schwäche‹ draus machen?« Er versuchte vergeblich, sich dem Griff seines Vaters zu entwinden.

»Niemand spricht so mit mir, schon gar nicht mein eigener Sohn!« Ohne Vorwarnung gab er Leo frei.

Es war kein tiefer Fall, aber ein sehr plötzlicher mit einer schmerzhaften Landung. Trotzdem ließ Leo nicht locker. »Vielleicht leben Feiglinge länger. Das können wir ja jetzt herausfinden.«

»Willst du Hausarrest für die nächsten hundert Jahre?« Sein Vater blickte auf ihn hinab, und Leo machte sich erst gar nicht die Mühe aufzustehen. Aufgeben wollte er aber auch nicht.

»›Wir lassen keinen Vampir zurück‹«, zitierte er aus den unzähligen Geschichten und Legenden über seinen Vater, wobei er seinem Blick keine Sekunde auswich.

»Was ist in dich gefahren? Hast du Ur-Rot getrunken?«

Leo schüttelte den Kopf. Für wie blöd hielt sein Vater ihn? Er würde niemals Menschenblut vor seiner Volljährigkeit trinken. Von Tobsucht und Besessenheit hatte er auch so schon genug in seinem Leben. »Das hast du doch immer gesagt! ›Wir lassen keinen Vampir zurück.‹«

Hinter seinem Vater kamen nun auch die anderen Ehrwürdigen aus der Kajüte. Madame Audry sah mit einem schiefen Lächeln zu Leo hinab. »Ich muss feststellen, Monsieur le Baron, dein Sohn hat ein gutes Gehör.«

»Und eine gute Einstellung«, fügte Contessa Viola hinzu.

Leo blieb, wo er war, und hielt still, da sein Vater ihn weiter beobachtete. Sicher, dessen Zorn konnte ebenso schnell verebben wie aufflammen – doch er konnte auch unvermutet anschwellen, und dann war man besser außer Reichweite.

»Milton«, sein Vater klang trügerisch ruhig, »wie viele Rubine haben die Vyrad?«

»Einen.«

»Und die Pyras?«

Madame Audry seufzte. »Einen.«

»Wir Nosferas haben zwei.« Stolz lag in Conte Claudios Stimme. Im Gegensatz zu Leo konnte er nicht sehen, wie sein Vater, der dem Conte den Rücken zuwandte, verächtlich das Gesicht verzog.

»Wir Dracas haben drei. Sie hängen hier um meinen Hals.« Er beugte sich ein wenig vor, ließ die Rubine über Leo hin und her pendeln. »Eines Tages wirst du sie tragen. Und diese drei Rubine sind nicht wegen der Feigheit der Dracas in meinem Besitz. Wir haben gegen viele Clans gekämpft und sie besiegt … Diese drei Rubine zeugen von unserem Mut.«

»Und wo ist dieser Mut jetzt?« Leo richtete sich langsam auf und starrte seinem Vater ins Gesicht. »Findest du es mutig, einen Clan nur wegen einiger Rotmasken aufzugeben … nur weil du Angst hast, wir könnten ausgelöscht werden?«

Alle schwiegen. Leo schien es, als dehnten sich die Sekunden, als wollten sie ihm extra viel Zeit geben, sich zu wünschen, er könnte seine Worte zurücknehmen. Er sah seinen Vater auf sich zukommen, doch er konnte sich nicht bewegen. Als wäre er unter Wasser. Sein Vater flüsterte nah an seinem rechten Ohr: »Du hast wohl wieder spioniert. Vielleicht sollte ich dir deine neugierigen Augen und Ohren entfernen.« Warm legte er die Hände um Leos Ohren. Von außen musste das wie eine liebevolle Geste wirken, ging es Leo durch den Kopf. Er wagte noch immer nicht, sich zu rühren.

»Monsieur le Baron«, drang Madame Audrys Stimme gedämpft zu ihm durch, »wir denken, Leo hat recht.«

»È vero«, stimmte Conte Claudio ein. »Niemand hier ist ein- eine Feige-«

»Ein Feigling«, unterstützte ihn Sir Milton. »Wir sind ganz sicher keine Feiglinge.«

»Nehmen wir Kurs auf Hamburg!« Die Contessa blickte in die Runde. »Holen wir die Vamalia. Wer ist dafür?«

Einer nach dem anderen hob die Hand. Als Letzter auch sein Vater, wobei seine andere schwer auf Leos Schulter ruhte. »Dann also Kurs auf Hamburg.« Ohne ein weiteres Wort lenkte er Leo zum Steuerrad des Schiffes, erlaubte ihm auch jetzt noch nicht zu verschwinden. Das Rauschen der Wellen klang lauter als zuvor der Zorn seines Vaters, und während Leo ihn im Licht der Nacht musterte, entdeckte er einen fremden Zug auf dem vertrauten Gesicht. Sein Vater strich sich mit einer Hand über die Augen, als wollte er das Fremde fortwischen.

»Du hast dich geirrt, weißt du«, sagte er.

Leo zuckte zusammen. Aber nicht, weil eine Drohung in der Stimme seines Vaters lag, im Gegenteil, er sprach mit einer Sanftheit, die Leo lange nicht mehr gehört hatte. Nicht mehr seit – er drängte den Gedanken schnell fort.

»›Wir lassen keinen Vampir zurück.‹ Das habe ich nie gesagt. Das war deine Mutter. Und sie hatte recht. Wie immer.« Er legte einen Arm um Leos Schultern und zog ihn näher. »Hier, nimm du das Steuer.«

»Ich?«

»Irgendwann musst du es ja lernen.« Sein Vater trat vom Steuerrad zurück und deutete mit einer Hand nach oben. »Folge dem Großen Wagen. Er wird uns nach Hamburg führen.«

Noch während Leo versuchte zu begreifen, was geschah, die Hände am Steuer, den Blick auf den Großen Wagen gerichtet, hob sein Vater die Stimme und rief hinunter zum Deck: »Milton, ich denke, wir brauchen mehr Wind!«

Sir Milton riss die Arme empor. »Mehr Wind, ist mir ein Vergnügen!« Rauschend füllten sich die Segel.

Alisa

Sie eilten den Flur entlang zu ihrem Schlafzimmer. Tammo leistete zwar keinen Widerstand mehr, und seine Hand in ihrer zitterte ein wenig, aber er stampfte bei jedem Schritt auf, ließ seine Füße für sich sprechen. Alisa ging schneller, zerrte ihn mit sich vorwärts, als könnte sie vor ihrem schlechten Gewissen und ihrer Furcht davonlaufen.

Im Zimmer am anderen Ende des Flurs knarrte der Deckel von Großmutters Sarg, und ihre irritierte Stimme klang zu ihnen hinaus. »Je länger ich lebe, desto kürzer fühlt sich ein Jahr an. Ich habe ja noch nicht einmal die Augen zugemacht.«

Hindriks Erwiderung war leiser. »Freifrau Elina, wir haben ein Problem.«

»Wozu taugst du noch, wenn du nicht einmal ein Problem allein lösen kannst?« Bei dem herablassenden Ton ihrer Großmutter duckte Alisa sich unwillkürlich. Das war alles ihre Schuld, Hindrik konnte nichts dafür. Aber der nahm wie immer alles auf sich.

»Verzeihen Sie mir, aber wir müssen fort. Jetzt.«

»Sei nicht albern, Hindrik, wir leben hier seit dreihundert Jahren.«

»Dreihundertdreizehn … Freifrau Elina, es sind die –«

Noch bevor sie die nächste Frage ihrer Großmutter

hörte, roch Alisa es auch: den Qualm von Fackeln, Knoblauch und –

»Silber! Hindrik, warum rieche ich Silber?«

»Die Rotmasken sind hier.«

»Wie ist das möglich? Wie konnten sie unser Zuhause finden?«

Die Antwort auf diese Fragen kannte Alisa nur zu gut, und sie rannte die letzten Schritte in ihr Schlafzimmer, knallte die Tür zu, sie wollte nichts mehr hören. »Das ist alles meine Schuld, Tammo.«

»Ich hab dich ja gewarnt.« Tammo spielte an seinem Sargdeckel herum, öffnete und schloss ihn.

Sie konnte ihn nicht länger ansehen. Noch vor wenigen Stunden war das eine ganz normale Nacht gewesen. Sie wollte dem Rotkehlchen die Schuld geben oder dem Händler oder Großmutter mit all ihren Verboten oder den verdammten Rotmasken mit ihrem Hass auf Vampire. Aber egal, wie viele andere sie beschuldigte, *sie* hatte die Rotmasken hierhergeführt. Wegen ihr würden sie alle fliehen oder sterben müssen.

Tammo berührte sie am Arm. »Warum bist du anders als ich?«

Das beschäftigte ihn jetzt? »Spielt auch keine Rolle mehr.«

»Doch.«

Alisa schüttelte den Kopf. »Ich habe versprochen, das nie zu verraten. Niemandem.«

»Ich geh zu Großmutter!«

Sie wollte auflachen. Als ob das im Moment eine Drohung wäre. Die Rotmasken standen vor ihrem Haus. Begriff er das nicht? »Mach, was Hindrik gesagt hat. Ab in deinen Sarg!«

Tammo knallte den Deckel seines Sarges zu und verschränkte die Arme. »Wenn du nicht redest, schreie ich.«

Alisa riss den Deckel wieder hoch. »Wir sind in Gefahr, Tamm. Du musst dich verstecken.«

Er starrte sie nur an und holte tief Luft. Keine Chance, ihn zum Aufgeben zu bringen. Alisa packte seine Hand und legte sie auf ihre Brust. Sein Mund stand noch immer offen, er runzelte die Stirn. Dann presste er die Hand fester auf ihren Brustkorb.

»Wie ist das ...?«

Alisa schubste ihn rückwärts in seinen Sarg und schlug den Deckel zu, bevor er sich von seinem Schrecken erholen konnte. Sie schnappte sich den Schürhaken vom Kamin und rammte ihn durch die Ösen des Schlosses. Dumpf klang Tammos Protest zu ihr hinaus. »Das ist unfair! Alisa! Lass mich raus!«

»Das ist nur zu deiner Sicherheit.« Alisa wich von dem Sarg zurück, gegen den Tammo von innen hämmerte, und flüchtete aus dem Zimmer. Sie hatte sie alle in Gefahr gebracht, sie musste etwas tun können, um sie zu retten.

Im Wohnzimmer spähten Großmutter und Hindrik durch eine Ritze zwischen den Brettern hinaus. Natürlich bemerkte Großmutter sie, auch ohne sich umzudrehen.

»Hast du heute nicht schon genug angestellt, junges Fräulein?«

Alisa blieb am Sessel vor dem Kamin stehen, vergrub die Hände in der weichen Polsterung. »Es tut mir leid.«

Ihre Großmutter seufzte und schaute sie noch immer

nicht an. »Du ähnelst deiner Mutter so sehr, dass es mir manchmal Angst macht. Sie hat auch nie auf mich gehört.«

»Ich wollte das wirklich nicht. Was kann ich –«

»Sei still, Kind.«

Alisa schwieg, starrte auf die Rücken von Hindrik und ihrer Großmutter, sah, wie sie sich plötzlich beide noch mehr anspannten.

»Ausgerechnet sie …«, murmelte Hindrik, und die beiden wisperten miteinander, zu leise selbst für Alisas Ohren. Sie schlich sich zu ihnen ans Fenster und fand eine Lücke, durch die sie hinunter auf die Straße spähen konnte. Im Schein der Fackeln entdeckte sie eine dunkelhaarige Frau, die sich das rote Tuch vom Gesicht gezogen hatte. Ihr Blick schien Wände zu durchdringen, die Klingen ihrer Silberdolche funkelten im Feuerschein, und Alisa war, als fühlte sie die Schneiden bereits an ihrer Kehle. »Wer …?« Sie schluckte, brachte kein weiteres Wort heraus.

Hindrik legte eine Hand auf ihre Schulter, schob sie leicht vom Fenster weg. »Das ist Calvina, die Anführerin der Rotmasken und die Gefährlichste von ihnen.«

Alisa drückte sich an Hindrik. »Ich dachte, van Helsing ist der gefährlichste Vampirjäger.«

»Sie steht ihm in nichts nach.« Hindrik drängte sich zwischen sie und das Fenster. »Uns bleibt nicht mehr viel Zeit, Freifrau Elina.«

»Ich weiß, Hindrik, ich weiß.« Großmutter straffte sich und umfasste ihren Rubin, der sofort zu flackern begann. »Dracas«, murmelte sie und fuhr lauter fort: »Wir müssen zum Hafen. Ich hoffe, es ist noch nicht zu spät.« Zum ersten Mal sah sie Alisa an. »Hol deinen Bruder, wir brechen sofort auf.«

Ihr Ton duldete keinen Widerspruch. Alisa rannte los. Sie hörte noch, wie Großmutter Hindrik befahl, die Bücher anzuzünden, damit der Rauch ihnen Schutz für ihre Flucht böte. Die Vorstellung ihres brennenden Heims trieb Alisa noch schneller voran. Tammo verlangte tausend Erklärungen, die sie ihm nicht geben konnte. Außerdem war ihr menschliches Herz jetzt wirklich das geringste ihrer Probleme, nur erzählen durfte er niemandem, dass er davon wusste, nicht einmal Großmutter oder Hindrik. Wenigstens das versprach er, wenn er auch mit den Fragen nicht aufhörte. Nein, sie wusste nicht, wann sie zurückkehren würden oder wo genau sie hingingen. Zum Hafen. Vielleicht auf ein Schiff, nein, das hatte Großmutter nicht gesagt, und wieso ein anderer Vampir-Clan ihnen zu Hilfe kommen sollte, wusste sie genauso wenig. Nur, dass sie fortmussten und keine Zeit zum Packen blieb. Erleichtert schob sie Tammo in Hindriks Arme, als sie im Flur aufeinandertrafen.

Dicke Rauchschwaden drangen bereits aus dem Wohnzimmer und zogen Richtung Treppenhaus. Tammo verstummte endlich. Hindrik hob ihn hoch, als wäre er noch ein kleines Kind. »Bleib dicht bei mir«, raunte er Alisa zu. Schon hüllte der Rauch sie ein, vernebelte die Sicht. Sonst konnte er ihnen zwar nichts anhaben, aber in Alisa schnürte sich trotzdem alles zusammen. Von unten drangen wütende Rufe und dumpfe Schläge herauf. Nicht mehr lange, dann würde die Tür nachgeben.

»Wir müssen runter in den Keller.« Hindrik flüsterte

wieder, obwohl die Rotmasken sie noch lange nicht hören konnten. »Deine Großmutter öffnet schon die Tür zu den Tunneln, die in die Nähe des Hafens führen. Komm.«

Unten zersplitterte Holz. Hinter ihnen schlugen die Flammen höher, krachten Regale zu Boden. Hindriks Schritte entfernten sich vom großen Treppenhaus, er eilte zum Dienstbotenaufgang. Alisa folgte dem Geräusch, stolperte im dichten Rauch, schwankte, fing sich, fluchte, stolperte weiter. Ihr sonst so scharfes Gehör wurde mit Geräuschen überschüttet, bis alles ein einziger Lärm war, in dem sie keine Richtung mehr fand.

Sie blieb stehen. Lauschte. Stimmengewirr von unten. Keine Schritte mehr auf dem Flur. »Hindrik?«, flüsterte sie in den Rauch. Keine Antwort. Auf einmal drang Licht durch das Grau. Ihre Hand zuckte. Alisa riss sie hoch. Das Licht kam von ihrer Handfläche. Sie schloss die Finger zu einer Faust, aber das Licht fand trotzdem den Weg hinaus. Alisa öffnete die Faust wieder, als stünde sie unter Zwang. Das Licht hüllte sie ein, badete sie, die Geräusche um sie herum schwanden. Etwas sagte ihr, sie sollte sich fürchten, sie sollte rennen, aber sie fühlte sich geborgen in dem Licht und stand ganz still. Der Rauch verblasste, fiel wie die Angst von ihr ab.

Der Flur, das Treppenhaus – alles ist fort. Vor ihr liegt eine unbekannte Landschaft. Ein alter Mann steht mit gesenktem Kopf inmitten einer weiten Fläche unter einem schiefergrauen Himmel. Sie sieht ihn und sieht gleichzeitig, was er sieht. Ein Grab mit einem alten, verwitterten Stein. Nur ein Name steht darauf. *Elisabetha*. Und darunter die Jahreszahlen: *1446–1488*. Der Mann trägt einen Rubin um den Hals und hält einen Ring mit einem Rubin in der Hand. Oder hält sie ihn in der Hand? Ist das seine Hand oder ihre, die sich über den Rubinanhänger legt? Ist sie das, die sich über die Steinfigur beugt, die das Grab bedeckt? Sie spürt das Pulsieren beider Rubine, starrt auf die Steinfigur mit ihren langen, starren Locken, den feinen Gesichtszügen, bis sie vor ihrem Blick verschwimmen. Vor ihr nimmt eine Figur Gestalt an, als forme sie sich mitten in der Luft. *Ich bin nach Hause gekommen, Geliebte.* Die Stimme ist zu tief, um ihre eigene zu sein, doch sie spürt die Sehnsucht nach dieser Frau dort vor ihr so schmerzhaft, wie sie in der Stimme klingt. Die Frau streckt eine Hand aus, der Mann – Alisa? – reckt sich ihr entgegen, will danach greifen. Doch die Hand löst sich auf, und mit ihr die Gestalt der Frau. Sie vergeht wie ein zarter Nebel. Alisa spürt feuchtkaltes Gras an den Knien, streicht über die starren Locken der Steinfigur, mit einer Hand, die aussieht wie die des alten Mannes. *Ich weiß endlich, wie ich dich befreien kann, Geliebte. Wir werden wieder zusammen sein.* Es ist nicht nur ein Versprechen, es ist ein Schwur.

Um sie herum wird es heller. Sie blinzelt. Der Mann dreht den Kopf nach rechts und links. Sucht etwas. Sie ist wieder allein, sieht ihn, er starrt sie an und sieht sie doch nicht. »Wer ist da? Ich kann dich spüren … in meinem Kopf.«

Das Licht strahlt hell auf, blendet sie, verlischt.

Alisa sank nach hinten, fühlte erleichtert die Wand an ihrem Rücken. Schlagartig prallte alles wieder auf sie ein.

Der Rauch, das Prasseln der Flammen, die Stimmen der Rotmasken. Viel zu nah. Sie musste weg.

Noch waren die Stimmen im Stockwerk unter ihr. Aber da kamen auch schon Schritte die Treppe hinauf. Alisa tastete sich an der Wand entlang von den Stimmen fort. Nach unten konnte sie nicht mehr. Hoffentlich hatten Tammo, Großmutter und Hindrik den Keller noch erreicht und waren in Sicherheit in den Tunneln, von denen Hindrik gesprochen hatte.

Der Rauch ließ etwas nach. Unten rissen die Rotmasken Türen auf, Möbel krachten zu Boden, immer wieder riefen Stimmen: »Hier ist niemand!« – »Sucht weiter!« – »Wir brauchen mehr Licht!«

Alisa rannte ins Zimmer am Ende des Flurs, Großmutters Zimmer. Schnell drückte sie die Tür hinter sich zu, aber das würde die Rotmasken nicht aufhalten. Der Sarg war kein gutes Versteck, auch wenn sie sich danach sehnte, sich darin zu verkriechen, sich zusammenzurollen, bis alles vorbei war, bis wieder Ruhe einkehrte. Die Stimmen und Schritte kamen immer näher.

Alisa kauerte sich hinter einen Sessel am Fenster, zog den schweren Vorhang näher zu sich, sodass auch er sie verdeckte. Gerade noch rechtzeitig. Schon flog die Tür wieder auf. Sie duckte sich, spähte unter dem Sessel hindurch ins Zimmer.

Stiefelspitzen. Mehr sah sie von den Rotmasken nicht. Sie waren zu dritt.

»Öffnet den Sarg!« Eine Frauenstimme. Vielleicht die Frau, von der Hindrik gesprochen hatte, Calvina?

»Leer.« Das Krachen von Holz auf Holz übertönte die

nächsten Worte. Alisa schluckte. *Verschwindet, verschwindet, verschwindet*, war alles, was in ihrem Kopf Platz hatte. Sie krampfte die Finger in den schweren Samtvorhang.

»Wer ist das?«, erklang eine Männerstimme.

Die Frau antwortete: »Anna und Pieter von Vamalia, mit ihren beiden Erben.«

Alisa wusste genau, von welchem Bild die Rotmasken sprachen. Tammo war darauf noch ein Baby und sie selbst gerade mal vier Jahre alt. Das Bild hing über dem Kamin, war das Erste, was Großmutter beim Aufstehen jede Nacht sah. *Verschwindet*, dachte Alisa erneut, *das geht euch nichts an!*

Eine zweite Männerstimme ertönte: »Es gibt Gerüchte, dass sie zusammen in die Sonne gegangen sind.«

Was nicht stimmte – ihre Eltern waren in den Clankriegen gefallen. Aber Alisa blieb keine Zeit, länger darüber nachzudenken, denn eine weitere Rotmaske stürzte ins Zimmer. »Calvina, der Keller – sie müssen durch den Keller verschwunden sein! Da ist ein Tunnel und –«

»Alle Mann in den Keller!«, unterbrach ihn die Frau, Calvina. Alisa ballte die Hände zu Fäusten. Tammo, Hindrik und Großmutter mussten längst durch den Tunnel sein, mussten den Hafen erreicht haben. Die Stiefel verschwanden aus ihrem Blickfeld, polterten über den Flur und nach unten. Die Rotmasken waren zu spät, um ihre Familie zu erwischen. Alisa klammerte sich an diesen Gedanken, während sie hinter dem Sessel hervorkroch.

Das Zimmer war leer. Und obwohl sie nach all dem Lärm Verwüstung erwartet hatte, sah es aus wie immer. Vom Kamin lächelten ihre Eltern auf sie hinab, als wäre nichts von dem Geschehen hier wahr. Doch da täuschten sie sich. »Ihr habt ja keine Ahnung«, murmelte Alisa und packte eines der Bretter, die das Fenster versperrten. »Ihr musstet ja in diese bescheuerten Kriege ziehen!« Sie riss ein Brett nach dem anderen herunter. »Und umkommen, statt bei Tamm und mir zu bleiben!« Sie lauschte hinaus auf den Flur. Niemand zu hören. Sie spähte hinab auf die Straße. Dort drängten weitere Rotmasken ins Haus, während Passanten stehen blieben, auf die Flammen deuteten, die schon die Bretter vor den Wohnzimmerfenstern gefressen hatten. Niemand blickte zu ihr. Jetzt oder nie.

Ein letztes Mal sah sie zu ihren Eltern. »Passt auf unser Haus auf«, flüsterte sie, auch wenn sie wusste, wie unsinnig das war. Ein Gemälde konnte das Haus weder vor Rotmasken noch vor Feuer schützen.

Alisa drückte das Fenster gerade weit genug auf, dass sie durch den Spalt hinausschlüpfen konnte. Schnell wie ein Schatten im heraufziehenden Licht vergeht, flitzte sie die Hauswand empor und kroch über das Dach. An seinem Ende sprang sie auf das nächste und rannte weiter in die Richtung, in der die Segelmasten aufragten.

Sobald sie eine leere Straße unter sich sah, kletterte sie hinab. Jetzt bloß nicht auffallen. Alisa senkte den Kopf und eilte mit großen Schritten weiter – schnell, aber nicht so schnell, dass sie unmenschlich wirkte. Schon ließ die Dunkelheit nach, und das ungewisse Grau vor dem Morgen strich durch die Gassen. Fensterläden klappten auf, Hufschläge ertönten und die Holzräder von Kutschen und Handkarren rumpelten über das Kopfsteinpflaster. Die Stadt erwachte.

Alisa wich Menschen und Pferden aus. Wo blieb der verdammte Hafen? Die kreischenden Möwen wurden bereits lauter und zahlreicher, der Geruch nach feuchtem Holz intensiver, doch immer war da noch eine Straße, noch eine Abbiegung. Sie ging rascher, so rasch, wie sie es gerade noch wagte. Als sie einem Fuhrwerk auswich, packte sie jemand an der Schulter und riss sie herum.

Eine Rotmaske! Alisa starrte auf das rote Tuch, das fast das gesamte Gesicht verdeckte, und versuchte, sich aus dem Griff zu befreien. Aber die Hände lagen schwer wie Eisen auf ihren Schultern, hielten sie mit geradezu übermenschlicher Kraft fest.

»Alisa.« Die durch das Tuch gedämpfte Stimme klang seltsam vertraut. Alisa zog der Rotmaske das Tuch vom Gesicht.

»Hindrik!« Ihr schwindelte vor Erleichterung. »Ich dachte schon, ich würde euch alle nie wiedersehen.« Sie schwankte, presste die Handflächen zusammen, um sich irgendwo festzuhalten.

»Bist du verletzt?« Hindrik stützte sie und nahm ihre Hände.

Sie schüttelte den Kopf, hoffte, ihn so klarer zu bekommen. Viel half es nicht. »Hindrik, meine … meine Hand hat geleuchtet.« Kaum waren die Worte heraus, folgte alles andere. Die seltsamen Visionen oder Träume, was immer sie da überfiel, etwas von Elisabetha, und warum kam ihr dieser Name so vertraut vor, dann das mit diesem Leuchten und diesem Knoten und: »… Hindrik, meine Hand hat geleuchtet.« Sie hob die Hand leicht in die Höhe. Sie wirkte so normal.

»Diese?« Hindrik löste das rote Tuch, das um seinen Hals hing, und wickelte es um ihre Hand. »Lass das niemanden sehen.« Er zog den Knoten fest und murmelte: »Der Funke … Du hast den Funken. Das …«

»Der Funke?« Das Leuchten ihrer Hand hatte einen Namen? »Was ist das? Was hat das zu bedeuten?«

»Alisa, du darfst niemandem etwas davon erzählen. Niemals! Hörst du? Nicht Freifrau Elina, nicht Tammo. Niemandem.«

Sie zog ihre Hand an sich. »Warum nicht? Ich konnte ja nicht mal mein blödes Herz vor Tamm geheim halten, wie –«

»Tammo weiß Bescheid?«

Als wäre das jetzt wichtig. »Wie soll ich bitte eine leuchtende Hand geheim halten? Warum leuchtet meine Hand? Was ist das mit diesem Funken, Hindrik?«

Er drängte sie vorwärts, und Alisa lief mit, als stünde sie unter Zwang. »Ich erzähle dir mehr darüber, wenn die Zeit reif ist«, versprach er. »Aber jetzt müssen wir uns beeilen, die Sonne geht gleich auf.« Ein Blick zum Himmel bestätigte, was Hindrik gesagt hatte, also ging sie weiter, obwohl sie ihn packen und schütteln wollte, bis er ihr alles verriet, was er wusste.

Der Hafen war noch immer so geschäftig wie vor wenigen Stunden. Hindrik ließ ihr keine Zeit für Betrachtungen. Er schleuste sie mit Vampirgeschwindigkeit durch das Gewimmel und hinauf auf das Schiff. Nur für den winzigsten aller Momente konnte Alisa die Holzfigur am Bug des Schiffes sehen, doch deren Züge hatten sich ihr unauslöschlich eingeprägt. Es war dieselbe Figur wie die auf Elisabethas Grab.

Aber sie kam nicht dazu, Hindrik weitere Fragen zu stellen. Er scheuchte sie unter Deck und in einen Sarg, wisperte, alles andere müsste bis Sonnenuntergang warten. Schon schloss sich der Deckel über ihr. Dann lag sie in der Dunkelheit. Trotz ihrer Erschöpfung fand sie keinen Schlaf. Wer war die Frau am Bug des Schiffes und auf dem Grabmal? Und wer der Mann, den sie am Grab gesehen hatte? Was hatte es mit ihrer Hand und diesem Funken auf sich?

Leo

Leo drückte leise die Tür des Schlafquartiers zu, das er mit Malcolm, Luciano und dem Neuankömmling von gestern teilte. Die drei rührten sich noch nicht, und Leo hatte nichts dagegen, die neue Situation erst einmal allein zu begutachten. In der Messe, neben der die Treppe zum Deck hinaufführte, bereiteten Schattenvampire unter Aufsicht des Conte und der Contessa das Frühstück vor. Er drückte sich an die Schiffswand und wartete auf einen günstigen Moment, um an der offenen Tür vorbeizuhuschen. Als es in der Messe schepperte und klirrte, nutzte er die Gelegenheit, um ungehört zur Treppe zu schleichen.

An Deck musste er noch aufmerksamer sein. Aber lieber versteckt und unter freiem Himmel, als im Schiffsbauch eingesperrt. Dafür riskierte er auch, dass sein Vater ihn vielleicht entdeckte. Vom Steuer aus hatte der einen guten Blick über das Deck. Leo duckte sich neben der Treppe hinter einen Stapel Planen. Hier konnte er sich sogar ausstrecken. Er starrte hinauf in die Abenddämmerung, in der sich die ersten Sterne zeigten. Wenigstens die Sterne waren dieselben wie zu Hause.

Wellen schlugen gegen das Schiff, und Holz knarrte, Stimmen glitten über ihn hinweg. Leo musste nicht einmal lauschen, die Stimmen aus der Kapitänskajüte waren zu nah, um sie nicht zu hören. Wie sehr er sich das auch wünschte.

Freifrau Elina von Vamalia und Sir Milton flirteten miteinander. Dabei war Sir Milton im Trauerjahrhundert, genau wie sein Vater. Leo schob den Gedanken schnell weg.

»Ihr wisst schon, dass ihr nicht allein hier seid?«, mischte sich Madame de Pyras' Stimme ein. »Verzieht euch in einen Sarg, ihr zwei!«

Leo grinste und fuhr gleich darauf hoch, weil jemand von den Treppen zur Reling rannte. Dunkle Locken wehten wie eine Fahne hinter ihr her. Die Neue. Sie beugte sich weit vor, als könnte sie dem Wasser gar nicht nah genug kommen, und lachte dabei. Leo fluchte still. Wenn sein Vater jetzt den Kopf drehte, würde er sie sehen. Wollte sie entdeckt werden? Er schnellte zu ihr hinüber und zog sie in sein Versteck. *Was soll das? Willst du etwa erwischt werden?*

»Ich ... ich habe noch nie das Meer gesehen.«

Du legst es echt drauf an, oder? Er tippte sich an die Stirn. *Rede mit deinen Gedanken.*

»Was? Wie?«

Leise, verdammt! Er musste die Lippen zusammenpressen, um das nicht auch laut zu sagen. *Denk einfach, was du sagen willst. Dann kann ich deine Antwort lesen.*

Dann bist du einer von den Dracas? Ich habe über euch gelesen.

Endlich hatte sie es begriffen. *Ach ja? Wo?*

In Geschichtsbüchern.

Und was schreiben sie da so?

Sie blickte über seine Schulter hinweg, und er sah sie in ihren Gedanken vor einem Bücherregal stehen, mit einer

Hand über die Buchrücken gleiten. Ihre Finger waren lang und wirkten zugleich kräftig. Wie die sich wohl anfühlten? Leo schreckte zurück und riss eilig eine Barriere vor seine Gedanken. Dann erst fiel ihm ein, dass sie ja kopftaub war, und er gratulierte sich stumm zu seiner lächerlichen Reaktion. Trotzdem betrachtete er sie danach lieber erst einmal nur von außen. Mit ihren braunen Locken sah sie ganz anders aus als seine Cousinen – aber eigentlich ziemlich hübsch. Ihre dunklen Augen erinnerten ihn an die Felswände der Fjorde im Mondlicht. Leo war so versunken, dass ihm darüber fast ihre Antwort entgangen wäre. Wie peinlich! Was war nur los mit ihm, dass er sich so gehen ließ. *Du bist ein Dracas! Reiß dich gefälligst zusammen*, befahl er sich und konzentrierte sich wieder auf ihre Gedanken. Über denen verschwanden die ungewohnten Gefühle schnell.

… In den Clankriegen zeigten die Dracas sich gnadenlos und unbarmherzig. Ihr Anführer, Baron Magnus, raubte den Gefallenen ihre Rubine. Er besitzt drei: den Clan-Rubin der Dracas sowie die Rubine der Vikla und der Grimur. Er ist ein ebenso gefürchteter wie selbstsüchtiger Kriegsherr, der die Gaben der Rubine ausschließlich zur Bereicherung seiner eigenen Familie nutzt.

Sie strahlte ihn an, als sollte er sie ernsthaft dafür bewundern, dass sie irgendwelche verlogenen Bücher zitieren konnte. Hatte noch nichts von der Welt gesehen, aber bildete sich ein, alles zu wissen. Der würde er es zeigen. Er sah eine Bewegung auf der Treppe. »Und ich bin sein Sohn«, sagte er laut. Natürlich antwortete sie ebenso.

»Oh. Ich wollte nicht … Das – das tut mir leid, wirklich.«

Zu wenig, zu spät. »Das wird es.« Leo sprang hoch in die

Takelage, schneller, als sie etwas erwidern konnte. Gerade rechtzeitig. Der Schattenvampir, der die Treppe heraufkam, hatte sie eindeutig gehört, denn er steuerte zielsicher auf die Neue zu. Ohne Zögern packte er sie am Arm und führte sie schimpfend nach unten. Fast tat sie ihm leid. Leo schüttelte den Kopf. Mitleid? Er? Bestimmt nicht!

Rasch sprang er hoch zum Ausguck und kletterte hinein. Hier oben hatte er Ruhe vor allen. Hier oben konnte er sich fragen, ob sein Vater wohl anders wäre, wenn *sie* nicht gestorben wäre.

Leo starrte hinauf in den dunkler werdenden Himmel. »Das Mädchen weckt böse Erinnerungen«, hatte er Conte Claudio am Morgen sagen hören, als die Vamalia an Bord gekommen waren. Die Contessa hatte einen Arm um seine Schultern gelegt. »Sie sieht aus wie ihre Mutter«, hatte sie erwidert.

Bis auf ihren Sohn Luciano hatte hier niemand mehr beide Eltern. Leo beobachtete die auftauchenden Sternbilder, während unter ihm die Betriebsamkeit allmählich zunahm. Irgendwann hörte er den Anker auf dem Wasser aufschlagen und dann das Klirren beim Abrollen der Ankerkette. Das Schiff schaukelte noch auf den Wellen, aber die Vorwärtsbewegung stoppte. Er spähte über den Rand des Ausgucks. Sie lagen vor einer lang gezogenen Bucht. Hinter dem Strand mühten sich die Lichter einer Stadt gegen die Dunkelheit ab. Längs des Schiffes erkannte er einen Holzsteg, der allerdings leer war. Schien, als würde hier niemand an Bord kommen. Leo sprang hinunter aufs Deck und schlenderte in die Messe, als wäre er gerade erst aufgewacht.

Inger und Fanny saßen an einem der Tische, die schon fürs Frühstück gedeckt waren. Er setzte sich zu ihnen.

Glaubst du, sie lassen uns hier endlich mal von Bord?, bestürmte Inger ihn sofort statt einer Begrüßung.

Keine Ahnung. Er sah sich um. Keine Spur von der Neuen. Am Nebentisch quietschte eine Ratte – Easy, das Haustier von Joanne, der Französin. Und natürlich quietschte Joanne zurück, während der Junge neben ihr fasziniert an ihren Lippen hing. *Kinder.* Leo verdrehte die Augen. Welchen Nutzen hatte es, wenn man sich mit potenziellem Futter unterhalten konnte? Allerdings würde niemand ohne Not Rattenblut trinken. Er wandte sich wieder seinen Cousinen zu. *Wenn sie wirklich wollen, dass wir auf dieser Reise etwas lernen …* Hinter ihm ging die Tür auf, und er wusste sofort, wer eintrat, auch wenn er sie nicht sah. Die Neue setzte sich zu den Kindern, aber er spürte ihren Blick und beschloss, das als Aufforderung zu verstehen. Es war lächerlich einfach, zu ihren Gedanken vorzudringen.

Tut mir leid, was ich über deinen Vater gesagt habe.

Na klar. Er sah sie an. »Wie heißt du?«

»Alisa.«

Fanny und Inger stießen einander an und kicherten. »Von Vamalia, richtig?«, hakte Fanny nach.

Alisa nickte. Leo lehnte sich zurück und beschloss, das zu erwartende Spektakel zu genießen. Alisa hatte es verdient. Niemand beleidigte die Dracas ungestraft.

Fanny stöhnte übertrieben auf. »Herrje, eine Vamalia.«

Inger grinste. »Wer weiß, was die Gabe der Vamalia ist?«

Niemand antwortete, und Leo schmunzelte. Auf seine Cousinen war Verlass.

»Sie verfügen über die Macht der Liiiiebe.« Fanny zog das letzte Wort in die Länge und ließ klar erkennen, wie wenig Macht sie der Liebe zutraute. Alle lachten – bis auf Alisa und den Jungen neben Joanne.

Ohne Alisa anzusehen, schickte er ihr ein paar Worte hinüber. *Tut mir leid, wenn meine Cousine deine Familie beleidigt hat.* Sollte sie doch sehen, ob sie sich mit so einer Entschuldigung besser fühlte. Bevor er den Effekt seiner Worte auskosten konnte, flog plötzlich ein Buch auf ihn zu. Als ob! Er fing es auf – und schrie. Ein Brennen, ein lautes Knistern. Er wollte das Buch fallen lassen, doch seine Finger waren wie festgeklebt, und das Brennen hörte nicht auf. Eine Bibel! Wer hatte es gewagt, ihm eine Bibel zuzuwerfen?

Luciano. Der kleine Italiener murmelte irgendetwas vor sich hin und kam dabei immer näher. Dann legte er die Hände um die Bibel, als wäre es jedes beliebige andere Buch, und löste sie aus seinem Griff. Leo starrte zwischen seinen Fingern, deren Wunden schnell verblassten, Luciano und dem Buch hin und her. Das war unmöglich. Luciano blätterte in aller Seelenruhe die Seiten um – kein schmerzhaftes Zucken, kein Rauch, keine Brandblasen, nicht einmal ein Wimmern.

»Liebe«, sagte er und sah sie alle aus seinen hellen grauen Augen an. »Hier drin steht alles darüber, wie mächtig sie ist. Sie ist der Weg, der hinauf ins Licht führt.«

Auch dieses Mal lachten Leos Cousinen. Er funkelte sie an. *Findet ihr es witzig, wenn wir Dracas vor so einem Winzling schwach dastehen?*

Wer austeilt, muss auch ein- Inger brach ab, weil Fanny

sie unsanft anstieß. *Ist doch wahr*, schickte sie trotzdem noch hinterher. Leo verschränkte die Arme. Irgendjemand würde dafür büßen müssen.

»War das ein Wunder ...?« Alisa. War ja klar. Wie naiv konnte man sein?

Luciano drückte die Bibel an sich. »Kein Wunder. Einfach nur die Macht der Nosferas.« Er deutete eine Verbeugung an, und der Rest der Bande johlte und klatschte. Leo sprang auf.

»Ich zeig dir, was echte Macht ist.« Er rief die Gabe des Vikla-Rubins zu Hilfe und hob Luciano mit der Kraft seiner Gedanken einen halben Meter in die Höhe. Dort konnte er zappeln, so viel er wollte. Luciano zielte erneut mit der Bibel, aber dieses Mal war Leo vorbereitet und schleuderte sie mit einem Gedanken zur Seite. Jemand schrie auf, und er hörte, wie Fangzähne hervorkamen, spürte seine eigenen hervorschießen, während um ihn herum Stühle zu Boden polterten und Drohungen laut wurden. Alisa stürzte mit erhobenen Fäusten auf ihn zu. Ein heftiger Wind kam auf, der Alisa rückwärtstaumeln ließ. Leo grinste, nickte Malcolm zu, der den Wind noch verstärkte.

Die Tür knallte gegen die Wand. Ein Donnerschlag, der das Chaos zum Verstummen brachte. »Was geht hier vor? Hört auf! Sofort!«, schrie sein Vater. Leo zuckte zusammen und ließ Luciano fallen, der auf dem Boden hocken blieb und sich duckte. »Was soll dieser Zirkus? Seid ruhig. Setzt euch. Habt ihr mich nicht gehört? Setzen!«

Sie drängten sich alle um den am nächsten stehenden Tisch zusammen. Stuhlbeine kratzten über Holz. Dann war es still. Immerhin sahen sie alle so gerupft aus, wie er sich fühlte. Hinter seinem Vater drängten die anderen Ehrwürdigen herein und auch einige der Schattenvampire. Die Erwachsenen blickten auf sie herab, als wären sie ungezogene, kleine Gören, denen man Vernunft einprügeln müsste.

Schließlich räusperte sich Conte Claudio. »Danke, Baron Magnus.« Conte Claudio wandte sich an die Erben. »Wir waren einmal dreizehn stolze Clans, im Besitz der mächtigen Rubine von Graf Dracula.«

Leo stöhnte innerlich. Wollte der sie zur Strafe mit einer Geschichtslektion zu Asche langweilen?

»Er hatte Übles vor, aber wir haben ihn aufgehalten, ihn besiegt. Doch haben wir danach Frieden geschlossen? Nein, wir wandten uns gegeneinander – Clan gegen Clan. So viele von uns haben in den Clankriegen ihr Leben gelassen. So viele haben wir unwiederbringlich verloren. Nur noch fünf Clans sind übrig. Fünf!« Conte Claudio hielt eine Hand hoch und streckte einen langen, schmalen Finger nach dem anderen aus. »Die Nosferas aus Italien, die Dracas aus Norwegen, die Vyrad aus England, die Pyras aus Frankreich und die Vamalia aus Deutschland. Und ich weiß, ihr fragt euch, warum sind wir heute hier? Warum?«

Im allgemeinen Schulterzucken konnte Leo sich einen Kommentar nicht verkneifen: »Um uns zu prügeln?« Gelächter brandete auf, doch der Blick seines Vaters verdarb ihm jeden Spaß daran.

»Ruhe! Silenzio!«, verlangte der Conte. »Die Lage ist ernst. Deswegen sind wir hier, um gemeinsam eine neue Ära zu beginnen. Nichts und niemand – nicht einmal die Rotmasken – wird uns daran hindern, ewig zu leben. Hier und heute starten wir …« Er hielt inne und musterte sie alle aus seinen weit aufgerissenen grauen Augen. »... eine Vampirschule. Für euch alle. Gemeinsam.«

Das Zucken, das durch die am Tisch Versammelten ging, war wie ein eigenes Lebewesen – und eher eines der abschreckenden Sorte. Leo verschloss sich schnell gegen jeden Gedanken von außen, der eigene Schock reichte ihm, vielen Dank. Nur die leise Stimme neben sich konnte er nicht aussperren.

»Eine Schule?« Alisas Flüstern verriet nicht, ob sie das für etwas unglaublich Dämliches oder Großartiges hielt. Wie er die Idee fand, wusste er sehr genau.

Alisa

Tammos Grinsen hatte sie zu ihm hinauf auf die Reling gelockt. Alisa balancierte zwischen Himmel und Wasser, und das fühlte sich fast so gut an, wie über die Dächer von Hamburg zu rennen. Sie streckte die Arme zu beiden Seiten aus, genoss den Wind, der über ihr Gesicht streichelte und die Stimmen von allen verwehte, die sich an Deck und unten auf dem Steg voneinander verabschiedeten. Letzte Ermahnungen gingen von den Ehrwürdigen an ihre Erben, Versprechen wurden gegeben, manche ernst, manche schnell dahingesagt. Dazwischen hörte Alisa die Schritte der Schattenvampire, die Koffer und Kisten zu den an Land wartenden Kutschen brachten.

Von weiter oben klangen die Stimmen von Leo und seinem Vater hinunter. Alisa bemühte sich wegzuhören, schließlich war so ein Abschied Privatsache. Seinem Tonfall nach zu urteilen, stellte Baron Magnus jede Menge Forderungen. Leo stand mit hängenden Schultern da, sagte kaum etwas, während die Worte auf ihn einprasselten. Der Baron war bestimmt kein einfacher Vater. Leo sah zu ihr herüber und zog spöttisch die Augenbrauen hoch, als hätte er sie bei ihrem Gedanken ertappt. Hatte er ja vielleicht auch. Die Stimme des Barons wurde noch eindringlicher. Er legte seine Stirn an die von Leo, und Alisa konnte nicht umhin, zwei seiner Worte zu verstehen: *Dracas* und *Vamalia*. Das eine voller Stolz ausgesprochen, das andere voller Ablehnung.

Ein leichter Stupser von Tammo brachte sie ins Schwanken. »He, Vorsicht!« Sie gewann ihr Gleichgewicht zurück und lachte. Tammo hingegen sah ernst zu ihr hoch.

»Weißt du was? Ich bin richtig froh, dass du aus dem Fenster gestiegen bist. Stell dir vor, wir hätten all das hier verpasst!« Er fuchtelte mit den Armen und drehte sich auf dem schmalen Geländer um sich selbst.

Das laute Krachen der Flammen überfiel sie wieder, das Knallen von zerspringenden Dachbalken. Egal, was die Ehrwürdigen mit dieser Schule vorhatten, irgendwann würde sie enden. Und wo sollten sie dann hin? Plötzlich war der Himmel zu weit, das Meer zu unendlich, die Küste nur ein Streifen Land voller fremder Lichter und unbekannter Wege.

»Kommt da runter! Sofort!« Großmutter stemmte die Hände in die Hüften. »Hindrik, hol sie da runter! So leichtsinnig«, schimpfte Großmutter vor sich hin, während Alisa aufs Deck sprang. »Du musst jetzt vernünftig sein, hörst du, Alisa? Deinem Bruder ein Vorbild. Die Zeit zum Spielen ist vorbei.« Sie strich ihr über die Haare.

Wie der Geist einer längst vergangenen Berührung. Alisa nickte und versuchte, die Worte ihrer Erinnerung nicht zu hören. Zwecklos. *Kümmere dich um deinen kleinen Bruder. Und vertraue in allem auf Hindrik. Erinnere dich an alles andere erst, wenn du stark genug dafür bist.* Ein Kuss auf ihrer Stirn, zart wie Vogelflügel. Dann war sie allein gewesen. Sie konnte sich nicht einmal daran erinnern, wie ihre Mutter das Zimmer verlassen hatte.

»Wo gehst du hin?« Ihre Stimme zitterte ein wenig.

Wegen ihr hatte Großmutter kein Zuhause mehr. Genauso wie Tammo. Und Hindrik. Und sie selbst. Alisa schluckte.

»Und was ist mit Hindrik?«, mischte Tammo sich ein.

»Er bleibt bei euch.« Großmutter tätschelte Tammo die Wangen. »Und ich, also, ich – ja, ich werde wohl London einen Besuch abstatten, mir die, nun, die Sehenswürdigkeiten anschauen.« Großmutter nickte vor sich hin.

Weder Alisa noch Tammo entging ihr kurzer Blick zu Sir Milton. Der stand mit Malcolm nur ein paar Schritte von ihnen entfernt, ermahnte seinen Sohn, dass er als ältester der Erben eine besondere Verantwortung trage. »Wir Vyrad sind bekannt dafür, uns stets unter Kontrolle zu haben, vergiss das nie, Malcolm.«

»Natürlich, Vater.« Malcolm deutete eine Verbeugung an. »Stets die Kontrolle wahren. Verstanden.«

So kühl – da waren ihr Großmutters Ausbrüche lieber. Die strich ihr über den Arm und nahm ihre Hand. »Ich habe dich zu wenig vorbereitet, fürchte ich. Dir zu wenig erzählt.« Sie drückte Alisas Hand. »Vergiss nicht, unsere Gabe ist die Liebe. Wenn wir uns bemühen, können wir stets das Beste in anderen sehen und ihnen vergeben.«

»Warum vergibst du dann den Dracas nicht? Was haben sie getan?« Der Druck um ihre Hand wurde schmerzhaft.

»Manche Taten sind unverzeihlich.« Dann beugte Großmutter sich vor und küsste sie auf die Stirn, wisperte an ihrer Haut: »Ich hoffe, wenn es einmal so weit ist, findest du es in deinem Herzen, mir zu vergeben.«

Bevor Alisa darauf reagieren konnte, richtete sie sich schon wieder auf. »Hüte dich vor den Dracas«, sagte sie lauter.

Zwar wollte sie tausend Fragen stellen, aber die Worte blieben ihr irgendwo zwischen Brust und Kehle stecken. Alisa schmiegte sich in die Umarmung ihrer Großmutter, sog noch einmal den vertrauten Duft ihres Rosenparfüms ein. »Pass gut auf die beiden auf, Hindrik«, sagte Großmutter über ihren Kopf hinweg. Und dann war sie fort.

Anschließend stand sie mit den anderen Erben an der Reling, sah zu, wie die Ehrwürdigen in ihre Kutschen stiegen. Türen schlugen zu. Hufe trommelten dumpf auf den Boden. Räder knarrten. Die Kutschen stoben in unterschiedliche Richtungen davon, wurden kleiner und kleiner. Jetzt brach unwiderruflich etwas Neues an. Und es steckte voller Möglichkeiten – so wie ein Sprung aus dem Fenster.

Kaum hatte sich der Staub an Land gelegt, hallte ein Gongschlag über Deck. Conte Claudio winkte sie von der Reling fort. Er versuchte offensichtlich, streng zu wirken, aber seine Haare standen diesem Versuch im Weg. Sie bildeten zu beiden Seiten kurz über den Ohren eine Welle, als wollten sie zurück nach oben laufen. Contessa Viola, die neben ihm stand, hatte dagegen keine Schwierigkeiten damit, Respekt einflößend zu wirken. Sie musterte sie alle schweigend und überließ dem Conte das Reden.

»Allora. Aufgepasst, Kinder! Die erste Regel der Vampirschule lautet: Niemand verlässt das Schiff ohne Erlaubnis des Schuldirektors.«

»Und wo ist dieser Direktor?« Die spöttische Stimme gehörte zu Leo. Natürlich. Conte Claudio deutete stumm auf sich selbst und gab Leo keine Gelegenheit zu weiteren Kommentaren. Er hob einen Gong und schlug darauf.

»Alle Schattenvampire, an die Arbeit! Alle Erben, mir nach!« Mit großen Schritten ging er voran. Obwohl sie gerne noch an Deck geblieben wäre – oder besser noch: an Land gegangen, um die Stadt zu erkunden, die mit ihren Lichtern lockte –, folgte Alisa ihm. Nach und nach schlossen die anderen sich an.

Unter Deck war ein Schulzimmer eingerichtet worden. Conte Claudio scheuchte sie alle an die Tische und ging selbst zwischen den Reihen hindurch nach vorn an die Tafel. Er blieb an einem Tisch stehen, auf dem ein Silbertablett mit einem hölzernen Gefäß und mehreren Tassen stand. Sobald er die erste Tasse eingoss, breitete sich der Geruch von Blut im Raum aus. Aber er war anders als der des üblichen Rot. Er machte Alisa ganz kribbelig. Auch die anderen rutschten unruhig umher, manche zogen die Lippen hoch, ließen spitze Zähne aufblitzen. Alisa drückte den Rücken gegen ihre Stuhllehne. Conte Claudio würde ihnen kein Ur-Rot geben, versuchte sie sich zu beruhigen. Niemand von ihnen war volljährig.

Conte Claudio setzte das Holzgefäß ab. Er nahm das Tablett und schritt durch die Reihen, stellte eine der Tassen auf jeden Tisch. Aus der Nähe war der Geruch noch überwältigender – nach dem Rauch eines Holzfeuers, der nach dem Verlöschen der Glut noch in der Luft hing, nach klirrend-kalter Luft kurz vor dem Schneefall, aber auch aufgeladen-hell wie Blitze, die durch einen Gewitterhimmel zuckten, dann wieder meinte sie einen leichten Rosenduft wahrzunehmen, unter den sich der von staubigem Papier mischte, und etwas Wilderes, Grünes, das sie nicht kannte.

»Trinkt«, befahl Conte Claudio. Als sie alle zögerten,

baute er sich vor seinem Sohn auf. »Luciano, sei deinen Mitschülern ein Vorbild.«

Wenn er seinen eigenen Sohn davon trinken hieß, würde er sie ja wohl kaum vergiften wollen. Alisa spielte am Henkel ihrer Tasse herum, während Luciano seine an die Lippen setzte und trank. Conte Claudio nickte zufrieden. Luciano strich sich mit dem Handrücken über den Mund und blickte aus seinen grauen Augen zu ihr hinüber. Alisa zog die Tasse zu sich heran – und hörte plötzlich eine bekannte Stimme in ihrem Kopf.

Zu feige zum Trinken, Vamalia? Da hatte ich vorhin wohl einen falschen Eindruck von dir. Sie drehte sich zu Leo um, der ihr seine leere Tasse zeigte, die pure Herausforderung im Blick. *Angst, dass so ein bisschen Vampirblut dein Clanerbe verunreinigt?*

Blödsinn. Alisa stürzte den Inhalt der Tasse hinunter. Es schmeckte herb, kühl, rauchig, metallisch, prickelnd, scharf. Sie starrte weiter zu Leo hinüber, während sie auf eine Veränderung in sich wartete. Doch da kam nichts. Er grinste und zuckte mit den Schultern. *Idiot.*

Das hab ich gehört.

Verschwinde aus meinem Kopf!

Empfindlich. Leo zwinkerte ihr zu, und dann war wieder Stille in ihrem Kopf. Ein Räuspern vor ihr ließ sie herumfahren. Conte Claudio streckte ihr das Tablett entgegen, auf dem bereits einige leere Tassen standen. Hastig stellte sie ihre dazu. Er ging weiter, und sie konzentrierte sich ganz auf seine Worte, drückte alle anderen Gedanken entschlossen weg.

»Jetzt, nachdem ihr von dem Blut aller noch lebenden

Clans getrunken habt, seid ihr miteinander verbunden, wie es sonst nur Mitglieder eines Clans untereinander sind.« Scheppernd stellte Conte Claudio das Tablett ab. »Ihr seid nun eine neue Generation von Vampiren, ihr könnt – und ihr werdet – eure Gaben voneinander lernen. So hat es uns die Noaidi gesagt. Ihr werdet stark sein, wie es einst Graf Dracula selbst war, und ihr werdet die Rotmasken besiegen. Ihr seid unsere Hoffnung und der Weg zu unserem Überleben.«

Niemand regte sich nach diesen Worten. Alisa fragte sich, ob den anderen ebenso der Kopf schwirrte wie ihr selbst. Ihr Leben lang hatte sie gehört, dass jeder Clan nur über die Gaben der Rubine verfügte, die im Besitz der eigenen Ehrwürdigen waren. Und jetzt – jetzt sollten sie alle die Gaben aller Clans lernen können? Sie schluckte. Dann könnte sie Gedanken lesen wie Leo. Die Elemente kontrollieren wie Malcolm. Mit Tieren sprechen wie Joanne. Und wie Luciano eine Bibel berühren, ohne sich dabei zu verbrennen.

Und das ist nur der Anfang – manche von uns verfügen über mehr als einen Rubin.

Ich hab gesagt, du sollst aus meinem Kopf verschwinden!

Schon gut, schon gut.

Sie sah Leos spöttisches Grinsen und das Zwinkern seiner strahlend blauen Augen deutlich vor sich, dazu musste sie sich gar nicht erst zu ihm umdrehen. Hoffentlich gehörte zur Gabe des Gedankenlesens auch die Kunst, die eigenen Gedanken vor anderen zu schützen. Alisa richtete ihre Aufmerksamkeit wieder auf Conte Claudio, der ihnen den Rücken zugewandt hatte und etwas an die Tafel schrieb.

Er drehte sich wieder zu ihnen um und schwenkte dabei die Kreide. »Wer kann mir sagen, welchen Rubin die Nosferas außerdem noch besitzen? Hebt die Hand, wenn ihr die Antwort wisst.« Er lächelte. »Joanne de Pyras.«

Das Mädchen neben Tammo antwortete. »Sie haben den Rubin der Arrufat aus Spanien. Mit ihm kann man mit den Toten sprechen.«

»Sehr gut, Joanne.« Der Conte notierte den Rubin auf der Tafel. »Und die Pyras, über welche Gabe verfügt ihr?«

»Wir können uns mit Tieren unterhalten.« Joanne kraulte die Ratte, die vor ihr auf dem Tisch hockte.

»Bene.« Conte Claudio sah sich um. »Malcolm of Vyrad, die Gabe deines Clans?«

Malcolm, der in ein leises Gespräch mit Leo vertieft war, fuhr hoch und rückte seine Jacke zurecht. Aber er antwortete unverzüglich, als wäre er die ganze Zeit über aufmerksam gewesen. »Wir haben Kontrolle über die Elemente. Wir können es regnen lassen, Wolken vor die Sonne schieben.« Er sah zu Alisa hinüber. »Oder auch für Wind sorgen, damit ein Segelschiff rechtzeitig sein Ziel erreicht.«

»Sehr gut, sehr gut«, nickte Conte Claudio, während er an die Tafel schrieb. »Exzellente Beispiele, Malcolm, danke.«

Alisa hörte wieder das Kichern der Dracas-Mädchen. Wenn sie doch nur den Rubin hätte, der unsichtbar machte. Gleich würde Conte Claudio sich an sie wenden, und den Spott, der darauf folgen würde, konnte sie sich lebhaft vorstellen. Aber als Conte Claudio sich umdrehte, sprang sein Sohn aus der ersten Reihe auf.

»Das wissen wir doch längst alles, Papa! Der Vamalia-Rubin steht für die Liebe, und die Dracas können Gedanken lesen und –«

»Und«, mischte Leo sich ein, »wir haben den Vikla-Rubin aus Griechenland, mit dem wir über Telekinese verfügen, das heißt, wir können Gegenstände mit Gedankenkraft bewegen. Außerdem haben wir den Grimur-Rubin aus der Türkei, mit dem wir das Licht der Sonne gefangen nehmen können.« Er lehnte sich mit einem arroganten Lächeln auf seinem Stuhl zurück und blinzelte Alisa zu. Oder hatte sie sich das nur eingebildet? Leo jedenfalls ignorierte sie bereits wieder und ergänzte: »Und das macht uns zum mächtigsten Clan von allen.«

Protest brandete auf. Conte Claudio hob die Arme, bis wieder Ruhe einkehrte. »Bitte, Kinder. Luciano, ich erwarte ein besseres Benehmen von dir. Leo, Macht und Respekt schließen einander nicht aus.« Er schlug die Hände zusammen. »Bene, gut, kommen wir zu den verlorenen Rubinen. Wer kann sie mir nennen?«

Luciano lächelte vorsichtig in Alisas Richtung, bevor er sich wieder setzte. Sie lächelte schnell zurück und wünschte sich, sie könnte ihm schon per Gedanken für die Ablenkung danken. Allerdings müsste sie sich dann wohl auch bei Leo bedanken – und bei dem konnte sie sich nicht entscheiden, ob er aus reiner Arroganz oder doch aus Mitgefühl gehandelt hatte. Irgendwie hatte Leo netter gewirkt, als sie allein mit ihm an Deck gewesen war. *Reiß dich zusammen*, befahl sie sich und las die weiteren Notizen des Conte auf der Tafel.

Lycana – Gestaltwandlung – Irland
Upiry – Schattenwanderung – Rumänien
Belov – Sonnenlicht vertragen – Russland
Tova – Beweglichkeit im Wasser – Holland
Caminada – Unsichtbarkeit – Schweiz

Conte Claudio tippte mit dem Kreidestück auf die oberste Zeile: Nosferas. »Als Erstes werdet ihr die Gabe meines Clans lernen. Die Entweihung! Euer Lehrer: Luciano di Nosferas, mein Sohn, mein Erbe.« Er trat zur Seite, und in der folgenden Stille schienen Lucianos Schritte auf dem Weg nach vorn lauter, als sie waren. An der Tafel angekommen drehte er sich zu ihnen um. »Ha-hallo.« Er wirkte kleiner als Tammo, wie er dort stand und Hilfe suchend zur Tür blickte.

Alisa lächelte ihm zu und schnitt schnell eine Grimasse in Richtung von Leo, hoffte, das würde Luciano daran erinnern, wie er es dem vorhin beim Frühstück gezeigt hatte. Luciano strahlte sie an und nickte. Na bitte, man musste kein Gedankenleser sein, um sich stumm zu verständigen.

»Für diese Lektion wird mir Signor Umberto di Nosferas zur Seite stehen«, verkündete Luciano. »Er ist ein Vampir der ersten Generation.« Die Tür schwang auf und ein langer, hagerer Mann in einem staubgrauen Anzug trat ein. Er eilte nach vorn, gönnte niemandem bis auf Luciano einen Blick und begann zu sprechen, noch während er ihnen allen den Rücken zukehrte. »Danke, Luciano.« Der schwere Lederkoffer, den er mitgebracht hatte, landete mit einem dumpfen Schlag auf dem Pult. »Nehmt eure Hefte heraus.« Seine Stimme war so staubtrocken, wie sein Anzug grau war.

Hätte sie ein Heft mitbringen sollen? Alisa blickte sich um. Joanne und Tammo in der Reihe vor ihr klappten ihre Tischplatte hoch. Eilig machte sie es ihnen nach. In dem Fach darunter fand sie ein Heft, ein Tintenfass und eine Feder. Sie arrangierte alles auf ihrem Tisch, schlug das Heft auf, tauchte die Feder in das Tintenfass. Als sie aufblickte, war Signor Umberto immer noch mit dem Inhalt des Koffers beschäftigt.

»Lezione numero uno, erste Lektion«, verkündete er. »Entweihung. Aufgepasst, sie kann euch das Leben retten.« Er murmelte vor sich hin, zu leise, um ihn wirklich zu verstehen, und in einer Sprache, von der Alisa sicher war, dass sie sie noch nie gelesen oder gehört hatte. Dann griff Signor Umberto in den Koffer und drehte sich abrupt herum. In einer Hand hielt er ein Kreuz, das er mit einem dünnen Grinsen der Klasse entgegenstreckte.

Zusammen mit allen anderen zuckte Alisa zurück, entblößte ihre Fangzähne. Signor Umberto kam ein paar Schritte auf sie zu. »Wohlschmeckende Rotmasken waren so freundlich, uns dieses Kreuz zu … überlassen. Luciano, wärst du so gut …?« Er hielt dem Jungen das Kreuz hin. Luciano murmelte ein paar Worte – sie klangen wie das, was Signor Umberto zuvor von sich gegeben hatte – und nahm das Kreuz in die Hand.

»Tada!« Er reckte es in die Höhe. Wie die Bibel zeigte auch das Kreuz keinerlei Wirkung bei ihm. Aber dafür bei allen anderen. Luciano schritt durch die Klasse, und Stühle krachten zu Boden, als sie alle aufsprangen und vor ihm zurückwichen. Alisa lief nach vorn, stellte sich vor Tammo, auch wenn sie keine Idee hatte, wie sie ihn vor dem Kreuz schützen sollte.

Durch den Lärm klang Signor Umbertos unbeeindruckte Stimme: »Vor langer, langer Zeit gab es eine klare Grenze zwischen Gut und Böse. Doch dann wurde ein guter Mann – unser aller Urahn, Graf Dracula – in das Reich der Dunkelheit gelockt, und die Grenze löste sich auf. Was ich euch lehren werde …« Ein Krachen unterbrach ihn.

Der Lederkoffer war zu Boden gefallen. Signor Umberto fluchte und rief Luciano nach vorn, damit der ihm half, die über den Boden verstreuten Kreuze, Bibeln und noch mehr Gegenstände, die Alisa nicht kannte, wieder einzusammeln.

Während die anderen fasziniert zusahen, wie die beiden Vampire ohne jede Scheu die geweihten Gegenstände berührten, sah Alisa sich schnell um. Das mit dem Koffer konnten nur die Dracas gewesen sein. So ein Koffer rutschte schließlich nicht von selbst vom Tisch. Sie sah gerade noch, wie Leo sich hinter Malcolm aus der Tür schlich – und er blickte über eine Schulter zu ihr zurück, als hätte er gespürt, dass sie ihn beobachtete. Dann war er zur Tür hinaus. Nur seine Stimme hallte noch in ihrem Kopf nach. *Verpfeif uns bloß nicht, Vamalia!*

Sicher nicht, dachte sie, obwohl sie nicht wusste, ob er ihre Gedanken auch lesen konnte, wenn sie nicht im selben Raum waren. Luciano und Signor Umberto hatten die geweihten Gegenstände eingesammelt, und der hagere Vampir scheuchte sie alle auf ihre Plätze zurück.

»Wo war ich? Ah. Ich werde euch zeigen, dass geweihte Gegenstände schön sind und ungefährlich – wenn ihr die Entweihung lernt. Wie sagen wir in unserem Clan, Luciano?«

»Man muss die Religion respektieren, um ihre Macht brechen zu können«, antwortete Luciano ohne jedes Zögern.

Signor Umberto nickte. »Sehr richtig.« Er kreuzte die Arme hinter dem Rücken und schritt langsam durch das Klassenzimmer. »Respektieren, ja. Daran glauben? Nein. Aber wenn ihr sie nicht respektiert, ist alles, was wir euch heute lehren, nutzlos. Verstanden?«

Alisa wollte aufmerksam bleiben, aber ihre Gedanken ließen sich nicht bändigen. Als hätten sie nur auf diesen Moment gewartet, in dem sie endlich einmal still dasaß, stürmten all die Bilder ihrer Visionen auf sie ein. Der alte Mann, der ihr so seltsam vertraut vorkam, das dicke, zu einem Knoten geschlungene Seil, eine Tür in einer Felswand, der große Stein mit dem Handabdruck darauf. Ihre leuchtende Hand. *Du hast den Funken*, hatte Hindrik gesagt. Als würde das irgendetwas erklären. Wenn sie wenigstens die Bibliothek von zu Hause hätte. Zu Hause. Sie duckte sich unter der Erinnerung an prasselnde Flammen, an die kalte Stimme der Vampirjägerin.

Alisa beugte sich über ihr Heft, fest entschlossen, sich Notizen zu machen, nicht mehr an all das zu denken. Doch stattdessen legte sie die linke Hand auf eine leere Doppelseite, tauchte die Feder ins Tintenfass. Ein Handabdruck. Sie spreizte die Finger, bis sie der Zeichnung auf dem Stein in ihrer Erinnerung glichen. Sorgsam zog sie die Umrisse ihrer Hand nach.

»Alisa!«

Sie fuhr auf und riss ihre Hand zurück. Signor Umberto

ragte direkt vor ihrem Tisch auf. Aus seinen für die Nosferas typischen grauen Augen starrte er sie an, und sie hatte das Gefühl, unter seinem Starren zu erfrieren. Wenigstens war er kein Dracas. Ihre Gedanken waren vor ihm sicher.

»Was habe ich gesagt, Alisa?«

In ihrem Kopf drehte sich alles. Religion. Er hatte von Religion geredet. Wie lange hatte sie nicht mehr aufgepasst? Sie krampfte die Hände zu Fäusten. »Dass ... dass man ...« Alisa straffte sich. »Sie haben gesagt, dass man an die Religion nicht glauben, aber sie respektieren muss, sonst kann man die Entweihung nicht lernen.«

Im Raum war es so still, dass Alisa meinte, alle müssten ihren Herzschlag hören. Obwohl sie sich sagte, dass das unmöglich war.

»Das hast du dir also gemerkt.« Signor Umberto beugte sich über ihren Tisch, stützte die Hände darauf ab, sprach immer leiser, je näher er ihr kam. »Immerhin. Aber das war zu Beginn des Unterrichts. Was habe ich dich eben gefragt?«

Ausgerechnet jetzt drängte sich Alisa die Vorstellung auf, was Leo in dieser Situation antworten würde. *Sie haben gefragt: Was habe ich gesagt, Alisa?* Das wollte er bestimmt nicht hören. Alisa presste die Lippen zusammen. Signor Umberto schlug mit beiden Händen auf ihren Tisch.

»Wo sind Malcolm und Leo?« Er deutete auf die beiden leeren Stühle. »Wo?«, schrie er.

»Ich – ich weiß es nicht.« Sie musste keine Gedankenleserin sein, um zu sehen, dass er ihr kein Wort glaubte. Signor Umberto packte sie am Arm und schob sie vor sich her aus dem Klassenzimmer. Sie stolperte, stürzte fast auf der

Treppe nach oben an Deck, fing sich erst wieder, als sie vor Conte Claudio und Contessa Viola standen. Conte Claudio wirkte bleicher als gewöhnlich. Er umklammerte den Rubin der Nosferas, der zwischen seinen Fingern hell flackerte und dann verlosch.

»Unmöglich«, murmelte Conte Claudio. »Wer würde es wagen, Baron Magnus zu besteh-«

Die Contessa legte eine Hand auf seine Schulter. »Wir haben Gesellschaft, amore.«

Conte Claudio richtete sich auf. »Schwierigkeiten, Umberto?«

Alisa wünschte sich weit weg. Wünschte sich, sie wäre mit Leo und Malcolm gegangen. Wünschte sich, die beiden wären vernünftig gewesen und dageblieben. Aber Leo und vernünftig, das passte nicht zusammen. Gegen ihren Willen munterte dieser Gedanke sie auf. Doch Signor Umbertos Stimme ernüchterte sie schnell wieder.

»Leo und Malcolm sind verschwunden – und die hier weiß etwas.« Er schubste Alisa auf den Conte und die Contessa zu.

»Verschwunden? Wie? Wohin?« Conte Claudio rang die Hände. »Nicht auch das noch! Wenn Baron Magnus … Wenn …« Er wirbelte um die eigene Achse, blickte sich auf Deck um, als müssten die beiden Jungen jeden Moment vor ihm auftauchen. Contessa Viola befahl einer dunkelhaarigen Schattenvampirin ruhig, die Suche auf dem Schiff zu organisieren, dann legte sie einen Arm um Conte Claudio.

»Amore, keine Sorge, wir werden sie finden. Raphaela kümmert sich darum. Wenn sie an Bord sind –«

»Wenn? Wenn! Was, wenn nicht? Was, wenn sie – Gütiger, was, wenn sie Menschenblut trinken? Sie sind noch nicht volljährig! Was, wenn …« Er brach ab, als die Schattenvampirin zurückkam. Hindrik folgte ihr. Sie schüttelten beide den Kopf.

»Sie müssen an Land gegangen sein«, sagte Raphaela und strich sich nervös durch die Haare. Hindrik legte ihr eine Hand auf den Rücken.

»Alisa, wenn du irgendetwas weißt, ist jetzt die Zeit zum Reden.«

Alle sahen sie an. Aber was wusste sie schon? Nur das Offensichtliche. »Sie sind vorhin, in der ganzen Aufregung um den abgestürzten Koffer, aus dem Klassenzimmer geschlichen. Das ist alles, was ich weiß. Ehrlich.«

»Ich wusste es«, murmelte Signor Umberto. »Ich wusste genau, dass dieser Dracas dahintersteckt. Verdammte Dracas-Brut, alle miteinander.«

»Umberto.« Contessa Viola hob nicht einmal die Stimme, aber Signor Umberto trat sofort einen Schritt zurück und schwieg. »Wir müssen Ruhe bewahren«, fuhr die Contessa etwas lauter fort. »Ich werde in die Stadt gehen und die beiden suchen. Hindrik, du kommst mit mir. Signor Umberto, setzen Sie bitte den Unterricht fort. Keine Sorge, amore, ich werde sie finden.« Sie drückte Conte Claudio einen Kuss auf die blasse Wange, dann eilte sie Richtung Steg, winkte Hindrik ungeduldig, ihr zu folgen.

Als sie ihn vom Schiff gehen sah, fühlte Alisa sich einsamer als je zuvor. Auch im Klassenzimmer wurde das nicht besser, vor allem nicht unter den Blicken von Fanny und Inger. *Das wird ein Nachspiel haben,* drohte Fanny, während sie den Entweihungsspruch mitschrieb, den

Luciano diktierte. Alisa tauchte die Feder ins Tintenfass und versuchte, sich auf die Worte zu konzentrieren. *Rehcsilmmih Retav, ud tsah snu nenied Nhos tkcihcseg, liew …* Ihre Hand zitterte beim Schreiben. Zum ersten Mal, seit sie Hamburg verlassen hatten, wünschte Alisa sich in ihr Haus zurück, in dem alle Wege nach draußen verbarrikadiert gewesen waren.

Leo

Es tat unendlich gut, wieder festen Boden unter den Füßen zu spüren. Leo schritt weit aus. Auch wenn die Gassen enger wurden, je weiter sie in die Stadt vordrangen, es gab doch immer wieder eine Abzweigung, einen weiteren Weg. Manche Gassen öffneten sich auf kleine Plätze, und nirgendwo war einfach Ende wie überall auf diesem verfluchten Schiff. Es war, als würde er nach Wochen des Eingesperrtseins das Zuschlagen der Eisentür hören – aber dieses Mal von draußen und nicht mehr von drinnen. Er streckte sich genüsslich, als Malcolm neben ihm laut auflachte.

»Ist das nicht herrlich?« Malcolm überholte ihn und ging rückwärts weiter, ohne langsamer zu werden. »Ich hab nicht gewusst, wie sehr man eine Stadt vermissen kann. Häuser! Fensterläden! Wäscheleinen! Straßen! Laternen! Torbögen!« Er deutete nach rechts und links und sprang über eine Erhebung im Kopfsteinpflaster. »Statuen! Brunnen!« Er blieb stehen, legte den Kopf zurück. »Sogar diese Kirchenglocken klingen besser als das ewige Rauschen der Wellen.« Er grinste Leo an. »Und weißt du, was das Beste ist? Keine Väter und keine dreitausend Ermahnungen.« Malcolm senkte die Stimme zu einem tiefen Bass. »Stets die Kontrolle behalten, Sohn. Denk daran, du musst ein Vorbild für alle anderen sein. Die Würde der Vyrad … bla, bla,

bla.« Mit einem Satz sprang er auf das nächste Dach. »Worauf wartest du, Dracas?«

Das ließ Leo sich nicht zweimal fragen. Er sprang. Seite an Seite rannten sie über die Dächer, über schmale Kronen von Torbögen, die wie Stege aus Stein über die Gassen ragten. Leo wünschte sich etwas von Malcolms Unbeschwertheit. Wünschte sich, er könnte die Worte seines Vaters auch einfach so ausspucken und ihnen dann davonspringen.

Wir sind der mächtigste Clan von allen, Leo, vergiss das nie. Je höher man steigt, desto tiefer ist der Fall. Verstehst du das? Bleib bei der Sache, lass dich nicht ablenken. Schon gar nicht von einer Vamalia. Die haben unsere Aufmerksamkeit nicht verdient. Ist das klar? Verrate den anderen Erben nicht zu viel über uns, aber lerne du alle ihre Fähigkeiten, bring sie mit nach Hause, damit unser Clan davon profitieren kann. Und vergiss nie: Du bist nicht der Einzige in der Erbfolge. Die Wahl könnte auch auf deine Cousinen fallen. Also streng dich an.

Leo rannte schneller und prallte gegen Malcolm, der stehen geblieben war. Malcolm deutete nach unten auf einen Platz. Helles Gelächter drang von dort hinauf. Es kam von einer Gruppe junger Frauen in langen graublauen Kleidern.

Malcolm stieß ihn an. »Schau zu und lerne!« Er richtete sich halb auf, bewegte die Hände, als würde er etwas aus der Luft sammeln. Leo starrte in die sternenklare Nacht und beschloss, Malcolms Worte als Einladung zu verstehen. Vorsichtig, weil er die Konzentration seines Freundes nicht stören wollte, schickte er einen mentalen Faden aus.

Genau wie Alisa besaß auch Malcolm keine wirkliche Verteidigung gegen das Eindringen eines Gedankenlesers.

Wie er es gelernt hatte, verbarg Leo die eigenen Gedanken hinter starken Felswänden, damit er sich still und unauffällig in der fremden Welt bewegen konnte. Malcolm stand auf einem Berg, vor dem sich eine Landschaft öffnete, weit wie der Himmel über ihnen. Malcolm selbst wuchs zu einem Riesen. Er beugte sich über den Berg hinab zu einem See, schöpfte Hände voll Wasser daraus und schleuderte es nach oben. Das Wasser zersprang in unendlich viele Tropfen. Bevor sie hinabfallen konnten, sammelte Malcolm sie ein, trieb sie zusammen wie eine Herde Schafe. Die Tropfen verdichteten sich zu einer Wolke, die schwerer und schwerer wurde, je mehr Wasser Malcolm hineinlenkte.

Leo zog sich vorsichtig aus seinem Kopf zurück, um sich das Ganze wieder von außen anzusehen. Die Wolke hing jetzt über den Mädchen auf dem Hof, und auf einen letzten Wink von Malcolm hin begann sie, über ihnen abzuregnen. Die jungen Frauen kreischten auf, bedeckten ihre Haare mit den Händen und rannten. Was wenig nutzte, denn Malcolm schickte ihnen die Wolke hinterher. In Sekundenschnelle waren ihre Kleider durchnässt. Sie schimpften und schlangen die Arme um sich, flüchteten durch einen Torbogen.

Leo grinste. »Nicht übel.« Er schlug Malcolm auf die Schulter und sah den entschwindenden Gestalten hinterher. Wenn er sich von keiner Vamalia ablenken lassen durfte, dann brauchte er eine andere Ablenkung. »Los, komm, vielleicht können wir ihnen einen feuchten Kuss abschwatzen.« Sie sprangen auf den Platz und machten sich an die Verfolgung. Nicht in Vampirgeschwindigkeit, schließlich wollten sie nicht enttarnt werden, aber schnell genug, dass sie die Mädchen nicht aus dem Blick verloren.

Eines von ihnen riss eine schwere Holztür auf und scheuchte die anderen hinein. Mit einem dumpfen Schlag fiel die Tür hinter ihnen ins Schloss. Nur wenige Momente später erreichte Leo die Tür – von so einem Stück Holz würde er sich nicht aufhalten lassen. Auch wenn Malcolm schon halb dabei war umzudrehen. Die Tür war nicht abgeschlossen. Na bitte, Hartnäckigkeit lohnte sich. Er winkte Malcolm, ihm zu folgen, und sie stürmten hinein. Von den Mädchen fehlte jede Spur. In der Luft lag ein Geruch, der sich dicht und schwül auf seine Haut legte, als bestünde er aus den Händen eines Riesen, der ihn zerquetschen wollte. Leo stoppte. »Was …?«

»Weihrauch!« Malcolm stützte sich an einer Holzbank ab. Schweiß stand ihm auf der Stirn. Vampire schwitzten nicht. Aber Leo spürte, dass es ihm nicht anders erging. Malcolm stürzte zu Boden. »Wir sind in einer verdammten Kirche«, presste er heraus.

Leo taumelte zu ihm. Jetzt sah er die Kreuze. Viel zu viele davon, sie sprangen einen förmlich an. Sie mussten hier raus. Schnell! Er streckte Malcolm eine Hand entgegen, doch der hatte die Augen geschlossen und zuckte auf dem Boden hin und her. Leo stolperte, fand sich auf den Knien wieder. »Malcolm«, wisperte er. »Malcolm, komm schon!« Er rüttelte ihn an der Schulter.

»Die Tür.« Malcolm fühlte sich abwechselnd kalt und heiß an, krampfte sich zusammen, zuckte. Leo wollte sich aufrichten, wollte ihn mit sich hochziehen, aber da waren diese Riesenhände, die ihn nach unten pressten.

Erbärmlich, spottete eine Stimme in seinem Inneren, *und du willst ein Dracas sein?*

Leo fixierte die Tür. Er musste sie nur aufbekommen. Dann würde er sich auch hinausschleppen können. Kraft schöpfen. Genug, um Malcolm hier wegzubringen. Er musste sich auf die Gabe des Vikla-Rubins konzentrieren. *Komm schon!* Er musste sich nur vorstellen, wie er zur Tür ging. Wie er sie aufdrückte. Ein ganz simpler Vorgang. Aber so sehr er sich auch anstrengte, er fand die Verbindung nicht.

Schritte kamen heran. Stimmen. »Bitte.« Er schluckte, sprach lauter. »Wir sind Reisende. Mein Freund, er … er braucht Hilfe.« Er blinzelte, als Gestalten sich über sie beide beugten. Kühle Finger berührten seine Stirn. Er schloss die Augen und bekam sie nicht wieder auf.

»Keine Sorge, wir kümmern uns um euch.« – »Wir sind die Schwestern des Heiligen Kreuzes.« – »Wascht sie mit Weihwasser.«

Nein! Sein Protest kam nur als Stöhnen über seine Lippen. Der Schreck gab ihm ein wenig Kraft zurück. Leo richtete sich halb auf, schlang einen Arm um Malcolms Brustkorb und versuchte, sie beide Richtung Tür zu ziehen. Doch es war, als wollte er sich durch Wasser bewegen, das ihn mit jeder Sekunde mehr lähmte. Er schleppte sie lächerliche Millimeter voran, während die Schwestern mit einer Schüssel Weihwasser auf sie zueilten. *Beweg dich! Die bringen uns um!*

Nicht einmal das entlockte Malcolm eine Reaktion. Leo mühte sich weiter, auch wenn es sinnlos war. Von Weihwasser und Kreuzen getötet. Er konnte sich die Enttäuschung seines Vaters deutlich vorstellen. Seine Verachtung. Hitze und Kälte schüttelten ihn abwechselnd.

Ein Knarren. Entweder hatte er jetzt Halluzinationen,

oder da stand wirklich Contessa Viola im Türrahmen. Leo blinzelte. Die Contessa redete auf eine der Schwestern ein. Die nickte, drehte sich um und ging den Frauen mit dem Weihwasser entgegen, hielt sie auf. Hielt sie auf! Leo zitterte vor Erleichterung. Er sank auf den Boden und schloss die Augen.

Etwas später stand er wieder draußen vor der Kirche, gestützt von der Contessa. Die kühle Nachtluft, der Geruch nach Salz und wildem Thymian klärten seine Sinne. Er hätte eigenständig zurück zum Schiff laufen können, doch die Contessa hielt ihn gepackt. Malcolm erging es nicht besser. Den hatte der Schattenvampir der Vamalia fest im Griff. Kein Zweifel, ihr Ausflug würde ein Nachspiel haben.

Und das hatte er. Ein erniedrigend öffentliches Nachspiel. Eine Woche lang das Deck schrubben. Wie Schattenvampire. Dagegen waren die Strafen seines Vaters geradezu weichherzig. Der sperrte einen wenigstens nur ein und setzte nicht auf öffentliche Beschämung wie Conte Claudio.

Noch in derselben Nacht ging es los. Malcolm und er hatten kaum die Schrubber in der Hand, als er auch schon Schritte hinter sich hörte. Er ignorierte sie. Natürlich wusste er, wer das war. Alisa. Aber wenn die Verräterin gekommen war, um sich an Malcolms und seiner Demütigung zu ergötzen, würde er ihr nicht die Befriedigung geben, ihre Anwesenheit zur Kenntnis zu nehmen. Alisa blieb neben ihnen stehen. Sie rang die Hände, sagte jedoch nichts. Er drehte sich von ihr weg.

»Es – es tut mir leid.«

Ach ja? Was?

»Es tut mir leid, dass ich euch verraten habe. Ich wollte das nicht. Wirklich. Aber …«

Aber was? Gedanken reichten nicht mehr aus. »Du solltest das Deck schrubben müssen! Nicht wir. Nichts ist schlimmer als eine Verräterin!«

Malcolm stieß ihn an. Sein Blick sagte eindeutig: Reiß dich zusammen. Der jetzt also auch? Malcolm zuckte mit den Schultern und sah zu Alisa. »Du hast uns damit vermutlich das Leben gerettet.« Der Ehrwürdige der Vyrad wäre stolz auf seinen Sohn gewesen. Malcolm klang, wie sein Vater ihn haben wollte. Ruhig. Kontrolliert. Verräter. »Wir hatten uns da in eine ziemlich üble Lage gebracht.«

Die Erinnerung an die *üble Lage* ernüchterte Leo etwas. Trotzdem. Er senkte den Kopf und schrubbte weiter. Sie wären fast gestorben und hatten diese Deckschrubberei nicht verdient. Behandschuhte Finger legten sich um den Stiel seines Schrubbers. Alisa riss das Ding an sich und schrubbte, als gäbe es eine Belohnung dafür. Er begriff diese Vamalia einfach nicht. Und nur deswegen fand er sich in ihren Gedanken wieder. Weil er verstehen wollte, was sie antrieb.

Was er in ihrem Kopf fand, gab ihm allerdings noch mehr Rätsel auf. Bilder wie Erinnerungen, die zugleich keine echten Erinnerungen waren. Ein alter Mann mit durchdringendem Blick, den Alisa nicht kannte. Sie hatte Angst vor ihm. Bevor er darüber nachdenken konnte, ob es klug war, stand Leo neben ihr. »Du hast geträumt?«, fragte er.

Sie beugte sich tiefer über den Schrubber. »Vampire träumen nicht.«

»Aber du hattest einen.« Er legte eine Hand auf den Schrubber, stoppte sie. »Einen Albtraum.«

»Verschwinde aus meinem Kopf.«

Wie du willst. Aber in ihr steckte eindeutig mehr als nur die nutzlose Vamalia-Gabe. Er wusste nur noch nicht, was.

»Was ist?«, fuhr sie ihn an, und erst da bemerkte Leo, dass er sie immer noch anstarrte. Schnell schaute er weg.

Sie konnte nicht in ihn hineinschauen, beruhigte er sich, gleichgültig, wie wissend ihr Blick schien. Sie konnte seine Verwirrung nicht sehen. Oder wie hilflos er gewesen war, weil ihm plötzlich die Gabe des Vikla-Rubins gefehlt hatte.

»Was verschweigst du?«

Leo ertappte sich dabei, wie er seine geistigen Verteidigungsmauern hochzog. Dabei konnte sie nicht einmal Gedanken lesen. Aber dann platzte er doch damit heraus. »Ich hätte uns retten können. Wenn ich nicht – wenn mich nicht irgendetwas daran gehindert hätte, auf den Vikla-Rubin zuzugreifen.« Er biss sich auf die Unterlippe. Warum verriet er ihr Dinge, die er verschweigen wollte? Zum Glück ersparte der heraneilende Vamalia-Schattenvampir ihm weitere Offenbarungen.

»Alisa, hör auf damit, den Jungs zu helfen!« Er nahm ihr den Schrubber ab und drückte ihn Leo in die Hand. »Die Sonne geht gleich auf, ab unter Deck mit dir.«

Sie ließ die Schultern hängen und folgte ihm. Ließ sich von einem Schattenvampir herumkommandieren. Was stimmte mit diesen Vamalia nicht? Er lauschte ihrem Gespräch, während sie sich entfernten. Immerhin nahm Alisa den Befehl nicht einfach so hin, wollte wissen, warum sie *diesem Gedankenleser*, wie der Schattenvampir ihn betitelte, nicht zu nahe kommen sollte.

»Deine Großmutter würde das missbilligen.«

»Aber die ist nicht hier.« Alisa blieb oben an der Treppe stehen. »Sonst könnte sie mir vielleicht verraten, was ich mit unserer tollen Gabe der Liebe anfangen soll. Was bitte soll ich tun, wenn ich mit Unterrichten dran bin? Hast du auch nur eine Ahnung davon, wie peinlich das wird?«

Leo grinste. Da steckte also doch mehr Feuer in der Vamalia als gedacht.

Der Schattenvampir fand das offenbar gar nicht komisch. »Liebe ist eine gefährliche Sache, Alisa. Sie hat einen eigenen Willen. Kann zerstörerisch sein. Explosiv. Sie ist eine Macht, die sich unmöglich mit dem Verstand begreifen lässt.«

»Toll. Ich bin also eine tickende Zeitbombe, die jeden Augenblick hochgehen kann.« Alisa stürmte die Treppe hinab.

Der Schattenvampir blickte ihr nach und seufzte. »Gilt das nicht für alle in deinem Alter?«

Leo schnaubte. Wenn das so war, dann hatten die Erwachsenen echt einen Fehler damit gemacht, sie alle zusammen auf einem Schiff einzusperren. »Hast du gehört?«, wandte er sich an Malcolm. »Wir sind tickende Zeitbomben.«

Malcolm grinste. »Das gilt nur für Mädchen.« Er rammte seinen Schrubber gegen den von Leo. »Wir sind kühlere Köpfe.«

Klar. Leo brauchte keine zweite Aufforderung und griff ebenfalls an. Schnell waren sie in einen freundschaftlichen Schrubberkampf verwickelt, der über das ganze Deck führte.

Alisa

Alisa rannte unter Deck und stieß am Fuß der Treppe mit Contessa Viola zusammen. Die hielt sie fest, bewahrte sie vor einem Sturz.

»Wohin denn so eilig?«

»Nirgends.« Alisa versuchte, alles abzuschütteln. Leos Hin und Her zwischen Verachtung und ehrlichem Interesse, Hindriks ewige Geheimniskrämerei – sie war sicher, dass er mehr wusste, viel mehr, als er sagte, und dazu noch die Tatsache, dass sie auf der *Elisabetha* ebenso eingesperrt war wie in Hamburg, trotz des weiten Himmels über ihr. Sie zwang sich zu einem Lächeln, um die Contessa von weiteren Fragen abzuhalten. Die legte ihr eine Hand auf die Wange.

»Du hast das Lächeln deiner Mutter.«

»Sie haben sie gekannt?«

»Anna war meine beste Freundin. Wir haben gemeinsam gegen Graf Dracula gekämpft, lange bevor die Clankriege begannen.« Ihr Blick richtete sich in eine Vergangenheit, die so lange zurücklag, dass Alisa sie sich nicht einmal vorstellen konnte. »Deine Mutter war eine leidenschaftliche und starke Kämpferin. Eine echte Kriegerin. Aber nach deiner Geburt …« Sie sah Alisa an und nahm die Hand von ihrer Wange, legte sie auf ihre Brust. Alisa stand wie festgefroren da. Die Hand der Contessa lag genau über ihrem Herz. Ihrem pochenden Herz. Das immer lauter und schneller schlug, je länger sich das Schweigen zwischen ihnen hinzog.

Contessa Viola zog ihre Hand zurück. »Es ist also wahr.«

»Sie wissen …?« Alisa konnte sich nicht rühren, obwohl sie am liebsten davongelaufen wäre.

»Deine Mutter hat sich mir anvertraut. Ich konnte es nicht glauben. Ein Vampir mit Herzschlag.« Die Contessa berührte ihren eigenen Brustkorb. »Nun – was vergangen ist, ist vergangen. Putz dir die Fänge und dann ab in den Sarg.« Ihr Tonfall ließ keine weiteren Fragen zu. Und sie war verschwunden, schneller als Alisa den Mund öffnen konnte.

Ich bin jetzt stark genug, Mutter. Ganz sicher. Aber wie immer nutzte dieser Gedanke nichts. Alisa trat an einen der Waschstände und starrte in die Porzellanschüssel. Es gab nicht nur eine ganze Welt da draußen, die sie nicht kannte, da war auch eine unermessliche Vergangenheit, von der sie keine Ahnung hatte. Die Großmutter ihr verschwieg. Über die Hindrik nicht sprach. Da waren all die Jahrhunderte, von denen sie genauso wenig wusste wie von den Abschiedsworten ihrer Mutter. Ewigkeiten, die ihr Clan durchlebt hatte, lange bevor sie zur Welt gekommen war. Alisa versuchte, sich all die Erinnerungen vorzustellen, die dieser Zeitraum umfassen musste, und scheiterte. Sie hatten sich alle gekannt und gemeinsam gegen Graf Dracula gekämpft. Die Nosferas, die Vamalia, die Vyrad, die Pyras, die ausgelöschten Clans, sogar die Dracas. Zusammen hatten sie ihn besiegt. Und dann … dann war diese

Gemeinsamkeit zersplittert. Sie hatten sich bekämpft. Einander getötet.

Wie sehr Alisa sich auch anstrengte, das zu verstehen, es blieb unbegreiflich. Sie schlüpfte in ihren Sarg, doch sie fand keinen Frieden in der Dunkelheit.

Und dann begann das Kribbeln auf ihrer Handfläche, das sie inzwischen schon viel zu gut kannte. Es half nichts, die Augen geschlossen zu halten. Das Strahlen war so hell, dass es sich nicht ignorieren ließ. Zögernd öffnete Alisa die Augen.

Sie ist noch immer in ihrem Sarg. Doch von draußen dringt Stimmengewirr zu ihr hinein, wird immer lauter. Gläser klirren. Vorsichtig schiebt sie ihren Sargdeckel auf und tritt hinaus. Menschen lachen, aber nehmen sie nicht wahr. Das Schiff ist verschwunden. Sie steht in einer Wolke aus Lärm und mitten in einer Taverne. »Letzte Runde!«, ruft der Mann hinter dem Tresen. Niemand beachtet sie. Alisa tritt zögerlich weiter in den Raum. An einem der Tische sitzt der vertraute alte Mann, einen Zylinder auf dem Kopf. Wie unter Zwang nähert sie sich seinem Tisch. Er ist ganz mit der Kellnerin beschäftigt, die ihn verträumt anblickt, ihm ein Handgelenk hinstreckt. Er nimmt es und führt es an seinen Mund. Die Frau zuckt nicht einmal, als seine Fangzähne aufblitzen. Sie schlagen in weiche Haut. Die Frau schreit auch jetzt nicht auf. Sie lächelt und sinkt langsam auf einen Stuhl, ihr Kopf schwankt, sie beugt sich immer weiter vor, bis sie auf der Tischplatte zur Ruhe kommt. Als würde sie schlafen.

Alisas Mund fühlt sich warm an, sie streicht sich über

die Lippen, zugleich mit dem Mann, der jetzt das Handgelenk freigibt, sich die Mundwinkel mit einem Taschentuch abtupft. Sie spürt die Berührung, streicht noch einmal über ihre eigenen Lippen, als wäre auch an ihnen Blut. Sie sieht, wie seine Falten sich glätten, spürt, wie neue Kraft in die alten Gliedmaßen strömt, als würde ein Kokon von ihr abfallen. Ein Anfang, ein wunderbarer Anfang! Der Mann springt auf. Er breitet die Arme weit aus, lächelt die Gäste an. »Geschätzte Landsleute von Braşov, lasst uns diesen wunderbaren Abend feiern. Die letzte Runde geht auf mich!« Jubel klingt auf. »Trinkt! Trinkt, als wäre heute eure letzte Nacht auf Erden!« Der Jubel schwillt weiter an. *Narren.* Alisa zuckt vor dem Gedanken zurück. Er ist so kalt. Sie steht in dem rauchigen Schankraum und will die Menschen darin warnen. *Flieht, flieht, sonst wird dies wirklich zu eurer letzten Nacht!* Die Worte kommen nicht über ihre Lippen.

Der Mann mit dem Zylinder fährt herum. Sein Gesicht ist glatter, seine Bewegungen sind geschmeidiger als vorhin. Sie weiß jetzt, wer da vor ihr steht. Aber sie begreift nicht, wie das sein kann.

»Du!« Er deutet auf sie, und Alisa weicht zurück. »Vampirmädchen. Du bist die aus meinem Kopf.« Er greift nach einem Rubin, den er an einer Kette um den Hals trägt. Sie hat ihn schon einmal gesehen. Ein schwarzer Ammonit-Anhänger, in dessen Mitte der Rubin rot leuchtet. Der Vikla-Rubin, den Baron Magnus getragen hat. Eine Kraft, gegen die sie machtlos ist, treibt sie rückwärts aus der Taverne. Sie kann nicht stoppen, nicht einmal ihren Warnschrei kann sie noch ausstoßen. Ein lautes Krachen. Dann geht alles in einem hellen Leuchten unter, das sie auffängt. Hält.

Stille. Ein langsam verlöschendes Licht. Schließlich tanzen nur noch rote Funken hinter ihren geschlossenen Augenlidern. Vergehen.

Alisa lag ganz still. Erst als von draußen keine Geräusche mehr kamen, erst als sie wirklich glaubte, in der Dunkelheit ihres Sarges sicher zu sein, wagte sie, seinen Namen zu denken. *Graf Dracula.* Alles in ihr sträubte sich dagegen. Er war besiegt. Lag seit Jahrhunderten in Ketten, in einem versiegelten Sarg, dessen Versteck nur die Ehrwürdigen kannten.

Vielleicht hatte Leo doch recht. Vielleicht träumte sie. Vielleicht mischte sie sich etwas zusammen aus Geschichten, die sie gelesen und gehört hatte. Aber vielleicht wurde sie auch einfach allmählich verrückt. Vielleicht waren das alles Folgen davon, dass sie eine Vampirin mit einem menschlichen Herzen war. Ein Monster mit einer leuchtenden Hand. Eine Zeitbombe.

Zögernd drückte Alisa ihren Sargdeckel auf. Draußen sah sie nur die geschlossenen Särge der anderen Mädchen und graues Morgenlicht, das durch einen schmalen Spalt zwischen den Vorhängen fiel. Sehnsucht breitete sich in ihrer Brust aus, bis ihr übel davon wurde. Sie krallte die Hände um die Sargwände, um nicht aufzuspringen, um nicht sinnlos durch alle Räume zu laufen und Särge aufzureißen auf der Suche nach ihrer Mutter, wie sie es als Kind getan hatte. Ihre Mutter war tot. Sie konnte sie weder finden noch Erklärungen von ihr verlangen. Dazu müsste sie mit – Alisa bekam eine Gänsehaut, während sie den Gedanken fortsetzte – *mit den Toten sprechen können, wie die Nosferas.*

Der vernünftige Weg wäre natürlich, bis zur Nacht zu warten. Andererseits … Alisa sprang aus ihrem Sarg, schloss im Vorbeirennen den Spalt zwischen den Vorhängen, spürte kaum den Boden unter den Füßen, während sie zum Schlafquartier der Jungen huschte. Erst an Lucianos Sarg blieb sie stehen. Sie zwang sich, einige Momente auf die Stille im Raum zu lauschen, bevor sie vorsichtig anklopfte.

»Wer ist da?« Lucianos leise Stimme klang nicht, als hätte er bereits geschlafen.

»Alisa«, flüsterte sie zurück und hob den Sargdeckel an, zu ungeduldig für jeden weiteren Aufschub. Lucianos grauer Blick traf sie und ließ sie auch nicht los, während der junge Nosferas hochfuhr.

»Was ist passiert? Werden wir angegriffen?«

Schnell schüttelte sie den Kopf und strich ihm beruhigend über den Arm. »Tut mir leid. Ich wollte dich nicht erschrecken.«

Luciano hielt ihre Hand fest. Obwohl seine Augen ganz anders waren als Tammos, ähnelte die Verlorenheit darin so sehr dem Blick ihres kleinen Bruders, dass Alisa ihn am liebsten an sich ziehen und ihm versprechen wollte, immer für ihn da zu sein. Luciano packte ihre Hand noch fester.

»Sag schon! Was ist passiert?«

»Nichts.« Sie versuchte zu lächeln. Beruhigend, wie sie hoffte. »Es ist nur …« Alisa ging neben dem Sarg in die Hocke. »Also, ich habe gehofft, du kannst mir beibringen, die Gabe des Arrufat-Rubins zu nutzen.«

Lucianos Griff lockerte sich ein wenig. »Mit wem willst du sprechen?«, fragte er, als wäre es das Selbstverständlichste der Welt, mit Verstorbenen in Verbindung zu treten.

Alisa schluckte, blickte auf die kleine Hand, die auf ihrer lag. »Mit meiner Mutter.« Sie presste die Lippen zusammen, verachtete sich für den brüchigen Klang ihrer Stimme.

»Meine Nonna liest mir immer noch jeden Morgen etwas zum Einschlafen vor«, sagte Luciano. Er zog die Knie an, legte den freien Arm darum. »Aber die erste Kontaktaufnahme kann schwierig sein. Die Toten sind oft verwirrt. Das Jenseits ist kein einfacher Ort.«

Sie nickte, misstraute ihrer Stimme zu sehr für eine Antwort. Außerdem konnte sie Luciano nicht erzählen, dass sie dieses Nebelreich durch Graf Draculas Augen bereits gesehen hatte. Sie schauderte. Luciano drückte wieder ihre Hand.

»Es kann ein wenig dauern, bis du sie findest. Du musst Geduld haben. Manchmal misstrauen die Toten uns, weil sie sich so nach uns sehnen, dass sie fürchten, sich unsere Gegenwart nur einzubilden. Unser Geist muss ruhig und stark sein, ihnen einen Halt bieten. Manchmal erkennen sie uns auch nicht, weil sie sich nur daran erinnern, wie wir aussahen, als sie uns verlassen haben. Und je länger das her ist …« Luciano schwieg.

Die Stille zwischen ihnen bildete einen Raum, der sich mit all ihren Zweifeln füllte. Von ruhig und stark war Alisa genauso weit entfernt wie von zu Hause. Und wie eine Vierjährige sah sie längst nicht mehr aus. Niemals würde ihre Mutter sie jetzt erkennen. Selbst ihre Stimme hatte sich verändert.

»Willst du es trotzdem versuchen?« Luciano sprach so leise, als wäre sie selbst ein Geist, der vor dem Klang einer Stimme flüchten könnte.

Aber auch wenn sie anders aussah, *etwas* in ihr würde ihre Mutter ganz bestimmt erkennen. Alisa spürte, wie ihre Brust sich unter ihrer Erleichterung weitete, spürte, wie ihr Herz ruhig darin schlug. »Ja. Unbedingt.«

»Gut.« Luciano nickte. »Im Grunde ist es nur eine Sache der Konzentration. Zuerst stellst du dir den Arrufat-Rubin vor, bis du ihn in deiner Handfläche spürst. Du hast ihn gesehen, oder?« Er wartete ihre stumme Bestätigung ab, dann fuhr er mit dieser Ernsthaftigkeit in Stimme und Blick, die so gar nicht zu seinem Alter passte, fort: »Der zweite Teil ist schwieriger, weil du dich nicht von deiner Trauer ablenken lassen darfst. Du musst dich an deine Mutter erinnern, an den Kern ihres Wesens, daran, wie es war, sie bei dir zu spüren. Dieses Gefühl hältst du in dir und fragst nach ihr.« Luciano beschrieb den Nebel, der das Totenreich einhüllte. In den sie durch Graf Draculas Augen geblickt hatte. »Wenn sie dich sieht und dir vertraut, wird sie zu dir kommen.«

Alisa zupfte an einem Ärmel ihres Schlafhemds und betrachtete die feinen blauen Linien darauf. »Glaubst du – glaubst du, die Toten könnten auch in unsere Welt zurückkommen?« Sie zuckte zusammen, als Luciano mit beiden Händen ihren Arm packte. Zögernd hob sie den Kopf und sah in seine weit aufgerissenen grauen Augen.

»Daran darfst du in ihrer Gegenwart nicht einmal denken. Versprich mir das!« Sein Griff um ihren Arm verstärkte sich schmerzhaft. »So sehr wir die Toten vermissen, sie würden verändert zurückkehren und hier nicht mehr die sein können, die wir kannten. Die Toten gehören ins Totenreich, so wie wir ins Reich der Lebenden gehören. Du darfst dieses Gleichgewicht nicht stören, Alisa!«

»Luciano.« Sie legte beruhigend einen Arm um ihn. »Ist schon gut. Ich verspreche es. Ich verspreche es.«

Zögernd ließ er sie los. »Nicht lügen«, flüsterte er an ihrer Schulter.

»Versprochen.«

»Ich hätte dir das alles gar nicht – ich dürfte das nicht mal selbst wissen, weil ich nach den Regeln unseres Clans noch viel zu jung dafür bin.«

Sie strich Luciano über den Rücken, der noch schmaler war als der von Tammo. »Ich verrate dich nicht.« Sie blieben noch eine Weile so sitzen, mit der Sargwand zwischen ihnen, Lucianos Stirn an ihrer Schulter. Auch später, als Alisa längst wieder in ihrem eigenen Sarg lag, spürte sie noch, wie er sich an sie gedrückt hatte, hörte seine geflüsterten Worte. *Nonna ist immer da gewesen. Und dann war sie plötzlich nicht mehr da. Das habe ich nicht ausgehalten. Ich glaube, deswegen habe ich den Weg zu ihr gefunden.*

Von seiner Großmutter hatte er gelernt, wie er mit den Toten Verbindung aufnehmen konnte. Weil sie es für sicherer hielt, ihn einzuweihen, als ihn unwissend herumstolpern zu lassen. Ihre ersten Begegnungen waren kurz gewesen, hatte Luciano Alisa noch einmal gewarnt. Erst mit der Zeit hatte er den Kontakt länger halten können. Alisa lächelte im Dunkeln vor sich hin. »Danke, Nonna«, murmelte sie mit geschlossenen Augen.

Sie lauschte auf die Stille, die keine wirkliche Stille war. Die Meeresgeräusche verschwanden nie, und irgendwann schrie immer eine Möwe, trappelten kleine Nagetiere auf Deck oder darunter umher. Nach ihrem kurzen Blick ins Totenreich war es wohl auch dort nicht still. Sie hatte so viele Fragen an ihre Mutter, dass sie nicht einmal wusste, wo sie anfangen sollte. Falls – *wenn* sie den Weg zu ihr fand.

Sie legte einen Arm über ihre Augen, drückte die Nase in die Armbeuge. Der Geruch fehlte. Aber der Stoff des Schlafhemds schmiegte sich ebenso weich an ihre Wangen wie Mamas Hände. Sie schmiegte sich hinein, hielt wie damals die Augen geschlossen. Wünschte sich wie jedes Mal, sie hätte länger hingeschaut. Nahm die vertrauten Stimmen wahr. Papa, von etwas weiter weg, weil er bereits zur Tür gegangen war: *Alles wird gut.* Mama, mit den weichen Händen und der raueren Stimme: *Mach ihr kein Versprechen, von dem wir nicht wissen, ob wir es halten können.* Von der Tür kam kein Widerspruch. Die Hände packten sie fester, Mama zog sie nah an sich. Sie hörte das Wispern an ihrem Ohr, aber sie verstand die Worte nicht. Alles, was sie verstand, war der Klang, weich und unnachgiebig wie ein Wind, der sich weder festhalten noch beenden ließ. Der einen leichten Veilchenduft mit sich trug. Sie lehnte sich in den Wind. Er flüsterte die letzten Worte um sie herum. *Kümmere dich um deinen kleinen Bruder. Und vertraue in allem auf Hindrik. Erinnere dich an alles andere erst, wenn du stark genug dafür bist.* Sie ließ sich von dem Wind einhüllen, von ihm tragen.

Sie schloss eine Hand zur Faust, spürte die Kanten eines

Steins darin, der pochte wie ihr Herz. Grellweißes Licht schnitt ihr ins Gesicht, Stimmen raunten im dichten Nebel, der sie einhüllte.

»Mama?« Ihre eigene Stimme klang so erstickt, dass sie sie kaum erkannte. »Mama?«

Sie wollte so viel mehr sagen, doch wie damals zog sich alles in ihr zusammen. Nur das eine Wort konnte sie wieder und wieder herauspressen. Und mit jedem Mal wurde der Raum um ihr Herz enger. Der Nebel vor ihr blieb so verschlossen wie die Tür, die Mama damals hinter sich geschlossen hatte. Zuerst verstummte der Wind. Dann stieß der Nebel sie von sich fort. Sein grelles Licht verlosch.

Sie lag auf dem Holzboden ihres Sargs. Draußen schrien Möwen. Alisa drückte die Hände gegen ihre Brust und ließ sich von dem Pochen darin ein wenig trösten.

Irgendwann musste sie eingeschlafen sein, denn ein lautes Krachen ließ sie aufschrecken, katapultierte sie aus dem Nichts in die Gegenwart eines offenen Sarges und Kerzenschein statt Morgenlicht. Sie fuhr hoch. Inger und Fanny standen vor ihrem Sarg. Die Dracas-Mädchen grinsten auf sie hinab und hoben einen Eimer hoch über ihre Köpfe. »Weihwasser!«, schrien sie gleichzeitig und kippten den Inhalt über sie.

Alisa riss die Arme vors Gesicht, als würde sie das schützen. Sie schrie und schoss in die Höhe. Sie schrie auch noch, als ihre Haut nicht brannte. Sie schrie, bis der Schrecken nachließ. Doch dass sie nicht in Rauch aufging, machte die Situation nicht besser. Fanny und Inger bogen sich vor Lachen, und alle anderen starrten sie an, wie sie vollkommen durchnässt in ihrem Sarg stand, während ihre Füße in dem Wasser, das sich darin gesammelt hatte, langsam taub wurden.

»Du bist so leichtgläubig!« Fanny lachte noch lauter.

»Ich hätte nie gedacht …« Inger fuchtelte in der Luft herum, als könnte ihr das dabei helfen, die passenden Worte zu finden. Sie blickte auf das im Sarg stehende Wasser. »Der Tova-Rubin wäre jetzt wirklich nützlich, was?«

»Jedenfalls hilfreicher als die Liebe.« Fanny wandte sich an die anderen. »Nehmt euch vor der Liebe in Acht! Sie verblendet einen so, dass man in die Sonne läuft und zu Staub verbrennt. Wie ihre Eltern.« Fanny wies mit einem Daumen über ihre Schulter. Auf sie.

»Das ist nicht wahr.« Mehr als ein Flüstern brachte Alisa nicht heraus. Sie musste sich an den Sargwänden festhalten, um nicht der Länge nach ins Wasser zu fallen. Fanny lachte nur und nahm Inger bei der Hand, lief mit ihr zur Tür.

Tammo, Luciano und Joanne halfen Alisa aus dem Sarg, mussten sie stützen, weil sie ihre Füße nicht mehr spürte. Zu gern hätte sie sich das nasse Nachthemd vom Leib gerissen, aber da war immer noch Leo, der am Türrahmen lehnte und seinen Cousinen hinterhersah.

Bestimmt gratulierte er ihnen zu dem gelungenen Streich. Alisa hockte sich auf den Boden und massierte sich die tauben Füße. Langsam kehrte ein wenig Gefühl in sie zurück. Der Tova-Rubin wäre wirklich nützlich gewesen, dann hätte das Wasser sie nicht lähmen können. Dann hätte sie nicht einfach dastehen und sich auslachen lassen müssen. Sinnlose Gedanken. Tammo brachte ihr eine

Decke. Am liebsten hätte sie sich darunter verkrochen und wäre den Rest der Nacht nicht mehr darunter hervorgekommen. Schlimmer als das Wasser war die Lüge über ihre Eltern gewesen. Die Verachtung in Fannys Stimme.

Tut mir leid, erklang eine bekannte Stimme in ihrem Kopf. *Meine Cousinen sind zu weit gegangen.* Leo nickte ihr von der Tür aus zu, bevor er mit Joanne und Luciano verschwand. Hatte Leo sich gerade bei ihr entschuldigt? Alisa kämpfte noch immer mit ihrem Staunen, als Tammo sich zu ihr setzte.

»Das war fies.«

»Danke.« Sie zupfte an der Decke.

Er legte den Kopf an ihre Schulter. »Wir sollten zum Frühstück gehen, sonst müssen wir hungrig in den Unterricht.«

Sie nickte, lehnte den Kopf an seinen. »Ich sollte mir was Trockenes anziehen.« Sie blieben beide sitzen. Tammo beschwerte sich nicht einmal über die Tropfen, die aus ihren Haaren rannen. »Das, was sie über unsere Eltern gesagt hat, das stimmt nicht. Das weißt du, oder?«

»Klar.« Tammo wischte sich ein paar Wassertropfen vom Nacken. »Sie sind im Kampf gefallen. Großmutter würde uns nicht anlügen.«

»Eben.« Aber sie hatte den fragenden Unterton in seiner Stimme gehört und konnte den Zweifel auch nicht aus ihrer verbannen. Sie drückte ihren Bruder an sich. »Dazu hat sie keinen Grund.«

Tammo zeichnete mit einem Finger Muster auf seine Knie. »Wie ist das so mit einem Herzschlag?« Er flüsterte. »Tut der weh? Spürst du den die ganze Zeit?«

»Meistens denke ich nicht mal daran.« Alisa zog die Decke enger um sich. »Und keine Sorge, er tut nicht weh.« Sie stupste Tammo leicht an. »Du weißt, dass du niemandem davon erzählen darfst.«

»Bin doch kein Kleinkind.«

Sie hielt die automatische Erwiderung zurück, zwinkerte ihm stattdessen zu. Doch Tammo blieb ernst.

»Ich verstehe nicht, was an deinem Herz so gefährlich sein soll. Was macht ihnen solche Angst? Du bist doch einfach nur Alisa. Meine Schwester.«

Sie musste schlucken, bevor sie antworten konnte. »Ich weiß es nicht, Tamm.« Und die, die sie hätte fragen können, blieb unerreichbar.

Die Nächte und Tage vergingen, und der gleichmäßige Rhythmus von Unterricht, Mahlzeiten und Schlaf hatte etwas Beruhigendes. Fast konnte Alisa darüber alles andere vergessen – ihre leuchtende Hand, die seltsamen Träume (oder was auch immer das war), die bedrohliche Prophezeiung der Noaidi, die Erinnerung an die Rotmasken und ihr brennendes Haus.

Obwohl Luciano ihr erzählt hatte, dass auch er erst nach mehreren Anläufen mit seiner Nonna hatte sprechen können, fürchtete Alisa die nächste Enttäuschung und schob einen neuen Versuch, mit ihrer Mutter zu reden, immer weiter auf. Nicht, dass Gespräche mit den Lebenden einfacher waren. Jedes Mal, wenn sie Hindrik endlich allein erwischte, fand er eine Möglichkeit, ihr auszuweichen – und sie blieb voller unbeantworteter Fragen zurück. Alisa packte die Reling fester. Etwas flog nah an ihrem Gesicht vorbei, schneller, als sie danach greifen konnte, und ließ sich auf einem der Seile der Takelage nieder.

Flügel müsste man haben. Sie lehnte sich mit dem Rücken gegen die Reling und blickte zu dem kleinen Wesen hoch, das mit Sicherheit schon mehr von der Welt gesehen hatte als sie. Tammo rannte an ihr vorbei zu Joanne.

»Kannst du mit denen auch reden?«

»Klar.« Joanne sah die Fledermaus an und gab zirpende Laute von sich. Doch die Fledermaus schien nicht zu Gesprächen aufgelegt. Sie flatterte davon. Joanne zuckte mit den Schultern.

»Eine nette Spielerei, diese Tiersprache. Aber nicht wirklich nützlich.« Malcolm eiferte eindeutig der falschen Seite von Leo nach, fand Alisa. Nur weil er das Wetter beeinflussen konnte, hieß das noch lange nicht, dass er über die Gaben von anderen spotten musste.

Oh bitte. Du stellst doch nicht ernsthaft Pyras auf eine Stufe mit Vyrad?

Du könntest einfach mal die Klappe halten, Leo. Und die Privatsphäre von anderen respektieren.

Bei den Dracas hat man darauf erst Anspruch, wenn man sie sich selbst verschaffen kann.

Ich bin aber keine Dracas.

Nicht mein Fehler.

Sie starrte ihn an, und Leo starrte zurück. Alisa versuchte, gar nichts zu denken, aber Gedanken ließen sich nicht auslöschen wie eine Kerzenflamme. Vor allem nicht, wenn man in Augen sah, die so blau leuchteten wie das Innere einer Kerzenflamme. Leo grinste und zwinkerte ihr zu.

»Du hast doch nicht etwa eine Schwäche für die Vamalia?«, kam Malcolms spöttische Stimme von der Treppe her und ließ sie beide schnell voneinander wegschauen.

»Quatsch.« Leo zeigte seine Fangzähne. »Ein Dracas hat überhaupt keine Schwäche.«

»Ach ja?« Malcolm zog eine Augenbraue hoch. Im nächsten Moment traf ein heftiger Windstoß Alisa in den Rücken, schleuderte sie gegen Leo, und sie krachten gemeinsam zu Boden. Alisa landete auf Leo. Sie konnte sich gerade noch mit den Händen zu beiden Seiten seines Kopfes abstützen. Leo packte ihre Schultern, als fürchte er, sie könnte ihm zu nah kommen.

Und sie war ihm nah. So nah wie nie zuvor. Er hielt ganz still unter ihr, als könnte er sich nicht entscheiden, ob er sie an sich ziehen oder von sich wegstoßen sollte.

Malcolms Lachen riss sie beide aus ihrer Erstarrung. Alisa richtete sich eilig auf. »Was sollte das?«, zischte sie. Malcom zuckte nur mit den Schultern und blickte zu Leo. Der war einfach liegen geblieben, verschränkte die Hände hinter dem Kopf und tat, als hätte er sich sowieso dort auf dem Deck ausstrecken wollen, um den mit Sternen übersäten Himmel zu betrachten.

Gegen ihren Willen musste Alisa grinsen. Schnell ging sie zur Reling zurück, um wenigstens ihr Gesicht vor ihm zu verbergen. Sie lehnte sich neben Tammo an das Holzgeländer.

»Soll ich Joanne bitten, Easy auf die beiden zu hetzen?«, fragte er leise. »Rattenzähne sind fast so spitz wie unsere.«

»Nicht nötig.« Sie würde Tammo nicht ihre Kämpfe ausfechten lassen. Und sie konnte ihrem kleinen Bruder schlecht sagen, dass Leo auch überraschend anders sein konnte. Alisa blickte über das weite, dunkle Meer, das irgendwo mit dem Himmel verschmolz, ohne dass sie erkennen konnte, wo genau. Sie starrte und starrte, doch der Horizont blieb so unsichtbar wie ihre tote Mutter und das Wasser genauso schweigsam.

Hinter ihr durchschnitt Leos Stimme ihre trübseligen Gedanken. »He! Was machst du hier?«

Sie schnellte herum. Auf der Landseite des Schiffes stand ein rothaariges Mädchen – mit einem Wolf neben sich. Die Anspannung, die sich sofort an Deck breitmachte, glich einem Gewitterhimmel vor dem ersten Donnergrollen. Wolfsbisse waren tödlich. Alle Schattenvampire, die sich bisher im Hintergrund gehalten hatten, versammelten sich vor Alisa und den anderen Erben. Leo drängte sich nach vorn durch.

»Wer bist du?«, fragte er.

»Ivy of Lycana.«

»Unmöglich.« Alisa stellte sich neben Leo. »Die Lycana sind ausgestorben.« Da musste sie sich schon was Besseres einfallen lassen.

Wer auch immer sie ist, über irgendetwas sagt sie nicht die Wahrheit, das kann ich in ihrem Kopf sehen. Leo sprang auf die Rothaarige zu, die mühelos zur Seite auswich. Von seinem Schwung weiter vorwärts getragen, prallte Leo gegen eine Seilrolle. Der Wolf bleckte die Zähne. Aber als die Rothaarige eine Hand auf seinen Kopf legte, beruhigte er sich, blieb stumm an ihrer Seite, während Leo mit dem Seil kämpfte. Alisa musste schmunzeln.

Raphaela di Nosferas eilte herbei und half Leo auf –

natürlich bekam sie dafür keinen Dank. Die Schattenvampirin verschwand in Richtung der Kapitänskajüte. Leo baute sich vor der Rothaarigen auf. »Noch einmal, wer bist du?«

»Ivy.« Sie verschränkte die Arme vor der schmalen Brust, drehte sich langsam um sich selbst, während Leo sie umkreiste. Weder sie noch der Wolf ließen ihn aus den Augen. »Wir sind Lycana.«

»Wie habt ihr dieses Schiff gefunden?«

»Wir haben die Nachricht bekommen – genau wie ihr.«

Leo verzog den Mund, zeigte seine Fangzähne. »Wieso kommt ihr dann erst jetzt?«

Ivy ließ ebenfalls die Fangzähne aufblitzen. »Wir hatten einen langen Weg.«

»Und warum haben eure Ehrwürdigen euch allein losgeschickt und nicht das Schiff gerufen?«

»Ich bin dir keine Rechenschaft schuldig.« Der Wolf unterstrich ihre Worte mit einem leisen Knurren.

»Aber mir.« Conte Claudio scheuchte die Versammelten nach rechts und links zur Seite und schob auch Leo fort. Er packte Ivy und schüttelte sie. »Willst du unsere Rubine stehlen? Steckst du dahinter? Hast du es auf uns abgesehen?« Er hob Ivy in die Luft, als wäre sie nichts weiter als eine Puppe. Der Wolf knurrte lauter, aber Conte Claudio hielt das Mädchen wie einen Schild vor sich. »Bist du hinter unseren Rubinen her?«

Zum ersten Mal, seit sie an Deck aufgetaucht war, wirkte Ivy eingeschüchtert. »Was soll … ich … nein.«

Wie ein Sturm raste Contessa Viola heran. »Claudio!«

In diesem Augenblick setzte der Wolf zum Sprung auf

den Conte an. Alisa dachte nicht einmal nach. Sie sah, wie Leo sprang, und stürzte sich mit ihm zusammen auf den Wolf. Gemeinsam rangen sie das knurrende, heulende Tier zu Boden.

»Lasst ihn los!« Ivy zappelte im Griff des Conte. »Lasst ihn los. Bitte! Tut ihm nicht weh. Ich weiß nichts über eure Rubine. Wir sind nur dem Ruf gefolgt ... bitte ...«

Der Wolf wand sich unter ihnen. Leo drückte seinen Kopf zu Boden und wich dabei den spitzen Zähnen aus, während Alisa sich über seinen Körper geworfen hatte, ihn mit ihrem Gewicht am Aufstehen hinderte. Sein Fell fühlte sich erstaunlich weich an.

»Amore.« Die Contessa legte ihre Hände auf die von Conte Claudio. »Sie ist noch jung. Lass sie los.«

Das wirkte. Conte Claudio gab Ivy frei, die zu Boden krachte und sofort zu dem Wolf kroch. Sie drängte Leo beiseite, schloss den Wolf in die Arme. Sein Knurren und Heulen verstummte. Alisa wich zurück. In Ivys Armen sah der Wolf vollkommen harmlos aus. Er wedelte mit dem Schwanz und leckte ihr über die Wange.

»Ich muss mich entschuldigen.« Conte Claudio lehnte sich an die Contessa, die ihm zunickte. »Mein Benehmen war ...« Er suchte nach Worten und winkte schließlich ab. »Ich schlafe in letzter Zeit schlecht.« Er räusperte sich. »Willkommen an Bord, Ivy of Lycana. Deinen Wolf werden wir allerdings in den Zellen unten bei den anderen Tieren unterbringen müssen.«

»Er ist kein Wolf. Er ist mein Bruder, Seymour.« Ivy blickte zu ihnen allen hoch, eine klare Herausforderung in den grünen Augen. »Er hat sich gewandelt, nachdem wir hierher aufgebrochen sind, und kann seitdem nicht mehr zurückwechseln. Wir wissen nicht, warum. Aber er ist kein Tier.«

Alisa mochte ihre Unerschrockenheit. Sie trat vor und streckte Ivy eine Hand hin. »Willkommen an Bord! Ich bin Alisa von Vamalia. Freut mich, euch beide kennenzulernen.«

Ivy lächelte und ließ sich von ihr aufhelfen.

Leo

Typisch Vamalia, spottete Fanny in seinem Kopf, während sie Conte Claudio unter Deck folgten. Leo war von seinem eigenen Ärger überrascht. Er zog seine Mauern hoch und sagte nichts dazu. Es reichte, wenn Malcolm ihn wegen Alisa aufzog.

Im Klassenzimmer ließen sich alle auf ihren gewohnten Plätzen nieder, nur Ivy blieb unschlüssig stehen. Dann suchte sie sich ausgerechnet das Pult neben seinen Cousinen aus.

Fanny warf den langen Zopf zurück und musterte Ivy von oben bis unten. »Ich glaube wohl kaum.«

Ivy erstarrte und blickte Hilfe suchend zu Inger. Die biss sich auf die Unterlippe und senkte den Blick. So wie seine Cousinen sich sonst benahmen, war dieses Schweigen fast schon ein Freundschaftsangebot. Leo zog die Augenbrauen hoch. Anscheinend meinte auch Inger, dass ihre Schwester allmählich übertrieb. Oder bildete er sich das nur ein? Sosehr er sich auch anstrengte, Ingers Kopf blieb ihm verschlossen – die Mauer um ihre Gedanken war wie flüssiges Eis, lähmte jeden Annäherungsversuch wie Wasser den Körper.

Lass sie in Ruhe, zischte Fannys Gedankenstimme ihn an, als bräuchte Inger Beistand beim Verteidigen ihrer Privatsphäre. *Schon vergessen*, setzte Fanny nach, *wir Dracas respektieren die Privatsphäre innerhalb des Clans.*

Dann verzieh dich aus meinem Kopf.

Anfänger.

Weichblut.

Haltet einfach beide die Klappe!

Ingers Einmischung ließ offenbar nicht nur ihn sprachlos zurück. Leo fuhr sich über die Stirn. Er würde Mädchen nie verstehen.

»Ivy?« Alisa, klar. Noch so eine, die er nicht verstand. »Hier ist noch ein Platz frei.« Die Lycana huschte zu dem Tisch neben Alisa, und die beiden flüsterten miteinander. Leo beugte sich zu Malcolm.

»Was hältst du von der Neuen?« Wenn er bei seinem Vorsatz bleiben wollte, sich aus Alisas Gedanken herauszuhalten, trotz all der rätselhaften Dinge in ihrem Kopf, brauchte er dringend Ablenkung.

Malcolm zuckte mit den Schultern. »Ich kann keinen Vorteil darin erkennen, sich in ein Tier zu verwandeln.«

Zugegeben, Vampire waren Tieren in fast jeder Hinsicht überlegen. »Nur ein paar.« Endlich einmal zahlten sich die langen Stunden aus, in denen Onkel Ragnar seinen Cousinen und ihm die Rubine und ihre Gaben eingehämmert hatte. »Als Tier können sie im Sonnenlicht herumspazieren.«

»Ja, gut, das ist …«

»Und als Vögel können sie fliegen«, redete Leo über ihn hinweg. Wie sich das wohl anfühlte?

»Die Vamalia färbt echt auf dich ab. Tiere sind schwach. Wir sind schneller als sie. Stärker als sie und –«

»Und Wolfsbisse können uns töten.«

»Dazu muss ein Wolf uns erst einmal erwischen.«

Der Punkt ging an Malcolm. Bruder hin oder her, ihren Wolf hatte die Lycana aufgeben müssen und akzeptieren, dass er in einer der Zellen im Schiffsbauch mit den anderen Tieren unterkam.

Conte Claudio schlug auf den Gong. »Ihr habt es alle mitbekommen, wir haben eine neue Schülerin an Bord, Ivy of Lycana. Unser Anfang war ein wenig – stürmisch. Nehmt sie freundlich auf.« Er legte den Gong auf einen der leeren Tische. »Und Ivy, nun, das ist etwas unangenehm, aber du wirst nicht voll von unserem Unterricht profitieren können …« Er sah sich um, als hoffte er, jemand würde ihm die Erklärung abnehmen. »Du bist sozusagen zu spät gekommen und hast die Blutverbindung verpasst. Daher, ja, daher wirst du nur von der Theorie profitieren können, nicht von der Praxis. Das wird warten müssen, bis alle Ehrwürdigen wieder versammelt sind.«

Ivy, die seine gewundene Rede angespannt verfolgt hatte, sackte ein wenig in sich zusammen. »Ich dachte schon, wir würden fortgeschickt werden, weil irgendetwas mit unserem Rubin nicht stimmt.«

»Keineswegs«, fuhr Conte Claudio auf. »Wir lassen keinen Vampir im Stich. Und wir werden versuchen, zu den Ehrwürdigen der Lycana Kontakt aufzunehmen.« Er räusperte sich. »Bene. Wer kann mir sagen, was Schattenvampire von geborenen Vampiren unterscheidet?«

Leo stöhnte innerlich auf. Kinderkram. Und die Kinder waren auch sofort eifrig dabei.

»Wir sind als Vampire geboren, aber Schattenvampire sind zuerst Menschen gewesen«, sagte Joanne. »Wenn wir sie zwei Mal beißen, werden sie zu Schatten und vergessen ihr menschliches Leben.«

»Sehr gut.« Der Conte nickte.

»Schattenvampire dürfen keine eigenen Familien haben«, ergänzte Tammo.

»Und sie haben keinen Zugang zu den Gaben der Rubine.« Das war Luciano.

Wenn das so weiterging, würde er sich zu Asche langweilen. Leo spähte zu Alisa hinüber, die sich auch nicht sonderlich für den Unterricht zu interessieren schien. Stattdessen blätterte sie in ihrem Heft. Seine Neugier siegte. Wieder einmal. Nur einen Moment später blickte er bereits durch ihre Augen auf die Zeichnung einer Hand mit dreizehn kleinen Kreisen darum herum. Eine weitere Zeichnung zeigte eine Höhle und – Alisa schlug das Heft zu.

Verschwinde aus meinem Kopf!

Du wirst besser. Er würde vorsichtiger werden müssen. *Was sind das für Zeichnungen?*

Nichts weiter.

Ivy beugte sich zu Alisa. »Leo und du, seid ihr zusammen?«

Leo konnte ein Grinsen nicht unterdrücken, ließ es aber sofort wieder verschwinden, als er sah, wie Alisa das Gesicht verzog.

»Was? Wir? Bestimmt nicht.«

Doch in ihren Gedanken sah er ein Bild aufblitzen: sein Gesicht ganz nah unter ihrem, seine Lippen, die ihre beinahe berührt hatten, als sie von Malcolms Windstoß auf ihn geworfen worden war.

Schnell zog er sich aus ihrem Kopf zurück. Am Ende

bekäme Alisa noch mit, dass er diesen seltsamen Moment gehabt hatte, in dem er sie am liebsten noch näher an sich gezogen hätte. Nach ihrer Reaktion auf Ivys Frage war er froh, es nicht getan zu haben.

Leo wandte sich dem Unterricht zu, entschlossen, Alisa für den Rest der Stunde zu ignorieren. Conte Claudio hatte inzwischen weitere Unterschiede zwischen ihnen und Schattenvampiren an die Tafel geschrieben:

Schattenvampire altern äußerlich nicht – geborene Vampire altern, können sich aber verjüngen, wenn sie Ur-Rot trinken. Schattenvampire können wie Menschen von geborenen Vampiren gezwungen werden – geborene Vampire ab ihrer Volljährigkeit nicht mehr.

Natürlich standen ein paar entscheidende Dinge noch nicht dort. »Schattenvampire müssen uns gehorchen und dienen, wir sind ihre Herren, und sie sind unsere Sklaven.«

Alisa schüttelte verächtlich den Kopf.

Was denn? Das ist nichts als die Wahrheit.

Das ist nichts als typisch arrogantes Dracas-Denken.

Du weißt schon, dass ich dich höre.

Ja. Und ich weiß, dass du Karen mit mehr Respekt behandelst, als deine Worte hier zeigen. Wem willst du was beweisen?

Beweisen? Blödsinn. Er musste niemandem etwas beweisen. Ab sofort würde er sie wirklich ignorieren.

Alisa

Offenbar gehörte ihr Kopf wieder ihr allein. Alisa schmunzelte. Leo musste man also nur auf seine weiche Seite hinweisen, um ihn zu vertreiben. Sie drehte ihre Feder zwischen den Fingern, tunkte die Spitze ins Tintenfässchen ein.

Ihre Handfläche kribbelte. Das durfte nicht sein! Nicht jetzt! Nicht hier! Doch es gab keinen Zweifel: Ihre Handfläche kribbelte. Sie würde niemals unbemerkt aus dem Klassenzimmer kommen. Alisa beugte sich tiefer über ihr Heft und schob die Hand unter den Tisch, presste sie gegen ihr Bein. Keinen Augenblick zu früh, denn schon verschwammen die Heftseiten vor ihrem Blick, zerflossen zu einer grauen Oberfläche, die schwankte, schwappte, leise gegen Holz klatschte. Der Schwindel des Ortswechsels verflog dieses Mal schneller.

Graublaues Licht einer Abenddämmerung. Irgendwo weit fort von ihrem Klassenzimmer. Fester Boden unter ihren Füßen – und ihre Hände umschließen ein eisernes Geländer. Sie blickt auf Wasser hinab, einen schmalen Kanal, auf dem ein Ruderboot sanft hin und her schaukelt. Sie blinzelt. Dieses Mal befindet sie sich eindeutig in ihrem eigenen Körper. Aber wo ist sie? Die schmalen Häuser mit den hölzernen Fensterläden kennt sie von Bildern. Brauner Backstein, spitze Giebel, schiefe Wände. Auf dem Wasser schimmern die Lichter von Fußgängerbrücken, die sich in kurzen Abständen über den Kanal ziehen. Grachten, fällt ihr als Erstes ein, und dann: Holland.

Von unten klingen Stimmen herauf. Alisa beugt sich weiter über das Brückengeländer. In dem Ruderboot sitzen zwei Männer. Auch wenn das alles nur ein Traum oder eine Vision ist, klammert sie die Hände fester um das eiserne Geländer und hofft, dass die beiden ihr schnell schlagendes Herz nicht hören können. Denn der eine von ihnen ist Graf Dracula. Auch wenn er mit dem Rücken zu ihr in dem Boot sitzt, hat sie daran keinen Zweifel. In der Stille um sie herum sind die Stimmen der beiden so laut, dass noch die Schläfer in den Häusern sie hören müssten. Alisa kennt auch den anderen Mann im Boot. Er war in dem Lokal, in dem sie Dracula zuletzt gesehen hat. Was nur eines bedeuten kann.

»Hier, mein Gebieter?« Die Worte bestätigen ihren Verdacht. Er ist ein Schattenvampir. Mit einem der Ruder deutet er über das Wasser. »Ist der Tova-Rubin hier unten?«

»Gewiss.« Obwohl Alisa Graf Draculas Stimme inzwischen kennt, rinnt ihr ein Schauer über den Rücken. Sie hofft, hofft, hofft, dass das alles nur ein böser Traum ist.

»Wie könnt Ihr Euch da sicher sein?« Der Schatten starrt auf das graue Wasser, als wolle er es mit seinem Blick durchdringen.

»Die Rubine sind meine letzten Tränen, Teil meiner Seele. Sie rufen noch immer nach mir.« Graf Dracula streckt einen Arm aus, gleitet mit den Fingern leicht über die

Wasseroberfläche. Alisa schreckt zurück, spürt den eisigen Kuss des Wassers an den eigenen Fingerspitzen. Aber so sehr sie sich fortwünscht, sie kann nicht weg. »Wasser hat mir meine Elisabetha das erste Mal geraubt. Der Mond war voll, als sie ins Wasser stürzte, das so gefährlich für uns Vampire ist. Wasser, Mond, Vampire – wir sind alle aus derselben Essenz gemacht.« Langsam hebt er seine Hand, beobachtet die Tropfen, die von seinen Fingern hinabfallen. Auch Alisa kann den Blick nicht davon abwenden.

»Was hat das zu bedeuten, mein Gebieter? Ich verstehe nicht …«

»Das wirst du gleich.« Mit einer Bewegung, schneller als jeder Blick, stößt er den Schattenvampir über Bord. Das Aufklatschen des Körpers auf dem Wasser erreicht Alisa fast gleichzeitig mit den Worten. Sie erstarrt, auch wenn sie sicher auf der Brücke steht.

»Was geschieht mit mir? Ich – ich kann mich nicht bewegen! Ich …«

Graf Dracula lässt sich von der Panik seines Schattenvampirs nicht berühren. Er packt dessen Nacken, hält seinen Kopf über Wasser. »Du bist Teil des Wassers geworden«, klingt seine Stimme ruhig durch die Nacht. »Teil der Strömung, dein Körper gehört nicht länger dir. Der Tova-Rubin ist während der Clankriege hier ins Wasser geworfen worden, damit kein Vampir ihn erreichen kann. Er liegt auf dem Grund genau unter dir. Ich kann ihn spüren. Er will zu mir. Bring ihn mir, und ich rette dich vor dem Sog des Mondes.« Er lässt den Schattenvampir los. Todesangst liegt in dessen Blick. Aber Alisa kann nichts tun. Sie muss zusehen, wie er im Wasser versinkt, wie sich die Oberfläche über ihm schließt, als zögen sich blaugraue Seidenvorhänge zusammen, die vor und zurück schwingen, vor und zurück und schließlich still werden.

Zusammen mit Graf Dracula starrt sie auf die Stelle, wo der Schattenvampir verschwunden ist. Sie weiß, dass das Wasser ihn nicht töten wird. Doch das Schicksal, das ihm droht, sollte Dracula ihn nicht rechtzeitig aus dem Wasser befreien, scheint ihr schlimmer als der Tod: auf ewig am Grund des Wassers gefangen, das ihn nach und nach lähmen würde, bis er unfähig wäre, sich zu rühren, und doch unfähig, zu sterben. Selbst wenn er vor dem Einsetzen der Lähmung noch nach dem Tova-Rubin greifen kann, wird der ihn nicht erlösen.

Alisa starrt auf Dracula hinab. Ist ihm das Schicksal seines Schattenvampirs völlig gleichgültig? Dracula spielt mit dem Amulett herum, das an einer Kette um seinen Hals hängt. Baron Magnus' Kette. Wie grausam. Mit dem Vikla-Rubin muss er doch den anderen Rubin hochholen können!

Vielleicht vergeht Zeit. Vielleicht verharrt sie.

Wasser schwappt gegen die Seiten des Ruderboots.

Wasser schwappt gegen die steinernen Mauern der Gracht.

Schwappt, gluckst, hält sie alle gefangen, den Schattenvampir in seinen Fängen, Dracula in seinem Boot, ebenso reglos wie sie auf der Brücke. Sie zuckt zusammen, als das Boot plötzlich schwankt, Dracula auffährt. »Du!« Er schaut zu ihr hoch, blickt ihr mitten ins Gesicht, und sie kann sich nirgendwo verstecken.

»Vamalia.« Seine Stimme ist ein schnell näher kommendes Donnergrollen. »Du wirst mich nicht aufhalten.« Er schwingt die Arme, als könnte die Bewegung sie vertreiben. Aber nur das Boot schwankt heftiger. »Nichts und niemand wird mich aufhalten! Elisabetha wird zu mir zurückkehren!« Er packt das Amulett, ein rotes Leuchten dringt durch seine Finger.

Andere Geräusche mischen sich in die Nacht auf der Brücke, Geräusche, die nicht hierhergehören, Stimmen, Stuhlbeine, die über Holz kratzen. Ein Nebel senkt sich über sie, das Bild vor ihren Augen zerrinnt, der Nebel wird grau, wird schwarz, und nur das Geräusch von Wasser, das gegen Holz schwappt, bleibt, begleitet sie in die Dunkelheit.

»Alisa?« Ein Flüstern neben ihr. »Geht es dir gut? Was ist mir dir?«

Sie blinzelte. Vergewisserte sich, dass ihre Hand nicht mehr leuchtete. Dann sah sie nach rechts, von wo das Flüstern gekommen war, und schaute direkt in Ivys besorgte Augen. »Nichts.« Sie strich eilig über ihr Heft. »Gar nichts. Ich bin nur etwas abgeschweift.«

Alisa beugte sich wieder über ihr Heft, wich Ivys Blick aus und hoffentlich auch weiteren Fragen. Sie musste herausfinden, was mit ihr geschah. Vielleicht drehte sie allmählich durch. Davon hatte sie gelesen. Manchmal wurden Vampire über ihrer eigenen Existenz verrückt. Allerdings betraf das laut ihrer Lektüre Vampire, die über Jahrhunderte und in Einsamkeit gelebt hatten. Von beidem war sie weit entfernt. Vielleicht beeinflusste jemand mit diesem Leuchten ihre Gedanken. Jemand, der sie verrückt machen wollte. Aber wer und warum?

Alisa biss sich auf die Unterlippe, fest entschlossen, sich auf den Unterricht zu konzentrieren und für den Moment keine anderen Gedanken zuzulassen.

Leo

Die Nacht hatte sich endlos hingezogen, aber auch der Tag brachte keine Veränderung. Leo lag ruhelos in seinem Sarg und starrte in die Dunkelheit. Wenn er noch einmal Vampirkunde mit Conte Claudio durchstehen musste, würde er verrückt werden! Das war doch reine Zeitverschwendung – und half nichts in einem Kampf mit Rotmasken. Entweihung machte da schon mehr Sinn. Leo murmelte Lucianos Spruch vor sich hin, bis seine Stimme von zwei anderen überlagert wurde, die ihm inzwischen nur zu vertraut waren. Alisa und Luciano.

Natürlich musste er zuhören. Was blieb ihm auch anderes übrig? Er war ein schlafloser Vampir mit empfindlichem Gehörsinn, er konnte gar nicht weghören. Und natürlich wurde er neugierig, als Alisa Luciano fragte, wo in der Stadt eine Bibliothek sei. Er hatte gar keine Wahl, er musste ihr folgen.

Leo wartete, bis er hörte, wie Lucianos Sarg wieder geschlossen wurde, Alisas Schritte sich entfernten. Erst als alles ruhig war, öffnete er leise seinen Sarg und schlich sich hinaus. Alisa eilte gerade die letzten Stufen nach oben an Deck, einen schwarzen Sonnenschirm in der Hand. Leo schnappte sich ebenfalls einen aus dem Ständer neben der Treppe und blieb unbemerkt hinter ihr.

In der späten Nachmittagssonne war das Deck wie ausgestorben. Alisa schien sich fest darauf zu verlassen, dass alle an Bord schliefen, sie blickte sich nicht einmal um, was ihre Verfolgung lächerlich einfach machte.

Die engen Gassen der Stadt sperrten das Sonnenlicht aus, sodass Leo den Schirm bald zusammenfalten konnte. Hätte er nicht auf Alisa achten müssen, hätte er sich Zeit gelassen für diesen außergewöhnlichen Ausflug. Obwohl sie sich nur durch schattige Gassen bewegten, wirkte alles viel greller als in der Nacht. Die Häuser hatten schärfere Kanten, die Schritte der Menschen wirkten unbeschwerter. Und es war lauter, der Lärm brandete von allen Seiten heran: Gespräche, Gelächter, Möwenschreie, auf- und zuschlagende Fensterläden, heulende Kinder, blökende Esel – alles war dichter, drückender. Leo lief schneller, doch dem Lärm konnte er nicht entfliehen. Hoffentlich brach bald der Abend an. Hoffentlich erreichte Alisa bald ihr Ziel.

Nur wenige Meter vor ihm ging sie durch einen Torbogen. Er folgte ihr durch einen Innenhof, betrat nur Augenblicke nach ihr die Sicherheit eines Hauses.

Stille. Endlich. Und der Geruch nach Staub und Büchern. Menschen standen und saßen in Bücher vertieft herum, einige schlenderten an den Regalen entlang, lasen Titel auf Buchrücken, zogen mal hier, mal dort ein Buch heraus, stellten es nach kurzer Betrachtung zurück und gingen weiter. Ihnen machten die Sonnenstrahlen, die von draußen hereinfielen, nichts aus, sie wechselten achtlos von Schatten zu Licht. Leo dagegen wich dem Licht sorgsam aus, strich über lederne Buchrücken und fragte sich, was Alisa so dringend suchte, dass sie sich am Tag hierherwagte.

Sie ging auf eine Frau zu und sprach sie an. In fließendem Italienisch. Er verstand gerade so, dass Alisa Bücher über Monster suchte. Aber auf dem Buch, das sie schließlich auswählte, stand *Dracul.* Er konnte sich gerade noch davon abhalten, Alisa in Gedanken zu fragen, ob sie sich ernsthaft für ein Monster hielt. Bitte, sie waren Vampire, keine Unwesen!

Die Bibliothekarin sagte irgendetwas über Rotmasken, bezeichnete sie als verrückten Kult. Leo erlaubte sich ein leichtes Schmunzeln, schließlich war es gut, wenn die Menschen ahnungslos blieben. Er ging langsam Richtung Tür. Wenn Alisa nur hierhergekommen war, um etwas über Graf Dracula zu lesen, dann war es reine Zeitverschwendung gewesen, ihr zu folgen.

Das Licht in der Bibliothek ließ nach, und draußen kündigte sich die Dämmerung an. Schon besser. Egal, was Alisa tat, Leo würde noch ein wenig abwarten, damit er für den Rückweg auf diesen lächerlichen Schirm verzichten konnte. Er würde nie begreifen, was Menschen an der Sonne fanden. Die Nacht war dem Tag weit überlegen.

Alisa riss die Augen weit auf, und er zuckte zusammen. Doch sie hatte ihn nicht entdeckt, sie starrte Richtung Tür, als wäre dort ein Geist erschienen. Dabei stand da nur ein dunkelhaariger Junge, an dem wirklich nichts bemerkenswert war. Außer dass er Alisa genauso anstarrte wie sie ihn. Dann verzog sein Gesicht sich zu dem breitesten Lächeln, das Leo je gesehen hatte. Als käme er aus der Unerträglichkeit des Lichts und Alisa wäre die rettende Nacht. Was bildete der sich ein? Jetzt stotterte er auch noch irgendeine Begrüßung, als wäre er ein guter Freund. Leo zog sich hinter ein Bücherregal zurück und beobachtete die beiden fassungslos.

»Weißt du noch …? Don Juan?«, fragte der Junge.

»Natürlich.« Alisa ging auf ihn zu. »Nicu, der Leser auf dem Dach.«

»Ich hätte nie erwartet, dich hier zu sehen.«

»Ich dich auch nicht.«

»Das ist dann wohl Schicksal.«

Leo konnte es nicht glauben. Alisa redete mit dem – einem Menschen! –, als wäre es das Natürlichste der Welt. Als würde sie den wirklich kennen und sich auch noch freuen, ihn hier zu sehen. Leo wünschte sich weit, weit fort – aber der Weg zur Tür war von den beiden versperrt, und wenn er weiter unentdeckt bleiben wollte, musste er es ertragen, zuzusehen, wie sie sich anlächelten. Wie sie gemeinsam die Bibliothek verließen. Er konnte nicht anders. Er folgte ihnen.

»Was hast du ausgeliehen?« Alisa hielt dem Jungen das Buch hin. Er lachte, als er den Titel sah. »Dracul, eine Vampirgeschichte, Band zwei, wirklich? Meine Mutter würde dich lieben … die redet nur noch von Vampiren, seit wir hier sind. Ich glaube, wir haben sogar Band eins von diesem Dracul.« Der Junge grinste. »Glaubst du etwa auch …?«

Was für ein ignoranter, ahnungsloser … Mensch. Leo verzog verächtlich den Mund. Natürlich antwortete Alisa, dass sie nicht an Vampire glaubte. Musste sie ja auch nicht – sie wusste schließlich, dass es sie gab.

Obwohl er Abstand hielt, entging Leo kein Wort zwischen den beiden. Auch nicht, wie der Junge Alisa zum Essen einlud. Wie sie annahm.

Das reichte. Er musste sich wirklich nicht noch mehr quälen. Vampire, die sich mit Menschen einließen – etwas Verkehrteres konnte es gar nicht geben. Wahrscheinlich kam das davon, wenn man zu den Vamalia gehörte und die verdammte Gabe der Liebe besaß. Leo wollte sich umdrehen. Verschwinden. Stattdessen starrte er weiterhin den beiden nach. Der Abend zog jetzt schnell herauf, und bald würden alle auf dem Schiff wach sein. Das musste auch Alisa wissen. Aber sie setzte sich dem Jungen gegenüber an einen Tisch im Hof einer Taverne, als hätte sie alle Zeit der Welt.

Offenbar machte die Vamalia-Gabe dumm.

Ihre Sache. Trotzdem wollte er auf diesen Hof stürmen. Sie fragen, ob der Junge das Risiko wert war. Blödsinn. Er wollte sie packen und mit ihr zurück zum Schiff rennen. So schnell, wie es nur Vampire konnten.

Der Junge beugte sich über den Tisch und berührte Alisas Hand. Leo drehte sich um und rannte.

Ivy

Ivy schob leise ihren Sargdeckel auf und spähte hinaus. Die anderen Särge waren alle noch geschlossen. Leise eilte sie zur Tür. Haltung, ermahnte sie sich, Schultern gerade, Blick nach vorn – sie trat hinaus. Die Schattenvampire waren schon auf, aber die grüßten sie nur höflich. Niemand fragte, wohin sie um diese Zeit unterwegs war. Ivy schüttelte mit jedem Schritt etwas mehr von ihrer Besorgnis ab. Niemand hier schien ihren Status in Zweifel zu ziehen. Solange sie sich den Erwartungen entsprechend verhielt, war sie wohl in Sicherheit. Und sie plante, verschwunden zu sein, lange bevor irgendwer Verdacht schöpfte. Dazu musste sie nur Tonka finden und ihr den Rubin abnehmen. *Nur.* Ivy schnaubte leise. Eine kleine Fledermaus konnte sich überall auf diesem Schiff verborgen halten.

Wenn sie wenigstens die anderen Erben bitten könnte, sie bei der Suche zu unterstützen. Dann hätte sie eine bessere Chance. Aber das war zu riskant. Ivy ging eine weitere Treppe hinunter. Die Räume im Schiffsbauch waren weitläufiger als die oben, boten dafür aber so gut wie keine Privatsphäre. Die schlichten Särge der Schattenvampire standen zwischen Holzfässern und Wäscheleinen, alle eilten geschäftig um sie herum, wichen ihr geübt aus, sodass sie nicht ein einziges Mal stehen bleiben oder zur Seite gehen musste.

So wäre es also, wenn … Ivy war plötzlich mehr als dankbar, dass Seymour und sie die Letzten der Lycana waren. In einem größeren Clan hätte sie niemals all die Freiheiten gehabt, die sie mit Seymour hatte. Sie wollte sich nicht einmal vorstellen, wie ihr Leben – ihr Vampirleben – sonst aussehen würde. Sie wäre nichts weiter als eine Dienstmagd, müsste jedem geborenen Vampir gehorchen, freier Wille wäre ein Fremdwort. Ivy schüttelte sich. Nein, es war eindeutig besser, allein mit Seymour durch die Welt zu streifen, ohne Heimat, ohne Clan, ohne Einschränkungen.

Sie tauchte unter einem Tuch hindurch, das auf einer Wäscheleine hing, und stoppte gerade noch rechtzeitig, bevor sie mit zwei Schattenvampiren zusammengestoßen wäre. Die beiden sahen einander so tief in die Augen, dass sie nichts um sich herum bemerkten. Ivy wich schnell zur Seite aus und flüchtete sich hinter das nächste Wäschestück.

Das leise Lachen der beiden Schattenvampire versetzte ihr einen Stich. Es klang so weltvergessen und miteinander vertraut und verstärkte ihre Sehnsucht nach Seymour und diesen Momenten, die sie für alles andere entschädigten.

Ein lautes Räuspern ließ Ivy zusammenzucken, aber die zwei hörten es nicht, schraken erst auf, als eine blonde Schattenvampirin sich mit einem Wäschekorb zwischen sie drängte. »Raphaela, die Wäsche hängt sich nicht von selbst auf. Hindrik, du sollst ihr helfen, nicht sie hindern.«

»Ich hindere –«

»An die Arbeit!« Die Blonde presste Raphaela den Wäschekorb in die Hände und blieb mit verschränkten Armen stehen, bis Hindrik hineingriff. Sie nickte den beiden stumm zu und ging steif davon. Hindrik verdrehte die

Augen. Raphaela legte kurz den Kopf an seine Schulter. »Sie ist nur besorgt.«

»Karen? Besorgt?« Hindrik lachte leise. »Die Einzigen, um die sie sich sorgt, sind die Dracas-Erben.«

Raphaela blickte sich rasch um und drückte ihm dann einen Kuss auf die Wange. »Vielleicht ist sie auch einfach nur realistischer als wir.« Sie drehte sich von Hindrik weg, und so sah nur Ivy, wie die Schattenvampirin auf die Schiffswand starrte, als könnte sich in ihr ein Tor zu einer anderen Welt öffnen.

Ivy schluckte. So leise sie konnte, eilte sie weiter. Erst in dem Raum mit den Zellen blieb sie stehen. Ihr Bruder in einem Käfig – das war falsch. Schlimmer als das Gefängnis seiner Wolfsgestalt.

Seymour drückte sich an die Gitterstäbe, sodass sie die Arme um ihn legen konnte. »Es tut mir so leid, dass du hier eingesperrt bist!« Ivy kraulte ihn zwischen den Ohren. Seymour zog die linke Augenbraue hoch – oder das, was bei einem Wolf als Augenbraue gelten konnte. Für einen Moment stand ihr sein menschliches Gesicht so deutlich vor Augen, dass sie dazu auch das halbe Grinsen und das Grübchen auf der linken Wange sah. Ihm schon eine widerspenstige Locke aus der Stirn streichen wollte, die gar nicht da war. Eine Gewohnheit, für die Seymour sich seit seinem zehnten Geburtstag zu alt fühlte. »Ich weiß, ich weiß.« Sie legte die Hände um die Gitterstäbe. »Ich verspreche dir, ich finde diese verdammte Fledermaus.«

Und dann würde sie der Upiry den Lycana-Rubin abnehmen, und Seymour könnte sich endlich zurück in seine Vampirgestalt wandeln, und sie würden gemeinsam verschwinden. Wieder unterwegs sein. Zusammen und – allein. Ivy presste die Finger fester um die Eisenstäbe.

Vielleicht – vielleicht konnte sie ja einen Weg finden … Seymour drückte die kalte Schnauze an ihre Wange. Ivy schloss die Augen. Ganz egal, was sie sich wünschte, Seymour und sie gehörten nicht hierher.

»Du musst noch etwas Geduld haben, aber ich mache, so schnell ich kann.« Sie drückte die Stirn an die Gitterstäbe, legte die Arme um Seymours Hals, grub die Finger in sein weiches Fell.

Sie wollte in diesem Gefühl von Sicherheit bleiben, fern von Gedankenlesern und Freundschaftsangeboten, die viel zu verlockend wirkten. Sobald jemand hinter ihr Geheimnis kam, würden die nichts mehr wert sein. Nein, sie mussten hier fort sein, bevor irgendjemand auch nur entfernt Verdacht schöpfte, dass sie keine Erbin, sondern eine Schattenvampirin war.

Zurück an Deck traf sie ausgerechnet auf einen der Gedankenleser. Leo. Er sprang gerade vom Steg an Bord. Ivy richtete schnell all ihre Gedanken auf die Frage, wo er sich wohl herumgetrieben hatte. Nur für den Fall, dass er ungebeten in ihrem Kopf stöberte. Er hatte seinen üblichen abweisenden Gesichtsausdruck. Bevor er eine seiner herablassenden Bemerkungen fallen lassen konnte, ging sie lieber direkt auf ihn los. »Was machst du hier?«

»Dasselbe könnte ich dich fragen.«

Ivy lehnte sich an den Mast hinter ihr, hoffte, dass sie entspannter wirkte, als sie sich fühlte. Hoffte, Alisa würde bald auftauchen.

»Du wartest auf Alisa.« Leo formulierte das nicht einmal zum Anschein als Frage. Er sah zur Stadt hinüber. »Tja, die ist zu beschäftigt für uns.« Ohne ein weiteres Wort ging er davon und verschwand unter Deck. Ivy starrte über das Meer und fragte sich, warum seine Worte sie so enttäuschten. Sie wusste doch, dass Freundschaften zu gefährlich waren.

Alisa

Als Nicus Finger ihre Hand berührten, fühlte Alisa sich schlagartig nach Hamburg zurückversetzt – zu dem Moment auf dem Dach, aber auch zu dem Geruch nach Rauch, den Rotmasken, die in ihr Haus eindrangen. Alisa konzentrierte sich auf das Pochen ihres Herzens, bis sie den kleinen Hof der Taverne um sich herum wieder wahrnahm.

Vorsichtig zog sie ihre Hand weg und legte sie auf das Buch. Sie wollte so vieles fragen, wollte wissen, was Nicu hierher verschlug. Aber sie fürchtete seine Gegenfragen. Die Lügen, in die sie sich verstricken würde. Schließlich konnte sie nicht sagen: Freut mich, dich wiederzusehen, übrigens, ich bin eine von denen, an die du nicht glaubst – keine Angst, ich beiße nicht. Nach allem, was sie in Hamburg erlebt hatte, wusste sie nur zu gut, wie Menschen auf Vampire reagierten.

Sie sollte gehen. Aber sie wollte nicht. Sie würde nur noch eine Weile lang bleiben – und rechtzeitig für den Unterricht zurück an Bord sein. Und für diese Weile würde sie sich erlauben, alles andere zu vergessen. Sie tippte mit den Fingerspitzen auf dem Bucheinband herum.

»Glaubst du wirklich an so was?« Nicus Lächeln leuchtete heller als der Mondschein.

»Ich glaube, dass in jeder Legende ein wahrer Kern steckt.«

»Und den suchst du?«

»Immer.«

Nicu legte die Fingerspitzen neben ihre auf den Bucheinband. »Was, glaubst du, steckt an Wahrheit in dieser Legende?«, fragte er.

Die Kuppen seiner Finger fühlten sich warm an, so wie sich vielleicht ein Sonnentag anfühlte. Alisa räusperte sich und zuckte mit den Schultern. »Ich weiß nicht, ich hab das Buch ja noch nicht gelesen.« *Ein Graf, der zum ersten aller Vampire wurde*, konnte sie schließlich nicht sagen. Wenn sie Glück hatte, stand mehr über die Geschichte in dem Buch, als sie wusste. Mehr, als Großmutters Bibliothek hergab. Oder Großmutter selbst. Niemand konnte jetzt mehr kontrollieren, was sie las. Alisa lächelte.

»Was willst du essen?« Nicu spähte über ihre Schulter hinweg zu der Tafel am Eingang der Taverne. Er kniff die Augen zusammen. »Es gibt Spaghetti mit Hackfleisch und Tomaten, was mein Favorit ist, oder welche mit *Aglio e Olio*, das ist, glaube ich, mit Öl und Knoblauch –«

»Tödlich.« Alisa verzog das Gesicht und senkte gleich darauf den Kopf. Sie würde sich noch verraten, wenn sie nicht aufpasste! Nicu lachte, hielt das offenbar für einen gelungenen Scherz.

»Außerdem steht da noch was von Spaghetti mit *sangue*. Keine Ahnung, was das ist.«

»Blut.«

Nicu zog die Augenbrauen hoch. »Wahrscheinlich Schweineblut«, fügte Alisa hinzu.

»Du sprichst Italienisch?« Bewunderung klang in Nicus Stimme mit.

Sie hob die Schultern, ließ sie wieder fallen. »Ich spreche dreizehn Sprachen.«

Nicu starrte sie an, als wäre sie eines der Weltwunder. Vielleicht hätte sie das besser verschwiegen. »Vermutlich hab ich einfach zu viel Zeit.«

»Und ich wollte …« Er seufzte und wandte den Blick ab. »Und ich wollte mit meinen paar Brocken Italienisch angeben.« Sein Gesicht rötete sich. »Weißt du, was du willst?«

Von der Veränderung seiner Gesichtsfarbe fasziniert, vergaß Alisa die Antwort. Der herannahende Kellner rettete sie.

»Che cosa vuoi?«, wandte er sich an Nicu.

Der beugte sich näher zu ihr. »Hilfe!«

Damit konnte sie umgehen. Schnell bestellte sie Nicus Favoriten und die Spaghetti mit Blut für sich. Der Kellner nickte knapp und machte auf dem Absatz kehrt.

»Ich glaube, der mag uns nicht.« Nicu sah dem Kellner hinterher.

Die Rötung seiner Gesichtshaut war wieder weg. Vielleicht gehörte das bei Menschen dazu, dass sie die Farbe wechselten. Aber das konnte sie nicht fragen. »Hast du was zu lesen gefunden?«, erkundigte sie sich stattdessen.

»Was? Oh – ähm, nein. Zu den Büchern war ich noch gar nicht gekommen. Und wenn das alles auf Italienisch –«

Im Inneren der Taverne schepperte und klirrte es, jemand fluchte. Das würde sie bestimmt nicht übersetzen, egal, wie neugierig Nicu sie anschaute. »Ich habe auch englisch- und deutschsprachige Bücher gesehen.«

»Dann muss ich wohl noch mal hin. Vielleicht treffe ich dann auch eine gewisse Dachbekanntschaft wieder.« Er zwinkerte ihr zu.

»Schon möglich.« Ihr Kopf war plötzlich ganz leer, und es war unmöglich, von Nicus dunklen Augen wegzuschauen. Sie musste etwas sagen. Irgendetwas. »Ich denke, ich bin noch eine Weile hier. Und du?« Sie klang wie eine Idiotin. Bestimmt bedauerte er schon, sie zum Essen eingeladen zu haben.

»Das kommt ganz auf meine Mutter an.« Nicu seufzte. »Sie ist etwas … unberechenbar. In Hamburg sind wir von einem Moment auf den anderen einfach aufgebrochen. Gleich an dem Morgen nach unserer Begegnung. Völlig verrückt. Ich meine, muss man bis nach Italien fliehen, nur weil man die Miete nicht zahlen kann?« Sein Blick verlangte nicht wirklich eine Antwort. »Ehrlich, ich hab schon vorher gewusst, dass meine Mutter, na ja, ungewöhnlich ist – aber nach diesem Hals-über-Kopf-Aufbruch …« Er starrte auf den Tisch und murmelte ganz leise: »Warum erzähle ich das?«

Vermutlich war das nicht für ihre Ohren bestimmt, also schwieg Alisa, lauschte den Stimmen im Inneren der Taverne, dem geschäftigen Treiben in der Küche. Oben auf der Mauer, die den Hof umgab, sang ein Rotkehlchen und weckte Erinnerungen an einen Abend, der ewig zurückzuliegen schien. Wenn sie dem Rotkehlchen nicht nach draußen gefolgt wäre … Eins war sicher: Dann hätte sie Nicu nie getroffen. Dessen wieder lautere Stimme schreckte sie aus ihren Gedanken auf.

»An dem Morgen haben wir ein Boot im Hafen gestohlen. Unglaublich, oder? Wir sind auf und davon, nur mit dem, was wir tragen konnten.«

Immerhin hatte er etwas packen können. Doch bevor Alisa sich in all dem verlieren konnte, was sie in Hamburg zurückgelassen hatten, trat der Kellner mit zwei dampfenden Tellern an den Tisch. Schwungvoll stellte er sie auf dem Tisch ab. »Hai soldi per pagare, giusto?«

»Was sagt er?«, fragte Nicu.

»Er will wissen, ob wir Geld dabeihaben.«

Nicu reckte einen Daumen in die Höhe, und der Kellner zog ab, ohne besonders überzeugt zu wirken. Was Alisa anging, war sein Misstrauen berechtigt. Geld hatte sie keins. Sie hoffte, Nicus Geste bedeutete, dass er welches besaß. Vor allem, als sie das leise Gespräch hinter sich hörte. Der Kellner trug einer Frau namens Maria auf, sie beide im Blick zu behalten, während er hineinging. Maria meinte, er sei zu misstrauisch für seinen eigenen Seelenfrieden. Er erwiderte, er würde *diese Sorte* kennen, die würden rennen. Maria lachte und verschwand kurz nach ihm nach drinnen.

Dann lenkte der Duft des warmen Schweinebluts sie von allem anderen ab. Blieb nur die Frage, wie man das mit einer Gabel aß. Alisa beobachtete Nicu, der mit seiner Gabel in den Spaghettiberg stach, die Gabel drehte und sich den Mund füllte. Sah nicht zu kompliziert aus. Sie ahmte seine Bewegungen nach, doch als sie die Gabel hob, hingen sämtliche Spaghetti ihres Tellers daran.

Nicu lachte. »Erstes Mal?«

Sie senkte die Gabel und nickte, befreite die Zinken von den schlüpfrigen weißen Fäden. Warum brachten die auch keinen Löffel! Dann könnte sie wenigstens die Soße essen, dem Rest traute sie sowieso nicht.

»Der Trick ist, immer nur ein paar Spaghetti aufzurollen. Nicht mittenrein stechen, nimm welche vom Rand. So.«

Sie sah zu, wie er im Schneckentempo einige der weißen Fäden mit der Gabel vom Rest trennte und um die Zinken wickelte. Einen Versuch war es wert. Nicu klatschte Beifall, als es ihr dieses Mal gelang, einen mundgerechten Bissen zu fabrizieren. Der Geschmack war – abgesehen vom Schweineblut – gewöhnungsbedürftig. Doch Nicu strahlte sie bei jedem weiteren Bissen an, und sie wollte nicht, dass er damit aufhörte. Um sie herum war die Welt voller lauter Geräusche. Nur zwischen ihnen gab es nichts als das Kratzen der Gabeln auf den Tellern und dieses Knistern, das aus dem Kribbeln auf ihrer Haut zu entstehen schien.

Ob er das auch spürte? Alisa konnte sich nicht erklären, was hier zwischen ihr und Nicu vorging – sie wusste nur, dass sie dieses Gefühl mochte.

Nicu beugte sich näher zu ihr. Er roch nach salziger Meeresluft und einem Gewürz, das sie auch schon an der Küste auf dem Weg in die Stadt gerochen hatte.

»Ich, also …« Nicu fuchtelte mit seiner leeren Gabel herum, schien plötzlich um Worte verlegen. Er schob seinen Teller zur Seite. »Ich – ähm, ich – ich wollte unbedingt mit dir essen gehen, aber …« Er legte die Gabel weg. »Ich hab gelogen. Also, was verschwiegen. Also, was ich sagen will – ich hab kein Geld dabei. Du?«

Ihm stieg wieder diese Röte ins Gesicht, während er seine Gabel auf dem Tisch hin und her drehte. Alisa tippte vorsichtig seine Finger an und schüttelte den Kopf. »Meinst du, sie nehmen uns das sehr übel?«

Er verschränkte seine Finger mit ihren, und sie konnte seinen raschen Puls an der weichen Stelle zwischen Daumen und Zeigefinger spüren. »Sieht so aus, als müssten wir Geschirr spülen.«

Das konnte er nicht ernst meinen. Aber er lachte nicht. *Ich kenne diese Sorte, die werden rennen*, gingen ihr die Worte des Kellners durch den Kopf. Das klang tausendmal besser als Geschirr spülen. Sie setzte gerade an, Nicu das zu sagen, als eine Frau mit dunklen Haaren und fahrigen Bewegungen an ihren Tisch trat. Im selben Augenblick drang ein lautes Klirren aus dem Inneren der Taverne, gefolgt von einem entsetzten Schrei. »Maria!« Noch mehr Klirren. Dann: »Sie wurde gebissen!«

Die dunkelhaarige Frau blickte sich hektisch um. Alisa meinte, Fangzähne aufblitzen zu sehen. Sie erhaschte einen Blick in ihre Augen, so tief wie ein Abgrund ohne Boden. Die Tavernentür krachte gegen die Wand. Der Kellner stürzte auf den Hof. »Polizia! Si chiama la polizia!«

Die Dunkelhaarige riss Alisas Buch an sich und stürmte davon. Einen Moment lang war Alisa wie gelähmt. Erst der nächste Schrei des Kellners ließ sie aufspringen.

»Vampiro! Vampiro!«

Sie packte Nicu an der Hand. »Los, wir müssen ihr hinterher! Sie hat mein Buch gestohlen!«

Nicu stellte keine Fragen, rannte mit ihr über den Hof. Der Kellner brüllte ihnen hinterher, doch Alisa hörte nicht länger zu. Alles in ihr rief: *Schneller, schneller!*, aber sie durfte nicht schneller rennen als der Mensch neben ihr, sonst würde sie sich verraten. Und die Rufe *Vampiro! Vampiro!* schallten durch die Gassen, drängten sich um sie zusammen wie in Hamburg.

Eine Trillerpfeife schrillte hinter ihnen auf, und Nicu zog sie in eine Seitengasse. Sie hetzten weiter. Längst hatten sie die Bücherdiebin verloren, rannten vor den harten Stiefeltritten der Polizisten davon, bogen um immer neue Ecken, eilten Stufen hinauf und hinunter, duckten sich unter Torbögen hindurch. Alisa sehnte sich nach der Sicherheit der Dächer. Doch ein Sprung würde sie verraten. Wieder ertönte eine Trillerpfeife – nein, zwei, drei, sie kamen von allen Seiten auf sie zu, umzingelten sie, stoppten sie. Alisa fuhr herum und herum. Doch sie blieb gefangen zwischen Uniformen.

Ivy

Die Abenddämmerung vertiefte sich, aber Alisa ließ sich nicht blicken. Ivy lehnte immer noch an dem großen Mast und mochte die Hoffnung nicht aufgeben. Bislang war Alisa ihr als Einzige mit aufrichtiger Freundlichkeit begegnet – und nach der langen Einsamkeit tat es so gut, wieder echte Gespräche führen zu können. Gespräche, bei denen sie Antworten bekam und nicht alles von sich verbergen musste. Nur einen Teil.

Ivy schlang einen Arm um den Mast. Wenn sie erst den Rubin zurückhatte und Seymour, würde alles gut werden. Sie stoppte ihre Hand auf halbem Weg zu ihrem Gesicht. Verdammte Phantomtränen. Vom Verstand her wusste sie, dass sie nicht mehr weinen konnte, aber die Erinnerung an Tränen fühlte sich so echt an. Sie verschränkte die Hände hinter dem Rücken.

Das Dasein als Schattenvampirin war einfach nur ungerecht! Sie spürte die Lücke in ihrem Kopf, doch sie konnte sie nicht füllen. Sie wusste nicht mehr, ob sie noch beide Eltern hatte, wo sie lebten, ob da Geschwister waren, Tanten, Onkel, vielleicht sogar Großeltern, sie wusste nicht, was sie gern zum Frühstück gegessen hatte, wie die Stimmen ihrer Familie klangen – da war nur diese Lücke. Als liefe man einen Weg entlang und verlöre plötzlich den

Boden unter den Füßen. Woran sie sich erinnerte, waren die verlorenen Empfindungen. Tränen auf dem Gesicht, die sich ganz anders anfühlten als Regentropfen. Sonne auf der Haut, die wärmte und nicht verbrannte. Erinnerungen, die hoffentlich mit der Zeit auch noch verschwanden.

Für den Moment gab Ivy nach und fuhr sich schnell über die Augen. Als wäre dort etwas. Das half ein bisschen.

»Ganz allein hier?«

Ivy wirbelte herum. Inger. Die Dracas-Schwestern hatten ihr gerade noch gefehlt. Aber auch Inger war allein. Ivy konnte sich nicht erinnern, sie schon mal ohne ihre Schwester gesehen zu haben.

»Was denn? Ich kann auch ohne Fanny existieren.« Inger schnaubte. »Im Gegensatz zu dir und Alisa führen wir eigenständige Leben.«

»Hast du meine Gedanken …?«

»Bin ich vielleicht Leo? Ich respektiere die Privatsphäre von anderen. Und ein Blick sagt oft genug.« Inger verschränkte die Arme vor der Brust.

Ivy merkte erst, dass sie die Geste imitierte, als sie sich selbst schmerzhaft den Brustkorb zusammenquetschte. Hoffentlich sagte Inger die Wahrheit und hielt sich wirklich aus ihren Gedanken heraus. In ihrem Kopf steckte zu viel, was die Dracas besser nicht erfuhr. Was am besten niemand erfuhr. »Wieso bist du hier?«

»Wieso bist *du* hier?«

»Redest du immer nur in Fragen?«

Statt zu antworten, zog Inger die linke Augenbraue hoch. Ivy schaute schnell weg, aber nicht schnell genug, um der Erinnerung an Seymours Gesicht zu entgehen.

»Ich hab nur auf jemanden gewartet«, sagte sie Richtung Boden.

»Versetzt worden?«

Ivy zuckte mit den Schultern, starrte weiter auf die Schiffsplanken. War ja klar, dass Ehrlichkeit nicht belohnt wurde. Ein Seufzer, dann lehnte sich Inger neben sie an den Mast, so nah, dass ihre Schultern sich kurz streiften.

»Ich brauchte mal Pause von meiner Schwester.«

»Oh. Dann wolltest du allein sein? Ich meine, ich kann gehen – ein paar Minuten müsstest du das Deck noch für dich haben.«

»Du …« Inger kratzte über das Holz. »Du bist nicht meine Schwester.« Das Kratzen hörte auf. Inger stupste leicht gegen ihre Schulter. »Du bist nicht die schlechteste Gesellschaft.«

Ivy grinste. »Du auch nicht.« Sie stupste vorsichtig zurück, hielt ihre Schulter so, dass sie Ingers gerade noch berührte. Leichter als eine Brise nach einem Sonnentag. Sie schwiegen beide. Standen beide ganz still.

Das erste Kerzenlicht fiel über das Wasser, Schritte ertönten unter Deck. Und plötzlich war der Platz neben ihr leer – nur der Nachhall eines Flüsterns hing in der Luft. *Wir sehen uns.*

Unter Deck mischten sich Schritte und Stimmen. Die anderen erwachten langsam alle aus dem tiefen Tagschlaf. Alisa würde sich beeilen müssen, wenn ihre Abwesenheit unbemerkt bleiben sollte. Ivy drückte sich an den Mast, legte eine Hand dorthin, wo eben noch Inger gestanden hatte. Hinter ihr knarrte eine Tür, und sie duckte sich, linste um den Mast herum.

Der Schuldirektor und die Contessa traten aus der Kapitänskajüte und schlenderten zur Reling. Conte Claudio spähte zum Land hinüber. »Was ist das für ein Wirbel in der Stadt?«

»Da ist doch immer Wirbel, amore, das nennt sich Leben.« Contessa Viola legte einen Arm um den Conte, der sich an sie lehnte, dann aber wieder aufschreckte.

»Hörst du das? Trillerpfeifen!« Er beugte sich weit über die Reling. »Polizei«, flüsterte er.

Unwillkürlich spannte Ivy alle Muskeln an. Fluchtbereit. Die Contessa hingegen blieb entspannt. »Menschen.« Sie zuckte mit den Schultern. »Ich habe unsere Rubine. Wir sind sicher.«

»Hör doch, amore, hör nur!«

Jetzt hörte auch Ivy die Rufe aus der Stadt. *Vampiro! Vampiro!*

Alisa. Hoffentlich nicht Alisa. Hoffentlich hatte die Rubindiebin sich wieder von Bord geschlichen und trieb sich in der Stadt herum, war entdeckt worden. Alles in Ivy drängte danach, vom Schiff zu stürmen, entweder Alisa beizustehen oder sich endlich, endlich die Diebin zu schnappen.

Doch sie konnte nicht von Bord. Der Conte und die Contessa standen an der Reling und versperrten den Weg an Land. Ivy presste die Fäuste gegen ihre Beine. Als Mensch könnte sie einfach auf der anderen Seite des Schiffes ins Wasser springen und an Land schwimmen. Verfluchtes Vampirleben! In hilfloser Wut starrte sie auf die Stadt, die so nah und doch so unerreichbar vor ihr lag.

»Wir müssen etwas tun!« Conte Claudio sprach ihr

aus der Seele, während er mit beiden Armen herumfuchtelte.

Die Contessa blieb weiterhin ruhig. »Vor allem müssen wir uns vergewissern, dass alle von uns an Bord sind und keins der Kinder wieder Dummheiten anstellt. Oder einer der Schatten sich an Land geschlichen hat.« Sie drückte dem Conte einen Kuss auf die Wange. »Ruf sie alle an Deck zusammen, amore. Ich werde in die Stadt gehen und herausfinden, ob jemand von uns in Gefahr ist.«

Conte Claudio hielt sie fest. »Sei vorsichtig, amore.«

Die Contessa nickte nur und eilte ohne ein weiteres Wort davon, den Steg entlang in Richtung der Häuser und Lichter und Trillerpfeifen. Ivy wünschte sich an ihre Seite.

Der Conte winkte einen der Schattenvampire heran und befahl ihm, alle – Erben wie Schatten – an Deck zu bringen. »Ohne Ausnahme«, setzte er mit erhobener Stimme nach. Ivy schloss die Augen. *Komm schon, Alisa, wo immer du bist, beeil dich!*

Alisa

Die Tür schlug dumpf hinter ihnen zu, der Schlüssel drehte sich im Schloss. Sie waren gefangen. Alisa starrte durch die kleine, vergitterte Öffnung in der Tür. Hinter einem Schreibtisch saß ein Polizist, der etwas in ein großes Buch schrieb. Ein anderer schlenderte von der Zellentür weg, hängte dabei ein Schlüsselbund an seinen Gürtel. Lautes Klirren begleitete jeden seiner Schritte. Sie hätte doch schneller rennen sollen. Sie hätte sich gar nicht auf dieses Essen mit Nicu einlassen dürfen. Sie hätte nicht von Bord gehen dürfen. Das Buch war jetzt ohnehin verloren.

Sie schauderte bei der Erinnerung an die Diebin, den Abgrund ihrer Augen, so voller Schmerz und Einsamkeit. Eine Berührung an ihrer Schulter ließ sie zusammenzucken.

»Entschuldige.« Nicu wich ein paar Schritte zurück.

»Schon gut.« Sie zwang sich zu einem Lächeln. »Ich war nur in Gedanken.«

»Woran hast du gedacht?« Vorsichtig, als fürchtete er, jede Bewegung könnte sie verscheuchen, kam er auf sie zu, nahm ihre Hand, zog sie mit sich auf die Holzpritsche an der Wand gegenüber der Tür. »Die lassen uns bestimmt sofort gehen, wenn sie hören, dass wir nur die Zeche geprellt haben. Und das unfreiwillig.«

Sie drückte seine Hand, die sich fest anfühlte, zuverlässig. Ein Anker in all dem Chaos. »Aber die wollten nicht mal mit uns reden! Und wenn ich die ganze Nacht wegbleibe …« Das wollte sie sich gar nicht zu genau ausmalen. Jede Strafe, die Conte Claudio verhängen würde, verblasste neben der Aussicht, erst am nächsten Morgen freigelassen zu werden. Wenn Sonnenstrahlen durch das Fenster der Zelle fielen – wenn sie schutzlos auf die Straße treten musste.

Nicu rückte etwas näher zu ihr. »So lange sitzen wir sicher nicht fest.« Er grinste schief. »Und wenn doch, erteilt meine Mutter mir Ausgangssperre für den Rest meines Lebens.« Er stöhnte. »Die darf das hier nie erfahren.«

Im Vorraum wurde es laut. Hektische Schritte, Stimmen, die einander übertönten. »Verdammte Rotmasken«, fluchte jemand. »Was mischen die sich jetzt ein?«

»Ich weiß es doch auch nicht, capitano. Sie haben nur gesagt, die Kellnerin hätte Bisswunden am Hals und Calvina wollte sich das näher anschauen. Sie ist schon hierher unterwegs.«

Calvina. Allein der Name der Vampirjägerin ließ sie erstarren. Zum Glück bemerkte Nicu nichts davon. Er war aufgesprungen und lief zur Tür, rüttelte am Griff. »Wir müssen hier raus!« Er spähte durch die kleine Öffnung, als würde das irgendwie helfen. »He! Hört ihr mich? Lasst uns raus! Wir haben nichts getan!«

Draußen reagierte niemand auf seine Rufe. Und selbst wenn Alisa ihm zur Hilfe käme und die verdammte Tür aufrisse, würde sie sich damit nur selbst verraten. Sie musste einen anderen Weg finden, solange Nicu noch abgelenkt war. Alisa richtete sich auf und griff nach dem Gitter des Zellenfensters.

Direkt davor liefen Stiefel über Kopfsteinpflaster, klang Gelächter auf, Hufgetrappel, Gespräche über den lauen Abend und schräge Gesänge von Betrunkenen. Wenn sie doch bloß ihre Kräfte zeigen könnte! Der Lärm von draußen und vor der Zelle würde jedes Geräusch verbergen, das sie hier drinnen machte.

Alisa biss sich auf die Unterlippe. Ganz egal, was geschah, sie würde nicht in die Sonne gehen. Mit einem schnellen Blick vergewisserte sie sich, dass Nicu immer noch mit dem Rücken zu ihr stand. Dann zog sie am Fenstergitter. Es knirschte. Ächzte. Lockerte sich. Sie hielt es an Ort und Stelle. Jetzt. »Nicu? Ich glaube, das Gitter sitzt nicht ganz fest. Hilfst du mir mal? Vielleicht schaffen wir das zusammen.«

»Wenn du meinst.« Er blickte zweifelnd auf die Gitterstäbe, stellte sich aber zu ihr auf die Pritsche. Ihre Schultern berührten sich, als er die Hände neben ihren um die Eisenstäbe legte. »Auf drei«, sagte Nicu und sie zählten gemeinsam. Der Ruck, mit dem sich das Gitter löste, ließ sie beide rückwärtstaumeln.

»Schnell«, drängte sie, »wir müssen verschwinden, solange die noch abgelenkt sind!« Die Diskussion von draußen wurde immer noch lautstark fortgesetzt.

Wortlos faltete Nicu die Hände und hielt sie ihr hin wie eine kleine Trittleiter. Sie schmunzelte. Ein Sprung hinaus wäre schneller. Doch sie stützte sich auf der Fensterbank ab, setzte einen Fuß vorsichtig auf die verschränkten Hände und gab so wenig Gewicht wie möglich darauf. Wie der Blitz war sie durch die Öffnung. Frei!

»He, warte auf mich«, flüsterte Nicu. Sie fuhr herum.

Er zog sich auf die Fensterbank. »Du bist unglaublich schnell.«

»Übung.« Sie winkte ihm, sich zu beeilen, hoffte, die Panik, die sie spürte, zeigte sich nicht auf ihrem Gesicht. »Ich hab oft Hausarrest.« Das kam der Wahrheit wenigstens sehr nahe.

Nicu schwang sich neben sie auf die unbeleuchtete Gasse. »Verschwinden wir, bevor sie was merken.« Er nahm ihre Hand, und sie rannten zusammen los. Er war viel zu langsam. So würde sie Ewigkeiten bis zum Schiff brauchen. Außerdem konnte sie ihn dorthin nicht mitnehmen. Sie zog Nicu um die nächste Ecke. »Ich muss zurück in meine Schule. Die dürfen nicht erfahren, was heute –«

»Ich kann dich hinbringen.« Nicu strich ihr über den Arm. »Damit dir nichts passiert.«

»Nein!« Dort, wo er sie berührt hatte, kribbelte ihre Haut unter der Jacke. Sie wich einen Schritt zurück. »Wenn sie dich sehen, bekomme ich noch mehr Ärger«, fügte sie schnell hinzu, als sie den verletzten Ausdruck in seinen Augen sah. »Ich muss allein gehen.«

»Wann sehe ich dich wieder?«

Nie, flüsterte ihr die Vernunft zu. Doch Alisa zuckte nur mit den Schultern. »Sobald ich mich wieder wegschleichen kann?« Und obwohl alle ihre Muskeln angespannt waren, ihr ganzer Körper sie zur Flucht drängte, machte sie einen winzigen Schritt auf Nicu zu. Er schloss die Lücke zwischen ihnen. Seine Fingerspitzen lagen an ihren. Seine dunklen Locken kitzelten ihre Stirn.

»Ich werde jeden Abend am Wunschbrunnen auf dich warten. Weißt du, wo der ist?«

Da war eine ganze Welt zwischen ihnen, die ihre leisen Stimmen kaum überbrücken konnten.

»Finde ich heraus.«

Seine Lippen berührten ihre. Leicht wie die Flügel des Rotkehlchens an ihren Handflächen, vor unendlichen Zeiten.

»Vampiro! Vampiro!« Die Schreie rissen sie aus dem Moment. Alisa machte einen Satz nach hinten und rannte schon, bevor ihr einfiel, dass sie vielleicht noch etwas hätte sagen sollen. »Entschuldige«, klang ihr Nicus Stimme hinterher, aber selbst wenn ihr die richtigen Worte eingefallen wären, für seine Menschenohren war sie bereits zu weit weg. Alisa rannte und drehte sich nicht mehr um.

Als sie die Stadt hinter sich ließ, wurde sie im Schutz der Dunkelheit schneller. Alle Geräusche – das Rauschen der Baumkronen, die hellen Rufe der Nachtvögel, das entfernte Klatschen der Wellen, das leise Knirschen des Sandes unter ihren Sohlen – verwoben sich zu einem dichten Teppich, der sie trug. Ihre Schritte wurden immer weiter, wurden zu Sprüngen, schon sah sie das Licht des Schiffsbugs vor sich schimmern, da löschte ein helles Aufstrahlen von ihrer Handfläche alles aus. Alisa stolperte, stürzte. Schlug wild mit den Armen um sich. Fiel. Rollte und fiel erneut, fiel, fiel, fiel.

Dämmerlicht. Sie setzt sich auf. Mauersteine, rau an ihrem Rücken. Kiefernnadeln auf dunkler Erde. Sie hockt unter Kiefern, die ihre Äste schützend ausbreiten. Außerhalb der Bäume fällt das graue Morgenlicht über grün-weiß bewachsene Grabsteine. Dieses Mal ist es also ein Friedhof.

Sie drückt sich fester gegen die Mauer und späht zwischen den Grabsteinen umher. Die Steine sind alt, und auf keinem der Gräber liegen frische Blumen. Nur eines ist neu ausgehoben. Nicht weit davon ist er. Ebenfalls im tiefen Dunkel unter Bäumen lehnt er an der Friedhofsmauer gegenüber, die Beine lang ausgestreckt, die Augen geschlossen, den Kopf zurückgelegt. Den Zylinder hat er abgenommen, wirbelt ihn zwischen seinen Händen herum. Neben ihm steht der Schattenvampir, auf einen Spaten gestützt, und starrt wie hypnotisiert auf den sich drehenden Zylinder. Alisa gräbt die Finger in die feucht-kühle Erde.

Es ist still. Als seien selbst der Wind und die Vögel geflüchtet. So still kann keine Wirklichkeit sein. Vielleicht verbindet der Funke sie mit Graf Draculas Erinnerungen? Vielleicht sieht sie, was er sich ausmalt, während er tief unter der Erde gefangen ist. Vielleicht lässt der Funke sie zu einem Teil von Draculas Vorstellung werden. Egal, was es ist, sie will nur weg. Doch sie muss warten, bis der Funke sie wieder freigibt.

Das leise Knacken winziger Zweige lässt sie zusammenzucken. Dracula hat sich nicht gerührt, aber der Schattenvampir tritt von einem Fuß auf den anderen. »Gebieter?«

Der Zylinder dreht sich immer weiter. »Geduld. Wir warten.«

»Aber worauf?«

»Auf den Tag. Immer auf den Tag.« Dracula stoppt den Zylinder. Auf die stotternd-ängstliche Nachfrage des Schattenvampirs reagiert er nicht. Er blickt schweigend zur Seite, blickt über die Baumschatten hinaus auf den Friedhof, auf das frisch ausgehobene Grab. Der Grabstein aus weißem

Marmor leuchtet im fahlen Licht. Zwei Statuen aus dunklerem Marmor rahmen ihn ein und deuten auf ein eingeritztes Symbol: ein Kreis, von dem sich Linien über den ganzen Stein erstrecken.

»Das Belov-Grab«, flüstert Draculas Stimme von gegenüber. »In dem Sarg darin verbirgt sich der Rubin des Belov-Clans, mit dem das Sonnenlicht mir nichts mehr anhaben kann. Sie waren clever, die Belov. Sie haben ihren Rubin in dem Grab versteckt, wo er tagsüber durch das Licht der Sonne geschützt ist. Und nachts – für nachts haben sie mithilfe der Grimur einen anderen Schutz gefunden.« Graf Dracula umfasst einen der Rubine auf seiner Brust und starrt weiter auf das offene Grab. Stein schabt über Stein. Grelles Licht strömt aus dem Grab, strahlt hoch hinauf in den Himmel.

Alisa unterdrückt den Aufschrei, den der Schattenvampir nicht zurückhält. Er springt hinter einen Baum, während Dracula lacht. Alisa zieht die Knie bis unters Kinn, auch wenn das Sonnenlicht ihr nicht einmal nahekommt. Wieder das Geräusch von Stein, der über Stein schabt. Es mischt sich in Graf Draculas Lachen. Mit dem Verstummen des Geräusches ist auch das Sonnenlicht fort.

»Erst, wenn die Sonne über dem Friedhof steht, verlischt das im Sarg gefangene Sonnenlicht. Klug, diese Belov. Aber auch so dumm zu glauben, ihr Zusammenschluss mit den Grimur würde halten, nachdem die Clans mich – vorübergehend – aus dem Weg geräumt hatten. Sie haben sich alle bekriegt und gegenseitig fast vollständig ausgelöscht. Und damit auch das Wissen, wer welche Rubine wo versteckt hat.« Dracula lacht weiter leise vor sich hin. Der

Schattenvampir tritt unruhig von einem Fuß auf den anderen, späht zu dem Grab, als fürchte er, der Sargdeckel könne jeden Augenblick wieder aufschwingen.

Die Furcht kann Alisa ihm nachfühlen. Dracula wirkt zu irr, wie er da lang ausgestreckt sitzt und seinem eigenen Lachen lauscht. Er stülpt sich den Zylinder wieder auf den Kopf, zieht ihn hinab, sodass der Hutschatten seine Augen verdeckt. Sein Lachen bricht ab. »Nicht mehr lang bis zum vollen Sonnenlicht. Nicht mehr lang«, murmelt er.

Wie er im Sonnenlicht das Grab erreichen will, ist Alisa schleierhaft. Kein einziger Baum steht zwischen ihm und dem Grab, nicht einmal den Hauch eines Schattens wird es auf dem Weg dorthin geben. Wie schnell sie auch sind, sie bezweifelt, dass ein Vampir den Weg überleben kann. Alisa drückt die Hände auf den Boden. Trockenes Gras und kühle Erde. Von Dracula kommt kein Laut mehr, nur noch das Knacken von kleinen Zweigen ist zu hören, weil der Schattenvampir weiterhin von einem Fuß auf den anderen tritt.

Das Zwitschern von Vögeln wird laut. Die Schatten ziehen sich unter den ersten Sonnenstrahlen zurück. Alisa drückt sich enger an die Friedhofsmauer, vergewissert sich, dass der Baum sie vor jedem Licht schützt. Auch wenn sie nicht weiß, wie das hier ist, ob sie nur eine Einbildung Draculas beobachtet, ob das, was sie sieht, auf ihren Körper einwirken kann, ob irgendetwas hiervon wirklich geschieht oder sie einfach nur allmählich verrückt wird – austesten möchte sie das ganz sicher nicht.

Die Sonne scheint auf das offene Grab. Dracula rappelt sich auf, klopft sich Erde und Kiefernnadeln von der Hose.

»Dann schauen wir mal«, murmelt er. Das knarzende Schaben im Grab lässt die Vögel verstummen. Dieses Mal strahlt kein Licht nach oben. »Ist das nicht herrlich?« Dracula schlägt dem Schattenvampir den Spaten aus der Hand. »Dort liegt er, der Belov-Rubin, der Schlüssel zum Tag.«

»Aber – Gebieter, wie wollt Ihr …?«

»Siehst du, das ist das Wunderbare daran. Du, mein Schatten, musst alles tun, was ich dir befehle. Du kannst gar nicht anders, nicht einmal, wenn dein Verstand dich anschreit, das Gegenteil von dem zu tun, was ich sage.« Er streckt langsam eine Hand nach dem Schattenvampir aus, legt sie an seine Wange. »Und für den Moment möchte ich, dass du ganz ruhig hier stehst. Du hast mir gut gedient, das sollst du wissen. Wir müssen noch ein wenig warten, bis die Sonne den perfekten Punkt erreicht.« Er streichelt die Wange des reglos vor ihm stehenden Schattenvampirs. Dessen weit aufgerissene Augen sprechen lauter als Worte. »Keine Angst.« Dracula lächelt. »Es wird schnell gehen.« Seine Stimme klingt ganz sanft. »Du wirst mein Sonnenschild sein. Ich werde gleich hinunterzählen bis eins, und auf eins rennen wir los. So schnell, wie nur wir Vampire es können.« Er lässt die Hand sinken, tritt einen Schritt zurück. »In deinem Schatten werde ich das Grab sicher erreichen. Fast sicher. Ein winziges Risiko bleibt natürlich. Du könntest schneller verbrennen, als gut für mich ist. Aber die Aussicht, künftig unbeschwert im Sonnenlicht umhergehen zu können, ist so ein kleines Risiko schon wert. Findest du nicht auch? Nun, ich verstehe, wenn du anderer Meinung bist.« Dracula zwinkert dem anderen zu. »Eins noch, bevor wir beginnen. Ich verbiete dir, zu schreien.«

Alisa zittert. Sie will aufspringen, will hinüberlaufen, den Schattenvampir von Dracula wegreißen. Mit ihm flüchten. Aber sie kann nichts davon tun. Das Sonnenlicht ist ein sichereres Gefängnis als jede Zelle – und selbst wenn sie zu dem Schattenvampir rennen könnte, aus Draculas Zwang kann sie ihn nicht befreien. Sie starrt auf die beiden bewegungslosen Gestalten auf der anderen Seite des Friedhofs und wünscht sich zum ersten Mal in ihrem Leben Rotmasken herbei.

Doch sie kommen nicht. Da ist nur Dracula und der Schattenvampir und Draculas ruhige Stimme, die langsam von fünfzig rückwärts zählt. Alisa will wegschauen und kann nicht einmal ihre Augenlider rühren. Ein leichter Wind bringt die Kiefern zum Rauschen. Die Vögel singen wieder.

Dracula legt seine Hände auf die Arme des Schattenvampirs und zählt und zählt. Seine Stimme ist leiser als das Zwitschern der Vögel, leiser als das Rauschen der Bäume. Doch Alisa hört ihn und kann ihn nicht aufhalten.

»Fünf. Vier. Drei. Zwei. Eins.« In perfektem Einklang rennen sie los. Rauch steigt von der Kleidung des Schattenvampirs auf. Es knistert. Flammen schlagen hoch.

Alisa schreit auf. Sie schreit und fällt und schreit und fällt weiter.

Nacht lag wie ein weiter Mantel über ihr. Das Meer rauschte, als wollte es ihr etwas Beruhigendes zuflüstern. Aber sie hörte noch immer das Knistern der Flammen. Zitternd rappelte sie sich auf. Die Silhouette der *Elisabetha* zeichnete sich unter den Sternen ab. War da schon Bewegung an

Deck? Alisa setzte vorsichtig einen Fuß vor den anderen, vergewisserte sich ihres Gleichgewichts. Dann rannte sie los. Sie rannte und rannte, als könnte sie vor diesen grässlichen Visionen wegrennen.

Leo

Was hatte die ganze Aufregung zu bedeuten? Missmutig kletterte Leo aus seinem Sarg und folgte Karen an Deck, wo sich laut Conte Claudio alle versammeln sollten. Karen konnte ihm auch nicht sagen, warum, trieb ihn nur zur Eile an. Er schloss zu Malcolm auf, der ebenso ahnungslos war wie er.

»Hast du ihre Gedanken gelesen?«, fragte Malcolm und deutete mit dem Kopf in Richtung von Karen. »Vielleicht sagt sie dir nicht die Wahrheit.«

»Niemals.« Eine absolut lächerliche Vorstellung, dass Karen ihn anlügen könnte. Trotzdem überprüfte Leo seine Überzeugung schnell. Nichts leichter, als in die Gedanken eines Schattens einzudringen. »Sie weiß nichts.« Er trat zusammen mit Malcolm aufs Deck. »Aber wir werden ja sicher gleich erfahren, was los ist.«

Schattenvampire wie Erben drängten sich zusammen, stellten Fragen, auf die niemand eine Antwort wusste. Luciano fuhr sich mit den Fingern durch die Haare. Tammo stand etwas verloren in der Gegend herum, bis Joanne auf ihn zukam und die beiden sich über ihre Hausratte beugten. Kinder. Leo schüttelte den Kopf. Ivy stand schon wieder – oder immer noch? – am Mast und starrte den Steg entlang. Leo schlenderte zu ihr hinüber.

»Weißt du, was die ganze Aufregung soll?«

»Sie wollen überprüfen, ob alle an Bord sind. In der Stadt ist jemand gebissen worden.« Ivy sprach so hektisch, dass ihre Worte fast zu einem zusammenflossen. »Wir müssen sie ablenken, aufhalten, Alisa ist noch immer nicht zurück.«

Leo zuckte mit den Schultern. »Und was geht uns das an?«

»Sie ist unsere Freundin, wir müssen ihr helfen!«

Ivy konnte genauso unglaublich naiv klingen wie Alisa. Und er war weit davon entfernt, sich davon beeindrucken zu lassen. »*Deine* Freundin vielleicht, nicht meine.«

»Ach ja?«

»Was?« Er verschränkte die Arme. Egal, was sie sagte, sie konnte keine Gedanken lesen.

»Ich bin nicht blind – jeder kann sehen, dass du sie magst.«

»Blödsinn!«

»Oder bist du nur zu feige, ihr zu helfen?«

Feigheit würde er sich ganz bestimmt nicht vorwerfen lassen. »Pass auf, was du sagst! Ich bin ein Dracas.«

Ivy, klein wie sie war, baute sich vor ihm auf, als würde sie ihn um mindestens drei Köpfe überragen. »Eben. Und ist euer tolles Motto nicht, keinen Vampir zurückzulassen?«

Mit den eigenen Worten geschlagen. Sie war gut, das musste er ihr lassen. »Na gut, wenn es sein muss. Aber dafür schuldest du mir dann was.«

Leo duckte sich unter die Brücke, die vom Schiff auf den Steg führte und ihn vor dem Mondlicht verbarg. Wenn Alisa nicht in den nächsten Minuten auftauchte, hätten sie alle drei verloren. Ivy noch am wenigsten, die versuchte nur, an Bord etwas Unruhe zu stiften, um die Zählung aufzuschieben. Was zu gelingen schien, nach allem, was er von oben hörte. Conte Claudio fluchte lauthals über Kinder, die den Ernst der Lage nicht respektierten, und über Ratten, die sich als Haustiere nicht gehörten, wenn sie schlecht erzogen waren, und überhaupt gehörten eigentlich alle Tiere in die Zellen unter Deck. Joanne protestierte, Easy wäre ein empfindsames Wesen und die ganze Aufregung hätte sie verstört. »Wir müssen sie finden, bevor sie von Bord flüchtet!«

Das wäre vielleicht nicht das Schlechteste, fand Conte Claudio, aber natürlich unterstützte Tammo Joanne bereits bei der Suche, und andere schlossen sich an, riefen nach der Ratte und verteilten sich über das Deck. Leo grinste. Wer hätte gedacht, dass so eine Ratte doch einmal nützlich sein konnte.

Er lauschte weiter, behielt dabei aber den Steg im Blick, wünschte sich nicht zum ersten Mal, Gedankenkommunikation würde auch über weite Entfernungen funktionieren und nicht nur, wenn man die Person sah, mit der man reden wollte. Und er wünschte sich, er hätte vorhin nicht die Gedanken des Jungen gelesen, als dieser Alisa in der Bibliothek entdeckt hatte.

Was wollte die überhaupt mit einem Menschenjungen? Die waren Vampiren doch in jeder Hinsicht unterlegen. Und zu allem Überfluss hatte der Junge nichts als ein kitschiges Gedicht im Kopf gehabt, als er Alisa sah. Ein Mensch würde einen Vampir niemals voll zu schätzen wissen. Außerdem waren sie langsam, nachtblind, schwach, hörten schlecht, hatten nicht eine einzige besondere Gabe, kurz gesagt, sie waren überflüssige Existenzen. Bis auf ihr Blut. Das war durchaus hilfreich. Wenn es um die älteren Vampire ging.

Am Ende des Stegs tauchte die vertraute Gestalt auf, rannte aufs Schiff zu.

Endlich!

Leo? Bist du das? Wo bist du?

Ganz nah. Er trat unter der Verbindungsbrücke hervor und verstellte Alisa den Weg. Sie blieb nur Zentimeter vor ihm stehen.

»Was machst du hier?«, fragte sie.

»Warten.«

»Auf wen?«

»Auf dich.« Zum Glück klang seine Stimme gelassen. Er müsste nur einen Finger ganz leicht ausstrecken, um ihre Hand zu berühren. Doch sie wirkte, als könnte jede Bewegung sie vertreiben. Leo hielt still.

»Warum?«

»Sagen wir einfach, Ivy kann sehr überzeugend sein.« Er zwinkerte ihr zu und war an ihr vorbei, bevor sie noch mehr fragen konnte. *Nutz die Ablenkung, um unbemerkt an Bord zu kommen*, schickte er noch hinterher und deutete auf das Versteck unter der Brücke.

Alisa kam seiner Aufforderung nach, obwohl in ihrem Kopf noch Tausende von Fragen herumschwirrten. Leo ignorierte sie. *Jetzt!*, rief er Ivy in Gedanken zu, die wie verabredet an der Reling bereitstand.

»Leo ist nicht an Bord!«, schrie Ivy und zeigte auf ihn, als er ins volle Mondlicht trat. Er zwang sich, ruhig den

Steg entlangzuschlendern, als käme er von einem Strandspaziergang zurück und wüsste von nichts. Schon eilte Conte Claudio, dicht gefolgt von zwei Schatten, die Brücke hinab. Oben riefen alle durcheinander, drängten sich an der Reling zusammen.

Leo gestattete sich einen kurzen Blick auf Alisa, die an der Schiffswand hing und sich auf den Bug zubewegte. Er grinste und winkte Conte Claudio zu. Solange sich alle auf ihn konzentrierten, konnte Alisa unbemerkt auf die andere Schiffsseite und dort an Bord gelangen. Leo weigerte sich, darüber nachzudenken, warum ihn das so glücklich machte. Aber er konnte nicht aufhören zu grinsen, auch nicht, als zwei Schatten ihn packten und ihm die Arme auf den Rücken drehten.

»Was ist das hier, ein Gefängnis?«, beschwerte er sich leichthin. »Man wird doch wohl noch einen Spaziergang machen dürfen.«

Wortlos hielten die beiden ihn fest und stießen ihn vorwärts, Conte Claudio hinterher, der etwas von respektloser Jugend und dem Ernst der Lage murmelte, während er zurück an Deck eilte. Leo passte sich dem Tempo an, weiterer Widerstand war ohnehin sinnlos, und das Ziel des Manövers hatten sie erreicht: Die Ersten, an denen er auf Deck vorbeigeführt wurde, waren Ivy und Alisa.

Bei ihnen blieb Conte Claudio stehen, befahl aber den Schatten, Leo unter Deck zu bringen. Er konnte den Mädchen gerade noch zuzwinkern, was ihm einen Augenverdreher von Ivy einbrachte und ein halbes Lächeln von Alisa, dann ging es auch schon die Treppe hinunter und immer tiefer in den Bauch des Schiffes.

Das halbe Lächeln blieb ihm auch noch im Kopf, als sich die Zellentür hinter ihm schloss und er allein mit den Tieren zurückblieb. Hoffentlich nicht für lange.

Leo seufzte und hockte sich auf den Boden seiner Zelle. In der neben ihm lag der Wolf, den Ivy mitgebracht hatte. Ihr Bruder. Leo musterte ihn und fragte sich, ob auch Empfindungen und Gedanken sich änderten, wenn man die Gestalt wechselte. Wenn der Wolf noch wie ein Vampir dachte, hätte er wenigstens einen Gesprächspartner, solange er hier eingesperrt war.

Der Wolf hob den Kopf von den Pfoten und sah ihn aufmerksam an. Vorsichtig streckte Leo seine Gedanken aus wie Finger, die sich sanft um ein Gesicht legten. Aber noch bevor er den Wolf erreichte, knarrte die Tür oben an der Treppe. Leo brach ab. Holten die ihn schon wieder raus?

Diese Hoffnung verschwand allerdings schnell, als er sah, wer da die Treppe herabkam. Signor Umberto mit seinem Lederkoffer. Leo rappelte sich hoch. Signor Umberto stellte den Koffer vor seiner Zelle ab.

»Leo af Dracas.«

Die hellen grauen Augen hatten etwas Bedrohliches. Als könnten sie bis in seinen innersten Kern blicken. Unmöglich. Die Nosferas konnten keine Gedanken lesen. Leo lehnte sich an die Gitterstäbe, die ihn von der Zelle des Wolfs trennten. »Warum bin ich hier eingesperrt wie ein Tier? Ich habe nichts verbrochen!«

»Du hast die *Elisabetha* ohne Erlaubnis verlassen.«

»Ich wollte nur helfen, den Vampir zu finden, der jemanden in der Stadt gebissen –«

»Woher weißt du davon?«

Leo zuckte mit den Schultern, gab sich gelassener, als er sich fühlte. »Gut geraten.« Sein Unbehagen vertiefte sich, als Signor Umberto lächelte. »Was ist so amüsant daran?«

Statt ihm zu antworten, beugte der hagere Vampir sich über seinen Koffer und nahm etwas heraus. Er trat näher an die Zelle, hielt dabei die Hände hinter dem Rücken.

»Es gibt dieser Tage nicht mehr vieles, was mir Freude bereitet …« Signor Umberto streckte eine Hand zwischen zwei Gitterstäben hindurch. Leo fuhr zurück. Ein verfluchtes Holzkreuz! »… aber zu überprüfen, ob du etwas gelernt hast, gehört auf jeden Fall dazu.«

Auch wenn er sich mit dem Rücken gegen die hintere Wand der Zelle presste, bekam er nicht genug Abstand zu dem Kreuz. Das war Folter! »Wissen der Conte und die Contessa, was Sie hier tun?«, presste Leo hervor. Signor Umberto lächelte nur und bewegte das Kreuz noch näher an ihn heran. Dem würde er es zeigen! Durch seine Kopfschmerzen und den Schwindel hindurch suchte Leo nach den Worten für die Entweihung, murmelte sie vor sich hin, wurde mit jedem Wort sicherer und lauter, während Signor Umberto still dastand und lächelte und lächelte.

»Gut. Sehr gut. Wie schön zu sehen, dass auch die Dracas zum Lernen fähig sind und nicht ausschließlich zur Zerstörung.«

Was bildete der sich ein! Seine Empörung – und die nachlassenden Schmerzen – gaben Leo neuen Mut. »Ist das alles, was Sie zu bieten haben?« Und sein Gegenüber lächelnd niederstarren konnte er auch.

»Wie nett, dass du fragst.« Signor Umberto zeigte nicht einmal den Hauch einer Erschütterung. Er legte das Holzkreuz weg. Leo gab sich jedoch keinerlei Hoffnung hin, dass es nun vorbei wäre. Er wappnete sich, aber gegen das Silberkreuz, das Signor Umberto ihm entgegenstreckte, kam er nicht an. Er krümmte die Schultern, als würde ihn das schützen.

Signor Umberto lächelte weiter und nickte vor sich hin. »Ganz richtig, dieses Kreuz ist aus Silber. Selbst ein Nosferas muss ein Jahrhundert lang üben, um mit ihm fertigzuwerden.« Er lehnte sich weiter in die Zelle und flüsterte: »Hast du das Schiff verlassen, weil du Menschenblut kosten wolltest?«

Mehr als ein Kopfschütteln brachte Leo nicht zustande. Das Silber drückte ihn nieder, schloss sich wie eine Zange um seinen Kopf. Er klammerte sich an einen der Gitterstäbe, wisperte: »Ich wollte nur – helfen. Ich war gerade erst – vom Schiff – gesprungen, als Ivy – Ivy mich gesehen hat.« Er sah nichts anderes mehr als das Silberkreuz, das näher und näher kam. Dahinter erklang Signor Umbertos unnachgiebige Stimme. Leo stieß mit dem Rücken an die Zellenwand. Er drückte sich dagegen, als könnte er ein Loch hineinpressen und darin verschwinden.

»Zu viel? Komm schon, ein Dracas wird doch nicht so schnell aufgeben.« In Signor Umbertos Stimme lag spöttische Zufriedenheit. »Nur ein paar Fragen noch. Hast du Rotmasken gesehen? Haben sie dich gesehen? Wissen sie, dass wir hier sind?«

»Ich – nein – ich …« Leo krümmte sich weiter zusammen, doch das nützte nichts. »Ich bin nur auf – dem Steg gewesen. Fragen Sie – fragen Sie meinen Schatten. Karen. Sie weiß …«

»Aber woher soll ich wissen, dass du die Wahrheit sagst? Du bist ein Dracas, und zweifellos ist dein Schatten dir treu ergeben.«

»Mal-Malcolm. Er hat mich an – Deck gesehen.«

»Dein guter Freund Malcolm? Der würde doch sicher auch für dich lügen.«

Signor Umbertos Stimme rückte in immer weitere Ferne, während die Zange um Leos Kopf fester und fester zudrückte, ein tonnenschweres Gewicht sich auf ihn legte. Er stemmte sich dagegen, versuchte die Worte der Entweihung wiederzufinden, er würde nicht vor Signor Umberto auf die Knie fallen … Leo taumelte, als das Gewicht ebenso plötzlich verschwand wie das Kreuz. Der Druck auf seinen Kopf ließ nach. Leo packte einen der Gitterstäbe, damit er nicht doch noch stürzte. Vor seiner Zelle stand Contessa Viola, die seinen Peiniger wütend anblitzte.

»Conte Claudio und ich dulden keine Folter auf diesem Schiff!« Sie schloss die Zellentür auf. »Es gibt bessere Wege, die Wahrheit herauszufinden.«

Leo wusste nicht, ob er erleichtert oder beunruhigt sein sollte. Doch egal, was die Contessa damit meinte, alles war besser, als auch nur einen Augenblick länger Signor Umberto ausgeliefert zu sein. Der lehnte sich an die Schiffswand und schwieg. Aber er lächelte weiterhin dieses kalte Lächeln, mit dem er ihm auch das Kreuz entgegengestreckt hatte. Contessa Viola betrat die Zelle und schirmte Leo vor Signor Umberto ab.

»Es war äußerst leichtsinnig, während dieses Aufruhrs in die Stadt zu gehen.«

»Ich war nicht in der –«

Contessa Viola hob eine Hand. »Kein Wort mehr. Wir werden gleich sehen, ob du die Wahrheit sagst.« Sie kam weiter auf ihn zu, und obwohl Leo wusste, dass er das Schiff nur kurz verlassen hatte, nur auf dem Steg gewesen war, wünschte er sich weit, weit fort. In ihrer ruhigen, gelassenen Art war die Contessa mindestens so bedrohlich wie Signor Umberto. Sie zog einen Papierstreifen aus einer Tasche ihres Mantels. Zwei Punkte waren darauf. Contessa Viola umfasste sein Kinn mit einem Griff, der keinen Zweifel daran ließ, dass sie seinen Kiefer zerquetschen konnte, wenn sie wollte. »Zeig mir deine Fangzähne.«

Leo gehorchte ohne jedes Zögern. Das sonst so leise Klicken, mit dem seine Fangzähne hervorschossen, schien ihm unendlich laut. Contessa Viola hielt den Papierstreifen vor seinen Mund.

»Du hast Glück«, sagte sie. »Glück und einen guten, breiten Biss. Du sagst die Wahrheit.« Sie gab sein Kinn frei. »Ab an Deck mit dir, bevor ich es mir anders überlege und dich für deine leichtsinnige Abenteuerlust bestrafe!« Sie trat zur Seite, und Leo zögerte nicht. So schnell er konnte, hastete er an ihr vorbei, die Treppe hinauf und hinaus. Er blieb nicht einmal stehen, als er Alisa sah, die vom Deck kam, gefolgt von Hindrik. Er brauchte jetzt den weiten Himmel über sich und ein paar unbeobachtete Momente, um wieder zu sich zu kommen.

Alisa

»Was passiert mit ihm? Wo bringen sie ihn hin?«, bestürmte Alisa Conte Claudio, doch er beantwortete keine ihrer Fragen, befahl Schatten und Erben, sich einander gegenüber aufzustellen. Hindriks Blicke beschworen sie, endlich still zu sein und den Anweisungen zu folgen. Sie presste die Lippen zusammen und zwang sich, bewegungslos dazustehen, während der Conte zwischen den beiden Reihen hindurchging und leise zählte.

Sie wollte die Augen schließen, als er auf ihrer Höhe ankam. Tat es aber nicht. Ohne Leos und Ivys Eingreifen wäre *sie* unter Deck geschleppt worden. Alisa verschränkte die Hände hinter dem Rücken. Blieb Conte Claudio länger bei ihr stehen als bei den anderen? Oder kam ihr das nur so vor? Sie drückte die Fingernägel in ihre Handrücken.

Endlich ging er weiter. Dafür spürte sie jetzt wieder Hindriks Blick. Er stand ihr direkt gegenüber. Schultern entspannen!, befahl sie sich, schaffte es jedoch nicht. Kopf hoch! Aber sie starrte weiter zu Boden.

»Danke für eure Unterstützung«, ertönte Conte Claudios Stimme vom anderen Ende der Reihe. »Alle Schatten zurück an ihre Arbeiten! Wer keine Aufgabe hat, begibt sich ins Schlafquartier und wartet dort auf weitere Anweisungen. Bambini, unter Deck mit euch, der Unterricht wird bald fortgesetzt.« Er ließ niemandem Zeit für Erwiderungen und stürmte mit großen Schritten davon – wohin, konnte Alisa sich denken, doch das half ihr nicht weiter.

Sie schloss zu Ivy auf, lief mit ihr die Treppe hinunter. Unter Deck ließen sie sich hinter die anderen zurückfallen, die Richtung Klassenzimmer verschwanden. Ihre Stimmen hallten noch den Gang hinunter. Malcolm wollte wissen, was in Leo gefahren war. Fanny lachte auf und sagte nur ein Wort: Vamalia. Und in diesem einen Wort lag so viel Verachtung, dass Alisa schwindelig davon wurde. Sie stützte sich an der Wand ab, war froh, als Ivy sie am Arm packte.

»Was ist mit dir? Und komm mir nicht wieder mit irgendeiner fadenscheinigen Ausrede.« Ivy baute sich vor ihr auf und ließ sie nicht los.

Dabei wollte Alisa nicht einmal wegrennen. Sie wollte sich jemandem anvertrauen. Alles, was in den letzten Stunden geschehen war, drehte sich in ihrem Kopf – Nicu, dem sie sich wieder so nah gefühlt hatte, die seltsame Vampirin, die ihr, aus welchem Grund auch immer, das Buch gestohlen hatte, von der Verfolgerin zur Flüchtenden zu werden, zur Gefangenen, zur Ausbrecherin … Nicus Kuss.

Aber von Nicu konnte sie unmöglich erzählen. Sie ließ sich mit dem Rücken gegen die Wand sinken. »Ich wollte nur etwas zu lesen ausleihen …« Alisa zuckte mit den Schultern, überging ihr Zusammentreffen mit Nicu und konzentrierte sich stattdessen auf die unbekannte Vampirin, die ihr das Buch gestohlen hatte. »Ihre Augen waren dunkler als ein geschlossener Sarg. Und sie hat so etwas … Verzweifeltes an sich gehabt. Ich weiß auch nicht. So als stünde sie an einem Abgrund und jemand hielte sie fest,

Die Ehrwürdigen begrüßen die Erben auf der Elisabetha.

Alisa im Haus der Vamalia in Hamburg

Calvina und die Rotmasken greifen an.

Alisa von Vamalia

Tammo und Freifrau Elina von Vamalia im Hafen

Joanne de Pyras und Tammo von Vamalia beim Frühstück

Signor Umberto di Nosferas

Malcolm of Vyrad

Freifrau Elina von Vamalia und Sir Milton of Vyrad

Abendessen auf der Elisabetha

Graf Dracula

Leo af Dracas

Die Erben an Bord der Elisabetha

Ivy of Lycana mit Fanny und Inger af Dracas

Tammo und Joannes Ratte Easy

Calvina auf Vampirjagd

Hindrik und Raphaela

Leo, Alisa und Ivy an Bord der Elisabetha

Abraham van Helsing

Alisa läuft in die Sonne.

Begräbnis eines Schattenvampirs

Tonka, Prinzessin der Upiry

Inger und Fanny af Dracas

Die Dracas-Erben kämpfen um Alisas Leben.

Alisa und Nicu am Wunschbrunnen

Alisa und Nicu vor dem Hauptquartier der Rotmasken

Seymour und Ivy of Lycana

Calvina im Hauptquartier der Rotmasken

Alisa im Kreis der Erben

Alisa trainiert unerkannt bei den Rotmasken.

Nicu, Calvinas Sohn

aber könnte sie jeden Moment loslassen, und dann würde sie fallen.« Eins wusste sie sicher: So wollte sie sich nie fühlen. »Ich glaube, sie ist ganz allein auf der Welt.« Die Wand in ihrem Rücken gab ihr nicht genug Halt, schien zu schwanken, so wie der Boden unter ihren Füßen. Und dann war da wieder dieses Kribbeln ihrer Handfläche. Verdammt! Sie musste weg, bevor … Aber Ivy versperrte ihr den Weg.

»Hast du jetzt Mitleid mit einer Diebin?« Die Härte in Ivys Stimme erinnerte Alisa an Leo. »Wie hat sie sonst ausgesehen?«

»Keine Ahnung, es ging alles so schnell.«

»Aber in die Augen konntest du ihr anscheinend – Alisa? Was ist mit dir?«

Ivys Worte drangen nur noch gedämpft zu ihr durch. Die Wand aus Licht schnitt sie von ihrer Umgebung ab, blendete Ivy aus, ließ das Schiff verschwinden, und der Gedanke – nicht jetzt! – war nur noch ein höhnisches Echo. Nutzlos.

Aber wie die Traurigkeit und die Furcht bleibt der Gedanke in ihrem Kopf, verstärkt den Schwindel, genauso wie der plötzliche Ortswechsel. Die Schiffswand ist verschwunden, sie fällt durch Dunkelheit. Da ist kein Aufprall, nur der deutliche Eindruck einer anderen Person, mit der sie zusammen im Schnee liegt und hinauf in den Nachthimmel schaut, hinauf zu skelettartigen Baumspitzen, zu grell funkelnden Sternen.

Der Boden unter ihrem Rücken ist fester als die Schiffswand zuvor. Doch es ist schwer, sich an das Schiff zu erinnern, während sie hier liegt und ihr Körper sich in dem der anderen liegenden Gestalt aufzulösen scheint. Während sie die Baumwipfel und die Sterne sieht und gleichzeitig hinunterblickt auf den Mann mit dem Zylinder, der lang ausgestreckt im Schnee liegt, als wäre ihm dort ein Bett bereitet worden. Dracula.

Alles kommt zurück. Der Friedhof. Das Belov-Grab. Die letzten Momente des Schattenvampirs. Die Flammen. Das Knacken von Zweigen. Hinter ihnen. Graf Dracula – und sie – fährt hoch. Doch da ist niemand.

»Du wirst mich nicht aufhalten.« Dracula spricht mit sanfter Stimme, als wolle er ihr schonend das Unausweichliche beibringen. »Du kannst es versuchen, aber was willst du schon gegen mich ausrichten?« Er springt auf. Lacht. Das Lachen steigt bis hinauf zu den Sternen, lässt die winterharten Zweige der Bäume zittern. »Ist das nicht eine herrliche Nacht?« Dracula legt den Kopf zurück und breitet die Arme weit aus. »Und ich muss mich nicht länger vor dem Tag verstecken.«

Dem Tag. Sie weiß nicht, ob sie das flüstert oder nur denkt. Aber sie spürt die Sehnsucht nach Sonnenlicht auf der Haut, das sie nicht verbrennt. Eine fremde Wärme. Und doch eine vertraute Erinnerung an die Geborgenheit in der Umarmung ihrer Mutter, als sie sich das letzte Mal gesehen haben – ein Abschied, von dem sie die Worte nicht mehr weiß, nur noch das Gefühl von Ewigkeit und den Duft von Veilchen.

»Ah, das Licht der Sonne.« Dracula schließt die Augen. »Die Nacht, so vertraut und schön, ist doch einsam – und erst im Sonnenlicht zu wandern, macht die Jahrhunderte erträglich.« Er öffnet die Augen und blickt sie an, während sie spürt, wie sie von dem Wald und der unbekannten Nacht zurück aufs Schiff gezogen wird. »Bilde dir nichts ein, Mädchen«, hört sie ihn noch. »Du bist zu weit fort, um mich aufzuhalten. Und wenn ich dich finde …« Die Worte brechen so abrupt ab, wie das Licht auf ihrer Handfläche aufgeschienen ist.

Und so plötzlich, wie es erlosch, fand Alisa sich auf dem Schiff wieder, unter Deck, an die Wand gelehnt, mit Ivy vor ihr, die sie an den Armen gepackt hielt und auf sie einredete.

»… sag was, Alisa, bitte! Was passiert mit dir, was ist das mit deiner Hand, was –«

»Gib mir einen Moment.« Ihre eigene Stimme klang, als hätte sie sie jahrzehntelang nicht benutzt. Sie hielt sich an Ivy fest. »Wie lange war ich …« Sie starrte auf Ivys Schulter, wusste nicht weiter. Konnte sie zugleich an diesem anderen Ort und hier auf dem Schiff gewesen sein? Es hatte sich alles so echt angefühlt. Auch wenn nichts davon wahr sein konnte. War es möglich, dass Graf Dracula sie aus seinem Gefängnis heraus, über wer weiß wie weite Entfernungen, manipulierte?

»Du warst … keine Ahnung, ein paar Minuten wie weggetreten. Mehr als das. Dein Körper war hier, aber er hat sich angefühlt, als wäre er … leer.« Ivy zitterte. »Was war das, Alisa?« Vorsichtig berührte Ivy ihre Hand.

Die sah aus wie immer. Und das leichte Kribbeln konnte sicherlich nur sie spüren. Alisa zog ihre Hand weg. »Ich weiß nicht, was das ist. Bitte, erzähl niemandem was davon, ja? Versprich mir, dass das unser Geheimnis bleibt.«

»Klar doch.« Ivy nickte. »Aber – wo warst du? Ich meine –« Sie brach ab, als Schritte näher kamen. Und Alisa fühlte sich wie berauscht vor Erleichterung, weil es Hindrik war, der mit ihr sprechen wollte und sie so vor Ivys Fragen rettete.

»Später«, raunte sie Ivy zu, hoffend, dass dieses Später nie eintreffen würde, und folgte Hindrik. Der ging mit großen Schritten voraus bis ins Quartier der Schatten. Er schlug ein paar Tücher beiseite, die auf quer durch den Raum gespannten Wäscheleinen hingen, und eilte an anderen Schattenvampiren vorbei, die Wäsche falteten und sortierten und kaum aufblickten, als sie an ihnen vorübergingen. Erst am anderen Ende des Raums, fern von allen anderen, blieb er stehen und fuhr zu ihr herum.

Alisa verschränkte die Arme, wollte den Ärger, der von Hindrik ausströmte, von sich abhalten. Der lag deutlich in seiner Stimme, so leise er auch sprach.

»Wieso hast du das Schiff verlassen? Was hast du an Land getrieben?«

»Ich bin nicht –«

Hindrik schnitt ihren Protest ab, packte sie an den Schultern. »Hast du Ur-Rot getrunken?«

»Nein!« Alisa schüttelte den Kopf. Angesichts dessen, was geschehen war, schien ihr diese Anschuldigung geradezu lächerlich. Doch Hindrik hörte sie nicht, drang weiter auf sie ein – als wäre sie so blöd, vor ihrer Volljährigkeit Menschenblut zu trinken.

»Habe ich dich nicht schon Tausende von Malen davor gewarnt, in deinem Alter Ur-Rot zu konsumieren?«, schrie er.

Alisa stieß seine Hände weg. »Ich weiß! Ich habe ihn nicht *konsumiert*! Ich habe ihn ja nicht einmal geküsst!«

»Wie bitte?«

Natürlich. *Das* hatte Hindrik gehört. Alisa wünschte sich weit, weit fort. Aber es gab kein Entrinnen. »Ich habe einen Jungen kennengelernt. Einen … einen Menschen. Er weiß nicht, dass ich eine Vampirin bin. Und er ist wirklich … echt … nett«, schloss sie lahm.

»Ein Junge.« Hindrik wirkte, als hätte ihn jemand mit Wasser übergossen. »Ein menschlicher Junge. Ein Mensch.« Er rieb sich die Schläfen. »Das ist alles mein Fehler. Freifrau Elina hat mir aufgetragen, gut auf dich achtzugeben, und ich – ich hätte niemals … Ich habe mich ablenken lassen.« Er seufzte schwer.

Alisa meinte, das Gewicht der Sorgen zu spüren, die sich in diesem Seufzer verbargen. »Wodurch ablenken lassen?«

Doch Hindrik hielt den Kopf gesenkt und schwieg. Da war keine Verärgerung mehr in ihm, nur noch Verzweiflung. Und Alisa spürte alle ihre eigenen Sorgen in einem tiefen Loch versinken. Sie legte ihm eine Hand auf den Arm. »Hindrik?«

Er blickte immer noch zu Boden, doch er brach sein Schweigen. »Ich habe auch jemanden kennengelernt. Die Schönste aller Schatten. Sie heißt Raphaela. Sie ist …« Er schüttelte den Kopf und sah endlich auf. Ein Lächeln erhellte sein Gesicht. »… umwerfend.«

Sie wusste nicht, ob sie ihn jemals so hatte lächeln sehen. Sein Strahlen erinnerte sie an das Gefühl, über Hamburgs Dächer zu stürmen, fast zu fliegen. Und es erinnerte sie an Nicus Lächeln.

»Niemand darf davon erfahren, Alisa.« Hindriks Lächeln war verschwunden, und seine Stimme klang ernst. »Schatten dürfen keine Liebesbeziehungen eingehen. Versprich es mir, Alisa. Bitte.«

Glaubte er wirklich, sie würde ihn verraten? Das lag ihr genauso fern wie der Gedanke, er könnte ihre Geheimnisse verraten. Das musste er doch wissen. »Natürlich.« Sie wünschte sich sein Lächeln zurück. »Wir bewahren gegenseitig unsere Geheimnisse.« Sein Lächeln blieb verschwunden. Er nickte nur kurz.

Nach ihrem Gespräch mit Hindrik sehnte Alisa sich nach dem freien Himmel. Nach Weite über sich, in der sie ihre Gedanken schweifen lassen konnte – und vielleicht auch ordnen. Auf der Treppe nach oben stapelten sich ihre Gedanken übereinander. Hindrik fürchtete, sie könnte ihn verraten. Nicu hatte sie so angelächelt, wie Hindrik lächelte, wenn er von Raphaela sprach. Leo war kühl und abweisend gewesen und hatte ihr trotzdem geholfen. Mehr als das, er hatte die Strafe auf sich genommen, die ihre gewesen wäre. Eine unbekannte Vampirin trieb sich in der Stadt herum. Und offenbar gab es dort auch Rotmasken. Schlimmer noch: Calvina war in der Stadt. Ivy hatte den Funken gesehen. Und sie musste darauf vertrauen, dass die Lycana ihr Wort hielt und mit niemandem darüber sprach.

Alisa trat an Deck und erstarrte.

Am großen Mast standen Leo und Ivy und flüsterten miteinander. So leise, dass sie nicht zu hören waren. So nah beieinander. Leo beugte sich näher zu Ivys Ohr. Er wisperte Ivy etwas zu, aber den Blick richtete er dabei auf Alisa. Alle ihre Gedanken froren ein, sie konnte nichts tun, nur starren und starren. Auch noch, als Leo den Kopf hob, von ihr fort zu Ivy schaute, die Arme um sie legte. Ivy protestierte nicht, zuckte nicht einmal zusammen. Sie küssten sich. Kein leichter Kuss wie der von Nicu. Sie küssten sich.

Etwas Feuchtes rann über ihre Wange. Alisa wischte es fort. Was nur wenig nutzte, denn ein zweiter Tropfen folgte dem ersten. Sie fuhr sich erneut übers Gesicht. Ihr Körper verriet sie in einem fort. Ein Herz, das schlug. Eine Hand, die unkontrolliert leuchtete. Und jetzt Augen, aus denen es tropfte, während sich in ihrer Brust alles zusammenzog, als lägen Eisenklammern um ihr Herz. Die Feuchtigkeit in ihren Augen ließ alles vor ihrem Blick verschwimmen. Sie blinzelte. Das machte nichts besser.

»Alisa, was …«

Die Feuchtigkeit schien nicht nur ihre Augen, sondern auch ihre Ohren zu fluten, so gedämpft drang Leos Stimme zu ihr durch. Auch die von Ivy war nicht lauter. Und zu allem Überfluss begann ihre Hand zu kribbeln. Schon wieder! Sie schob sie unter ihren Mantel, gerade als sie aufleuchtete, wusste nicht, ob sie das Leuchten noch rechtzeitig hatte verbergen können, stolperte zur Treppe zurück, hielt sich am Geländer fest, hastete hinab, so schnell sie es wagte mit ihrem verschwommenen Blick. Alles versank. Für einen Moment schwebte sie.

Die Dunkelheit ist dieselbe, doch das Rauschen der Wellen ist zum Rauschen des Windes in Kiefern geworden. Und sie lehnt an einem Baumstamm, saugt den nachtdunklen Duft tief ein. Ihre Traurigkeit ist noch da. Hüllt sie ein, liegt zwischen ihr und der Welt wie ein feiner, durchsichtiger Vorhang.

Hinter dem Vorhang steht Graf Dracula. Er sieht sie nicht. Er starrt vor sich hin, und auf seinem Gesicht entdeckt sie, was sie auf ihrem eigenen gerade noch gespürt hat. Wie sie wischt er sich die Tropfen von der Wange, blickt auf seine Fingerspitzen. »Wie ist das möglich?«, murmelt er vor sich hin. Er reibt die Finger aneinander. »Es ist Jahrhunderte her, dass ich meine letzte Träne vergossen habe.« Er schließt die Hand um einen seiner Rubine. »Finde Tonka. Sofort!«

Alisa drückt sich an den Baumstamm in ihrem Rücken. Das Bild vor ihren Augen ist falsch, und trotzdem sieht sie es deutlich vor sich. Draculas Schatten löst sich von seinen Füßen und huscht über den Schnee davon.

Natürlich weiß sie von der Gabe der Schattenwanderung. *Upiry*, raunt die Erinnerung einer Unterrichtsstunde ihr zu. Gesehen hat sie das noch nie. Wenn sie dem Schatten doch folgen könnte und erfahren, was Dracula plant. Aber sie spürt schon, wie sie fortgezogen wird, wie ihre eigene Wirklichkeit nach ihr ruft, wie sich alles dreht …

… Und dann war da etwas Festes unter ihren Fingern, etwas, woran sie sich klammern konnte, was da gewesen war, bevor das Leuchten sie verschlang. Alisa schwankte und war dankbar, dass sie sich immer noch am Treppengeländer festhielt, dass ihre Hand mit dem Funken noch immer unter ihrem Mantel verborgen war.

Sie wollte weg von allem. Und auf dem Schiff gab es nur einen einzigen Platz, an dem sie wirklich allein sein konnte:

ihren Sarg. Mit gesenktem Kopf stürmte sie in Richtung der Schlafquartiere. Wie sehr hatte sie sich in Hamburg gewünscht, endlich das Haus zu verlassen. Wenn das alles hier die Folgen eines erfüllten Wunsches waren, wollte sie sich nie wieder etwas wünschen.

»Alisa!«

Nicht einmal unbemerkt verkriechen konnte man sich hier. Mit all den Vampiren an Bord war das Schiff beengter als ihr altes Zuhause. Vor ihr ragte die Contessa auf wie eine unüberwindbare Wand.

»Gib mir deine Hand.« Der hellgraue Blick zeigte deutlich, welche Hand Contessa Viola meinte. So langsam, wie sie es nur wagte, zog Alisa die Hand unter ihrem Mantel hervor. Das Leuchten war erloschen. *Wenigstens eine Katastrophe abgewendet.* Jetzt erst bemerkte Alisa, wo die Contessa sie gestoppt hatte. Sie standen direkt vor dem Klassenzimmer, aus dem die anderen Erben spähten, sie kichernd beobachteten.

Die Contessa ignorierte das Geschehen hinter ihr und nahm Alisas Hand. »Du bist als Nächste dran.«

»Womit?« Alisa stolperte, weil die Contessa bereits mit großen Schritten losging, während sie noch dastand, als wären ihre Füße mit dem Boden verwachsen. Das Lachen im Klassenzimmer wurde lauter. Alisa fing sich, eilte neben der schweigsamen Contessa her, drehte sich nicht um. Was hatte die Contessa gesehen? Das Leuchten? Ihre Tränen?

Die Contessa zog sie in einen karg möblierten Raum. Vorhänge verdeckten die Wand mit den Bullaugen. Neben einem langen Tisch stand Conte Claudio.

»Alisa, sehr schön. Tritt näher.« Er winkte sie heran. In

seiner Hand flatterte ein Papierstreifen mit zwei Punkten darauf. Contessa Viola schob sie weiter in den Raum. »Zeig uns deine Fangzähne.«

Sie gehorchte. Alles war besser als Fragen nach Tränen oder einer leuchtenden Hand. Conte Claudio straffte den Papierstreifen und hielt ihn vor ihren Mund. »Ein feiner, schmaler Biss, sehr elegant …«, murmelte er.

»Aber nicht der, den wir suchen.« Contessa Viola tätschelte ihr die Schultern. »Ab in die Klasse mit dir.«

Bevor sie eine Frage stellen konnte, stand Alisa schon wieder vor dem Raum. Sie blinzelte und hielt sich eine Hand vor den Mund. Auf der Polizeiwache hatten sie davon geredet, dass jemand in der Stadt gebissen worden war. Hielten der Conte und die Contessa einen von ihnen für schuldig?

Schritte nahten, und sie versteckte eilig die Hände auf dem Rücken. Malcolm kam auf sie zu. Sein Grinsen sollte wohl unbeschwert aussehen, wirkte aber bemüht. Hinter ihm ragte Signor Umberto auf. Gerne hätte sie Malcolm etwas Beruhigendes gesagt, doch Signor Umbertos Blick ließ sie schweigend an den beiden vorübereilen.

Am Eingang des Klassenzimmers zögerte sie. Auf keinen Fall wollte sie bei den Dracas-Schwestern sitzen, neben denen der einzige freie Platz war, wenn sie Ivys Gesellschaft ausweichen wollte. Um Zeit zu gewinnen, ging Alisa zum Bullauge hinüber und zog den Vorhang zu. Draußen wurde es bereits hell. Bald würde die Sonne aufgehen. Über ihren Visionen war wohl doch mehr Zeit vergangen, als sie gedacht hatte.

Hinter ihr rief Ivy leise ihren Namen. Ein Stuhl wurde

zurückgezogen. Alisa richtete sich auf und marschierte auf ihren Platz zu.

Ivy beugte sich zu ihr hinüber, sobald sie saß. »Was du zwischen L–«

»Vergiss es.« Sie wünschte sich, das wäre so einfach.

Ivy schüttelte den Kopf. »Nein. Bitte, das war nicht, wonach es aussah.« Obwohl niemand von den anderen sie beachtete – die Dracas-Schwestern kicherten miteinander, Tammo und Joanne spielten mit Easy, die friedlich vor sich hin quiekte, Luciano saß still an seinem Tisch, Leo glänzte durch Abwesenheit –, senkte Ivy die Stimme noch weiter. »Als Conte Claudio überprüfen wollte, ob alle an Bord sind, habe ich Leo um Hilfe gebeten, damit du nicht in Schwierigkeiten kommst. Und als Dank dafür hat er mich hereingelegt. Du kennst Leo, du weißt, dass er mich nicht mag, er mag –«

»Ist doch egal. Er ist ein mieser, arroganter –«

»Autsch.« Leo ließ sich am Tisch neben ihnen auf seinen Stuhl fallen, drückte sich eine Hand auf die Brust. »Das verletzt meine Gefühle.«

»Wusste gar nicht, dass du welche hast!«, fuhr Alisa ihn an.

»Ich kann nichts dafür, wenn du so sehr mit deinen eigenen beschäftigt bist, dass du sie bei anderen nicht bemerkst.« Leo funkelte sie aus seinen leuchtend blauen Augen heraus an.

»Schnösel!«

»Herzlose –«

»Oh bitte!«, unterbrach Ivy ihren Schlagabtausch. »Jetzt gebt einfach zu, dass ihr euch mögt.«

Schnell senkte Alisa den Kopf und musterte ihr Pult. Auch von Leo kam nur noch Schweigen. Ivy schnaubte und redete leise weiter: »Wir haben echt Wichtigeres zu besprechen. Wir haben gesehen, wie du geweint hast, Alisa. Geweint. Das ist unmöglich.« Sie schob eine Hand neben Alisas. »Ich verrate das niemandem. Versprochen. Wir versprechen das beide, nicht wahr, Leo?«

Ohne den Kopf zu heben, blickte Alisa zu ihm hinüber. Leo nickte. *Ich hab dich auch an Bord geschmuggelt und nicht verraten. Du kannst mir ruhig glauben, dass ich jetzt nicht damit anfange.*

Ivy stieß sie sanft an. »Aber du musst uns erzählen, was hier vorgeht.«

»Ich weiß doch selbst nicht, was mit mir geschieht.« Die ganze Verzweiflung der letzten Wochen stieg in ihr auf. Wenn Leo noch immer in ihrem Kopf war, sah er jetzt alles. Die seltsamen Visionen, ihre leuchtende Hand, Dracula mit dem Belov-Rubin, die absurde Sehnsucht nach Sonnenlicht, die sich wie eine eigene Erinnerung angefühlt hatte – sie stoppte ihre Gedanken, erinnerte sich an Hindriks Mahnung, niemandem etwas von ihrer leuchtenden Hand zu erzählen. Dem Funken, so hatte er das genannt. Das Einzige, woran sie zur Ablenkung denken konnte, war Nicus Kuss. Hinter ihr knallte die Tür gegen die Wand, und sie zuckte gleichzeitig mit Leo und Ivy zusammen.

»Ihr könnt euch alle entspannen«, verkündete Malcolm. »Ich bin zwar ein guter Fang – aber der gesuchte Beißer bin ich nicht.«

Die anderen lachten, und auch Alisa versuchte einzustimmen. Sonderlich überzeugend klang das bei ihnen allen dreien nicht. Malcolm schlug Leo auf die Schulter und ließ sich neben ihm nieder.

»Niemand von euch ist der Gesuchte.« Contessa Viola betrat das Klassenzimmer und trug einen kuppelförmigen, von einem Tuch verdeckten Gegenstand vor sich her. Fragen brandeten auf, schwappten hin und her, während die Contessa zwischen den Reihen nach vorn schritt und sie alle ignorierte. Sie stellte den kuppelförmigen Gegenstand auf dem Lehrerpult ab, drehte sich zur Klasse um. »Das bedeutet, dort draußen läuft ein bisher unbekannter Vampir herum und beißt Menschen. Bis wir mehr in Erfahrung bringen können: Seid wachsam. Wenn ihr irgendetwas Verdächtiges seht oder hört – egal was –, dann lasst es mich umgehend wissen. Wir müssen aufeinander achten.« Eindringlich musterte sie alle, einen nach dem anderen, und in der Klasse wurde es still. Nur Easy quiekte weiter vor sich hin. Joanne strich ihr mit einem Finger über den Rücken. »Gut, wir verstehen uns. Aber jetzt ist es Zeit zum Lernen.«

Soll ich sie etwas fragen, das wir wirklich lernen wollen? Nur Leo schaffte es, gleichzeitig gelangweilt und aufmüpfig zu klingen. Alisa schüttelte den Kopf. *Untersteh dich.* Sie verließ sich darauf, dass er ihre Antwort las. Auch wenn er keine gab. Auch wenn er sie nicht einmal mehr anschaute. Immerhin schwieg er. *Danke.* Auch darauf bekam sie keine Antwort.

»Heute werdet ihr etwas darüber erfahren, wie ihr mit Tieren sprechen könnt. Eine sehr nützliche Fähigkeit, die den Pyras aus Frankreich gegeben ist. Joanne«, sie nickte der jungen Vampirin zu, »die Klasse gehört dir.«

Alisa richtete ihre Aufmerksamkeit nach vorn. Sollte

Leo ruhig schmollen, oder was immer er tat. Sie würde sich ab sofort auf den Unterricht konzentrieren und auf nichts sonst. Im Sprachenlernen war sie wenigstens gut.

Joanne trat nach vorn und enthüllte einen Käfig voller Motten. Die Motten flogen wild durcheinander, stießen immer wieder gegen das feinmaschige Gitter, vollführten wilde Drehungen – es war ein einziges Schwirren und Wirbeln. Joanne wand das Tuch um eine Hand, wickelte es wieder ab, wand es um die andere. Dann straffte sie sich. »Bevor ihr mit Tieren sprechen könnt, müsst ihr lernen, ihnen zuzuhören. Wir Vampire haben zwar ein perfektes Gehör, aber um Tiere zu verstehen, müsst ihr euren Gehörsinn kanalisieren, ihn wie einen Filter …« Ihre Worte wurden von Malcolms lautem Aufstöhnen übertönt.

»Lieber würde ich lernen, das hier auszufiltern! Wozu sollen wir das lernen? Wer hat sich diesen Mist –«

»Malcolm of Vyrad!«, wies Contessa Viola ihn scharf zurecht.

Er seufzte schwer und deutete auf den Vorhang, der das Sonnenlicht von draußen dämpfte. »Contessa, die Sonne ist bereits aufgegangen. Warum gönnen wir uns alle nicht einen guten Tag voll Schlaf und lernen morgen etwas Sinnvolles? Wetterkontrolle zum Beispiel. Oder auch Gedankenlesen.« Er blinzelte Fanny und Inger zu.

Die unterstützten ihn sofort, und auch Leo nickte zustimmend. Das schien Malcolm weiter anzustacheln. »Warum sollte ich mich dafür interessieren, was Motten zu sagen haben? Tiere lassen sich doch mit ein paar Leckerbissen zu allem überreden. Tiersprache ist so was von unnötig.«

Joanne sah aus, als wünschte sie sich, der Boden möge sich unter ihren Füßen auftun, während die Dracas-Schwestern betont laut miteinander flüsterten und kicherten. Leo grinste schweigend vor sich hin.

Echt jetzt?, dachte Alisa. *Das unterstützt du?*

Ein bisschen hat er doch recht. Aber Leos Erwiderung klang leicht gezwungen.

»Du findest die Gabe der Pyras also nutzlos.« Mit einem Satz stand Contessa Viola neben Malcolm und zog ihn von seinem Stuhl hoch. Er protestierte heftig, doch die Contessa hielt ihn am Hemdkragen gepackt und zerrte ihn hinter sich her. Ihm blieb nichts anderes übrig, als ihr zu folgen. »Ab sofort wirst du zuhören und lernen wie ein guter Schuljunge. Sonst muss ich Sir Milton berichten, welch schlechtes Beispiel du für die anderen abgibst.« Sie stieß Malcolm vor den Vorhang.

Er stolperte, fing sich – da riss sie den Vorhang zurück. Sonnenlicht strömte durch das Bullauge herein. Und Malcolm stand mitten darin.

Zusammen mit allen anderen sprang Alisa auf. Sie drängten sich in der hintersten Ecke des Klassenzimmers zusammen, so weit von den Sonnenstrahlen entfernt wie nur möglich, und Alisa hatte nicht einmal eine bewusste Erinnerung daran, den Raum durchquert zu haben. Jemand hielt ihre Hand. Leo.

Malcolm schrie. Seine Haut warf Brandblasen. Knisterte.

Die wird ihn doch nicht – Ein leises Quietschen und ein noch leiseres Flattern ließ sie von Malcolm wegblicken.

Joanne stand vorn neben dem geöffneten Käfig und murmelte vor sich hin, während die Motten sie umschwirrten. Wie auf einen Befehl hin flatterten sie plötzlich alle zum Bullauge. Sie setzten sich auf das Glas, dicht an dicht, bildeten einen lebendigen Vorhang, schirmten das Sonnenlicht ab. Dämmerlicht senkte sich über den Raum.

Schon schwanden die Brandblasen auf Malcolms Haut. Er starrte darauf und dann zu den Motten, als müsste er sich vergewissern, dass das alles wirklich geschehen war.

»Was lernen wir daraus?« Contessa Viola schritt ungerührt zu dem leeren Käfig, bedeutete ihnen, ihre Plätze wieder einzunehmen. Sie wartete, bis alle saßen. Die Motten bedeckten noch immer das Bullauge. »Etwas Kleines und scheinbar Unbedeutendes wie eine Motte hat die Macht, ein Leben zu retten.« Die Contessa trat zur Seite. »Joanne, ich denke, du hast jetzt die volle Aufmerksamkeit der Klasse. Bitte fahre mit deinem Unterricht fort.«

Niemand wagte auch nur zu wispern, als Joanne ihre Erklärungen wieder aufnahm.

Auch während des Essens blieben sie alle still, und gleich danach zogen sie sich in ihre Särge zurück. Schlafen konnte Alisa allerdings nicht. Hatte Leo ihre Gedanken an den Funken gesehen? Sie musste eine Gelegenheit finden, mit ihm allein zu sprechen. Erfahren, ob er von dem Funken wusste oder nicht. Ohne dabei den Funken zu erwähnen. Oder auch nur an ihn zu denken. Alisa stöhnte.

Ein leises Klopfen an ihrem Sarg stoppte ihr Gedankenkarussell. »Alisa, bist du wach?« Erleichterung und Enttäuschung hielten sich die Waage, als sie die Stimme erkannte. Sie drückte den Deckel einen Spaltbreit auf. »Was ist, Ivy?«

»Darf ich zu dir reinkommen? Ich kann nicht schlafen.«

»Ich auch nicht.« Sie drückte den Deckel weiter auf, rückte etwas zur Seite, um Ivy Platz zu machen. Als sie dann im Dunkeln nebeneinanderlagen, musste sie lächeln. Das fühlte sich an wie früher, wenn Tammo zu ihr gekommen war, weil ihn irgendwelche Geräusche beunruhigt hatten. Sie hatte ihm zur Ablenkung Geschichten erzählt, und er war neben ihr eingeschlafen, bevor sie am Ende angelangt war. Sie hatte es gemocht, nicht allein zu sein.

»Ich hab gelogen«, sagte Ivy leise.

Alle beruhigenden Erinnerungen verschwanden, als hätte jemand eine Falltür aufgerissen.

»Als ich mit Seymour an Bord gekommen bin.« Ivy lag starr neben ihr. »Wir sind nicht hergekommen, weil wir den Ruf der Dracas gehört haben, wie die anderen Clans. Seymour und ich, wir sind die Letzten unseres Clans, und wir haben unseren Rubin verloren.«

Stille dehnte sich zwischen ihnen aus. Alisas Gedanken drehten sich. Da war die Einsamkeit in Ivys Stimme. Und all die Lügen, die sie ihr nicht zum Vorwurf machen konnte, vor allem nicht, wenn sie an ihre eigenen dachte. Alisa suchte nach Halt in ihrem Gedankenwirrwarr und fand eine Frage, die ihr für den Anfang vorsichtig genug schien. »Wie habt ihr uns dann gefunden?«

»Wir sind der Vampirin gefolgt, die unseren Rubin gestohlen hat. Bis hierher. Und hier haben wir das Schiff mit euch allen an Bord entdeckt. Tonka, die Diebin, hat das Schiff beobachtet, und wir sie. Aber dann ist sie uns entkommen. Sie muss die unbekannte Vampirin in der Stadt sein. Ich muss sie finden, sonst ist Seymour auf ewig in der Wolfsgestalt gefangen.«

Tonka. Alisa schluckte. Den Namen kannte sie. Aber das war unmöglich. »Warum hast du das mit dem Diebstahl nicht gleich erzählt?«

»Ich hatte Angst, dass man uns sofort wieder wegschicken würde, wenn ich sage, dass wir uns als Letzte des Clans unseren Rubin haben stehlen lassen. Damit sind wir doch nutzlos. Uns Lycana halten sowieso schon alle für schwach.«

»Trotzdem.« Alisa wusste nicht genau, ob sie das mehr für Ivy oder für sich sagte. »Wir hätten euch auch helfen können. Daran schon mal gedacht?«

»Jetzt schon.«

Eine Hand stieß vorsichtig gegen ihre. Alisa erwiderte den leichten Druck. »Du kannst mir alles erzählen. Wirklich. Und du entscheidest, was wir den anderen sagen und was nicht. Einverstanden?«

»Einverstanden.«

Sie hatte noch tausend Fragen. Aber sie wagte keine einzige davon zu stellen.

Alisa

In den nächsten Nächten rückten die anderen alle ein wenig näher zusammen. Beim Essen verglichen sie ihre unterschiedlichen Rubin-Gaben miteinander, forderten sich heraus, immer neue Möglichkeiten für ihren Einsatz zu finden, von lebensrettenden bis hin zu völlig albernen. Alisa beteiligte sich nicht daran. Sie wollte sich nicht einmal ausmalen, was die anderen zu sagen hätten, wenn das Gespräch auf *ihre* Gabe käme. Liebe. Wozu sollte die schon nutzen? Leben rettete sie sicherlich keine!

Tammo hingegen kannte keine Zurückhaltung und steuerte die wildesten Ideen bei. Insbesondere die Tiersprache hatte es ihm angetan – oder Joanne. Alisa schmunzelte. Immerhin hatte er mehr Erfolg dabei, Joannes Freundschaft zu gewinnen als die der Schiffsratte, die er versuchte, als sein Haustier abzurichten. Die Ratte zeigte sich von seinen Bemühungen, mit ihr zu sprechen, unbeeindruckt, kam und ging, wie es ihr gefiel. Doch Tammo ließ sich davon nicht entmutigen. Alisa beneidete ihn um seine Versunkenheit in diese eine Sache. Sie selbst riss es ständig in tausend verschiedene Richtungen.

Seit Conte Claudio und Contessa Viola von dem unbekannten Vampir wussten, der in der Stadt sein Unwesen trieb, mussten die Schattenvampire das Deck nachts scharf überwachen, damit niemand sich von Bord schlich. »Das dient nur eurer Sicherheit«, hatte Conte Claudio gesagt, »euer jugendlicher Leichtsinn verführt euch zu unnötigen Risiken. Und eure Familien haben euch uns anvertraut. Wir werden sie nicht enttäuschen.«

Leider verhinderte diese Maßnahme auch, dass sie sich mit Ivy von Bord schleichen und Jagd auf die Rubin-Diebin machen konnte. Alisa zupfte an den fingerlosen Handschuhen, die sie seit dem letzten Aufleuchten des Funkens trug. Der hatte seitdem Ruhe gegeben – im Gegensatz zu ihren Fragen. Es konnte keine zwei Tonkas geben – das wäre zu viel an Zufall. Aber wenn es die Tonka aus ihrer Vision in Wirklichkeit gab, was bedeutete das dann in Bezug auf Graf Dracula? Sie sehnte sich nach einer Antwort, und gleichzeitig fürchtete sie sich davor.

Nach dem Schlafengehen wartete sie in ihrem Sarg, bis alle Geräusche draußen verstummten. Und dann noch etwas länger, um ganz sicherzugehen. Schließlich konnte sie sich nicht länger gedulden und drückte vorsichtig den Deckel ihres Sarges auf. Zum Glück stand der von Ivy gleich neben ihrem, sodass es nur wenige Augenblicke dauerte, hinüberzuhuschen, den Deckel zu öffnen, zu Ivy in den Sarg zu kriechen und den Deckel wieder zu schließen.

»Dachte schon, du wärst eingeschlafen«, wisperte Ivy.

»Ich wünschte, ich könnte einfach so einschlafen.« In der vertrauten Dunkelheit ließ sich manches leichter aussprechen als unter dem hellen Licht von Sternen. »Ich hab ständig Angst, meine Hand könnte wieder leuchten. So, dass alle es sehen. Und was dann? Hindrik hat so ängstlich geklungen, als er mir eingeschärft hat, niemandem davon zu erzählen.«

»Ich würde dich niemals verraten.«

»Ich weiß.«

»Und Leo auch nicht, falls er – du weißt schon.« Ivy stieß sie sanft mit der Schulter an. »Bestimmt.«

An Leo wollte Alisa jetzt nicht denken. Denn dann kam ihr auch immer gleich Nicu in den Sinn. Und an den wollte sie schon gar nicht denken. Vielleicht wartete er immer noch auf sie, an diesem Wunschbrunnen. Vielleicht sollte sie dorthin gehen und sich etwas wünschen. Vielleicht würde es wahr werden.

»Ich hatte keine Ahnung, ob ich irgendwem hier an Bord vertrauen kann«, durchbrach Ivy das Schweigen zwischen ihnen. »Mein Plan war, so bald wie möglich wieder vom Schiff zu verschwinden – sobald wir unseren Rubin hätten. Nur der schien mir wichtig, damit Seymour sich wieder zurückverwandeln und mit mir abhauen könnte. Irgendwohin, wo wir ein ungestörtes, sicheres Leben haben könnten.« Sie räusperte sich kurz, und Alisa spürte, wie sie ihren ganzen Körper anspannte, als müsste sie Mut sammeln für die nächsten Worte. »Mir war egal, was dann mit euch passieren würde – ich meine, die Nosferas waren grausam zu den Lycana in den Clankriegen. Genau wie die Dracas. Und ausgerechnet diese beiden Clans sind hier an Bord am stärksten vertreten.«

»Und dann?« Alisa sprach in Richtung Sargdeckel. »Wieso bist du geblieben?«

»Wegen dir.«

»Wegen mir?«

»Du bist von Anfang an nett zu mir gewesen. Zu uns beiden. Ich glaube, du hast als Einzige Seymour nicht als Tier, sondern als Gleichwertigen gesehen. Du hast uns einfach vertraut – und das hat mir Mut gemacht.« Ivy schwieg. Kurz darauf breitete sich das kratzende Geräusch im Sarg aus, das Alisa inzwischen so gut kannte. Ivy schabte mit einem Fingernagel über die Innenseite des Sargdeckels. Nach einer Weile verstummte das Geräusch wieder. »Vielleicht ändert sich etwas an unseren eingefahrenen Wegen. Vielleicht haben die Kriege wirklich aufgehört. Es ist möglich, das Misstrauen zwischen uns zu überwinden. Das hast du mir gezeigt.«

»Ehrlich?« In dem engen Raum, der kaum Luft zwischen ihnen ließ, spürte sie Ivy nicken. Sie lag ganz still da, lauschte ihrer eigenen Frage nach, während sie versuchte, dem Nicken zu glauben. Dabei hatte sie so viele Geheimnisse, die sie vor allen verbarg. Die sie selbst ihrer Familie verschwieg. *Dein Clan ist dein sicherster Ort*, hatte Großmutter ihr seit frühester Kindheit eingeschärft. Aber Hindrik hatte sie beschworen, nicht einmal ihrer Familie von dem Funken zu erzählen – und dann war da noch ihr menschliches Herz. Das sie auch jetzt noch für sich behielt.

Alisa rieb sich über die Augen. »Was, wenn diese Vampirin auch hinter den anderen Rubinen her ist? Wenn sie …« Alisa zögerte. Und gab sich dann innerlich einen Schubs. »Dieser Funke, also dieses Licht, das du bei mir gesehen hast. Wenn das aufleuchtet, dann habe ich – keine Ahnung, was das ist, Visionen, eingebildete Begegnungen, Wachträume, irgendwas jedenfalls. Und ich …« Sie schloss die Augen, war dankbar, dass Ivy sie nicht bedrängte, einfach still neben ihr lag. »Ich sehe Dracula. Wie er die verlorenen Rubine einsammelt.«

»Graf Dracula?«

Als gäbe es einen anderen. Alisa nickte. Das kratzende Geräusch ertönte erneut. Sie griff nach oben, fand Ivys Hand und umschloss sie. »Was ist?«

»Ich habe Graf Dracula auch gesehen.« Ivys Stimme war leiser als ein Flüstern, und ihre Hand zitterte.

»Du hast auch Visionen von ihm?«

»Nein. Das war keine Vision.«

Sie hörte Ivy schlucken und wartete still, bis sie weitersprach. »Seymour und ich sind dem Rubin-Dieb gefolgt. Zu Graf Draculas Burg. Und er war dort. Wach. Frei. Graf Dracula hat den Rubin-Dieb getötet. Und dann hat er unseren Rubin der Vampirin gegeben, die ihn jetzt hat. Der Upiry. Tonka.«

Alisa fuhr hoch und stieß sich den Kopf am Sargdeckel. »Au! Verdammt.«

»Es tut mir leid – ich – ich hätte dir gleich die ganze Geschichte –«

Aber sie brauchte jetzt keine Entschuldigungen. »Graf Dracula? Bist du sicher?«

»Ja.« Ivys tastende Hand fand ihre Stirn. »Hast du dir sehr wehgetan?«

»Geht schon.« Alisa ließ sich zurücksinken. Begegnete sie wirklich Dracula? Waren das doch keine Einbildungen? Wenn der Graf wach war und frei und die Rubine suchte – »Ivy, das dürfen wir nicht länger für uns behalten!« Sie stützte sich auf die Seite, richtete sich auf – langsam dieses Mal. »Wir müssen die Ehrwürdigen warnen.«

»Als ob die uns glauben würden.«

»Bitte – Ivy. Ein Vampir im Besitz aller Rubine, das ist eine Gefahr für alle Clans.« Vor allem, wenn es sich um Graf Dracula handelte. Alisa wollte ihre Gedanken niederschreien, sie betäuben, damit sie sich nicht weiter ausmalen musste, was für eine Katastrophe das wäre. Aber Ivy steuerte genau auf den Punkt los, den sie verzweifelt zu ignorieren versuchte.

»Und was ist, wenn dann auch dein Geheimnis herauskommt? Der Funke? Was werden die Ehrwürdigen tun, wenn sie erfahren, dass du eine Verbindung zu *ihm* hast?« Ivy packte sie am Arm. »Versprich mir, dass du davon nichts sagst. Wir können ihnen meine Geschichte erzählen, aber dein Geheimnis muss eines bleiben. Zumindest, bis wir mehr darüber wissen.«

Das Versprechen erleichterte Alisa ein wenig. Und es tat gut, zu spüren, wie besorgt Ivy um sie war. »Wir reden mit Hindrik. Er wird uns glauben. Und uns helfen.« Das musste er. Selbst Hindrik würde verstehen, dass sie jetzt nicht länger schweigen durften.

Noch waren alle anderen Särge geschlossen, und hier unter Deck wirkte alles verlassen. Durch einen winzigen Spalt in einem der Vorhänge fiel der dunkelrote Glanz der untergehenden Sonne. Nicht mehr lange, bis die Ersten aufwachen würden. Aber jetzt war das Schwappen der Wellen lauter als ihre schnellen Schritte, und Alisa zuckte zusammen, als plötzlich eine Stimme hinter ihr ertönte.

»Wohin so früh?«

Leo hatte zwar nur geflüstert, doch in der Stille klang selbst das unnatürlich laut.

»Willst du das ganze Schiff aufwecken?«, wisperte Ivy. »Sei still und komm mit, wenn es sein muss.«

Erstaunlicherweise folgte Leo ihnen ohne jeden Widerspruch. Wusste er von dem Funken? Sie verwünschte ihre verräterischen Gedanken.

Ja, ich weiß. Und ich werde nichts verraten.

Was weißt du?

Dass du den Funken hast.

Sie konnte sein Augenrollen hören. *Und was weißt du über den?*

Was habt ihr vor?

Doch bevor sie noch auf ihrer Frage beharren konnte, standen sie schon vor dem Quartier der Schattenvampire. Alisa bedeutete Ivy und Leo, an der Tür zu bleiben, und ignorierte Leos drängendes Wiederholen seiner Frage. Als sie die Tür hinter sich schloss, brach auch seine Gedankenstimme ab. Die Verwirrung in ihrem Kopf leider nicht.

Leise huschte Alisa an den geschlossenen Särgen entlang – simple Holzkisten eher, bei deren Anblick sich ihr die Frage aufdrängte, ob Hindriks Schlafstatt zu Hause auch so schlicht gewesen war. Sie wusste es nicht. Vor der Kiste mit dem H darauf blieb sie stehen, klopfte vorsichtig an. Keine Antwort. Sie klopfte erneut und beugte sich darüber. »Hindrik, ich bin es, Alisa.«

»Was ist los? Ist etwas passiert?«, fragte er durch den geschlossenen Deckel.

»Ich muss mit dir reden.«

»Gib mir einen Moment. Am besten gehst du in deinen Schlafraum zurück, ich bin dann gleich bei dir.«

Irritiert klopfte Alisa wieder auf das Holz. »Es ist dringend, Hindrik! Ich muss *jetzt* mit dir reden.« Als von drinnen kein Laut kam, hielt sie es nicht länger aus. Sie riss den Sargdeckel auf – und machte einen Satz rückwärts.

Hindrik war nicht allein. Neben ihm lag eine dunkelhaarige Vampirin, die eilig ihr Nachthemd glatt strich. »Hindrik!« Alisa starrte und sagte sich, dass sie nicht starren sollte, aber wegschauen konnte sie auch nicht.

Hindrik nahm eine Hand der Vampirin, legte die beiden Hände auf seine Brust. »Also dann, rede. Was ist passiert?«

»Ich – wie – was – ich kann nicht …« Sie deutete auf die Vampirin neben ihm. Wie konnte Hindrik so gelassen sein?

»Raphaela und ich haben keine Geheimnisse voreinander.« Er drückte ihre Hand. Die Vampirin – Raphaela – lächelte. Alisa schluckte. Sie musste sich auf das konzentrieren, was wichtig war. Alles andere mussten sie später klären. Zum Beispiel, wie leichtsinnig Hindrik sich verhielt. Was, wenn nicht sie den Sarg geöffnet hätte, sondern Conte Claudio oder die Contessa? Schattenvampire durften keine Liebesbeziehungen eingehen. Die möglichen Bestrafungen wollte sie sich gar nicht ausmalen.

Alisa beugte sich näher zu Hindrik. So schnell und leise sie konnte, fasste sie alles zusammen, was er wissen musste, um die Ehrwürdigen zu warnen. Wie der Lycana-Rubin gestohlen worden war, wie Ivy und Seymour den Dieb zu Graf Draculas Burg verfolgt hatten, wie Graf Dracula den Dieb getötet und den Rubin an Tonka, die Upiry, weitergegeben hatte. Die jetzt hier war. Hindrik unterbrach sie kein einziges Mal, auch wenn seine Augen bei ihrer Schilderung der Ereignisse immer weiter wurden. Als sie schließlich verstummte, nickte er.

»Gut, dass du zu mir gekommen bist. Das ist die richtige Entscheidung gewesen. Raphaela«, Hindrik richtete sich auf und küsste die Finger der Schattenvampirin, bevor er ihre Hand freigab, »geh bitte zur Kapitänskajüte und warne den Conte und die Contessa. Sie müssen entscheiden, was weiter zu tun ist.«

Raphaela sah sehr ernst aus. »Wir müssen die Diebin stellen, bevor sie weiteren Schaden anrichtet. Und Graf Dracula …« Sie schüttelte sich. »Wenn er wirklich erwacht ist …« Sie umarmte Hindrik und flüsterte ihm etwas ins Ohr. Er drückte sie fest an sich, und sie küssten sich. Alisa konnte nicht fassen, was sie sah. Hatten die beiden völlig den Verstand verloren? Raphaela stieg aus dem Sarg und eilte ohne ein weiteres Wort davon. Hindrik blickte ihr nach und schien alles andere um sich herum zu vergessen. Alisa wollte ihn am liebsten schütteln, bis er wieder Vernunft annahm.

»Hindrik! Wirklich, ich freue mich, dass du jemanden gefunden hast, aber – aber du musst vorsichtiger sein. Was, wenn jemand anders deinen Sarg geöffnet hätte? Einer der Ehrwürdigen? Was dann, Hindrik? Sie würden dich bestrafen. Euch beide. Versprich mir, dass ihr ab sofort vorsichtiger seid!«

Zu ihrem Entsetzen schüttelte Hindrik den Kopf. »Wir sind mit den Gesetzen für uns Schattenvampire nicht länger einverstanden, Alisa. Wir brauchen Liebe, um die Ewigkeit zu ertragen.«

»Ertragen?« Sie wich zurück, als Hindrik einen Arm nach ihr ausstreckte. Er zog den Arm zurück.

»Wie sollst du auch die Ewigkeit verstehen, du bist noch

so jung.« Hindrik senkte den Kopf. »Irgendwann wiegt die Vergangenheit schwerer als die Gegenwart – und doch kommt nie ein Ende in Sicht. Die Zukunft ist ein endloser Tunnel, in den du ganz alleine starrst.«

»Aber du hast Tammo und mich.«

»Das ist nicht dasselbe.« Hindriks Stimme klang sanft und unendlich fern. »Ihr zwei werdet bald erwachsen sein, eure eigenen Familien gründen, euer eigenes Leben führen. Warum soll uns Schatten das verwehrt bleiben? Das ist nicht gerecht.« Er hob den Kopf. »Raphaela und ich wollen die Sache vor den Rat der Ehrwürdigen bringen.«

»Bitte, tut das nicht!« Begriff er nicht, in welche Gefahr er sich damit brachte? »Was, wenn sie gegen dich entscheiden? Wenn sie dich bestrafen?«

»Jemand muss handeln, wenn wir wollen, dass sich etwas ändert.« Hindrik, ihr unerschütterlicher Fels in jeder Brandung, war der Fels, an dem sie jetzt abprallte.

»Und was ist mit Tammo? Mit mir? Wir brauchen dich, Hindrik! Und du wärst tot. Fort! Für immer.« Der Gedanke legte sich wie eine Schlinge um ihren Hals. »Hast du daran mal gedacht?« Die Schlinge zog sich immer enger zu. »Weißt du, wie selbstsüchtig du bist?« Sie musste hier raus. Alisa stürmte zur Tür, stürmte an Leo und Ivy vorbei zur Treppe. Sie wollte nur noch nach oben, an Deck, dieses Gefühl der Enge loswerden. Drei Stimmen riefen ihr hinterher, doch sie hörte nicht auf sie. Auch an Deck blieb sie nicht stehen, rannte weiter, über die volle Länge des Schiffes. Die Geschwindigkeit tat gut.

Erst an der Reling stoppte sie, hielt sich an dem hölzernen Geländer fest und beugte sich weit darüber. Hier hinten reichte der Blick bis zum Horizont, an dem die Sonne gerade verschwunden war. Alisa wünschte sich, sie könnte genauso verschwinden und einfach irgendwo anders sein. Aber sie war hier. Und ihre Augen fühlten sich schon wieder feucht an und liefen über. »Ich will diese blöden Tränen nicht!«, schrie sie dem Horizont entgegen. Der blieb unbeeindruckt, verdunkelte sich weiter. Alisa wischte sich über die Wangen. Sie wollte nichts von alldem – weder das schlagende Herz noch die nassen Augen, weder den Funken noch diese Begegnungen mit Dracula, weder ihre Gefühle für Nicu noch die für Leo, weder das Wissen um Hindriks Geheimnis noch, noch, noch – sie hielt inne.

Hatte sie Hindrik wirklich vorgeworfen, er wäre selbstsüchtig? Alisa sank in sich zusammen und starrte auf die kleinen Wellen, die gegen die Schiffswand klatschten. Wenn hier jemand selbstsüchtig war, dann sie.

Und sie musste sich nicht umdrehen, um zu wissen, wessen Schritte da hinter ihr näher kamen. Sie konnte ihm zwar nicht ins Gesicht sehen, aber sie konnte zu ihm rennen, sich in seine Arme werfen. »Es tut mir leid, Hindrik.«

Er hielt sie fest, streichelte ihren Kopf. Hier wollte sie bleiben. An dem einen Ort, wo sie sich sicher fühlte und nichts geheim halten musste. Alisa drückte die Stirn an Hindriks Brust.

»Mir tut es auch leid, Alisa. Ich hätte an Tammo und dich denken müssen. Vielleicht warten wir –«

Sie hielt ihn mit einem Kopfschütteln von weiteren Worten ab. Sosehr sie sich hier bei ihm verkriechen wollte, sie war kein kleines Kind mehr. »Nein. Du hast recht. Die Gesetze für Schattenvampire sind grausam.« Es fiel ihr schwer, die Worte auszusprechen, doch sie wusste, dass es die richtigen waren. Und plötzlich wusste sie auch, wie sie Hindrik schützen konnte. Sie lehnte sich in seiner Umarmung zurück und sah zu ihm hoch. »Versprich mir eines: Lass mich zu den Ehrwürdigen gehen. Einer Erbin werden sie zuhören. Und ich kann die Sache vorbringen, ohne etwas von dir und Raphaela zu sagen. So riskiert niemand eine Strafe. Und unsere Gabe ist endlich einmal zu etwas gut.«

»Das kann ich nicht zulassen.« Hindrik sah sie an, als wäre sie freiwillig ins Sonnenlicht getreten. »Alisa, du hast ein großes Herz, aber wie kann ich dich meine Kämpfe austragen …« Ein Poltern in der Kapitänskajüte übertönte seine Worte.

Sie rannten beide gleichzeitig los. Ein Schrei, wie Alisa ihn nie zuvor in ihrem Leben gehört hatte, drang aus der Kajüte, erschütterte das Deck unter ihren Füßen. Brach ab.

Sie erreichte die Tür als Erste, riss sie auf. Stoppte. Versuchte, Sinn aus dem Bild vor ihr zu machen. Raphaela lag reglos auf dem Boden. Eine fremde Gestalt beugte sich über sie, war beim Aufreißen der Tür erstarrt, hob jetzt den Kopf, richtete sich auf, starrte sie aus dunklen Augen an. Tonka.

Doch bevor Alisa auch nur einen Warnruf ausstoßen konnte, stürzte Hindrik an ihr vorbei, fiel neben Raphaela auf die Knie, ignorierte Tonka, beugte sich über Raphaelas Gesicht, sagte immer wieder ihren Namen, strich über ihre Haare, bat sie, die Augen zu öffnen, ihm ein Zeichen zu geben – als hätte er das Todesurteil in ihrer Brust nicht gesehen.

Ein dunkler Fleck hatte sich um den Holzpflock ausgebreitet. Der Geruch war eindeutig. Blut. Wenn Alisa das hier an der Tür roch, musste der Geruch für Hindrik überwältigend sein. Er legte die Hände auf Raphaelas Brust, als könnte er neues Leben in sie hineinfließen lassen. Tonka stand reglos da, eine Bogensehne, bereit, jeden Moment loszuschnellen. Schon waren Hindriks Hände blutig. Und rechts von ihm knarrte der Deckel des Doppelsarges.

Dann passierte alles gleichzeitig. Hindrik riss den Pflock aus Raphaelas Brust. Tonka zuckte, krampfte, fiel in sich zusammen. Aus den leeren Kleidern auf dem Boden flog eine Fledermaus auf, während Conte Claudio aus dem Sarg stieg und fragte, was hier vor sich ging. Die Contessa stand nur Sekundenbruchteile später an seiner Seite, packte Hindrik am Kragen.

Ein Windzug streifte Alisas Hals. Die Fledermaus flatterte an ihr vorbei und hinaus. Alisa zögerte nicht. Sie lief ihr nach, sprang mit einem weiten Satz auf den Landungssteg, den Blick fest auf die fliehende Mörderin geheftet. Sie durfte sie nicht entkommen lassen. Alisa rannte – schneller noch als bei ihrer Flucht vor den Rotmasken in Hamburg.

Schon hetzte sie an den ersten Häusern vorbei und musste im dichter werdenden Getümmel von Menschen langsamer werden, damit sie nicht auffiel. Und zwischen den verwinkelten Gassen, den eng stehenden Häusern, quer gespannten Wäscheleinen, Mauervorsprüngen, Dachrinnen, Schornsteinen verlor sie die Fledermaus aus den Augen.

Zum ersten Mal, seit sie von Bord gesprungen war, blieb Alisa stehen. Sie hatte keine Ahnung, wo sie war. Das Vernünftigste war es wohl, sich Richtung Meer zu orientieren, zum Schiff zurückzukehren.

Dort musste inzwischen helle Aufregung herrschen. Und Hindrik würde ihren Beistand brauchen. Obwohl sie noch klein gewesen war, als ihre Eltern starben, erinnerte sie sich nur zu gut an die tiefe Trauer, die folgte, sobald der erste Schock schwand. Aber noch würde er da sein, der Schock, Hindriks Sinne betäuben, alles würde sich dumpf und weit entfernt für ihn anfühlen. Ein gnädiger Zustand. Zögernd setzte Alisa sich wieder in Bewegung. Nicht Richtung Meer, einfach weiter geradeaus. Vielleicht war der Zufall ihr ein Freund und brachte sie wieder auf Tonkas Spur.

Eine Weile noch würde sie es versuchen. Vielleicht musste sie dann nicht mit leeren Händen zum Schiff zurückkehren. Vielleicht würde die Bestrafung der Mörderin Hindrik ein wenig Erleichterung bringen. Ihre Gedanken drehten sich immer weiter, wurden ziellos wie sie selbst im Labyrinth der engen Gassen. Eine bekannte Stimme ließ sie schließlich innehalten.

»Ich wünsche mir –« Ein leises Platschen folgte den Worten. Alisa wünschte sich, sie hätte schon Unterricht im Gedankenlesen gehabt, dann hätte sie die Fortsetzung von Nicus Satz in seinem Kopf lesen können. So konnte sie ihn nur betrachten, wie er da am Brunnen stand und der Münze hinterhersah, die er eben hineingeworfen hatte. Wenn das half, sollte sie ihn um eine Münze bitten, damit sie sich wünschen konnte, Tonka wiederzufinden.

Nicu zuckte mit den Schultern. »Blödsinn«, murmelte er leise vor sich hin. »Ich wünsche mir gar nichts.«

So viel also dazu. Sie trat auf den Brunnen zu und räusperte sich leise. »Wie gut, ich hab nämlich nichts anzubieten.«

Nicu sah auf und lächelte sie über das Wasser hinweg an. »Du bist hier.« Er klang, als würde er seinen eigenen Worten misstrauen.

»Sieht so aus.« Sie ging um den Brunnen herum. »Willst du mir bei etwas helfen?«

»Klar.«

»Du weißt doch noch gar nicht –«

»Egal, was es ist.«

Etwas an seiner Nähe, der Zuversicht in seiner Stimme gab ihr neue Hoffnung. Und Nicu spähte sogleich in alle Gassen, die vom Platz mit dem Brunnen abgingen, als sie ihm erzählte, dass sie die Bücherdiebin verfolgt und verloren hatte. Alisa blickte an den Häusern hinauf, suchte die Dachschrägen ab.

»Wenn sie keine Akrobatin ist – oder Flügel hat –, wird sie kaum da hochgekommen sein.« Nicu legte ihr eine Hand auf die Schulter und grinste. »Wo fangen wir an?«

Blöde Idee, schalt Alisa sich. Wie sollte er ihr helfen, wenn sie ihm nicht die ganze Wahrheit sagen konnte? Sie hätte Ivy mitnehmen sollen. Die hatte Erfahrung damit, Tonka zu verfolgen. Aber der Einfall kam zu spät und Selbstvorwürfe halfen auch nicht. Sie konzentrierte sich auf das Gefühl von Nicus Hand auf ihrer Schulter. Lehnte sich ein wenig hinein. Er sah sie an, als hätte sie alle Antworten. Vielleicht konnte sie sich ihm anvertrauen. Ihr Herz schlug schneller bei dem Gedanken – und stolperte, als jemand hinter ihnen Nicus Namen rief. Gleichzeitig fuhren sie herum. Calvina! Alisa erstarrte. Sie hörte das Krachen von Flammen, die sich durch das Gebälk ihres Zuhauses fraßen, roch den beißenden Rauch.

»Verfolgst du mich jetzt?«, drang Nicus verärgerte Stimme durch den Schock ihrer Erinnerungen.

»Nicu! Wo sind deine Manieren?« Die Vampirjägerin schüttelte den Kopf. »Willst du mich nicht vorstellen?«

Nicu seufzte. »Alisa, das ist meine Mutter. Mama – Alisa.«

»Ah, die berühmte Alisa!« Calvina streckte eine Hand aus. »Freut mich, dich endlich kennenzulernen.«

Alisa schüttelte ihre Hand, versuchte zu lächeln. Die Vampirjägerin war Nicus Mutter. Nicu, der stets betont hatte, nicht an Vampire zu glauben. Vielleicht hatte er sie die ganze Zeit über angelogen, vielleicht war das hier eine Falle, vielleicht – aber Calvina ließ ihre Hand wieder los.

»Ihr solltet euch wirklich nicht nachts draußen herumtreiben«, wandte sie sich an Nicu. »Nicht, solange ein Vampir in der Stadt ist.«

Nicu starrte auf seine Fußspitzen, und Alisa musste keine Gedanken lesen, um sein Unbehagen zu spüren. Schien, als hätte er nicht gelogen und hielt Vampire wirklich für Legenden. Sie wünschte sich weit fort. Alle ihre Muskeln spannten sich zum Sprung an. Sie zwang sich, Calvina anzusehen. »Ein echter Vampir?« Ihre Stimme klang gequetscht.

Calvina seufzte. »Mein Sohn hält mich für verrückt, aber sie existieren wirklich. Eines Tages wird er das begreifen. Ich hoffe nur, nicht zu spät.« Sie hakte sich bei Alisa unter, die ein Zusammenzucken nicht verbergen konnte. Die Vampirjägerin lachte. »Keine Sorge, ich weiß, wie man die Biester tötet. Kommt!« Sie hakte auch Nicu unter. »Ich koche euch was, dann kann ich dich besser kennenlernen und meinen Sohn mit meinen Fragen noch mehr in Verlegenheit bringen.«

»Seit wann kochst du?« Nicu wirkte, als wünschte er sich jetzt doch etwas. Nämlich vom Boden verschluckt zu werden. Alisa konnte den Wunsch nur zu gut verstehen, auch wenn sie andere Gründe dafür hatte. Doch Calvina ignorierte Nicus leisen Protest und zog sie beide mit sich.

So freundlich Calvinas Einladung geklungen hatte, so unerbittlich war ihr Griff. Sie führte sie durch die Straßen und ließ dabei Frage um Frage auf Alisa einprasseln. Alisa musste schneller lügen als jemals zuvor. Sie hoffte, ihre Antworten widersprachen nichts von dem, was sie Nicu bislang erzählt hatte. Aber selbst für solche Zweifel blieb ihr kaum Zeit.

»Jetzt lass sie doch mal zu Atem kommen!« Nicu riss sich von seiner Mutter los. »Das ist ja das reinste Verhör! Merkst du das überhaupt noch?«

»Entschuldige bitte die Neugier einer Mutter.« Calvina tätschelte Alisas Arm. »Dir macht das doch nichts aus?«

»Nicht im Geringsten.« Sie hätte das Schiff nie verlassen sollen. Sie hätte bei Hindrik bleiben müssen, ihm beistehen. Sie hätte Nicu dort am Brunnen ignorieren sollen. Doch alles *hätte* half ihr jetzt auch nicht weiter. Ihr blieb nichts anderes übrig, als Nicu auf seinen entschuldigenden Blick hin zuzulächeln und mit ihm der Vampirjägerin zu folgen, die rasch voranschritt. Bald ließen sie die engen Gassen der Innenstadt hinter sich und gingen auf einem Feldweg auf eine einsam stehende Hütte zu. Jeder Schritt entfernte sie weiter von Hindrik und der Möglichkeit, die Mörderin wiederzufinden.

»Bitte!« Calvina öffnete die Tür und deutete ins Innere. Menschen liebten offensichtlich das Chaos. Und Knoblauch. Alisa verzog das Gesicht und wich schnell einem der vielen Knoblauchzöpfe aus, die von den Deckenbalken hingen.

»Entschuldige den Gestank.« Nicu winkte sie zu einem Tisch hinüber, der sich über die ganze Länge des Wohnraumes zog. »Meine Mutter.« Er tippte sich mit einem Finger an die Stirn, verdrehte die Augen.

»Das habe ich gesehen, Nicu!«, rief Calvina und schloss die Eingangstür.

Alisa unterdrückte den Impuls, gleich wieder zur Tür und hinaus zu rennen, so sehr erinnerte sie das Geräusch an das Zuschlagen der Zellentür. Nur dass sich hier kein Schlüssel im Schloss drehte. Sie war nicht eingesperrt. *Kein Grund zur Panik*, mahnte sie sich stumm. *Nicht eingesperrt, stimmt*, flüsterte ihr die Panik zu, *nur in einem geschlossenen Raum mit der gefährlichsten Vampirjägerin der Welt.* Sie zog die Schultern zusammen und blickte auf den Tisch, um sich abzulenken. Keine gute Idee. Silberdolche, Pfeile mit versilberten Spitzen, mehrere Bibeln, Holzpflöcke, sogar eine Armbrust und das unverkennbare rote Tuch lagen dort. Sie musste ruhig bleiben, durfte ihre Angst nicht zeigen. Nicu stupste sie leicht an und bedeutete ihr, ihm zum anderen Ende des Tischs zu folgen, fort von den Waffen. Dem kam sie nur zu gerne nach.

»Meine Mutter nimmt diese Vampirgeschichten zu ernst.« Er zuckte mit den Schultern. Alisa schwieg. Schließlich hatte Calvina recht damit, und Nicu irrte sich. Aber das konnte sie ihm nicht sagen. Stumm musterte sie die

Ansammlung von Jacken, Hemden, dazwischen gestapelten Tellern und Schüsseln sowie Büchern auf dem Tisch. Ketten aus Eisen und ebenso aus Eisen geschmiedete Handfesseln lagen daneben. Alisa wich zurück. Sie taumelte und legte eine Hand Halt suchend auf den Tisch.

Was nicht half. Denn auch Nicu hatte eine Hand dort abgestützt, und ihre Finger berührten sich. Sie zuckten beide zusammen. Ließen beide ihre Hände liegen. Kleiner Finger an kleinem Finger. Eine winzige Berührungsfläche, die trotzdem überall in ihrem Körper ein Kribbeln auslöste. Sie wagte nicht, auf die Hände oder zu Nicu zu blicken, musterte stattdessen die Bücherstapel.

Ein Titel verstärkte das aufgeregte Kribbeln in ihr noch. »Dracul, eine Vampirgeschichte, Band I«. Alisa drückte die Hand fester auf die Tischplatte. Sie durfte sich nicht verraten. Sie sollte irgendetwas sagen, das Schweigen zwischen Nicu und ihr durchbrechen. Wenigstens sein Lächeln erwidern.

»Alisa?«

Sie wirbelte herum. Ihr Herzschlag dröhnte laut in ihren Ohren. Sie hatte Calvina nicht herankommen hören. Die Vampirjägerin lächelte sie an.

»Ich wollte dich nicht erschrecken. Hier, für dich.« Sie hielt Alisa eine Kette mit einem kleinen Holzkreuz daran entgegen.

Ruhig bleiben. »Das – das kann ich nicht annehmen. Das ist doch bestimmt …«

Calvina streckte ihre Hand noch näher zu ihr. »Ein geweihtes Kreuz. Zu deinem Schutz.«

Ihr blieb keine andere Wahl. Mit einem leisen »Danke«

griff Alisa nach der Kette, vermied dabei, das Kreuz zu berühren. Calvina ließ sie keine Sekunde aus den Augen. Wenn sie sich nicht gleich die Kette umlegte, würde die Vampirjägerin Bescheid wissen. Wenn sie sich die Kette umlegte und das Kreuz ihre Haut berührte, würde sie auch Bescheid wissen.

»Mama!« Nicu drängte sich an ihr vorbei und packte seine Mutter am Arm. »Was soll das?« Er zog sie zur Tür und nach draußen. Alisa sackte erleichtert in sich zusammen. Ohne es zu wissen, hatte Nicu sie gerettet. Und sie würde ihm dafür nicht einmal danken können. Leise begann sie, die Entweihungsworte vor sich hin zu murmeln, während die Stimmen von Nicu und seiner Mutter zu ihr hineindrangen.

»Bist du verrückt? Du darfst mir das mit Alisa nicht verderben! Ich mag sie wirklich.«

»Beruhige dich. Ich will sie nur beschützen.«

»Hör auf zu lügen! Ich weiß genau, was du tust. Du bildest dir ein, sie könnte ein Vampir sein, und willst sie testen. Weißt du eigentlich, wie peinlich das alles ist?«

»Jetzt mach dich nicht lächerlich. Als würde ich deine Freundin für –«

»Kannst du *einmal* einfach nur Mutter und nicht Rotmaske sein?« Die Verzweiflung klang deutlich aus Nicus Stimme.

Alisa beendete den Entweihungsspruch und hoffte mit jeder Faser, dass er wirkte. Sie musste Calvinas Test bestehen. Vorsichtig legte sie sich die Kette um den Hals und war froh, dass niemand sie dabei beobachtete, denn die Angst zeichnete sich ganz sicher in jedem ihrer Gesichtszüge ab. Das Kreuz ruhte dicht an ihrem Schlüsselbein auf ihrer Haut. Und da war nichts. Kein Brennen. Alisa blickte an sich hinab. Nicht einmal eine Hautrötung. Sie hatte es geschafft!

Sie trat zu Nicu und Calvina hinaus und legte eine Hand auf das Kreuz. »Danke, das ist wirklich ein sehr schönes Geschenk.«

»Freut mich, dass es dir gefällt.« Calvina lächelte. »Mein Sohn hält mich für verrückt. Daher ...« Sie zog ein paar Münzen aus ihrer Hosentasche und drückte sie dem verblüfften Nicu in die Hand. »Daher befreie ich euch von meiner peinlichen Gegenwart. Zieht los, genießt den Abend, geht etwas essen.« Sie blinzelte ihnen zu. »Das bewahrt euch auch vor meinen nicht vorhandenen Kochkünsten.« Calvina winkte sie fort, und Nicu hakte Alisa unter, stürmte los. Bestimmt fürchtete er, seine Mutter würde es sich wieder anders überlegen. Alisa passte sich seinen Schritten an, obwohl sie vor Erleichterung gerne viel schneller gerannt wäre.

»Sind deine Eltern auch so – überbesorgt?«, fragte Nicu nach einem hastigen Blick zurück.

»Sie sind tot.«

»Oh.« Er stoppte. »Das –«

»Ist lange her. Ich erinnere mich kaum an sie.« Was nicht ganz die richtigen Worte waren. Sie erinnerte sich an wenige Momente mit ihnen. An diese aber umso eindrücklicher. »Mein Bruder und ich sind bei unserer Großmutter aufgewachsen. Und unserem – Onkel.« Hindrik. Sie musste zurück aufs Schiff. Sie sollte bei ihm sein. Er war immer für sie da gewesen, wenn die Sehnsucht nach ihren Eltern zu groß wurde. Wenn Großmutter nicht einmal über sie reden wollte.

»Vermisst du sie?«

»Manchmal schon.« Das war wenigstens mal eine ehrliche Antwort. Wenn schon sonst alles gelogen war. Am liebsten hätte sie sich die blöde Kette wieder vom Hals gerissen und sie Nicu vor die Füße geschleudert, ebenso wie die Wahrheit. Aber dann hielte er sie auch für verrückt. Und dann müsste sie ihm beweisen, dass sie wirklich war, was sie zu sein behauptete. Und dann … Sie hatte keine Ahnung, was dann geschehen würde. Alisa presste eine Hand gegen ihre Brust. Das Kreuz drückte sich an ihre Haut, schmiegte sich in ihre Handfläche. Sie zwang eine Munterkeit in ihre Stimme, die sie nicht verspürte. »Lass uns von was anderem reden, ja?«

»Klar.« Nicu steckte die Hände in die Hosentaschen. »Wo möchtest du essen?«

»Keine Ahnung, ich kenne mich nicht so gut aus.« Sie musste an die Taverne von neulich denken, und die Erinnerung an die Mörderin raubte ihr jeglichen Appetit. »Vielleicht zeigst du mir erst etwas von der Stadt?«

»Gerne.« Nicu strahlte.

Und dann wurde sie zum zweiten Mal an diesem Abend unvermutet gerettet. Ivy kam angerannt und blieb vor ihr stehen. Sie beachtete Nicu gar nicht, sprudelte gleich los: »Du musst sofort mit zurückkommen!«

»Und du bist?« Nicu schob sich vor Alisa.

Sie drängte ihn sanft zurück. »Eine Klassenkameradin.«

»Jetzt sofort, Alisa!« Ivy tappte mit den Fingern auf ihre Beine. »Der Direktor hat eine Versammlung einberufen.«

Nicu blieb misstrauisch. »So spät? Was ist das denn für eine Schule?«

»Machen die bei uns leider öfter.« Alisa verdrehte scheinbar genervt die Augen. »Damit sich niemand nachts von Bord schleicht.« In ihre eigene Unruhe mischten sich zu gleichen Teilen Bedauern und Erleichterung. »Ich muss gehen.«

»Allerdings.« Ivy wippte von den Fersen auf die Fußspitzen und packte Alisa am Arm.

»Lass mich dich wenigstens noch zum Hafen begleiten.« Nicu schaute ihr in die Augen, als existierte nur sie auf dieser Welt.

Aber die Welt spielte nicht mit. »Besser nicht.« Besser wäre, sofort mit Ivy loszurennen, die ihr fast den Arm zerquetschte. Alisa beugte sich vor und drückte Nicu schnell einen Kuss auf die Wange. Sie gab ihm keine Chance, darauf zu reagieren. Lief los. Ivy neben sich. »Langsam«, flüsterte sie Ivy zu. »Er sieht uns noch.« Sie hörte, wie Ivy mit den Zähnen knirschte. Doch sie passte ihr Tempo an.

Zweimal abbiegen, dann waren sie außer Sichtweite. »Was ist passiert?«, bedrängte sie Ivy, während sie endlich mit voller Geschwindigkeit losrannten.

»Der Conte und die Contessa halten Hindrik für Raphaelas Mörder.«

»Aber er ist unschuldig!« Alisa rannte noch schneller. »Das kann ich bezeugen.«

Ivy blieb auf ihrer Höhe. »Er hat gestanden, Alisa. Sie haben ihn eingesperrt. Und – und Conte Claudio hat auch schon das Urteil gesprochen.«

Hindrik musste über seiner Trauer verrückt geworden

sein. Wie konnte er es wagen, einen Mord zu gestehen, den er nicht begangen hatte! Er setzte sein Leben aufs Spiel! War ihm das denn gar nicht klar? Ihr Zorn trieb Alisa weiter an. »Was ist seine Strafe?«, presste sie hervor. Auch wenn sie die Antwort fürchtete, sie musste es wissen.

Ivy sagte nur ein Wort. »Sonnenaufgang.«

Alisa rannte.

Leo

Leo hielt den zitternden Tammo in den Armen, der immer wieder vor sich hin murmelte: »Das dürfen die doch nicht machen, das dürfen die doch nicht machen.« Er hatte keine Ahnung, was er mit dem Bündel Verzweiflung anfangen sollte. Auch Tammos Gedanken halfen nicht weiter, sie drehten sich um Hindrik und den Morgen, der unweigerlich kommen würde und in dem Tammo durch eine weite, einsame Landschaft irrte, ohne einen Weg, ohne Orientierung, umgeben von grauer Düsternis und Nebelschwaden, die selbst Vampiraugen verwirrten. Gleichgültig, welche beruhigenden Bilder Leo dem Jüngeren schickte, der schmetterte sie alle ab und lief weiter durch Ödnis, schrie den Nebelschwaden Hindriks Namen entgegen. Als ob das irgendwie helfen würde. Er konnte ihn nur festhalten und hoffen, dass Ivy Alisa gefunden hatte. Dass sie sich beeilten.

In der Messe klapperte Porzellan vom Eindecken fürs Frühstück, aber niemand sprach dabei. In der Kapitänskajüte unterhielten sich Conte Claudio und Contessa Viola mit Signor Umberto, zu leise, um die Worte zu verstehen. Selbst seine Cousinen nebenan sprachen nur mit gedämpften Stimmen, während sie aus ihren Särgen stiegen. Malcolm kehrte vom Zähneputzen zurück. Er kam zu ihnen hinüber und hockte sich neben Tammo.

»Hey.«

Tammo schwieg. Nach außen hin wenigstens. Innerlich schrie er so laut, dass Leo sich eilig aus Tammos Kopf zurückzog. Manchmal war es besser, wenn man sich aus fremden Gedankenwelten heraushielt. Malcolm berührte Tammo sacht an der Schulter. »Vielleicht ändern die Ehrwürdigen ihre Entscheidung noch.«

Leo hob zweifelnd die Augenbrauen. *Hast du das schon mal erlebt*?

Malcolm konzentrierte sich weiter auf Tammo. »Du darfst die Hoffnung nicht aufgeben, Tammo.«

Bist du verrückt?, fuhr Leo ihn an.

Malcolm zuckte nur mit den Schultern. *Ihr heckt doch was aus, du und die Vamalia. Sogar die Lycana habt ihr eingeweiht.*

Das hatte ihm gerade noch gefehlt, ein eifersüchtiger Malcolm. *Das ist kein Grund, dem Kleinen falsche Hoffnungen zu machen!*

Dann sorgt dafür, dass es keine falschen sind. Malcolm blickte ihn nicht an. *Wir haben alle schon genug Angehörige verloren. Oder etwa nicht?*

Bevor Leo etwas erwidern konnte, riss Tammo sich los und wirbelte zu Malcolm herum. »Die dürfen ihn nicht umbringen!« Er hob die Fäuste und schlug um sich. »Das ist ungerecht! Er hat nichts getan. Das dürfen die nicht!«

Nachdem er einmal angefangen hatte, hörte er nicht mehr auf. Leo sprang aus der Reichweite der Fäuste, aber Malcolm blieb ganz ruhig vor Tammo hocken, ließ sich wieder und wieder treffen. Bis das Schreien leiser wurde und er die Fäuste senkte. »Das dürfen die nicht«, flüsterte er.

Malcolm nickte. »Wenn er unschuldig ist, dürfen sie ihn nicht bestrafen.« Er legte Tammo einen Arm um die Schultern. »Soll ich dich zu ihm bringen?«

Leo wollte schon Einspruch erheben – Tammo war fertig genug, er musste nicht noch einen zum Tode Verurteilten in seinen letzten Stunden sehen –, da hörte er Stimmen an Deck, die ihn von allem anderen ablenkten. Alisa und Ivy waren zurück. Ohne ein weiteres Wort stürmte er nach oben und holte die beiden ein, als sie gerade die Tür zur Kapitänskajüte aufrissen. Drinnen unterbrachen Conte Claudio und Contessa Viola ihr Gespräch mit Signor Umberto und wirbelten zu ihnen herum.

»Hindrik ist unschuldig!«, schrie Alisa sofort los. Die beiden Ehrwürdigen zeigten sich unbeeindruckt. Signor Umberto verzog den Mund, als hätte er schlechtes Blut gekostet.

»Er hat ein Geständnis unterschrieben.« Conte Claudio ließ sich nicht aus der Ruhe bringen. Wenigstens äußerlich. Und Contessa Viola stimmte ihm zu, auch wenn sie Alisa mit einem gewissen Bedauern im Blick bedachte.

»Hast du einen Beweis für seine Unschuld?«, fragte sie.

»Wir haben Raphaela zusammen gefunden, da war sie schon tot.« Verzweiflung lag in Alisas Stimme.

Contessa Viola lächelte mitleidig. »Und du würdest alles sagen, um ihn zu retten, nicht wahr?«

Leo hielt sich im Hintergrund und konzentrierte sich auf die Gedanken der beiden Ehrwürdigen. Im Gegensatz zu dem, was sie sagten, sah er in ihren Köpfen, dass auch sie Zweifel an Hindriks Schuld hatten. Signor Umbertos Gedanken zu lesen, wäre reine Energieverschwendung, sein Vergnügen an dem Drama war zu offensichtlich.

»Aber ich lüge nicht! Hindrik hat Raphaela geliebt – und sie ihn! Und ich habe die Mörderin mit meinen eigenen Augen gesehen. Sie ist eine Upiry. Sie hat Raphaela getötet, sich in eine Fledermaus verwandelt und ist –«

»Eine Upiry?« Conte Claudio schüttelte den Kopf. »Die Upiry sind seit Jahrhunderten nicht mehr gesichtet worden. Sie sind ausgestorben. Du musst die Wahrheit akzeptieren, Alisa, so schwer das auch sein mag.«

Ivy trat einen Schritt nach vorn. »Ich habe die Upiry gesehen. Graf Dracula hält den ganzen Clan gefangen. Nur Tonka hat er freigelassen. Sie arbeitet für ihn. Und – und sie hat den Lycana-Rubin.«

»Bitte.« Contessa Viola hob die Augenbrauen. »Es ist schön, zu sehen, dass du deiner Freundin beistehen willst. Aber wir haben Dracula vor Jahrhunderten besiegt. Er ist keine Bedrohung mehr für uns und liegt an einem sicheren Ort in einem tiefen, ewigen Schlaf.«

»Er ist aufgewacht!« Ivy wirkte jetzt genauso verzweifelt und aufgebracht wie Alisa. Was der Sache nicht half, wie Leo in den Gesichtern der Ehrwürdigen erkennen konnte. Merkwürdig war nur, dass sie selbst nicht völlig überzeugt waren, dass Hindrik die Schattenvampirin ermordet hatte.

»Und woher willst du das wissen, Ivy?« Die Skepsis der Contessa zeigte sich nicht nur in ihrer Stimme, sie stand auch deutlich in ihren Gedanken.

»Es stimmt!«, mischte Alisa sich wieder ein.

Ihre Beteuerung machte ganz klar keinerlei Eindruck. Leo schob sich zwischen die beiden Mädchen. »Ich habe in ihren Gedanken gelesen. Sie sagen die Wahrheit.«

Conte Claudio straffte sich und blickte auf sie alle herab.

»Die Mädchen mögen das für die Wahrheit halten, junger Dracas. Gedankenlesen ist keine eindeutige Angelegenheit. Alles, was ihr vorbringt, sind Behauptungen. Ihr habt keinen einzigen Beweis. Das Urteil bleibt daher bestehen. Hindrik von Vamalia ist zum Sonnentod verdammt. Morgen früh wird er seinen letzten Gang antreten.« Conte Claudio verbat sich jedes weitere Wort und schickte sie hinaus. Ein letzter Blick in seine Gedanken zeigte Leo, wie aufgewühlt er innerlich war. Alisa warf die Kajütentür so heftig zu, dass der Türrahmen zitterte. Leo packte sie an den Schultern.

»Conte Claudio lügt. Er will uns glauben, weil er weiß, dass jemand unsere Rubine stiehlt. Das weiß die Contessa auch, aber sie schwankt, weil sie unseren Motiven misstraut.« Er blickte schnell weg, als er Ivys wissendes Grinsen aufflackern sah. »Signor Umberto glaubt uns kein Wort«, redete er eilig weiter. »Conte Claudio meint, er muss die Ehrwürdigen schützen, doch er ist keineswegs so überzeugt von Hindriks Schuld, wie er sagt.« Unter seinen Händen konnte er spüren, wie Alisa zitterte.

»Warum bleibt er dann bei seinem harten Urteil?« Sie flüsterte nur.

Leo zog sie an seine Brust, stützte sie. »Er fürchtet, dass Panik ausbricht, wenn der Rubindiebstahl bekannt wird. Und noch mehr Angst hat er davor, dass die Schatten sich auflehnen, wenn Hindrik nicht für seine Beziehung mit Raphaela bestraft wird. Von der hat er ihnen bei seinem Geständnis auch erzählt. Also will Conte Claudio zwei Gefahren mit einem Streich bannen.« Er spürte, wie Alisa in sich zusammensackte, sich aber gleich wieder bemühte, tapfer zu sein, aufrecht stehen zu bleiben. Ivy trat zu Alisa und umfasste ihre Hände. Ihnen schien beiden nichts anderes einzufallen, als Alisa festzuhalten.

In ihren Gedanken sah er, wie Hindrik zu Asche zerfiel. Wieder und wieder spielte sich die Szene in ihrem Kopf ab. Stumm hielten Ivy und er Alisa zwischen sich, und das Schweigen schloss sie alle drei ein, als wäre es eine Zelle, deren Wände unerbittlich näher rückten, während unter ihnen immer mehr Schritte und Stimmen laut wurden, während die Betriebsamkeit an Deck sich verstärkte, während Conte Claudio an ihnen vorbeiging, Signor Umberto und Contessa Viola im Gefolge, die ihnen nur zunickte, als wollte sie sagen, gut, dass ihr sie tröstet. Als ob sie das könnten!

Das Schweigen blieb, auch als es an Deck wieder ruhiger wurde, als sie die Einzigen waren, die noch dort standen. Die Dunkelheit breitete sich wie ein weiter Mantel mit hell glänzendem Besatz um sie herum aus, samtig und vertraut.

»Wir sollten zum Unterricht gehen«, sagte Ivy.

»Vermutlich«, sagte Leo.

Doch Alisa rührte sich nicht, und sie taten es ihr gleich. Niemand kam sie holen. Die Nacht schien ewig, als hätte auch sie gelesen, was er in Alisas Gedanken gesehen hatte: *Wenn wir nur alle ganz still hier stehen bleiben, dann bleibt vielleicht auch die Zeit stehen, dann wird Hindrik nicht …*

Aber obwohl sie alle stumm ausharrten, verblassten irgendwann die Sterne. Schritte, die Leo kannte, näherten sich. Karen legte ihm die Hände auf die Schultern, und alles Stillhalten hatte nichts geholfen. »Es ist Zeit«, sagte sie.

Alisa

Kaum waren Karens Worte verklungen, kamen auch schon die anderen Vampire an Deck. Allen voran eilte Signor Umberto zur Tür der Kapitänskajüte und hielt sie auf.

Dann sah sie Tammo, der sich an Contessa Violas Arm klammerte. »Bitte.« Ihre Stimme war leise. Alisa zwang sich, lauter zu sprechen. »Tammo muss das nicht mit ansehen.«

»Er ist freiwillig hier.« Signor Umberto zog die Augenbrauen hoch, als wollte er sie fragen, ob sie etwa ein schwächeres Nervenkostüm hätte als ihr kleiner Bruder. Leo strich kurz mit dem Handrücken über ihren.

»Niemand sollte das ansehen müssen.« Den Rest sagte er nur in ihre Gedanken. *Ich bleibe bei dir, wenn du willst.*

Sie konnte nicht einmal entscheiden, ob sie das annehmen wollte, bevor Signor Umberto sie alle mit einem Blick bedachte, der Feuer hätte gefrieren lassen. »Alisa ist die Älteste ihres Clans an Bord, es ist ihre Pflicht, den Tod des Verurteilten zu bezeugen.« Er stieß die Tür weiter auf. »Ihr anderen habt hier nichts verloren.«

Alisa straffte die Schultern. Vor dem würde sie nicht mal einen Hauch von Schwäche zeigen. Sie nickte Leo und Ivy zu, dann ging sie mit festen Schritten an Signor Umberto vorbei. Das erste Morgenlicht fiel durch die Fenster herein und zeichnete helle Vierecke auf den Boden, die alle Versammelten mieden. Auch auf die Stelle, an der Raphaela gelegen hatte, schien die Sonne.

Alisa konnte Leo und Ivy noch einmal protestieren hören, dann verstummten sie. Obwohl sie keinen dieser Schritte machen wollte, ging sie weiter, bis sie neben Tammo und der Contessa stand.

Weder von Tammo noch von den anderen kam irgendein Laut. Ihr Bruder drehte den Kopf gerade so weit, dass er zu den Fenstern sehen konnte. Er hatte die Augen weit aufgerissen, als könnte er sich nur so daran hindern, sie fest zuzukneifen. Seine Hände krallten sich in den Arm der Contessa. Die stand ruhig da wie ein Mast im Sturm.

Conte Claudio trat ein, und hinter ihm führten zwei Schattenvampire Hindrik in die Kajüte, hielten ihn an beiden Armen fest, obwohl er keinerlei Widerstand zeigte.

Hinter ihm folgten weitere Schattenvampire, bildeten ein Spalier von der Tür bis weit in die Kajüte hinein. Der Letzte von ihnen schloss die Tür. Die aufs Deck hinausführte. Das Deck, das bald im gleißenden Sonnenlicht liegen würde. Alisa schloss die Hände zu Fäusten.

Sie wollte das Öffnen der Tür nicht hören. Nicht die Schritte. Nicht den winzigen Laut aus Tammos Kehle. Nicht einmal den Wind, der gegen die Fensterscheiben drückte.

Hindrik hielt sich ganz gerade. Er schaute weder zu den Fenstern noch zu ihr. Nicht einmal, als er auf ihrer Höhe war, nicht, als er an ihr vorbeiging. Alisa konnte den Blick nicht von ihm wenden.

Die Dielen knarrten. Jetzt erst bemerkte sie Karen, die

einen Schritt hinter Hindrik ging, eine Hand auf seinem Arm. Die nahm sie weg, als Signor Umberto sich hinter ihr laut räusperte. Hindrik ließ nicht erkennen, ob er überhaupt etwas hörte oder spürte. Er trat zwischen die Schatten, und jetzt war nur noch Signor Umberto hinter ihm, versperrte Alisa nach wenigen Schritten den Blick auf Hindriks Rücken. Der hielt sich bestimmt immer noch aufrecht, und deswegen wagte auch sie nicht, sich ihre Verzweiflung anmerken zu lassen.

Die hellen Vierecke auf dem Fußboden verdunkelten sich leicht. Eine Wolke vor der Sonne. Ein Hauch von Hoffnung bohrte sich wie ein Splitter in ihre Brust. Wenn die Wolke dort blieb. Wenn …

Viel zu schnell verstummte das Knarren der Dielen. Viel zu schnell stand Hindrik an der Tür. Er zögerte nicht. Er blickte nicht zurück. Er drückte die Klinke hinunter.

Durch den Türspalt fiel kein Sonnenlicht. Das Deck lag weiter im Dunkel. Auch als Hindrik den ersten Schritt nach draußen machte. Auch als er die Tür hinter sich schloss und sie ihn nicht mehr sehen konnte.

Die Hoffnung flüsterte ihr ein, dass vielleicht Malcolm sich irgendwo versteckt hatte und die Wolke vor der Sonne festhielt. Es machte keinen Sinn, aber es war besser als der Gedanke, dass ein bloßer Zufall die Wolke vor der Sonne hielt. Noch.

Draußen ging Hindrik auf die Reling zu. Dort blieb er stehen. Er blickte aufs Meer hinaus. Vielleicht blickte er auch auf den Horizont. Vielleicht hatte er die Augen geschlossen. Vielleicht stellte er sich vor, in wenigen Momenten Raphaela wiederzusehen. Vielleicht dachte er noch einmal an sie. An Tammo. Vielleicht dachte er an Momente in seinem Leben, von denen sie nichts wusste. Vielleicht hatte er einen Plan, wie er sich doch noch retten konnte.

»Tammo, was …?«

Alisa fuhr herum. Tammo sah zur Contessa hinauf. In seiner Hand baumelte eine zerrissene Kette mit einem Rubin. »Tammo!« Sie berührte seine Schulter, doch er reagierte nicht.

»Seine Augen – er steht unter Zwang!« Contessa Viola hockte sich vor Tammo und packte sein Kinn. »Sieh mich an, Tammo! Konzentriere dich auf meine Stimme. Wer hat dir das angetan?«

Ihr Bruder stand stocksteif vor der Contessa, als hätte er vergessen, wie man sich bewegt. Dann huschte etwas aus seiner Jackentasche und über seinen Arm. Eine Ratte. Bevor die Contessa oder Alisa reagieren konnten, packte die Ratte mit spitzen Zähnen den Rubin, rannte mit ihm im Maul an Tammo hinab. Der löste sich langsam aus seiner seltsamen Starre. »Was ist … wer …«

Die Ratte zuckte, ihre Gestalt verzerrte sich. Contessa Viola sprang auf. »Haltet den Dieb!«, rief sie und stürzte schon los. Nicht auf eine Ratte, sondern auf eine Vampirin zu, die den gestohlenen Rubin in einer Faust hielt und der Contessa die Zähne zeigte. Tonka!

Alisa zog Tammo, der immer noch wie betäubt dastand, in ihre Arme und schirmte ihn von dem Kampf ab. Hinter ihm dehnte sich das Viereck auf dem Boden aus, wurde heller, näherte sich seinen Fersen. Sie riss ihn davon weg. Hindrik! Alles andere verschwand, als sie aus dem Fenster starrte. Die Wolke kroch von der Sonne fort, und ihre

Strahlen drängten auf Deck. »Alisa?«, wisperte Tammo. Sie legte eine Hand auf seinen Hinterkopf und drückte ihn an ihre Brust. »Schau nicht hin«, wisperte sie und konnte selbst den Blick nicht abwenden.

Alisa.

Im ersten Moment hielt sie die Gedankenstimme für Hindriks. Der hob draußen sein Gesicht dem Himmel entgegen. Seine Stimme würde sie nie wieder hören.

Alisa, sieh mich an, sieh zur Tür.

Die war einen Spalt weit geöffnet. Leo schob sich in die Kajüte. Aber es war zu spät. Alles, was sie jetzt noch tun könnten, wäre, sich neben Hindrik zu stellen und auch –

Hör mir zu. Dracula hat geweint, weil du *geweint hast. Ich weiß nicht warum, aber du bist mit ihm verbunden. Als wärt ihr ein Clan. Und er hat den Belov-Rubin.*

Leo redete noch weiter in ihrem Kopf, irgendwelche Entschuldigungen, weil er ihre Gedanken gelesen hatte, aber Alisa hörte nur noch halb zu. Sie stieß Tammo in Leos Richtung und rannte los. In Sekundenschnelle war sie an Deck. Das Licht strich über Hindrik. Schon stieg Rauch von seinen Händen auf. Sie packte ihn, war zurück an der Tür, schubste ihn hinein, ins Dunkel, in Sicherheit, schlug die Tür zu, lehnte sich von außen dagegen. Ihr Herz raste, als würde sie noch immer rennen, als würde Hindrik noch immer hier draußen im Sonnenlicht stehen. Im Sonnenlicht. Alisa streckte die Arme aus, streckte sie durch das Licht. Nichts brannte. Sie legte den Kopf in den Nacken. Und kniff die Augen zusammen. Das stach. Sie stand im Sonnenlicht. Und lebte. Ihre Gedanken überschlugen sich wie wild gewordene Wellen. Einer tanzte auf den Schaumkronen. Sie hatte Leo mit ihrem Leben vertraut, ohne auch nur einen Moment zu zögern.

Drinnen polterte etwas – oder jemand – zu Boden. Alisa schluckte. Vorsichtig öffnete sie die Tür und schlüpfte hinein. Etwas flatterte an ihr vorbei nach draußen – sie griff danach, aber sie war zu langsam. Etwas glitzerte rot im Sonnenlicht. Alisa hielt sich nicht damit auf. Sie schloss die Tür und lehnte sich mit dem Rücken dagegen. Der Einzige, der sie sah, war Leo am anderen Ende des Raums, wo er Tammo im Arm hielt. Das Lächeln, das sich auf seinem Gesicht ausbreitete, strahlte hell wie die Sonne. Und es fühlte sich genauso warm auf ihrer Haut an.

Laute Flüche lenkten sie ab. Alisa blickte zur Seite, wo sich Hindrik und Signor Umberto gerade hochrappelten. »Wie bei allen Höllen kommt der –«

»Amore!«, schrie Conte Claudio auf und stürzte zur Contessa, während alle anderen im Raum geschockt erstarrten. Die Contessa presste eine Hand gegen ihren Hals. Blut rann unter ihren Fingern hervor, aber sie lächelte Conte Claudio an.

»Keine Sorge. Sie hat mich nur oberflächlich erwischt.« Mit der freien Hand zog sie einen Papierstreifen aus einer Tasche ihres Kleids. Sie hielt sich den Streifen nah an den Hals und nahm die andere Hand weg. »Die gleichen?« Als Conte Claudio nicht sofort reagierte, neigte sie den Kopf von ihm weg, präsentierte ihm ihren Hals. »Die Bissmale, stimmen sie überein?«

Natürlich, wollte Alisa schreien. Endlich beugte Conte Claudio sich vor, blickte auf den Papierstreifen, auf den Hals, auf das Papier, den Hals – und nickte. Contessa Viola wischte sich etwas von dem Blut weg. »Also doch.« Die Erleichterung in ihrer Stimme hallte durch die Kapitänskajüte, brachte Bewegung in den Raum.

»Also was?« Signor Umberto hatte Hindrik die Arme auf den Rücken gedreht. Der wehrte sich nicht gegen den Griff. »Was soll das bedeuten? Wieso ist der Schatten nicht Staub?«

»Weil die Mädchen die Wahrheit gesagt haben.« Die Contessa richtete sich zu ihrer vollen Höhe auf und musterte Signor Umberto streng, während die Wunden an ihrem Hals sich schlossen. »Er ist unschuldig. Meine Bissmale stimmen mit denen von der Frau aus der Stadt überein. Die Upiry ist die Mörderin. Und sie hat unseren Arrufat-Rubin gestohlen«, fügte sie mit einem Seufzer hinzu. »Ebenso wie sie den Lycana ihren Rubin entwendet haben muss.«

»Geben Sie ihn frei.« Alisa machte einen Schritt auf Signor Umberto zu. Der würdigte sie keines Blickes, drückte Hindriks Arme noch fester zusammen. Hindrik stand weiter teilnahmslos da, als würde nicht über ihn und sein Schicksal geredet, als wäre ihm seine Rettung vollkommen gleichgültig.

»Du hast mich gehört, Umberto.« Die Contessa sackte ein wenig in sich zusammen und stützte sich auf Conte Claudio. »Er ist unschuldig.« Sie schloss die Augen, murmelte: »Wohl doch etwas viel Blutverlust.«

Conte Claudio legte einen Arm um sie. »Hindrik ist kein Mörder – aber er hat gegen die Gesetze für Schattenvampire verstoßen. Wir können ihn nicht einfach freisprechen. Was würden die anderen Ehrwürdigen dazu sagen?«

Als Signor Umberto bei diesen Worten zu grinsen begann, hielt Alisa es nicht länger aus. »Die sind nicht hier! Und Raphaela ist tot! Ist er damit nicht genug gestraft?« Stille folgte ihren Worten. Conte Claudio starrte auf Hindrik, der weiter zu Boden sah, als hätte er nichts von dem Streit um sich herum gehört. Signor Umberto ruckte an seinen Armen, zog ihn auf die Tür zu.

»Halt.« Obwohl die Contessa nur flüsterte, blieb Signor Umberto sofort stehen. Seine aschgrauen Augen waren auf Hindriks Hals gerichtet, während die Contessa mit leiser, rauer Stimme fortfuhr. »Nichts kann ihn schwerer bestrafen als Raphaelas Tod.« Sie lehnte den Kopf an Conte Claudios Schulter. »Es ist unsere Entscheidung, amore.«

Conte Claudio zog sie enger an sich. Er nickte. Räusperte sich. Nickte wieder. »Hindrik von Vamalia ist unschuldig. Das Urteil gegen ihn ist aufgehoben.«

Signor Umbertos Augen verdunkelten sich, und Alisa duckte sich schon zum Sprung – sie hatte Hindrik nicht vor der Sonne gerettet, nur damit er jetzt durch den Biss eines enttäuschten und wütenden Vampirs starb. Doch Signor Umberto verzog nur den Mund, stieß Hindrik von sich weg. Der stolperte ein paar Schritte vorwärts und blieb dann stehen, verloren inmitten von ihnen allen.

An diesem Abend versammelten sie sich nicht zum Unterricht, sondern zu Raphaelas Bestattung. Die Schattenvampire hatten sie in graue Leinentücher gehüllt und in eines der Rettungsboote gebettet. Sie wirkte viel zu klein.

Der Mond warf silbrige Streifen über das Meer, das sich ruhig unter dem weiten Himmel erstreckte, als hielte auch das Wasser inne, um Raphaela zu ehren. Luciano trat vor und legte etwas zu Raphaela ins Boot. »Der Mond wird dich beschützen«, flüsterte er. »Und ich werde mich an dich erinnern.« Er blieb noch einen Moment stehen, strich über den Bootsrand, dann drehte er sich um und eilte mit gesenktem Kopf zu seinen Eltern. Sie nahmen ihn in ihre Mitte. Er wirkte dort so beschützt. Getröstet. Alisa musste wegschauen.

Hindrik trat als Letzter an das Boot. Lange stand er da, gebeugt und mit gesenktem Kopf, und wirkte genauso klein wie die für immer verstummte Raphaela. Genauso unerreichbar. *Wir trauern um ein Leben, das ewig hätte währen sollen*, hatte Conte Claudio gesagt, *wir trauern um einen Teil unserer Familie, der uns auf ewig fehlen wird*. Über Hindrik und Raphaela hatte er nichts gesagt.

Alisa wünschte sich den Mut, jetzt zu ihm zu gehen, seine Hand zu nehmen. So wie er ihre Hand gehalten hatte in all diesen Nächten, nachdem ihre Eltern nicht zurückgekehrt waren. Großmutter hatte sich geweigert, eine Beerdigungszeremonie abzuhalten. *Was soll eine Beerdigung ohne die Toten?* Mehr hatte sie dazu nicht gesagt. Und nie wieder über ihre Eltern geredet. Ihre Augen wurden nass, und Alisa verfluchte stumm die verräterischen Tränen, blinzelte, aber sie ließen sich nicht vertreiben. Sie senkte den Kopf, um sie zu verbergen.

Jemand schob sich von hinten neben sie. Leo. Mit einem Finger wischte er ihre Tränen weg. Ihre Gedanken ließ er in Ruhe, bot ihr nur still einen Arm und eine Schulter an. Ihre Stirn berührte seinen Hals. Die Haut da war unerwartet weich. Sie schmiegte sich daran.

Auf ihrer anderen Seite tastete eine Hand nach ihrer. Tammo. Sie hielt seine Hand, ganz fest. So blieben sie stehen, während Hindrik sich vor dem Boot niederkniete, während er sich darüber beugte, während er Raphaela einen Kuss auf die Stirn gab, während er das graue Tuch über ihr Gesicht legte, während er noch verharrte, als könnte er nie wieder aufstehen. Während er dann doch aufstand.

Metallrollen quietschten unter Seilen, als das Boot zu Wasser gelassen wurde. Wellen klatschten gegen die Bootswände. Ein sanfter Wind trieb die Wellen an, drückte das Boot hinaus auf die See.

Conte Claudio nickte Malcolm zu. Ein kleiner Blitz zuckte hell durch die Nacht, traf den Bug, verblasste. Schon knisterten die ersten Flammen, schlugen hoch, breiteten sich aus, während das Boot weiter und weiter hinausglitt, über die Silberstreifen des Mondes trieb, zu dem der weißgraue Rauch aufstieg.

Leo

Alle anderen saßen bereits an ihren Tischen. Inger und Fanny wisperten miteinander, Joanne hatte einen Arm auf Tammos Stuhllehne gelegt. Er saß in sich zusammengesunken da und starrte auf den Tisch. Luciano saß an seiner anderen Seite, summte eine Melodie vor sich hin, die Leo nicht kannte. Malcolm schaute als Einziger auf, als Alisa und er hereinkamen und zu ihren Plätzen gingen. Er nickte ihm knapp zu. Hinter ihnen fiel die Tür des Klassenzimmers zu, und Conte Claudio schritt zwischen den Reihen nach vorn. Neben Luciano blieb er stehen.

»Das war gestern eine – schwere Nacht und heute ein schwerer Abend für uns alle. Insbesondere für meinen Clan.« Er strich Luciano über den Kopf. Dann faltete er die Hände hinter dem Rücken und wandte sich ihnen zu. »Wir beschäftigen uns heute noch einmal mit unserer Geschichte«, verkündete er.

Wenn er meinte, sie damit nach der Bestattung aufmuntern zu können, hatte er wirklich keine Ahnung von jungen Vampiren. Leo ließ sich in seinem Stuhl zurücksinken und murmelte vor sich hin: »Besser wäre es, wenn wir uns mit der Gegenwart beschäftigen würden. Mit Upiry zum Beispiel, die …«

Conte Claudio räusperte sich so laut, dass seine gemurmelten Worte untergingen. Aber er konnte nicht verhindern, dass er sie Alisa in Gedanken schickte. … *unsere Rubine stehlen. Auch wenn gewisse Ehrwürdige das geheim halten wollen.*

Sie lächelte, ohne ihn dabei anzusehen. Aber sie lächelte.

»Wer möchte uns erzählen, wie unsere Rubine entstanden sind?« Conte Claudio blickte sich in der Klasse um. Alle taten beschäftigt, blätterten in ihren Heften, suchten nach Federkielen und Tinte, während Conte Claudio langsam an den Tischen entlangging. Er schien heute nicht stillstehen zu können. Zwischen Ivy und Alisa hielt er inne. »Ivy, wie wäre es mit dir?«

Ivy duckte sich, kratzte mit ihrer Feder über eine Heftseite. »Ich – also, ich …« Sie knickte eine Ecke der Heftseite um, strich sie wieder gerade.

»Hast du überhaupt zugehört?«, seufzte Conte Claudio. Er ragte hoch über Ivy auf, die ohnehin schon nicht groß war und unter seinem Blick noch weiter zusammenschrumpfte. Entweder war sie zu verschüchtert zum Sprechen – was Leo sich nicht vorstellen konnte –, oder Conte Claudio jagte ihr Angst ein. Auch unwahrscheinlich. Aber wenn Wünsche wahr werden könnten, würde sie vor ihrer aller Augen verschwinden, so viel stand fest.

Alisas Starren war wie ein Zerren an seinen Gedanken.

Was?

Hilf ihr!

Wie?

Frag sie halt!

Falls Alisa sich vorstellte, er könnte Ivy über seine Gedanken Mut zum Sprechen einflößen, würde er sie enttäuschen müssen. Vorsichtig klopfte er an ihren Gedanken an. Heiß-knisternde Wut schlug ihm entgegen. *Verschwinde aus meinem Kopf!* Der Satz loderte hoch auf wie eine Wand aus Feuer, und Leo zuckte zurück. Natürlich waren keine Flammen auf seiner Haut. Aber freiwillig würde er in den Kopf nicht noch einmal gehen. Er verschränkte die Arme vor der Brust und schob seinen Stuhl nach hinten. Das Kratzen von Holz über Holz ließ Conte Claudio herumfahren. Schon mal gut. Unter dem irritierten Blick des Conte lehnte er sich weit zurück und streckte seine Beine lässig aus. »Warum sollen wir uns langweiligen Kram anhören, den wir alle kennen?« Leo drückte die Arme fester gegen seine Brust. Knochen und Fleisch. Keine Flammen. Gut. »Ich wette, alle hier würde viel mehr interessieren, wie die Clans Dracula überwältigt und besiegt haben. Und ob er wirklich noch schläft oder –«

»Das reicht jetzt, Leo!« Conte Claudio schlug auf Ivys Tisch, und die ganze Klasse zuckte zusammen. Viel zu leicht einzuschüchtern. Leo grinste zu Alisa hinüber, doch die wirkte wenig begeistert.

Spinnst du?

Was denn? Du wolltest Hilfe. Gern geschehen.

Alisa blickte von ihm weg. Bitte, wenn sie das so wollte.

»Die Rubine sind aus Graf Draculas Tränen und dem Blut seiner Frau Elisabetha entstanden«, sagte Alisa in die Stille im Klassenzimmer hinein.

Conte Claudio seufzte. »Und wie trug sich das zu, Ivy?«

Ivy, die sich kurz entspannt hatte, krümmte die Schultern. Sie starrte auf ihre zerkratzte Tischplatte. »Ich – ich weiß nicht.«

Weiter vorne ertönte Gekicher. Seine Cousinen, war ja klar. Vor Kurzem hätte er noch mitgelacht. Aber jetzt war da diese seltsame Veränderung in ihm, die sein Leben so kompliziert machte. So saß er aufrecht da, und während er sich noch fragte, wann er das entschieden hatte, öffnete er bereits den Mund: »Graf Dracula kam aus einem Krieg heim und …« Zum Glück waren Conte Claudios Blicke nicht tödlich. Leo redete weiter, als bemerkte er sie gar nicht. Es hatte eben auch Vorteile, mit einem Vater wie seinem aufgewachsen zu sein. Später würde Ivy ihm verraten müssen, wieso sie diese grundlegendste aller Geschichten nicht kannte. Doch jetzt ratterte er erst mal herunter, was er von Kindesbeinen an gehört hatte. Dabei klang er bestimmt so gelangweilt, wie alle – bis auf Ivy – dreinblickten.

Jemand hatte Elisabetha gesteckt, Dracula wäre im Krieg gefallen. Verzweifelt stürzte sie sich in den Burggraben. Starb. Aber der Graf lebte und kehrte heim. Fand seine Frau tot vor. Verzweifelte seinerseits. Da erschien ihm eine leuchtende Gestalt und bot ihm einen Handel an: seine Seele und die seiner Frau im Tausch gegen ewiges Leben. Graf Dracula akzeptierte. Wer würde das auch ablehnen? »Doch Elisabetha ertrug ihre Verwandlung nicht. Sie hielt sich für ein Monster.« Leo verzog das Gesicht. »Kaum wieder zum Leben erwacht, stürzte sie sich in ihr Schwert. Blut, Tränen, Rubine«, kürzte er den Schluss ab. »Ziemlich undankbar, wenn Sie mich fragen.« Er zuckte mit den Schultern.

Malcolm drehte sich halb zu ihm um. »Aber ohne Elisabethas Tod würden die Rubine nicht existieren.«

»Und wieder musste eine Frau sich opfern«, merkte Inger an.

Malcolm verdrehte die Augen. »Niemand hat sie dazu gezwungen.«

»Na klar«, grollte Inger. »Es hat sie aber auch niemand gefragt.«

»Aber er hat aus Liebe gehandelt.«

In der kurzen Stille, die auf die leisen Worte folgte, hoffte Leo, dass nur er Alisa gehört hatte. Dann belehrte Fannys spöttisches Auflachen ihn eines Besseren.

»Das kann auch nur von einer Vamalia kommen.« Fanny lachte noch immer, Malcolm klatschte ihr übertrieben langsam Beifall. Joanne hielt ihrer Ratte, die aufgeregt quiekte, die Ohren zu, während Tammo wirkte, als wollte er sich am liebsten in Rauch auflösen. Nur Luciano schaute Alisa an, als hätte sie eine tiefe Weisheit von sich gegeben.

»Ruhe!«, rief Conte Claudio. Aber sein Versuch eines strengen Blicks stachelte Fanny nur zu neuen Lachsalven an. Auch Inger kicherte jetzt mit. Leo ließ den Kopf auf seine Arme sinken. Wenn seine Cousinen einmal damit anfingen … *Kannst du nicht einfach deine Gedanken für dich behalten?*, fragte er Alisa.

Das fragst du, wenn du derjenige bist, der sie ausspioniert?

»Inger! Fanny! Malcolm! Das reicht!« Conte Claudio schlug mit der flachen Hand so heftig auf einen der Tische, dass der entzweibrach. Das laute Krachen brachte sogar Leos Gedanken zum Verstummen. Conte Claudio trat von dem zerstörten Tisch weg. »Nun. Das war sehr – effizient, Leo. Aber im Grunde richtig. Als Hausaufgabe werdet ihr die Geschichte von Graf Dracula und Gräfin Elisabetha aufschreiben. In der ausführlichen Version.«

Alle stöhnten. »Wieso sollen wir für das Versagen der Lycana büßen?«, beschwerte sich Fanny.

Conte Claudio ging gar nicht erst auf sie ein. »Wer kann mir die Rubine und ihre Gaben nennen? Luciano, bitte.«

Zufrieden? Leo hielt den Blick stur nach vorne gerichtet.

Ich weiß, wie wir mehr über Draculas Pläne herausfinden können.

Leider weckte Alisas Ansage seine Neugier. Nur gut, dass sie – noch – keine Gedanken lesen konnte. *Ich bin dabei*, entwischte es ihm trotzdem.

Ist aber gefährlich.

Umso besser. Er grinste. Immerhin gelang es ihm, sie dabei nicht anzugucken.

Früh am nächsten Abend schlichen sie sich von Bord. Der Weg in die Stadt erinnerte ihn an seinen ersten Ausflug mit Malcolm. Wie unbedacht sie beide in diese Kirche gelaufen waren. Wenigstens würde er sich jetzt zu helfen wissen. Zumindest solange sie den Nosferas-Rubin hatten. Wie etwas so Mächtiges wie die Rubine einen zugleich verletzlich machte – Leo spürte ein Prickeln im Nacken, das er nicht abschütteln konnte. Er beschleunigte seine Schritte und prallte gegen Alisa, die plötzlich stehen geblieben war.

»Pass doch auf, wo du hinläufst.«

»Steh halt nicht im Weg rum.« Er machte einen Schritt zurück.

»Hier trennen wir uns.« Alisa wandte sich an Ivy. Als wäre er gar nicht da. »Ich gehe allein weiter zum Haus, und ihr schlagt einen Bogen. Ich lass mir was einfallen, um Nicu wegzulocken. Und seine Mutter, falls sie da ist. Sie ist nicht nur eine einfache Rotmaske, sie ist deren Anführerin, vergesst das nicht. Also keine leichtsinnigen Aktionen! Alles klar?«

Ivy nickte. Bevor er etwas sagen konnte, eilte Alisa bereits weiter, und Ivy bog vom Weg ab, um sich dem Haus, das in einiger Entfernung allein auf weiter Flur stand, von der Seite her zu nähern. Ihn fragte niemand, was er von dem Plan hielt. Wenig, wenn er ehrlich war. Dennoch schloss er sich Ivy an.

Lieber hätte er diesen Nicu überrumpelt und ihn anschließend gezwungen, alles zu vergessen. Der Haken daran war nur, dass sie für diesen Plan volljährig sein müssten. Elendes Alter. Missmutig drückte er sich neben Ivy an die Hauswand und sah zu, wie Alisa an die Tür klopfte und sich mit einem wie blöde grinsenden Nicu unterhielt.

Nicht lange, und die beiden zogen gemeinsam ab. Sie liefen viel zu dicht nebeneinander. Sie liefen viel zu langsam. Was fand Alisa nur an einem Menschen? Leo lehnte den Kopf an die Hauswand. Wenn sein Vater sich den Vikla-Rubin nicht hätte stehlen lassen, könnte er Nicu einen Stock vor die Füße schieben, ihn stolpern sehen, lang hinfallen. Das wäre äußerst befriedigend.

Ivy stieß ihm einen Ellbogen in die Seite. »Willst du weiter einen Mord planen, oder kommst du mit, ein Buch stehlen?«

Das verdiente keine Antwort. Leo drückte sich von der Wand ab und war an der Tür, bevor Ivy noch die Augen verdrehen konnte. Sie war allerdings nur einen Schritt hinter ihm. Reaktionsschnell, das musste er ihr zugestehen. Die Tür war nicht abgeschlossen. So eilig hatte es Nicu gehabt, an Alisas Seite zu sein. Leo trat die Tür hinter ihnen zu.

Die Luft in der Hütte war abgestanden und einengend. Wie Menschen sich selbst ertrugen, würde ihm ein ewiges Rätsel bleiben. »Beeilen wir uns«, drängte er Ivy. Das Buch sollte auf dem Tisch liegen, hatte Alisa gesagt. Der zog sich fast über die gesamte Länge der Hütte und zeigte deutlich, dass hier eine Rotmaske wohnte. Noch so etwas, das gegen Nicu sprach. Feuer und Asche! Er musste aufhören, über den Menschenjungen nachzudenken.

Leo murmelte die Entweihung vor sich hin, während er an der einen Seite des Tisches entlangging, hörte Ivy auf der anderen Seite einstimmen. Kreuze, Flaschen mit Weihwasser, Pfeile mit Silberspitzen, eine Schale voller Silberkugeln, Dolche, Holzpflöcke – und als wären das alles nicht schon mehr als genug Gründe, Abstand zu Nicu und seiner Mutter zu halten, lag am Ende des Tisches auch noch der letzte Beweis, das rote Tuch, das ihren Jägern den Namen gab. Nur kein Buch. Er drehte sich um. Ivy stand genau wie er mit leeren Händen da. So viel also zu schnell rein und wieder raus. Ivy wanderte Richtung Küche ab und bedeutete ihm, sich die andere Seite der Hütte vorzunehmen.

So überfüllt der große Tisch war, so spärlich war der Rest der Hütte eingerichtet. Es gab nicht einmal ein Bücherregal. Hinter einem Vorhang fand er zwei schmale Betten mit einer Kommode dazwischen. Die Schubladen enthielten nichts als Klamotten und obendrauf stand eine schon zur Hälfte heruntergebrannte Kerze. Er schlug die Bettdecken zurück, aber auch darunter verbarg sich kein Buch über Graf Dracula.

Alisa

Jedes Mal, wenn eine Münze in den Brunnen platschte, zuckte Alisa zusammen. Vielleicht sollte sie selbst eine hineinwerfen und sich wünschen, dass alle hier erstarrten, bis Leo und Ivy endlich mit dem Buch kamen.

»Ist alles in Ordnung bei dir?« Nicu lehnte sich neben sie an die Brunnenmauer. »Du wirkst so – abwesend. Woran denkst du? Steckst du in Schwierigkeiten?«

Selbst wenn sie gewusst hätte, wo sie hätte anfangen sollen, konnte sie ihm keine ehrliche Antwort auf seine Fragen geben. »Ist nur viel los.« Sie schluckte, um nicht mit allem herauszuplatzen. *Deine Mutter sagt die Wahrheit, Vampire gibt es wirklich, und zwei davon brechen gerade in euer Haus ein, während ich dich ablenke. Und ich bin auch eine Vampirin. Und was viel schlimmer ist …*

»Kann ich dir helfen?«

Natürlich musste er das fragen. Und natürlich musste er dabei so besorgt aussehen und so aufrichtig, dass all die gerade heruntergeschluckten Worte sich in ihrer Kehle zusammenballten und nach oben drängten.

Alisa schüttelte stumm den Kopf, presste die Hände auf die Kante der Brunnenmauer. Nicu schob eine Hand neben ihre.

»Ich würde dir wirklich gern helfen.«

Sie hielt ihre Hand ganz still. »Ich weiß. Aber – das ist zu riskant. Ich will nicht, dass dich jemand verletzt.«

Er stupste sie leicht mit der Schulter an. »So ernst?«

Sie nickte nur, und er ließ seine Schulter an ihrer ruhen. Dann legte er einen Arm um sie.

»Du kannst mir alles sagen. Ehrlich. Ich werde dich niemals verraten. Oder dir nicht glauben. Oder dich verletzen. Oder anlügen. Oder was du sonst befürchtest.«

Wenn sie ihn jetzt ansah, würde sie nicht lügen können. Wenn sie jetzt log, würde sie ihn nie wieder ansehen können. »Ich kann nicht.« Sie schloss die Augen. »Noch nicht.« Vielleicht nie, hielt sie zurück. Fingerkuppen strichen zart über ihre Wange. Alisa lehnte sich in die Berührung und öffnete die Augen. Nicus Gesicht war ganz nah an ihrem.

»Du weißt ja, wo du mich findest, wenn du so weit bist.«

Echt jetzt? Die ätzende Stimme in ihren Gedanken ließ sie zusammenzucken. Nicu riss seine Hand weg, als hätte er sich verbrannt.

Leo!

Du fällst doch nicht etwa auf das schleimige Gelaber rein? Leo winkte ihr vom anderen Ende des Platzes mit einem Buch zu und deutete auf den Titel. *Mission erfüllt. Zeit zu gehen.*

Manchmal würde sie ihn zu gern gegen eine Wand klatschen. Und es war ihr egal, ob er das in ihren Gedanken las oder nicht. Sie kehrte ihm den Rücken zu. »Ich muss gehen.« Das kam schroffer heraus, als sie wollte. Alisa streifte Nicus Arm. »Schon wieder.«

»Warte.« Er drückte ihr eine Münze in die Hand. »Erst musst du dir noch was wünschen.«

Sie starrte auf die Münze, weil das einfacher war, als Nicu anzusehen. *Leo, falls du noch mithörst, versprich mir, dass du dich jetzt verziehst. Wünsche sind privat.*

Wie du willst. Sie konnte das Schulterzucken in seiner Gedankenstimme hören. *Versprochen.* Das klang ernster. Alisa warf die Münze in den Brunnen.

Sie kamen unbemerkt zurück an Bord. Die anderen hatten sich in die Schlafsäle zurückgezogen und ihre Hefte auf den Sargdeckeln ausgebreitet, arbeiteten mehr oder weniger eifrig an Conte Claudios Hausaufgabe. Tammo hockte dicht neben Malcolm, der ihm sein Heft so hinschob, dass Tammo hineingucken konnte, wenn er wollte. *Das solltest du sein*, wurde ihr schlechtes Gewissen laut und ließ sich auch nicht vollständig damit beruhigen, dass sie sich um größere Dinge zu kümmern hatte.

Sie folgte Leo und Ivy in das leere Klassenzimmer, setzte sich mit ihnen gegenüber der Tür auf den Fußboden. Für den Fall der Fälle breiteten sie ihre Hefte zwischen sich aus. Leo ließ das gestohlene Buch darauf fallen, ohne sie anzusehen. Sie würde sich nicht wegen Nicu entschuldigen. Da musste er allein drüber wegkommen. Alisa zog das Buch zu sich heran.

»Dracula glaubt, wenn er alle dreizehn Rubine hat, kann er Elisabetha von den Toten zurückholen«, erklärte sie den anderen.

»Wie das?«

Hart und knapp. Das konnte sie auch. »Keine Ahnung.« Alisa schlug das Buch auf.

Dracul, eine Vampirgeschichte, Band I:
Der Beginn der Dämonenplage
Autor: Abraham van Helsing, Vampirjäger und Gründer der Rotmasken

»Dämonenplage, typisch Rotmasken«, murrte Leo. Ivy hingegen drängte sie weiterzublättern und rückte näher an sie heran, um mitzulesen.

»Hier steht, es war der Teufel, der Graf Dracula den Handel Seele gegen ewiges Leben angeboten hat.« Ivy stieß Leo an. »Nicht irgendeine *leuchtende Gestalt*. Was sollte das überhaupt sein?«

»Wieso kennst du unsere Geschichte eigentlich nicht?«, gab Leo zurück. »Und klar behauptet van Helsing, es wäre der Teufel gewesen. Elender Vampirhasser.«

Alisa las bereits weiter. Nach und nach verstummte das Hin und Her zwischen Ivy und Leo, und sie spürte, wie auch Leo dichter zu ihr herüberrutschte, in das Buch spähte. Die Stille tat gut – ebenso wie die Nähe der beiden. Auch wenn sie das für sich behalten würde. Sie blätterte langsam die Seiten um und hielt bei der Zeichnung von Elisabetha inne, die mit weit aufgerissenen Augen beobachtete, wie ihre Gestalt im Spiegel sich allmählich auflöste, als würde sie zu einem Nebel verschwimmen. Ivy neben ihr schüttelte sich.

»Das muss furchtbar gewesen sein.« Ohne hinzusehen, hob sie eine Hand Richtung Leo, bedeutete ihm, seinen Kommentar zurückzuhalten. »Furchtbar – aber kein Grund, sich umzubringen.«

Auch auf den nächsten Seiten stand nur Bekanntes. Die

Namen der Clans und die Länder, in denen sie lebten. Alisa überflog die Zeilen, blätterte um, stockte. Las. Las noch einmal. Las die Zeilen leise vor: »Die Vamalia aus Deutschland schließlich erhielten die Gabe der Liebe – und dieser Clan ist der Hüter des Funkens, der alles Vampirleben in der Welt auslöschen kann, wenn ein Vampir mit reiner Seele den Knoten löst.«

Niemand sagte ein Wort. Ivy legte ihr eine Hand auf die Schulter. Alisa drehte ihre Hand um und starrte auf die weiche Haut der Innenfläche. *… der alles Vampirleben auslöschen kann. Unmöglich.*

Schweigend saßen sie da. Irgendwann blätterte Leo zur nächsten Seite. Besser wurde davon nichts. Dort war der Knoten aus ihrer allerersten Vision abgebildet. Alles war da, genau wie sie es gesehen hatte, das dicke Seil, die kleine Steinsäule, auf der es zum Knoten geschlungen ruhte, die Felshöhle.

Alisa schluckte und schluckte und brachte kein Wort heraus, merkte, wie die beiden anderen sie von der Seite musterten. Sie krampfte die Hände zusammen. »Das da …« Sie deutete mit dem Kinn auf den Knoten. »Das habe ich schon mal gesehen. So, wie ich Dracula sehe. Nur ohne ihn. Und das mit dem Funken – warum hat Großmutter mir das verschwiegen? Sie muss doch wissen – ich meine, da steht, mein Clan ist …« Es war zu viel. »Alles Vampirleben auslöschen?«, flüsterte sie.

Leo spielte an einer Ecke der Buchseite herum. »Ich habe immer gedacht, mein Vater würde nur Gruselgeschichten erzählen. So Zeugs, das man für Kinder erfindet, damit sie gehorchen. Aber –« Er sah auf Alisas Hände. »Das ist jetzt ein bisschen viel, um nicht wahr zu sein, oder? Ich meine, du hast den Funken, und hier …« Er verstummte.

»Was weißt du davon?«

»Eben was mein Vater erzählt hat.« Leo klang zögerlich. »Wer den Funken hat und den Knoten löst, löscht alles Vampirleben aus.« *Ehrlich, ich würde zu gern etwas anderes sagen*, hörte sie ihn in ihren Gedanken.

Sie haben mir das alle verschwiegen. Warum haben sie mir nichts von dem Funken erzählt, wenn mein Clan … Nicht einmal in Gedanken konnte sie diesen Satz beenden.

Vielleicht wollten sie dich beschützen?

Alisa wusste nicht mehr, was sie denken sollte. Hindrik hatte sie gedrängt, das mit dem Funken geheim zu halten. Als wäre es gefährlich für sie, wenn Großmutter davon erführe. Aber wie konnte das Sinn ergeben? *Sie hätten mir davon erzählen müssen, damit ich diesem Knoten niemals auch nur nahekomme!* Sie rieb sich die Schläfen, als könnte sie so ihre Gedanken entwirren. Aber die drehten sich weiter im Kreis. »Warum existiert dieser verdammte Knoten überhaupt?«

»Wegen der Noaidi. Heißt es zumindest bei uns.« Leo stützte die Hände auf, lehnte sich zurück. »Nachdem die Vampire einmal in der Welt waren, musste das Gleichgewicht in der Natur wiederhergestellt werden. Oder so. Also schufen sie den Knoten, um eine Waffe gegen uns zu haben. Sagt mein Vater. Und die Noaidi behalten für sich, wo dieser Knoten ist.« Er zuckte mit den Schultern. »Eine Art Versicherung, sollten wir Vampire jemals zu viele Menschen in Schatten wandeln oder so.«

Ivy zog das Buch näher zu sich, beugte sich darüber.

»Hier steht, dass nur ein Vampir mit einer Seele und guten Absichten alles Vampirleben …« Sie ging über die nächsten Worte hinweg. »Ein seelenloser Vampir hingegen würde das Tor zum Jenseits öffnen, aus dem alle Gestorbenen zurück auf die Erde kommen – und mit ihnen die Dämonen der Hölle, die alle Menschen zu einem Dasein als Schattenvampire verdammen werden.«

»Das ist Draculas Plan.« Alisa wurde schlecht. »Er will Elisabetha zurück – alles andere ist ihm gleichgültig. Er will den Knoten lösen.«

Ivy fuhr hoch. »Das darf er nicht!«

Alisa schloss die Augen. Ivy hatte recht. Sie musste ihn aufhalten. Das musste ihre Verbindung zu Dracula bedeuten. Wenn Hindrik und Großmutter sie vor diesem Wissen beschützen wollten, konnte sie ihr Schweigen verstehen.

Ja, aber sinnvoll ist das nicht.

Hast du was Sinnvolles beizutragen, Leo?

In der Stille zwischen ihnen klang das Schaben von Leder über Holz viel zu laut, als Ivy das Buch näher zu ihr schob. Sie tippte auf eine Seite. »Hier, deswegen will er die Rubine. Sie öffnen die Tür zum Knoten.«

Das Bild zeigte eine Felswand, in der eine hölzerne Tür aufschwang. Auf einer Steinsäule daneben waren dreizehn kleine Aushöhlungen zu sehen. In jeder steckte ein Rubin, kreisförmig angeordnet. Um einen Handabdruck. Genau so, wie sie es in ihr Heft gezeichnet hatte.

Alisa presste die Hände zusammen, als könnte sie damit alles verneinen. Die Visionen, diesen elenden Funken, ihre Verbindung zu Dracula. Sie schlug das Buch zu und legte eine Hand darauf. Als könnte sie alle Worte darin einsperren. Aber dafür war es zu spät. »Ich muss Dracula aufhalten.«

»*Wir* müssen ihn aufhalten.« Leo legte eine Hand auf ihre. Ivy schloss sich an, nickte.

Und vergiss nicht, du bist Dracula ebenbürtig.

Ich bin was? Sie starrte ihn an. Jetzt war er durchgedreht. Ganz klar.

Das Sonnenlicht konnte dir nichts anhaben. Du kannst auf alle Rubine zugreifen, die er hat.

»Du hast recht.« Alisa starrte ihn immer noch an.

»Kann mich mal wer einweihen?« Ivy zog ihre Hand zurück.

Einen Moment lang lag da nur Alisas unter der von Leo und erinnerte sie daran, wie er ihr bei Raphaelas Beerdigung die Träne weggestreichelt hatte. Dann war auch seine Hand weg.

»Schnell, versteckt das Buch, da kommt jemand!« Leo sprang auf und war schon an der Tür, als die Worte zu ihr durchsickerten. Jetzt hörte auch sie die Schritte. Sie stoppten vor der Tür. Alisa schob das Buch hinten unter ihre Jacke und lehnte sich an die Wand, klemmte das Buch zwischen sich und den Holzplanken ein. Es war ein erbärmliches Versteck, aber die Tür wurde bereits aufgerissen, und Signor Umbertos hagere Gestalt ragte vor ihnen auf.

»Dracas, Lycana und Vamalia. Im Krieg wäre nur einer von euch übriggeblieben.« Er legte die Hände auf den Rücken. »Und der hätte sich jetzt mir stellen müssen.« Signor Umberto musterte sie alle nacheinander. Schweigend. Die Stille im Raum wuchs, breitete sich wie eine schwere, kratzende Decke aus. Nicht einmal Leo sagte etwas – weder laut noch in ihrem Kopf. Alisa wünschte sich weit fort. Aber diese Macht hatte keiner der Rubine.

»Die gute alte Zeit.« Signor Umbertos Stimme ließ sie alle zusammenfahren. »Asche zu Asche. Nun ja.« Er lächelte dünn. »Die Sonne geht gleich auf. Schlafenszeit.«

Erst als er sich umdrehte und ging, merkte Alisa, dass sie eine Hand fest um Ivys gekrallt hatte.

Alisa

Im Sarg ließ der Schmerz in ihren Fingern allmählich nach. Hoffentlich hatte sie Ivy nicht ernsthaft verletzt. Sie hätte fragen sollen, bevor sie sich in ihre Särge zurückzogen. Der Gedanke ging in all den anderen unter, die in ihrem Kopf wogten wie hohe Wellen auf stürmischer See. Und ein Gedanke wurde darin herumgeschleudert wie ein zu kleines Boot. *Du kannst auf alle Rubine zugreifen, die er hat.*

Alisa drückte die Hände fester auf ihre Brust, in der ihr Herz pochte, als wäre sie auf der Flucht vor Rotmasken. Aber das war sie nicht. Sie lag in ihrem Sarg. In Sicherheit. Sie streckte die Hände zu beiden Seiten aus, legte sie auf die Holzwände, wartete, bis das vertraute Gefühl an ihren Handflächen erst ihre Gedanken und dann auch ihren Herzschlag beruhigte.

Vorsichtig öffnete sie ihren Sarg, schlüpfte hinaus und ließ den Deckel sanft wieder hinab. Licht sammelte sich hinter dem Vorhang vor dem Bullauge ihres Schlafquartiers, drang durch den Stoff und fiel kraftlos zu Boden. Alisa blieb neben ihrem Sarg stehen, lauschte auf die Stille. Leise ging sie an den Särgen entlang. Aus keinem kam ein Laut. Am Vorhang drehte sie sich noch einmal herum, vergewisserte sich, dass wirklich alle Sargdeckel geschlossen waren. Alisa strich über den Vorhang, schob ihn zur Seite.

Es war ein Licht wie kein anderes, das sie kannte. Sie schloss die Augen und ließ den Vorhang hinter sich wieder zugleiten. Der Stoff streichelte über ihren Rücken wie die Erinnerung an eine Umarmung. Das Licht hüllte sie in eine Wärme, in die sie sich schmiegen wollte wie in die Arme ihrer Mutter. Aber als sie sich nach vorn lehnte, war da nur Glas und die abgerundete Holzkante des Bullauges. Alisa stützte die Hände auf den Holzrahmen, legte die Stirn an die dicke Glasscheibe. Draußen tanzten hell glänzende Lichtfunken auf dem bewegten Wasser.

Das Kribbeln in ihrer Hand riss sie aus ihrer Versenkung, blendete sie mit einem noch helleren Licht. Vor ihr veränderte sich alles – Nebel zog auf, verscheuchte alles Licht.

Im Nebel steht die vertraute Gestalt mit Zylinder, die Hände tastend ausgestreckt. »Elisabetha? Wo bist du?« Graf Dracula streicht mit den Händen durch die Nebelschwaden, als könne er sie zur Seite schieben wie einen Vorhang. Doch sie versperren ihm weiter die Sicht.

Er drückt eine Hand auf seine Brust, presst den Arrufat-Rubin gegen sein Schlüsselbein, und die scharfen Kanten des Rubins drücken sich auch durch Alisas Kleidung. »Elisabetha, Geliebte, hörst du mich? Sprich mit mir.« Er sinkt auf die Knie, umklammert den Rubin noch fester. »Gib mir nur ein Zeichen, irgendeines, ich flehe dich an! Ohne dich ist die Ewigkeit unerträglich.« Er starrt in die Nebelschwaden, in denen seine ausgestreckte Hand verschwindet und deren Weiß blendender ist als Sonnenlicht.

Alisa kniet mit ihm hier an diesem verlorenen Ort. Der

Nebel scheint voller Stimmen, die Unhörbares wispern, voller Berührungen, leichter als ein kühler Lufthauch im Nacken.

Die Stimmen verdichten sich zu Gestalten, aber es ist schwer, sie zu erkennen. Dracula reibt sich die Augen, blinzelt in das grelle Weiß. »Elisabetha!« Er macht einen zögernden Schritt auf eine der Gestalten zu, geht langsam auf sie zu, als fürchte er, sie könne sich jeden Moment auflösen. »Elisabetha.« Mit jedem Schritt wiederholt er den Namen, leise, und doch sticht jede Wiederholung in Alisas Brust. Die Frau mit den langen Haaren bewegt den Kopf suchend von einer Seite zur anderen.

»Bist du das? Bist du das wirklich, Geliebter? Wieso hast du mich so lang allein gelassen? Wo bist du?« Sie tastet umher, sucht nach der Richtung, aus der seine Stimme kommt. »Warum kann ich dich nicht sehen?« Der Nebel hüllt sie ein wie ein Schleier. Und obwohl Dracula auf sie zugeht, scheint er ihr nicht näher zu kommen. Alisa presst die Hände auf ihre Brust, will den Schmerz der Stiche darin stillen. Es hilft nicht.

»Verschwinde!« Das Wort trifft sie wie ein Schlag. Sie taumelt, fällt, wartet auf den Aufprall, der jeden Moment kommen muss, stürzt, fällt, blind, hört aus weiter Ferne seinen verzweifelten Ruf: »Nicht du, Geliebte, bleib!« Sie fällt weiter, stürzt, dreht sich, bis nur noch Schwindel in ihr ist – stoppt.

Sie lehnte noch immer mit der Stirn an der dicken Glasscheibe. Das Sonnenlicht spielte mit dem Wasser. Alisa umklammerte den Holzrahmen. Das hier war die Wirklichkeit. Der Schwindel in ihrem Körper legte sich nur langsam. Die Erinnerung daran, dass auch Graf Dracula und ihre Verbindung zu ihm Wirklichkeit waren, half nicht. Sie wandte dem Draußen ihren Rücken zu, ließ sich an der Schiffswand entlang zu Boden gleiten. Ihre linke Hand lag auf ihrer Brust, als würde sie dort einen Rubin umschließen. Sie konnte seine scharfen Kanten noch immer spüren. *Zuerst stellst du dir den Arrufat-Rubin vor, bis du ihn in deiner Handfläche spürst,* hatte Luciano gesagt. Und für den zweiten Teil hatte sie sich an ihre Mutter erinnern sollen, *an den Kern ihres Wesens*, so hatte er das genannt.

Alisa dachte an das Gemälde in Großmutters Zimmer. Sie hatte stillsitzen sollen. Und obwohl der Maler Stifte und Pinsel so schnell schwang, dass sie ihm kaum folgen konnte, rutschte sie auf ihrem Sitz hin und her. Baby Tammo schmatzte vor sich hin. Papa drückte ihre Schulter. »Nicht mehr lang, Lieschen.«

An diesen Spitznamen hatte sie ewig nicht mehr gedacht. Nur Papa hatte sie so genannt. Sie erinnerte sich an den warm-leisen Klang seiner Stimme, wenn er an ihrem Sarg saß und ihr eine Gutenachtgeschichte vorlas. Und dann noch eine. Und noch eine. Sie hatte ihn nie gehen lassen, bevor er ihr nicht etwas von früher erzählt hatte, von der Zeit, als es sie noch nicht gegeben hatte. »Aber die Welt war so viel grauer ohne dich, Lieschen.« Das war stets seine erste Erwiderung auf ihre Bitte. Erzählt hatte er dann jedes Mal etwas. Von fernen Städten, Paris, London, Prag, und wilden Landschaften mit tanzenden Lichtern. »Irgendwann wirst du sie sehen, Lieschen.« Sie hörte, wie er über die Seitenwand ihres Sargs strich und ihr einen guten

Schlaf wünschte. Er begann mit Englisch und sie erwiderte in Französisch – er forderte sie mit Tschechisch heraus und sie trumpfte mit Italienisch. Am besten war es, wenn sie ihn mit neuen Sätzen überraschen konnte. Dann schwang warmer Stolz in seiner Antwort mit. Und sie hörte nie, wie er aus dem Zimmer ging.

Alisa war so tief in die Erinnerung an ihren Vater versunken, dass sie erst nach einer Weile den Nebel bemerkte. Sie strich mit einer Hand durch die weißen Schwaden. »Papa?«, flüsterte sie. So dicht der Nebel aussah, so gestaltlos fühlte er sich an. »Papa? Ich bin es, Alisa. Lieschen.«

Ein leichter Wind kam hinter ihr auf, dünnte den Nebel aus. Ihr Herz pochte laut in ihren Ohren. Mit jedem Herzschlag trieb der Nebel weiter auseinander.

Er hockte auf dem Boden, hielt den Kopf gesenkt. »Hör auf, hör auf, hör auf«, murmelte er vor sich hin. »Quäl mich nicht, du bist nicht meine Alisa.« Ohne den Kopf zu wenden, sah er zu ihr und wieder von ihr fort. »Du bist zu alt, du bist nicht mein Lieschen. Du kannst nicht hier sein. Geh. Geh!« Er hob abwehrend einen Arm.

»Papa.« Alisa ging auf die Knie, wagte nicht, lauter zu sprechen als er. »Babbo, tat'ka. C'est moi. I swear. Hoor je dat?« Vorsichtig nahm sie seine Hand und legte sie auf ihre Brust, dort, wo ihr Herz schlug. Langsam drehte er den Kopf, sah erst auf ihre übereinanderliegenden Hände, dann in ihr Gesicht.

»Wie kann so viel Zeit vergangen sein? Bin ich wirklich schon so lange hier?« Sie kam nicht einmal dazu, ihm zu antworten, so schnell riss er sie hoch und zog sie in eine Umarmung. »Sag mir, dass du nicht –«

»Ich bin nicht tot, Papa.«

»Gut, gut.« Er hielt sie an den Schultern, musterte sie lächelnd. »Mein großes Mädchen mit dem starken Herz.«

»Warum habe ich ein Herz, Papa? Großmutter weigert sich, darüber zu sprechen, und Hindrik vertröstet mich immer auf später. Warum bin ich so – verkehrt?«

Er strich über ihre Haare. »Du bist perfekt, Lieschen. Lass dir nichts anderes einreden. Du hast die Fänge deiner Mutter und mein menschliches Herz. Wir wollten das alles vor Elina verbergen, aber sie hat es schnell herausgefunden. Wir mussten ihr schwören, es vor allen anderen Ehrwürdigen geheim zu halten. Sie fürchten alles, was von der Tradition abweicht.«

Ihr Verstand verarbeitete seine Worte langsamer als ihr Gehör. Als würde sie die ersten Versuche in einer neuen Sprache machen. *Menschliches Herz.* »Aber Tammo … er hat keinen Herzschlag.«

Ihr Vater führte eine ihrer Hände an seine Brust. Auch darin schlug nichts. »Nach deiner Geburt habe ich Anna gebeten, mich zu beißen. Damit ich für immer bei euch bleiben konnte, euch beschützen.« Er senkte den Kopf. »Jetzt muss mein Herz genügen.«

Ihr schwindelte, und der Nebel kroch von beiden Seiten näher, legte sich zwischen sie und ihren Vater. Ihr Vater – ein Mensch, ein Schattenvampir. Durch den dichter werdenden Nebel klang seine leise Stimme zu ihr: »Mein Herz wird immer bei dir sein. Hörst du? Lieschen?«

Der Nebel war zu dicht, um ihn noch zu sehen. Und dann war auch seine Stimme fort, und sie hockte allein unter dem Bullauge, durch das Sonnenlicht hereinströmte.

Sie ließ sich das Gesicht davon streicheln, lauschte ihrem steten Herzschlag.

Stunden später beim Frühstück lächelte sie immer noch vor sich hin. Nicht einmal Leos uneingeladene Kommentare in ihrem Kopf konnten sie davon abbringen.

Welch ungewohnter Anblick. Haben sie dir etwas ins Rot gemischt?

Ich habe meinen Vater gesehen.

Lautes Klirren von gegenüber ließ sie aufschauen. Leo starrte sie an, eine Hand noch in der Luft, rote Spritzer auf Kinn und Hemd. Sie grinste und tauchte ihren Löffel ins Rot auf ihrem Teller. *Meine Verbindung zu Dracula hat doch ein paar gute Nebeneffekte.*

Leo fuhr sich mit einem Ärmel über das Kinn und lehnte sich zurück. *Bereit, noch mehr davon auszutesten?*

Jederzeit.

Wie wäre es mit jetzt sofort?

Statt ihm zu antworten, schob sie ihren Teller von sich weg. »Ivy, hast du kurz Zeit?«

»Und ich dachte schon, ich existiere gar nicht mehr in deiner Welt.« Ivy verdrehte die Augen, stand aber schon neben ihr. »Wo geht's hin?«

»An einen ruhigeren Ort.«

Du kannst mich ignorieren, aber nicht loswerden. Leo war an ihrer Seite, schneller als sie blinzeln konnte. Sie gönnte ihm keine Antwort, verließ unter den neugierigen Blicken der anderen Erben die Messe.

Ivy

Nicht einmal Ingers und Fannys abfällige Kommentare wischten Alisa das Lächeln aus dem Gesicht. Sie stürmte am Tisch der beiden vorbei, als existierten sie gar nicht. Ivy wünschte sich, sie könnte dieselbe Gleichgültigkeit aufbringen. Aber sie begriff Inger einfach nicht. Wenn sie ihr allein begegnete, war da immer dieses halbe Lächeln, ein Zwinkern, eine hochgezogene Augenbraue – manchmal sogar ein leichtes Streifen ihres Arms. Aber wenn andere dabei waren, insbesondere Fanny, tat sie so, als gäbe es diese nettere Inger nicht. Ivy hastete mit gesenktem Kopf an den Schwestern vorbei. Weder Fannys Kommentar – »Immer der Vamalia hinterher, wie ein Schoßhündchen!« – noch Ingers Auflachen entgingen ihr. Es rieb wie Glassplitter über ihre Haut.

»Wo bleibst du denn?« Alisa stand an der Tür zum Mädchen-Schlafquartier und winkte ihr, sich zu beeilen. Sie folgte Alisa hinein und stellte sich vor, wie sie mit dem Schließen der Tür auch jeden Gedanken an Inger aussperrte.

Ivy hockte sich auf ihren Sarg und musterte Leo und Alisa, die verschwörerisch grinsend vor ihr standen. »Weiht ihr mich jetzt mal ein?« Jemand tippte ihr von hinten auf die Schulter. Ivy zuckte zusammen. Fuhr herum. Da war nur die Wand. Und ein Schatten mit seltsam vertrauten Umrissen. Der Schatten tänzelte ein paar Schritte vor und zurück, geräuschlos. »Was …?« Ivy blickte zu den beiden anderen, die noch immer am selben Platz standen, sich nicht rührten, während sich der Schatten weiter über die Wand bewegte. »Wie …?«

»Upiry.« Alisa strahlte sie an. »Schattenwanderung. Dracula hat den Rubin – und alles, was er kann, kann ich auch.« Sie holte den Schatten an seinen angestammten Platz zurück. »Ist das nicht großartig?« Sie zog Ivy von dem Sarg hoch und tanzte mit ihr durch den Raum. »Komm schon, Ivy, das ist etwas Gutes!«

So voller Überschwang hatte sie Alisa noch nie erlebt. Und es wirkte – falsch. Ivy stoppte abrupt, und Alisa stolperte, lachte aber nur. »Ich habe endlich ein paar nützliche Gaben.« Sie streckte die Arme in die Luft und wirbelte im Kreis umher.

Weil du mit Dracula verbunden bist, wollte Ivy ihr entgegenhalten, doch Leo kam ihr zuvor.

»Die Rotmasken können einpacken! Mit all unseren Kräften kombiniert und Alisa als unserer Geheimwaffe …« Seine Begeisterung bekam erst einen Dämpfer, als Alisa die Deckel der Särge um sie herum auf- und zuklappen ließ, ohne sie zu berühren. Die Erinnerung an den Verlust des Vikla-Rubins schmeckte ihm wohl nicht. Ivy wickelte sich das Ende ihres Zopfs um einen Finger. Vielleicht konnte Alisa mit all ihren neuen Gaben den Lycana-Rubin von Tonka zurückstehlen. Bei dem Gedanken konnte sie ein Lächeln nicht unterdrücken.

»Endlich.« Alisa ließ von den Sargdeckeln ab und zwinkerte ihr zu. »Ich wünschte nur, ich könnte euch in die Sonne mitnehmen – es ist ein einzigartiges Gefühl.« Sie legte den Kopf in den Nacken und schloss die Augen, breitete die Arme aus, als stünde sie unter einem weiten Himmel.

Ivy zog an ihrem Zopf. »Bei allem, was gut daran ist, wir sollten vorsichtig bleiben. *Du* musst vorsichtig bleiben. Oder hast du schon vergessen, was in dem Buch steht? Was glaubst du, wie die Ehrwürdigen reagieren, wenn sie von deiner Verbindung mit Graf Dracula erfahren? Was, wenn sie dich verurteilen, wie –«

»Was sollen sie schon machen?« Alisa lachte. »Mich in die Sonne schicken? Begreift ihr nicht? Mit all unseren Rubinen und denen Draculas bin ich ihm überlegen – ich kann ihn besiegen! Ich –« Sie verstummte, als die Tür aufgerissen wurde.

»Alles in Ordnung hier drinnen? Was war das für ein Lärm?« Hindrik musterte sie alle drei, als hätten sie etwas ausgefressen.

»Nichts.« Leo hob einen Sargdeckel an und ließ ihn wieder zuschlagen. »Irgendwie muss man hier ja die Zeit rumkriegen.« Er grinste Hindrik an. Der runzelte zwar die Stirn, gab aber keinen weiteren Kommentar dazu ab.

»Alisa, kann ich dich kurz sprechen? Allein?«, fragte er nur.

»Klar.« Sie zuckte mit den Schultern und winkte ihnen zu. »Wir sehen uns im Unterricht.«

Inger und Fanny standen mit Malcolm zusammen, als Ivy ins Klassenzimmer kam. Alle drei starrten sie an, als wäre sie mit Knoblauch getränkt. Ivy seufzte leise und straffte die Schultern. Egal.

»Haltung zeigen«, flüsterte Leo hinter ihr. »Guter Zug. Aber ich fürchte, meine Cousinen sehen dich als Verräterin, seit du neulich gepetzt hast, dass ich nicht an Bord war.« Er schwang sich auf seinen Stuhl. »Clan-Ehre und all das.«

»Und das hättest du nicht vorher erwähnen können?« Ivy kämpfte gegen den Drang an, sich an ihrem Pult so klein wie nur irgend möglich zu machen. Leo zuckte mit den Schultern.

»Du lässt dich doch von so ein bisschen Verachtung nicht unterkriegen, oder?«

Bevor sie antworten konnte, stürzte Alisa ins Klassenzimmer, dicht gefolgt von der Contessa. Alisa hatte kaum ihren Platz neben Ivy erreicht, als Contessa Viola begann. »Die Aufregungen der letzten Zeit sind kein Grund, den Unterricht nicht mehr ernst zu nehmen. Ganz im Gegenteil.« Unter ihren strengen Blicken huschten Malcolm und die Dracas-Schwestern auf ihre Plätze. Die Contessa nickte. »Gedankenlesen. Oder besser: die Kommunikation in Gedanken. Damit wollen wir uns heute beschäftigen. Dracas, ich hoffe, ihr seid vorbereitet.«

»Verdammt«, murmelte Leo, während er seinen Stuhl zurückschob. Malcolm hielt ihn zurück. »Sei doch ein Gentleman und lass deinen Cousinen den Vortritt.« Die waren bereits aufgestanden. Leo rückte seinen Stuhl wieder an den Tisch.

Ivy hatte kein gutes Gefühl. Und nach einem Blick auf Alisa wurde es noch schlechter. Sie beugte sich zu ihr hinüber. »Was wollte Hindrik?«

»Vergiss ihn.« Alisa sah nicht einmal auf. »Der versteht gar nichts. Er will, dass ich meine Gaben nicht einsetze. Ist das zu fassen? Und –«

Bei dem lauten Räuspern von vorn kniff Alisa die Lippen aufeinander und verdrehte die Augen. »Später«, flüsterte sie. Ivy zog sich zurück.

»Danke.« Fanny setzte ein liebenswürdiges Lächeln auf, dem Ivy keine Sekunde lang über den Weg traute. »Jetzt, wo wir euer aller Aufmerksamkeit haben, können wir ja anfangen. Die Grundlage für die Kommunikation in Gedanken sowie die Kunst der Gedankenmanipulation ist das Lesen von Gedanken.« Fanny schlenderte an den Tischen entlang, während Inger vorne stehen blieb und alle in der Klasse nacheinander musterte. Nur über Ivy ging sie hinweg. Ivy senkte die Stirn auf ihre Hände und wünschte sich weit weg. Fanny fuhr fort.

»Auch wenn ihr noch kein Gedankenlesen beherrscht, so habt ihr doch alle eine natürliche Barriere um eure Gedanken. Bei manchen wird sie stärker sein und bei anderen schwächer. Schauen wir doch mal. Ihr könnt versuchen, es mir schwerer zu machen, indem ihr euch auf einen einzigen Gedanken konzentriert. Auch das braucht natürlich etwas Übung.«

Fannys Schritte verstummten genau vor ihrem Tisch. Ivy blickte nicht auf. Auf einen Gedanken konzentrieren, auf einen allein. Nicht hier sein. Irgendwo weit weg. Die Klippen von Moher im Vollmond. Sie lag lang ausgestreckt neben Seymour im Gras, der Vollmond malte die Wellen silbrig an, die weit, weit unten gegen die Felsen klatschten, ihre Gischt hoch hinaufsprühten und sie doch nie erreichten. Das Rauschen von Wellen und Wind füllte ihre Ohren, ihren Körper, der Blick in den Abgrund ließ sie taumeln, ohne zu fallen. Seymours Stimme nah an ihrem Ohr: *Das ist fast wie fliegen.* So hatte sich es mit Inger am Mast angefühlt – nur viel intensiver. In der Stille zwischen ihnen war es Ivy so vorgekommen, als hätten sie das beide gefühlt. Aber das war wohl mehr Wunsch als Wirklichkeit gewesen.

»Wie süß, der Rotschopf hat Heimweh«, verkündete Fanny und strubbelte ihr über den Kopf. Ivy duckte sich weg. Fanny grinste. »Deine Barrieren sind nicht übel, Lycana, brauchen aber noch Verstärkung.« Von Inger sagte sie kein Wort. Wenigstens noch nicht. »Schauen wir doch mal –«

»Lass sie in Ruhe!«, fuhr Alisa neben ihr auf. »Ziemlich unfair, die Gedanken von einer zu lesen, die das nicht lernen kann.«

Ivy erstarrte. Sie zog so heftig an ihrem Zopf, dass ihr Kopf davon schmerzte. Sie musste das Bild mit Seymour festhalten. Nichts anderes. Seymour, die Klippen, das Rauschen. Grashalme, die zwischen ihren Fingern zitterten. *Weil ich später an Bord gekommen bin, weil ich das Ritual verpasst habe*, wiederholte sie sich stumm, stellte sich vor, wie diese Gedanken sich um ihre anderen legten, die, die sie nicht denken durfte, schon gar nicht hier und jetzt. Die, von denen nicht einmal Alisa erfahren durfte. *Weil ich später an Bord gekommen bin, weil ich das Ritual …*

»Eine Freiwillige, wie schön.« Fanny trat zu Alisa.

Die Erleichterung war so intensiv wie der Rausch des Blicks hinab von den Klippen. Bis Ivy wieder einfiel, was

Alisa alles im Kopf herumgehen musste. Aber sie konnte nicht eingreifen.

»Komm schon, Fanny«, mischte Leo sich auf ihrer anderen Seite ein. »Ist das nicht überzeugender mit jemandem, der eine echte Herausforderung ist?« Er stand auf.

»Deine Gedanken kenne ich, seit dir deine ersten Fangzähne gewachsen sind.« Fanny verzog das Gesicht. »Danke, aber nein.«

Malcolm legte Leo eine Hand auf die Schulter, drückte ihn mit einem Lächeln zurück auf den Stuhl. »Du musst nicht immer im Mittelpunkt –«

»Ich kann für mich selbst entscheiden.« Alisa sprang auf, ging um ihren Tisch herum. Sie funkelte Fanny herausfordernd an. »Gib dein Bestes, Dracas!«

Ivy fühlte sich, als wäre sie in Wasser gefallen. Ihre Gliedmaßen waren schwer, Geräusche drangen nur noch gedämpft zu ihr durch, während sie zusah, wie Alisa Fanny nach vorn folgte und die Contessa sich zu Luciano setzte. Alisa würde das hinbekommen. An diesem Gedanken hielt sie sich fest. Vielleicht hatte Leo ihr auch noch ein paar Tricks schicken können. Vielleicht halfen Alisa ihre neuen Gaben. Ivy presste die Fingernägel in ihre Handflächen. Langsam wich die Lähmung von ihr.

»Die Vamalia fühlt sich uns allen überlegen«, verkündete Fanny. »Glaubt sonst noch jemand, dass Liebe stärker ist als … sagen wir mal ein Sturm? Ein Gewitter? Nützlicher als Entweihung?« Sie legte die Hände auf den Rücken und starrte Alisa an. »Du hältst dich für so mächtig –«

»Das ist nicht wahr!«, protestierte Alisa.

Sosehr Ivy ihr glauben wollte, war doch alles, was sie vor

ihrem inneren Auge sah, die Alisa, die zwischen klappernden Sargdeckeln umhertanzte. *Denk an was anderes!*, ertönte Leos Stimme in ihrem Kopf.

»Und ist es auch nicht wahr, dass du Gefühle für gleich zwei Jungen hast? Der eine ist hier mit uns im Raum – und der andere …« Fanny kniff die Augen zusammen. »Oh!« Sie starrte Alisa an, dann wandte sie sich um, schaute direkt zu Leo. »Der andere ist ein Mensch.«

»Das ist gelogen.« Alisas Flüstern klang unnatürlich laut in der geschockten Stille. Sie bebte am ganzen Körper.

»Lüge ich?« Fanny schaute immer noch zu Leo, der den Blick gesenkt hielt. »Ich kann die Antwort auch aus deinem Kopf fischen.«

»Nein.« Leo hob den Kopf. »Du hast die Wahrheit gesagt.«

»Hört, hört!«, spottete Malcolm, und dann redeten alle wild durcheinander, bis auf Tammo und sie. Die Contessa schien zu verblüfft von der Bestätigung, um die Klasse zur Ordnung zu rufen. Ihr Blick ruhte auf Alisa, während sie nach ihrem Rubin griff, als suchte sie Halt.

»Ihr lügt doch alle!« Alisas Augen waren dunkel vor Zorn. Sie stieß einen Wutschrei aus und zugleich wurden Leo, Fanny und Inger in die Luft gerissen, hochgewirbelt und wie von einer unsichtbaren Faust getroffen quer durch den Raum geschleudert. Sie stürzten zu Boden und blieben stöhnend liegen.

»Alisa!« Tammo war aufgesprungen, doch die Contessa stürzte bereits auf Alisa zu. Die reagierte blitzschnell. Die Contessa wurde wie von unsichtbaren Seilen in die Höhe gezogen und dort gehalten.

»Alisa, beruhige dich! Niemand hier will –« Schattenhände legten sich um den Hals der Contessa, würgten ihre Stimme ab. Luciano und Joanne wichen zurück, nur Tammo blieb wie angewurzelt in der ersten Reihe stehen. Malcolm kniete neben Leo, der wie seine Cousinen reglos dalag. Ivy klammerte sich an ihren Tisch, fand weder Worte noch Gedanken.

»Niemand kann mich aufhalten!« Alisa starrte wild im Raum umher. »Niemand!«

Der Einzige, der sich rührte, war Tammo. Geduckt und mit langsamen Schritten, als näherte er sich einem verletzten Tier, ging er auf Alisa zu. Was er dabei flüsterte, verstand Ivy nicht. Aber Alisa ließ ihren Bruder an sich herankommen. Tammo drückte sich an ihre Seite. »Bitte, Alisa, das bist nicht du.« Seine Stimme zitterte.

Alisa sah zu ihm hinab, als würde sie ihn erst jetzt wirklich wahrnehmen. »Tammo – ich wollte dir keine …« Sie blickte sich im Raum um. »Was habe ich …?« Ihre Augen wirkten wässrig, verschwommen. Eine Träne lief über ihre Wange. »Es tut mir leid.« Alisa schob Tammo von sich weg und war an der Tür, bevor der ein weiteres Wort sagen konnte. Die Contessa schlug auf dem Boden auf, als der Schatten Alisa hinterhereilte und die Tür zukrachte.

»Mamma!« Luciano war mit einem Satz bei seiner Mutter, umfasste mit beiden Händen ihren Kopf. Sie murmelte etwas, ihre Stimme klang leicht kratzig, dann setzte sie sich auf, zog Luciano an sich. »Wie geht es euch?«, fragte sie über seinen Kopf hinweg.

»Bisschen angeschlagen«, kam es von Leo, der sich mit Malcolms Hilfe langsam aufrichtete. Ivy huschte nach vorn, wo Inger immer noch zusammengekrümmt auf dem Boden lag. Sie hockte sich neben sie hin.

»Alles in Ordnung? Inger? Hörst du mich?« Ein unsanfter Stoß schubste sie zur Seite.

»*Ich* kümmere mich um sie, verstanden?« Fanny beugte sich über Inger, legte ihre Stirn an die ihrer Schwester.

Ivy drückte sich an die Wand und zog die Knie an, versteckte ihr Gesicht hinter ihren Armen. So konnte sie sich wenigstens einbilden, unsichtbar zu sein. Die Contessa verlangte mit heiserer Stimme einen Lagebericht. Nach und nach meldeten sich alle zurück, es schien eher angeschlagene Egos statt ernsthafter Verletzungen zu geben. Die Contessa erklärte den Unterricht für die Nacht für beendet. Allmählich leerte sich der Raum. Ivy blieb, wo sie war, und wünschte sich, Seymour und sie wären nie an Bord gekommen.

Natürlich waren auch Fanny und Inger da, als Ivy spät ins Schlafquartier der Mädchen schlich. Sie versuchte, sich so unauffällig wie möglich zu bewegen, aber nur der Caminada-Rubin hätte sie vor der Aufmerksamkeit der beiden retten können. Wenn sie dessen Gabe hätte nutzen können. Kaum hockte sie auf ihrem Sarg und begann, ihren Zopf zu lösen, da waren die beiden auch schon bei ihr. Sie konnte nirgendwohin ausweichen. Ivy krampfte die Hände im Schoß zusammen. Ein Lächeln auf Fannys Gesicht konnte nichts Gutes bedeuten, so ehrlich es auch aussehen mochte. Inger gab ihrer Schwester einen leichten Schubs. Fanny räusperte sich.

»Ähm, also, ich – ich war unnötig ruppig vorhin. Dracas

halt.« Sie zuckte mit den Schultern. »Und ich reagiere immer etwas über, wenn es um die hier geht.« Sie deutete mit dem Kopf zu Inger. »Familie und so.«

Ivy hakte die Finger umeinander. Das konnte sie sogar verstehen. Sonst allerdings nichts an Fannys Verhalten. Oder Ingers. Wenn wenigstens Alisa an ihrer Seite wäre – die alte Alisa, nicht die von vorhin. Hoffentlich fanden die Nosferas und die Schattenvampire sie, bevor noch Schlimmeres geschah. Wer wusste, was sie anrichtete, wenn sie in diesem Zustand in die Stadt gerannt war. Sie könnte sie alle in Gefahr bringen. Ivy biss sich auf die Lippe und senkte den Kopf.

»Du sorgst dich immer noch um sie?«, fragte Inger leise. »Nach allem, was sie sich heute geleistet hat?«

»Glaub mir, ohne die Vamalia sind wir alle besser dran«, meinte Fanny. »So wie die ausgerastet ist … Das war ein echter Schock.«

Ivy schluckte, als sie spürte, wie Fanny ihr über die Haare strich. Sie wollte den beiden ihre Freundlichkeit glauben – und schämte sich zugleich dafür. Sie sollte Alisa verteidigen. Aber sie schwieg.

Auch noch, als Fanny plötzlich ihren Zopf packte und Inger einen leisen Protestschrei ausstieß, als sie das Ziehen an ihren Haarwurzeln spürte, das Schnipp-Schnapp einer Schere hörte, als Fanny ihren abgeschnittenen Zopf hochhielt. Ivy legte die Hände auf ihren entblößten Nacken und rannte zur Tür. Trat sie hinter sich zu. Das dämpfte Fannys gehässige Stimme nur wenig. »Verräterinnen wie du haben so schöne Haare nicht verdient!«

Sie wartete nicht ab, ob Inger etwas dazu zu sagen hatte,

stürmte weiter, lief die Treppen nach unten in den Schiffsbauch zu Seymours Zelle. Sie drückte sich an die Gitterstäbe, und der Wolf kam zu ihr, presste sich mit seinem warmen Fell an sie. »Wir hätten niemals herkommen dürfen«, raunte sie ihm zu.

Alisa

Sie rannte über die Dächer, aber es hatte nichts von dem Gefühl der unendlich weit zurückliegenden Nacht in Hamburg. Sie konnte ihren Schatten von sich lösen, aber sie konnte nicht vor sich selbst fliehen, so schnell sie auch war. Tammos Blick verfolgte sie. Die Angst in den Augen ihres Bruders. Angst vor ihr. Sie hatte die anderen angegriffen. Sie hatte die Contessa fast erwürgt, Leo quer durch den Raum geschleudert. Leo! Sie rannte noch schneller, bis nicht einmal mehr der Wind mit ihr mithalten konnte. Sie würde nie wieder umkehren. Mit dieser Verbindung zu Dracula war sie eine Gefahr für alle, die ihr zu nahe kamen. Und nicht einmal dem widerlichsten aller Gedanken konnte sie davonlaufen: Sie hatte ihre Stärke genossen. Ihre Überlegenheit. Hatte sich im Recht gefühlt.

Sie würde nie wieder stoppen. Sie würde weiterrennen, bis sie zusammenbrach, bis sie aushungerte und verging. Oder sie könnte sich den Rotmasken stellen. Schließlich wusste sie, wo Calvina wohnte. Alisa sprang über eine Gasse, stolperte bei der Landung, fing sich halb, stolperte wieder, schlug lang hin, schlitterte Richtung Dachkante, die sie gerade noch packen und sich festhalten konnte.

Die harten Kanten der Dachziegel drückten sich gegen ihre Handflächen. Ihr schwindelte, weil sie in Gedanken immer noch rannte, rutschte, während ihr Körper längst ruhig dalag. Sie schloss die Augen. Leises Lachen drang von unten zu ihr hinauf. Dazwischen ein Platschen, wie von einer Münze, die ins Wasser fiel, und das Flüstern einer vertrauten Stimme.

»Ich wünsche mir, Alisa wäre hier.«

Sie kniff die Augen fester zusammen und schob sich von der Dachkante weg. »Glaub mir, das ist kein guter Wunsch, Nicu«, wisperte sie zurück. Er würde sie nicht hören. Was gut war. Vampire hatten wenigstens die Chance, ein Ausrasten von ihr zu überleben, wenn sie hingegen einen Menschen so herumschleuderte – das wollte sie sich nicht einmal vorstellen. Alisa wandte dem Platz den Rücken zu und huschte weiter durch die Nacht.

Doch irgendwann endeten die Dächer, und dann endete auch die letzte Mauer am Meer, das weit unter ihr im Sternenlicht glitzerte. Die kleinen Funken ließen das Wasser zwischen ihnen noch dunkler scheinen, tiefer als jede Nacht, so weit und unendlich, dass sie darunter für immer verschwinden könnte. Je länger sie hineinstarrte, desto lockender rief das Rauschen der Wellen nach ihr. *Komm, wir wiegen dich, komm, in einen ewigen Schlaf, komm, wir schließen dich fest in unsere Arme, komm, wir wiegen dich tief in unserem Traum, komm …* Alisa lehnte sich den Stimmen entgegen und fiel und fiel und fiel …

Sie sank. Sie schwebte. Aber das Wasser schloss sie nicht ein, hielt sie nicht fest. Die Lähmung blieb aus. Und jede Bewegung trieb sie nach oben. Sie trieb auf der Wasseroberfläche, sank nicht einmal mehr. Alisa lachte bitter zu den Sternen hinauf. Der verfluchte Tova-Rubin. Natürlich lähmte das Wasser sie nicht. Sie war zu stark für den ewigen Schlaf. Zu mächtig für den Tod.

Ein Monster. Das war sie. Ein Monster, das in einen Käfig gehörte. Das war der einzige Ort, an dem sie anderen nicht mehr gefährlich werden konnte. Alisa drehte sich auf den Bauch, paddelte mit Armen und Beinen. An Land würden sie nach ihr suchen. Ans Wasser würde niemand denken. Bald fand sie einen Rhythmus zwischen Armen und Beinen, kam voran, kam der *Elisabetha* näher.

An Bord zu klettern, war einfach – wesentlich leichter als Schwimmen. Niemand ließ sich an Deck blicken oder auf dem Weg nach unten. Nur das Tropfen ihrer Kleidung begleitete sie. Eine ungewohnte Kühle ging von ihren durchnässten Sachen aus. Ihr Verstand erwartete noch immer die Lähmung, die von Wasser ausgehen sollte.

Die Schlüssel zu den Zellen hingen oben an der Treppe. Leises Wolfsheulen übertönte das Klirren des Schlüsselbunds, als sie es vom Haken nahm. »Tut mir leid, Seymour.« Sie blieb kurz an seiner Zelle stehen. »Ich würde dich ja rauslassen, aber das wäre auch keine Hilfe. Sie würden dich doch nur wieder einsperren.« Der Wolf blickte sie mit gesenkter Schnauze an. »Ich wünschte ja auch, es wäre anders.« Alisa wischte sich ein paar tropfende Haarsträhnen aus dem Gesicht und ging weiter bis zu einer leeren Zelle. Sie schlüpfte hinein. Die Schlüssel schlugen gegeneinander, während sie den richtigen für das Schloss suchte, und auch, als sie die Tür verriegelte.

Alisa rüttelte an den Eisenstäben. Sie hielten. Gut. Sie warf das Schlüsselbund zwischen ihnen hindurch, so weit weg wie möglich. Es landete neben der Treppe, schlitterte außer Sicht. Alisa hockte sich in die Mitte ihrer Zelle. Sie verschränkte die Arme auf ihren Knien und verbarg ihr Gesicht darin. Der Zellenboden war splittrig-rau. Sie lauschte den Tropfen, die aus ihrer Kleidung und ihren Haaren darauffielen.

Schritte auf der Treppe ließen sie erstarren. Wie viel Zeit war vergangen? Sie hatte keine Ahnung. Auch nicht, was sie sagen sollte, wenn sie hier gefunden wurde. Aber die Schritte stoppten, bevor sie ihre Zelle erreichten. Alisa hob vorsichtig den Kopf. Eine vertraute Gestalt drückte sich an Seymours Zelle. Ivy. Sie hielt sich an Seymour fest, als würde sie ertrinken, wenn sie ihn losließ.

Alisa unterdrückte den Impuls, zur Tür zu stürzen. Die war ohnehin abgeschlossen. Und Ivy würde bestimmt vor ihr flüchten. Alisa kauerte sich noch enger zusammen. Vielleicht würde Ivy sich nicht umschauen. Sie hoffte, Ivy war nicht wegen ihr so verzweifelt. Die legte ihre Stirn gegen die Gitterstäbe und kraulte den Wolf zwischen den Ohren. »Wir hätten niemals herkommen dürfen«, flüsterte sie. »Was machen wir jetzt nur, Seymour?«

»Ihr macht weiter.« Alisas Stimme klang rau. Sie räusperte sich.

Ivy fuhr herum. »Hier bist du! Warst du die ganze Zeit da drin? Warum sind deine Kleider nass?« Sie klammerte sich noch immer an Seymour. Alisa konnte es ihr nicht verdenken.

»Lange Geschichte. Ich wollte euch vor mir schützen. Hätte gleich auf diese Idee kommen sollen.« Sie deutete auf die Zelle. »Was ist mit deinen Haaren passiert?«

»Eine Lektion in: Vertraue nie den Falschen.« Ivy fuhr sich über den bloßen Nacken.

»Steht dir aber.«

»Echt?«

»Echt.«

Ivy zupfte an ihren Haarenden. »Du hast mir ganz schön Angst eingejagt.«

»Ich weiß.« Alisa schluckte. In ihrer Hand spürte sie ein altbekanntes Kribbeln. »Es tut mir leid. Und es wird nicht wieder vorkommen.«

»Woher willst du das …«

Mehr hörte sie nicht. Aus dem Kribbeln wurde ein Leuchten, das sie fortriss.

Schwindel, an den sie sich inzwischen gewöhnt haben sollte und der sie doch jedes Mal taumeln lässt – körperlos, bodenlos, auch wenn ein Boden da ist, unter Füßen, die nicht ihre Füße sind. Sie schwankt, oder alles vor ihren Augen – nein, nicht ihren – schwankt. Wo ist sie? Sie kennt dieses andere Hier. Das Belov-Grab. Dieses Mal blickt sie mitten durch das gefangene Sonnenlicht in den offenen Sarg. Die steinerne Abdeckung ist halb zur Seite gerutscht. Der Sarg ist leer. Dracula nimmt die Ketten mit all seinen Rubinen ab. Er streckt den Arm über das Grab, und die Rubine funkeln im Sonnenlicht, schwanken hin und her.

»Stopp. Keine Bewegung«, ertönt es von hinten. Ein helles Klicken. Dracula dreht sich langsam um, aber die Rubine schwingen weiter im Sonnenlicht. »Abraham! Ist eine Weile her.« Er schaut auf den langen Pistolenlauf, als sei das tödliche Gerät eine interessante Spielerei.

»Allerdings«, erwidert van Helsing. Die Hand mit der Pistole ist so ruhig wie seine Stimme.

»Silberkugeln?«

»Selbstverständlich.«

Dracula nickt. Als führten sie ein höfliches Gespräch über das Wetter.

Van Helsing geht einen Schritt auf ihn zu. Er meidet sorgfältig das Sonnenlicht, das aus dem Grab strömt. »Wenn du die Rubine fallen lässt, sorge ich dafür, dass du nie wieder an etwas Freude haben wirst.«

»Das habe ich schon lange nicht mehr.« Dracula lächelt und öffnet die Hand. Brennender Schmerz durchfährt sie, reißt sie von dem Grab fort, reißt sie in die Nacht.

Splittriger Holzboden. Stimmen. Dunkelheit. Alisa blinzelte. Sie lag auf dem Boden. Hindrik stand vor ihrer Zelle und redete auf sie ein. »Alisa? Alisa, hörst du mich? Was machst du hier? Wer hat dich hier eingesperrt?«

Sie setzte sich langsam auf. »Schon gut, Hindrik. Das war ich.« Sie bemühte sich um ein Lächeln. Vermutlich misslang es, so wenig, wie sich das nach Lächeln anfühlte. »Das ist der einzige Ort, wo ihr vor mir sicher sein …« Die Nosferas stürmten die Treppe hinunter, stießen Hindrik zur Seite.

Conte Claudio packte die Gitterstäbe, als wollte er mit bloßen Händen die Tür aufreißen und sich auf sie stürzen. »Du!«

»Amore.« Contessa Viola legte ihm die Hände auf die Schultern. »Bitte beruhige dich.«

»Sie hat dich angegriffen! Sie hat dich verletzt!« Wenn

seine Augen echte Funken hätten sprühen können, wäre Alisa in Flammen aufgegangen. Sie blieb auf dem Boden hocken.

»Aber mir ist nichts geschehen. Mir geht es gut. Sie hat sich nur verteidigt, weil die anderen sie aufgezogen haben.« Sie küsste ihn auf die Wange. »Du musst uns jetzt die Wahrheit sagen, Alisa. Wie kommt es, dass du Zugriff auf den Vikla-Rubin hast?«

Ihre Kehle war trocken. Sie blickte von der Contessa zu Hindrik. Wenn sie im Unterricht nicht ausgerastet wäre, hätte sie jetzt vielleicht schon gelernt, ihn in Gedanken um Hilfe zu bitten.

»Sprich!«, fuhr Conte Claudio sie an.

»Alisa. Es ist an der Zeit, die Wahrheit zu sagen«, drängte Hindrik, der hinter den beiden Nosferas stand. Zugleich schüttelte er entschieden den Kopf.

Alisa nickte und strich sich über die Handfläche. Hindrik schüttelte noch heftiger den Kopf. Sie schob die Hände unter ihre Schenkel, drückte sie auf den Holzboden. »Ich – ich weiß nicht, was mit mir passiert – ich sehe Dracula, und er – er hat den Vikla-Rubin.« Ihre Handfläche kribbelte. *Nicht jetzt! Bitte nicht jetzt.* Sie hoffte, dass das Gefühl von dem splitterigen Holzboden kam, und redete schnell weiter. »Ich glaube, Dracula ist erwacht, und die Upiry, Tonka, arbeitet mit ihm zusammen, stiehlt Rubine für ihn und –«

»Graf Dracula? Erwacht?«, schrie Conte Claudio.

»Ist das wahr, Alisa?«, erklang zugleich die ruhige Stimme der Contessa.

Sie nickte und kauerte sich zusammen, während die Stimmen vor ihrer Zelle immer lauter wurden, das Kribbeln sich weiter verstärkte, sich über ihren ganzen Körper ausbreitete, sie mitriss.

Es geht dieses Mal so schnell, dass sie keine Zeit für Schwindel hat. Oder vielleicht hat sie sich auch endlich an diese Übergänge gewöhnt. Genau wie eben in der Zelle redet jemand auf sie ein. Anders als in der Zelle kann sie sich nicht rühren. Oder kann Dracula sich nicht rühren. Sie – er – kennt die Stimme. Blinzelt.

»Ah. Er kommt wieder zu sich.« Abraham van Helsing. Aber warum schaut der Vampirjäger auf sie herunter? Dracula und er sind gleich groß. Und Alisa steckt in Draculas Körper, das spürt sie jetzt ganz deutlich. Ein Blick nach unten zeigt einen Stuhl mit Rädern daran. Ketten. Dracula wirft sich von einer Seite zur anderen – aber die Ketten halten ihn fest. Silberketten. Dort, wo sie Haut berühren, sind sie heiß, brennen sich ein.

»Was hast du – wie? Wie hast du mich überlistet? Du warst da, dann warst du nicht …«

Van Helsing grinst und hält einen Rubin zwischen zwei Fingern hoch. »Kennst du den noch? Den Caminada-Rubin? Ich hab ihn dem alten Luciano in der Schweiz abgenommen. Aber erst hab ich ihm ein paar Silberkugeln geschenkt.« Er kratzt sich mit dem Pistolenlauf unter dem Kinn. »Das war so 1705, denke ich. Zeit.« Er verdreht die Augen. »Silberkugeln gegen Unsichtbarkeit – ein guter Tausch, findest du nicht auch?«

Dracula reißt an seinen Ketten. Nutzlos. Er spuckt van Helsing vor die Füße. »Abnormität! Einer wie du sollte die Rubine nicht benutzen können!«

»Wo hast du den Belov-Rubin versteckt?«

»Das möchtest du gern wissen, was?«

»Sag es mir – und ich lasse dich vielleicht sogar gehen.«

»Niemals.«

Van Helsing steckt die Pistole ins Halfter. »Wie du meinst. Ich habe Zeit.« Er tritt hinter den Stuhl und beugt sich über die Rückenlehne. »Schauen wir doch mal, wie das bei dir aussieht.« Er rollt den Stuhl über einen Kiesweg, vorbei an einer Reihe Gräber entlang der Friedhofsmauer. Nahe dem Ausgang bleiben sie vor einem Schuppen stehen. Van Helsing öffnet die Tür, und Dracula lacht trotz seiner Lage höhnisch auf. »Willst du mich in einen Holzschuppen sperren, damit ich mich zu Tode langweile? Weißt du nicht, wie ich die letzten drei Jahrhunderte verbracht habe?«

»Keine Sorge, alter Mann.« Van Helsing schiebt den Stuhl in den Schuppen. »Das hier wird anders.«

In dem Raum legt sich die Luft drückend wie ein schwerer Samtumhang um sie. Mondlicht scheint durch ein Fenster hinein, fällt auf Hunderte von Kreuzen. Sie stehen dicht an dicht und sind in Reihen aufeinandergestapelt. Holzkreuze. Kreuze aus Silber. Alisa will schreien, doch Dracula schreckt stumm zurück. Die Ketten halten sie ebenso fest wie die schnell schwindende Kraft.

»Du wirst verstehen, dass ich nicht lange bleibe«, wispert van Helsing. Er ist fort. Die Tür kracht ins Schloss. Viel zu laut. Dracula zuckt unter dem Geräusch zusammen, unter all der Schwere, die immer schwerer wird, sich wie eine Decke aus Eisen auf ihn – auf Alisa – legt, ihn – und sie in ihm – niederdrückt.

Leo

Die Kapitänskajüte war so voll, dass selbst Tammos Ratte eine zu viel im Raum zu sein schien. Wann hatte er die endlich gezähmt bekommen? Leo drängte sich mit Ivy an Tammo und Joanne vorbei. Hinter ihnen ging die Tür wieder auf. Er musste sich nicht umdrehen, um zu wissen, dass seine Cousinen sich auch noch hineinquetschten. Er schob Hindrik und Karen beiseite – dann sah er sie endlich. Alisa lag lang ausgestreckt auf einem Tisch. Sie war bleicher als bleich, hatte die Augen geschlossen. Ihr Mund zuckte unregelmäßig, aber sie gab keinen Laut von sich.

»Leo, endlich!« Conte Claudio winkte ihn über den Tisch hinweg näher.

Leo legte die Hände auf den Tisch, schob sie zögernd auf den reglosen Körper zu. Stoppte, bevor er Alisa berührte. »Was ist mit ihr?«

»Wir hoffen, das kannst du herausfinden.« Conte Claudio breitete die Arme aus. »Wir haben alles versucht, um sie wieder zu Bewusstsein zu bringen. Nichts hilft.« Er blickte zur Contessa, die ihm zunickte. »Kannst du aus ihren Gedanken erfahren, was mit ihr los ist? Auch in ihrem Zustand?«

»Ich kann es versuchen.« Leo tippte mit zwei Fingern auf den Tisch. Nach allem, was Ivy ihm auf dem Weg hierher erzählt hatte, waren der Funke und Dracula im Spiel, und das konnte nichts Gutes bedeuten.

Das ist zu gefährlich, Leo, das kannst du nicht –

Sag du mir nicht, was ich kann und nicht kann, Fanny.

Dein Vater würde das nicht erl-

Das reicht jetzt! Er drehte sich nicht um, lauschte noch kurz Ingers Beruhigungsbemühungen, bevor er sich zurückzog. Offenbar hatte Inger Erfolg, denn Fanny blieb still. Er drängte jeden Gedanken, den Fanny heraufbeschworen hatte, beiseite. So, wie er es gelernt hatte. Keine Ablenkung zulassen, sich ausschließlich auf den Moment konzentrieren. Er schloss die Augen und tastete nach Alisas Hand. Ihre Finger schlossen sich um seine, aber sonst regte sie sich nicht. Trotzdem. Das musste ein gutes Zeichen sein.

Er streckte seine Gedanken nach ihren aus. Nebel, so dicht wie eine Schneedecke, empfing ihn. Er starrte auf die weiße Mauer und bekam das ungute Gefühl, dass etwas daraus zurückstarrte. Allein würde der Nebel ihn verschlucken, ihn nie wieder hergeben. Leo setzte einen Fuß hinein. Sein Bein wirkte, als wäre es auf der Hälfte des Schienbeins abgeschnitten worden. Er ließ sich zurückfallen.

»Und?« Conte Claudio beugte sich über den Tisch.

Leo schüttelte den Kopf. »Ich kann sie nicht erreichen. Nicht allein.« Er blickte nach hinten zu seinen Cousinen. Fanny schulterte sich den Weg nach vorn frei, Inger folgte ihr durch die schmale Gasse, die die anderen Vampire freigaben.

»Bist du verrückt?«, fuhr Fanny ihn an. »Dein Vater würde dir das niemals erlauben!«

»Der ist aber nicht hier.« Leo verschränkte die Arme.

»Alisa ist eine von uns. Wir dürfen sie nicht im Stich lassen.«

Die Contessa verlangte Ruhe. »Worüber redet ihr?«

»Wenn meine Cousinen mir helfen, wenn sie sozusagen meinen Anker bilden, dann kann ich in den Nebel eindringen, der Alisas Bewusstsein umschließt, und vielleicht einen Weg zu ihr finden.«

Oder du könntest dich dabei verirren und dich für immer verlieren. So wie es deinem Vater fast passiert wäre. Immerhin sprach Inger ihre Mahnung nicht laut aus. Fanny kannte da weniger Zurückhaltung.

»Wenn sie stirbt, während du in ihrem Kopf –«

»Alisa stirbt?« Tammo drückte seine Ratte an sich und starrte sie alle aus weit aufgerissenen Augen an.

»Niemand stirbt.« So sicher die Contessa klang, Tammo schien sie nicht zu überzeugen. »Hindrik, kümmere dich um den Jungen. Alle, die hier nichts zu tun haben, raus!« Sie stand schweigend da und wartete, bis auch Hindrik und Tammo die Kajüte verlassen hatten. Nach einem langen Blick auf Ivy, die wie festgewachsen neben dem Tisch stand, nickte sie. »So. Jetzt, wo wir Ruhe haben, erklär uns das noch einmal genau, Leo.«

Die grauen Augen der Contessa ließen keine Lügen zu, nicht einmal kleine Auslassungen. »Momentan kann ich ihre Gedanken nicht erreichen, weil ein dichter Nebel um sie liegt. Betrete ich den allein, ist die Wahrscheinlichkeit sehr hoch, dass ich nicht wieder hinausfinde – statt Alisa zu erreichen, würde ich ewig in diesem Nebel umherirren, mich in ihren Erinnerungen verlieren. Und wenn sie stirbt …« Nun, das musste er nicht ausführen. »Aber Inger und Fanny können ein Anker für mich sein, zu dem ich jederzeit zurückfinden kann.«

»Und wir können ihn herausziehen«, mischte Inger sich ein, »sollte es mit Alisa zu … kritisch werden.«

Wenn wir das von außen merken, grummelte Fanny. *Wenn die Vamalia einfach in den ewigen Schlaf gleitet … Bist du wirklich bereit, solch ein Risiko für sie einzugehen?*

Leo musste über seine Antwort nicht einmal nachdenken. »Seid ihr bereit?«

Inger nickte und stieß Fanny leicht mit dem Ellbogen an. *Also gut. Aber ihr seid beide verrückt.*

»Dann lasst uns anfangen.« *Ivy, nimm ihre Hand.* Mehr wagte er nicht zu denken. Ivy verstand sofort. Sie nahm die richtige Hand, zupfte Alisas Ärmel darüber, bis nur noch die Spitzen von Zeige- und Mittelfinger hinausragten, und legte die Hand zwischen ihre beiden. Jetzt war alles bereit.

Leo stellte sich an die kurze Tischseite, dorthin, wo Alisas Kopf lag. Inger und Fanny nahmen ihm gegenüber Aufstellung. *Vergiss nicht, nach dem Nebel kommen die Erinnerungen. Halt dich nicht mit ihnen auf. Du musst die heutige Alisa finden.*

Ich weiß. Leo schloss die Augen. Obwohl er das Band zwischen Inger, Fanny und sich spürte, war der Schritt in den Nebel schwer. Die Schwaden hüllten ihn ein. Sofort verlor er jeden Sinn für Richtung. Das Weiß verstopfte seine Ohren, blendete seine Augen. Wenn er die Hände ausstreckte, griff er ins Nichts. Er stand still und konzentrierte sich auf seine Verbindung mit Inger und Fanny. Ein Punkt zwischen seinen Schulterblättern. Wärme, die sich von seinem Rücken aus nach hinten streckte, dorthin, wo der

Nebel enden musste, der ihn von der Außenwelt trennte. Diese Verbindung würde ihn zurückbringen. Sobald er Alisa gefunden hatte. Leo wagte sich weiter vor.

Der Nebel veränderte sich nicht. Jeder Schritt konnte der Schritt hinaus sein. Jeder Schritt war nur ein weiterer ins undurchdringliche Weiß. Er lehnte sich nach vorn. Nicht stehen bleiben. Nicht den irren Gedanken nachgeben, die ihm einreden wollten, er wäre genauso unwirklich wie der Nebel, er könnte sich genauso wie der Nebel jeden Augenblick auflösen.

Das Weiß löste sich nicht allmählich auf. Es war auf einen Schlag weg. Im einen Moment war er noch mittendrin, im nächsten trat er hinaus. Er kniff die Augen zusammen. Langsam verschwand das grelle Stechen. Leo blinzelte. Er stand zwischen Wänden, die ihn überragten. Das sanfte Licht einer blauen Stunde war eine Wohltat für seine Augen. Irgendwoher kam ein leises Pochen. Er lauschte. Es war ein langsamer, regelmäßiger Takt. Es schien von überallher zu kommen. Leo ging ein paar Schritte nach vorn, aber nichts änderte sich daran. Noch ein paar Schritte weiter teilte sich der Weg – ein Labyrinth, was auch sonst.

Außer in den Richtungen unterschieden sich die abzweigenden Wege nicht. Beide verliefen in Krümmungen, die es unmöglich machten, ihr Ende zu sehen. An beiden setzten sich die Wände fort. Leo zögerte und lauschte. Das leise Pochen blieb unverändert. Von links legte sich das Murmeln einer Stimme darüber. Er folgte dem Klang.

Bald wurde das Murmeln lauter. Noch ein Stück weiter konnte er die Worte verstehen. Die Krümmung des Wegs zog sich in die Länge. Er beschleunigte seine Schritte.

Eine Frau kniete vor einem kleinen Mädchen. Sie strich ihm über die Haare. »Ich würde nichts lieber tun, als bei dir und Tammo zu bleiben. Glaub mir, Alisa, ich möchte sehen, wie du aufwächst, die Welt dort draußen kennenlernst – aber es gibt Dinge, die wichtiger sind als du und ich und was wir wollen. Bedeutender als wir alle. Und manchmal ist etwas so falsch, dass wir alles dafür aufgeben müssen, um es richtigzustellen.« Sie nahm Alisas Hände, und Leo wollte die Augen vor ihrem traurigen Blick verschließen. Aber er sah weiter hin. »Du bist einzigartig und wundervoll, meine Kleine. Lass dir von niemandem etwas anderes einreden.« Sie legte Alisa eine Hand auf die Brust. »Vertraue hierauf. Aber verrate niemandem, dass du ein menschliches Herz hast. Wenn sie je davon erfahren, werden Vampire wie Menschen dich fürchten und jagen.« Sie beugte sich vor und küsste Alisa auf die Wange. Als sie sich wieder zurückzog, war Alisas Blick abwesend. Der Mund ihrer Mutter bewegte sich, doch die Worte blieben unhörbar, bis sie kurz nickte. »Kümmere dich um deinen kleinen Bruder. Und vertraue in allem auf Hindrik. Erinnere dich an alles andere erst, wenn du stark genug dafür bist.«

Die beiden Gestalten verschwammen, lösten sich in ihre Farben auf, zuckten wie die Nordlichter seiner Heimat über die Wände und trieben über dem Labyrinth davon. Leo starrte ihnen hinterher, auch als er sie längst nicht mehr sah. *Alisa hat ein menschliches Herz.* Der Gedanke war zu groß, um ihn fassen zu können. Das langsame, stetige Pochen drang wieder zu ihm durch. Hörte sich so ein Herz an?

Etwas fiel an ihm vorbei, prallte von seinem Stiefel ab,

rollte zur Seite weg. Eine Münze. Schon folgten weitere. Er spähte an der Wand nach oben. Auf der Kante hockte ein Junge, auf dessen Anblick er gut hätte verzichten können. Nicu warf Münze um Münze hinab. »Du kannst mir alles sagen. Ehrlich.« Er lächelte hinunter, und Leo trat schnell ein paar Schritte zurück, obwohl die Erinnerung ihn natürlich nicht sehen konnte. »Ich werde dich niemals verraten. Oder dir nicht glauben. Oder dich verletzen … Du weißt ja, wo du mich findest, wenn du so weit bist.« Wie die Erinnerung zuvor löste auch Nicu sich auf. Nur seine Worte klangen in einem leiser werdenden Echo fort. *Mich findest … mich findest … mich findest … findest … finde mich.*

Er wusste nicht, ob er sich bei den letzten Worten Alisas Stimme nur eingebildet – oder gewünscht – hatte, aber er folgte bei jeder weiteren Weggabelung der Richtung, die sie vorgab. An der nächsten Ecke lehnte Alisa, beobachtete etwas weiter vorn. Er näherte sich langsam. »Alisa?«

Sie rührte sich nicht. Nur eine Erinnerung. Ihre Finger umklammerten den Knick in der Wand, wo der Weg eine Kurve machte und den Blick freigab auf – ihn. Leo stoppte. Nur wenige Meter entfernt stand er und küsste Ivy. Und hier stand er neben Alisa, der Tränen über die Wangen liefen. »Du Idiot«, murmelte er sich selbst zu. »Du mieser Drecksack.«

Die Erinnerung zitterte, immer heftiger. Aber es war nicht nur die Erinnerung, auch der Boden unter seinen Füßen bebte. Er suchte Halt an den Wänden, doch die schwankten ebenfalls. Alles bebte und grollte. Etwas zog ihn zurück, zupfte hartnäckig an ihm, wollte, dass er umkehrte.

Nein! Leo kämpfte um sein Gleichgewicht, stemmte sich dem Ziehen nach hinten entgegen. Er durfte Alisa nicht im Stich lassen. Die Wände schwankten heftiger, bröckelten. Hinter ihm riss der Boden auf. Leo stolperte ein paar Schritte nach vorne, rettete sich vor den zusammenkrachenden Wänden in die Mitte des Wegs. Steine prasselten zu Boden. Staub stieg hoch. Ein lautes Grollen. Stille.

»Alisa?« Er flüsterte. Er schrie. Eine Landschaft aus zerbröckelten Steinen und Staub erstreckte sich um ihn herum. Nur der weite dunkelblaue Himmel war wie zuvor. Und dann setzte das Pochen wieder ein. Leo konnte wieder stehen, ohne zu schwanken. Das Ziehen in seinem Rücken hatte aufgehört. Er lauschte auf das Pochen, sicher, dass es der schönste Klang war, den er je gehört hatte.

»Wieso hast du die Rubine in das Grab geworfen?« Eine unbekannte Stimme. Der Sprecher zeigte sich nicht. »Wieso hast du sie nicht eingesetzt?«

»Weil jemand zu mächtig geworden ist«, antwortete eine zweite unbekannte Stimme. »Das musste ich stoppen.«

»Man kann nie zu mächtig sein. Gib mir den Belov-Rubin!«

»Niemals.«

Die Stimmen waren fort, und Leo hatte nur eine ungefähre Idee, aus welcher Richtung sie gekommen waren. Das Geröll hatte jeden Weg unter sich begraben – er hätte genauso gut wieder im Nebel stehen können. »Alisa? Du musst mir helfen, sonst bin ich verloren!«

Das Pochen verstärkte sich. Ein wenig nur, aber es kam jetzt aus einer eindeutigen Richtung. Das musste sie sein.

Musste. Leo folgte dem Herzschlag. *Halte durch. Ich finde dich. Versprochen.*

Die Landschaft stieg an, führte ihn einen Hügel hinauf. Ein strahlendes Licht stieg dahinter auf, tauchte die Kuppe in Gold. Er musste gegen seine Furcht ankämpfen, um weiterzugehen. Selbst wenn das eine Erinnerung an Sonnenlicht sein sollte, würde es ihm nichts anhaben können. Nicht hier. Trotzdem zitterte er am ganzen Körper, als er die Kuppe erreichte, in das Licht trat.

Nichts geschah. *Natürlich nicht.* Nur der Herzschlag war noch lauter. Leo ging vorsichtig weiter, bis sich das Licht vor ihm teilte wie ein Vorhang und den Blick in einen halbdunklen Raum freigab.

Darin hockte der Vampir, den er nur aus Legenden kannte. Graf Dracula. Er war an einen Stuhl mit hoher Rückenlehne und großen Rädern an beiden Seiten gefesselt. Mit Silberketten. Er schien kaum noch bei Bewusstsein. Leo schüttelte sich, als er sah, warum: Der Raum war voller Kreuze. Er wusste noch zu gut, wie sich das anfühlte, und begann unwillkürlich, den Entweihungsspruch aufzusagen.

Keine Spur von Alisa. Dafür erklang wieder die erste unbekannte Stimme – jemand stand an der Tür, öffnete sie. »Irgendwann wirst du nachgeben. Ich habe alle Zeit der Welt.« Der Unbekannte zog die Tür hinter sich zu. Graf Dracula riss den Kopf hoch. Leo erstarrte. Aus dem Gesicht des Ur-Vampirs blickten ihn Alisas Augen an.

»Du musst mich hier rausholen, Leo.« Es war Graf Draculas Mund, der die Worte formte. Aber die Stimme gehörte ohne jeden Zweifel Alisa. »Ich stecke fest. Lange halte ich das nicht mehr aus. Ich –« Graf Dracula blinzelte, schloss die Augen.

Leo zögerte keine Sekunde, konzentrierte sich auf den Punkt zwischen seinen Schulterblättern.

Holt mich raus.

Der abrupte Wechsel von einem Zustand in den anderen, von dort nach hier, ließ ihn schwindeln. Leo stützte sich auf dem Tisch neben Alisas Kopf ab. Sofort bedrängten ihn Stimmen. Leo rieb sich über die Stirn. Alisas Blick stand ihm noch klar vor Augen, während er auf ihre geschlossenen Lider schaute.

»Ruhe!«, setzte die Contessa sich durch. »Lassen wir den Jungen zu Wort kommen. Hast du sie gefunden, Leo?«

»Ja.« Ohne aufzublicken, redete er weiter in die Stille hinein, brachte die Worte so schnell wie möglich hinter sich. Erst als niemand etwas sagte, nachdem er verstummt war, blickte er hoch.

Conte Claudio starrte auf Alisas reglosen Körper. »Graf Dracula. Er ist wirklich erwacht.« Er rang die Hände. »Wir sind so wenige.« Er blickte zur Contessa, als wäre sonst niemand in der Kajüte. »Wenn wir jetzt nichts tun, wird er sterben und –«

»Und Alisa mit ihm!«, fuhr Leo auf.

Conte Claudio gönnte ihm nicht einmal einen Blick. »Du hast keine Ahnung, was er anrichten wird, Junge! Du bist ihm nie begegnet, hast nie gegen ihn gekämpft. Du kennst den Krieg nicht.«

»Amore.«

Aber nicht einmal von der Contessa ließ Conte Claudio

sich stoppen. »Was ist *ein* Vampirleben gegen das von allen?«

Leo konnte nicht glauben, was er hörte.

»Es ist eine einmalige Gele–«

Die Tür wurde von draußen aufgerissen. Tammo stürmte herein. »Was ist mit Alisa?«

Hindrik war am Eingang stehen geblieben. Er neigte entschuldigend den Kopf. »Er hat sich nicht aufhalten lassen.«

»Ist schon gut. Schließ die Tür, Hindrik.« Die Contessa winkte Tammo zu sich, legte einen Arm um ihn. »Wir werden deine Schwester retten. Nicht wahr, amore?«

»Wenn der Junge weiß, wie.« Conte Claudio musterte Leo. Ihm mochte die Strenge der Contessa fehlen, doch der Blick aus den halb grauen, halb durchsichtig wirkenden Augen war ebenso beunruhigend wie ihrer.

»Ich habe eine Idee.« Leo straffte sich. »Aber dafür brauche ich den Nosferas-Rubin.«

Sofort legte die Contessa eine Hand auf den Rubin, der um ihren Hals hing. »Was willst du damit?«

Er nahm alles zurück. Der Blick der Contessa war um viele Grade durchdringender. Leo zwang sich, ihm nicht auszuweichen. »Graf Dracula und Alisa sind irgendwie miteinander verbunden. Und es sieht so aus, als sei ihr Bewusstsein jetzt in seinem Körper gefangen – sie durchleidet dasselbe wie er. Wir müssen ihm helfen, die Wirkung der Kreuze zu überwinden. Dann wird sie sich befreien können.« *Hoffe ich*, behielt er für sich. Zum Glück konnte die Contessa keine Gedanken lesen. »Alisa kann seine Rubine nutzen – das sollte auch umgekehrt gelten.«

»Also gut.« Die Contessa streifte ihre Kette ab und legte

den Rubin auf Alisas Brust. Leo nahm die freie Hand der Bewusstlosen und legte sie darüber.

Niemand sagte ein Wort. Selbst Tammo stand regungslos da.

Alisa

Es ist schwierig, wach zu bleiben. Vielleicht hat sie sich Leo nur eingebildet. Gut möglich. Sie will nicht sterben. Schon gar nicht so, gefangen in Dracula. Die Erschöpfung kriecht schwer durch ihre Glieder. Ihr Herz schlägt langsamer als jemals zuvor in ihrem Leben. Ihre Sicht verschwimmt. Ein Trost. Dracula wird sterben. Sein Ziel nicht erreichen.

Etwas drückt sich in ihre Hand. Scharfe Kanten. Vertraut. Lippen formen Worte. Unverständlich. Bekannt. Sie blinzelt. Nein, Dracula blinzelt. Die Kreuze. Sie sind noch da. Aber ihre Macht schwindet. Die Schwere schwindet. Dracula flüstert die Entweihungsworte in den Raum voller Kreuze. Der Nosferas-Rubin. Sie haben ihr den Nosferas-Rubin gegeben. Wissen sie von Dracula? Leo muss Wirklichkeit gewesen sein. Aber wenn Dracula das hier überlebt, wenn er freikommt – Alisa zuckt vor dem Gedanken zurück. Wenn. Wenn der Funke bedeutet, dass sie Dracula aufhalten muss? Dann hat sie jetzt eine Chance. Je länger sie wartet, desto mehr wird sie schwinden. Falls sie überhaupt da ist. Alisa presst die Lippen aufeinander. Sie konzentriert sich auf den Mund, der die Entweihung aufsagt, stellt sich vor, wie die Schwere in die Lippen zurückkriecht, wie sie langsamer werden, starr, wie sie stoppen. Doch die

Worte erklingen weiter. Sie werden sogar lauter. Und die Schwere ist ganz von ihr gewichen.

Sie kann nichts tun, nur zusehen. Beschämt über ihre Erleichterung. Plötzlich schwankt alles, und sie packt die Armlehnen, klammert sich fest.

Dracula wirft sich von einer Seite zur anderen. Der Stuhl schwankt heftiger, kracht zu Boden. Die Armlehnen zersplittern. Er springt auf und schüttelt die Ketten ab. Frei! Das Lachen kratzt auch an ihrem Hals. Wird geschluckt.

»Abraham!« Draculas Stimme ist rau. »Abraham … bitte …« Er grinst. »Ich verrate dir, wo … wo der Rubin ist.«

»Wusste ich es doch!« Die Schritte kommen nicht auf die Tür zu, sie scheinen in der Wand zu sein. Sie halten an. Ein Teil der Wand gleitet zur Seite. Van Helsing steht in der Öffnung. Erstarrt.

Dracula breitet die Arme aus. »Ich hatte unerwartete Hilfe.« Schon ist er bei van Helsing, packt ihn, schleudert ihn quer durch den Raum. Van Helsing prallt gegen ein Regal voller Kreuze, stürzt zu Boden. Kreuze regnen auf ihn, um ihn herum. »Du willst wissen, wo der Belov-Rubin ist? Ich habe eine Antwort für dich – man ist, was man isst.«

Van Helsing krümmt sich zusammen, kriecht von den Kreuzen fort. Er tastet nach etwas. Dracula hält einen Rubin hoch. »Suchst du den?« Seine Hand umschließt den Rubin. »Du hast Glück, dass ich nicht hungrig bin.« Dracula schlendert auf die Tür zu und summt eine leise Melodie vor sich hin. Van Helsing blickt wild umher. Doch der Caminada-Rubin verbirgt Dracula vor seinen Augen. Dracula reißt die Tür auf. Morgenlicht strömt herein. Er tritt in die Sonne und schiebt den Rubin in seine Hosentasche. »Aber ich komme auf dich zurück, wenn mir der Sinn nach etwas Exotischem steht.«

Sie sehen einander an – Dracula im Sonnenlicht, van Helsing, der davon wegkriecht. Dracula nickt ihm zu. Die Tür schließt er mit einem Tritt. »Niemand kann mich aufhalten.« Er hebt das Gesicht der Sonne entgegen. Wärme streift sie wie eine Umarmung. Dracula kneift die Augen zusammen.

Alisa sehnt sich nach dem Schwindel, dem Fallen, sie will nur noch fort. Aber der Funke ist offenbar noch nicht fertig mit ihr. Sie erkennt den Friedhof, das offene Grab. Dracula springt hinein. Doch sie bleibt oben zurück.

Jemand umklammert ihre Hand, so fest, dass sie meint, Knochen knirschen zu hören. Ivy steht neben ihr.

»Wo – wo bin ich? Was ist … wieso …« Sie blickt nach oben, wo die Sonne von dem klaren Morgenhimmel strahlt.

So bleich hat sie ihre Freundin noch nie gesehen. Alisa legt ihre freie Hand um Ivys. Der Funke muss Ivy hergebracht haben. »Wir sind hier nur wie Geister.« Besser kann sie es sich selbst auch nicht erklären. Sie zieht Ivy näher an ihre Seite. »Die Sonne kann dir nichts anhaben. Lass mich nicht los. Der Funke wird uns zurückbringen.«

Ivy schiebt sich hinter sie. »Was … was ist mit … ihm?«, flüstert sie. Ihr Kinn drückt sich in Alisas Schulter.

»Alles wird gut«, wispert sie. Für Ivy ebenso wie für sich. »Alles wird –«

Ein leises Lachen lässt sie abbrechen. Unten im Grab steht Dracula und betrachtet die im Sonnenlicht funkelnden Rubine. Er streicht mit den Fingerspitzen über die Steine.

»Bald, bald, bald«, murmelt er. »Bald werden wir meine Geliebte befreien.« Er wirft den Caminada-Rubin zu den anderen. »Ich werde euch holen, wenn die Zeit reif ist. Aber erst muss ich mich noch um eine andere Angelegenheit kümmern. Ein wenig Geduld noch.« Er zwinkert den Rubinen zu. Das schabende Geräusch von Stein über Stein begleitet Alisa in ihren Fall. Sie fällt, stürzt, dreht sich, fällt – stoppt.

Alles schmerzte, als wäre sie tatsächlich gefallen. Alisa blinzelte. Ein Wald aus Gesichtern blickte ihr entgegen. Obwohl ihr immer noch schwindelig war, drehte sie den Kopf, was sich anfühlte, als würde ihre Unterlage sich mit ihr drehen. Aber da war Ivy an ihrer Seite, immer noch bleich und zittrig, aber wieder in ihrem Körper genau wie sie.

»Alisa!« Tammo umschlang sie so fest, dass sie sich nicht rühren konnte. Sie protestierte nicht, ließ ihn unzusammenhängend auf sie einstammeln. Sie war hier. Sie lebte. Mehr brauchte sie für den Moment nicht. Mehr würde sie nie wieder brauchen.

Doch die Pause war von kurzer Dauer. Hindrik befreite sie sanft aus Tammos Umklammerung, und Conte Claudio befahl allen, vom Tisch zurückzutreten und ihr mehr Raum zu geben. Alisa setzte sich vorsichtig auf.

»Willkommen zurück.« Conte Claudio nickte ihr zu. Sie lächelte, doch sie suchte den Blick der Contessa.

»Danke für den …« Ihre Stimme klang kratzig. »… für den Rubin.«

Contessa Viola drückte den Rubin an ihre Brust. »Das war Leos Idee.«

»Aber Sie hätten nicht … Ich meine, nach allem, was ich getan habe – was ich Ihnen angetan habe. Es tut mir leid.« Sie senkte den Kopf. »Ohne den Rubin wäre Dracula …«

Tot. Genau wie du. Leo stand am Kopfende des Tisches und sah sie nicht an. Das musste er auch nicht. Er war ihr so nah wie seine Stimme in ihrem Kopf.

Ohne dich hätte ich das nie geschafft. Alisa blickte sich im Raum um. »Ohne euch alle hätte ich das nie geschafft.«

Contessa Viola sah sie ruhig an. »Wir lassen keinen Vampir zurück. Das gilt noch immer.«

»Richtig, richtig«, stimmte Conte Claudio ihr zu. Er klatschte in die Hände. »Nun, ich denke, das war genug Aufregung für heute. Ab in eure Särge! Keine Widerrede. Ruht euch aus. Am Abend setzen wir den Unterricht fort, der ist jetzt wichtiger denn je.« Gegen alle Proteste scheuchte er sie hinaus.

Alisa verließ die Kajüte als Letzte. Die Nacht machte sich schon zum Rückzug bereit. Aber Alisa musste sich deswegen nicht beeilen. Die salzige Luft strich kühl über ihre Wangen, und sie hatte überhaupt keine Lust auf ihren Sarg. Sie lehnte sich an die Außenwand der Kajüte. Nur einen Moment noch, um ihren Kopf zu klären. Doch ihre Gedanken wurden von den Stimmen des Conte und der Contessa gestört.

»Wir müssen die anderen Ehrwürdigen informieren.« Conte Claudio klang so aufgeregt wie seine hektischen Schritte. »Graf Dracula erwacht! Wir müssen sie warnen. Ich werde umgehend –«

»Amore, beruhige dich. Wir können sie über unseren Rubin –«

»Und woher wissen wir, ob sie alle noch ihren Rubin haben? Was, wenn noch mehr von den Upiry für Dracula arbeiten? Wir müssen uns mit den anderen beraten, nicht nur eine Nachricht schicken.«

»Du hast recht, du hast ja recht. Claudio, ich bitte dich, bleib stehen. Wir müssen jetzt vor allem Ruhe bewahren. Unsere Strategie planen.«

Alisa wünschte sich, sie wäre so gelassen, wie die Contessa klang. In ihr drehte sich schon wieder alles. Sie stieß sich von der Holzwand ab und huschte zur Treppe. Unter Deck war es ruhig. Alle Särge im Schlafquartier der Mädchen waren bereits geschlossen. Nichts regte sich – hier gab es nur sie und ihren Herzschlag. Ein-sam, ein-sam, einsam, ein-sam, ein-sam, pochte es gegen ihre Brust.

Nein. Schneller als zwei Herzschläge war sie im Schlafquartier der Jungen. Keiner der Särge stand offen. Aber auf seinem hockte Leo und blickte ihr entgegen.

Anschleichen ist nicht dein Ding, was?

Wollte dich nicht erschrecken. Zögernd ging sie auf ihn zu. Eben war ihr das noch so logisch vorgekommen. Sie schlang die Arme um sich. *Du hast viel von mir gesehen.*

Keine Sorge, deine Geheimnisse sind bei mir sicher.

Ich weiß. Ich meinte … Plötzlich sehnte sie sich nach dem Klang von Stimmen. »Ich meinte auch das im Klassenzimmer. Wie ich ausgerastet bin.«

»Das warst nicht du.« Leo stand vor ihr. Näher als jeder Gedanke. Langsamer als ein Vampir sich je bewegen sollte, hob er eine Hand. Dann berührte er mit den Fingerspitzen ihre Brust, dort, wo ihr Herz schlug und schlug und schlug. »Das bist du.«

Sie drückte seine Hand flach an ihren Brustkorb. Seine Augen leuchteten wie ein strahlend blauer Mittagshimmel. »Ich will dir was zeigen.«

»Was?«

»Schau in meinen Kopf.«

Sie stellte sich das Glitzern des Sonnenlichts auf den Wellen vor. Den weiten, hellen Himmel über dem Meer, hoch über dem Deck der *Elisabetha*.

Unglaublich. Leo blinzelte in die Weite. Sie zog ihn an sich und küsste ihn. Mitten auf den Mund. Er schmeckte nach Salz und Wind. Ihr Herzschlag hallte durch sie beide. So wollte sie ewig auf ihn lauschen.

»Echt jetzt?«

Das Bild in ihrem Kopf zerbrach – nur Leo blieb. Ganz nah bei ihr, auch als sie beide erschrocken herumfuhren. Malcolm hatte seinen Sarg geöffnet und starrte sie unter hochgezogenen Augenbrauen an. »Müsst ihr das hier tun? Das ist wirklich nicht das Erste, was ich sehen will, wenn …«

Alisa wartete die Fortsetzung nicht ab. Mit einem Satz flüchtete sie zur Tür hinaus, den Flur entlang und hielt erst bei ihrem Sarg wieder an. Sie hockte sich darauf. Jetzt, wo sie hier saß, kam ihr ihre Flucht lächerlich vor. Leo würde sie für völlig verrückt halten. Trotzdem musste sie bei dem Gedanken an ihn lächeln. Sie berührte ihre Lippen. Eben waren da noch seine gewesen. Das Strahlen in ihr fühlte sich heller an als der Funke. Heißer als Sonnenlicht. Stillsitzen wurde zur Unmöglichkeit.

Sie klopfte an Ivys Sarg. Riss ihn ungeduldig auf. Und all ihre Worte erstarben unter Ivys furchtsamem Blick. Alisa klammerte sich mit einer Hand an den Sarg. Was sie sah, konnte nicht sein. Ivys Haare waren nachgewachsen. Sie waren so lang wie zuvor. Alisa kniff die Augen zusammen, riss sie wieder auf. Das Bild vor ihr blieb unverändert. »Wie … Wie hast du … Wie ist das …?« Sie schüttelte den Kopf.

Ivy zog den Kopf ein. »Ich bin eine Schattenvampirin.«

Alisa blickte sich schnell im Raum um. Niemand außer ihnen schien wach. Trotzdem stellte sie sich so vor den Sarg, dass Ivy vor Blicken geschützt war. »Wieso … Wieso hast du mir das verschwiegen? Vertraust du mir nicht? Ich hätte mich dir gegenüber nicht anders verhalten, wenn ich es gewusst hätte.«

»Sicher?« Ivy verschränkte die Arme vor der Brust. »Ich weiß, du fühlst dich Hindrik verbunden. Aber er dient dir. Er gehört zu deinem Clan, doch er darf nicht über sein Leben entscheiden. Er darf ja noch nicht einmal lieben.«

Alisa biss sich auf die Lippe, um die ersten Worte, die ihr in den Kopf kamen, zurückzuhalten. *Aber wir behandeln ihn gut.* Die Herablassung darin erschreckte sie. Und missfiel ihr. »Es tut mir leid. So habe ich das noch nie gesehen.«

»Wie auch.« Ivy seufzte. »Du hast dir diese Weltordnung nicht ausgedacht. Vielleicht denkst du jetzt mal über sie nach.«

»Bestimmt.« Sie fuhr mit einem Fuß über den Holzboden. »Mein Vater war ein Schatten.«

»Dein …? Das ist möglich?«

»Schätze, meine Eltern haben das irgendwie geheim halten können.« Sie beobachtete die Bewegung ihres Fußes, als gehörte er nicht zu ihr. »Ich hab das erst erfahren, als ich mit ihm gesprochen habe, im Totenreich.« Sie schluckte. So viel war seitdem geschehen, dass sie keinen zweiten Versuch gemacht hatte – und jetzt war der Arrufat-Rubin zusammen mit allen anderen von Draculas Rubinen außer Reichweite. Sie konnte ihren Vater nichts mehr fragen.

Ivy hatte sich aufgesetzt und stieß sie am Handgelenk an. »Willst du ewig da rumstehen?«

Wollte sie nicht. Es tat gut, sich neben Ivy im Sarg auszustrecken. Ihr gemeinsames Schweigen war zwar nicht ganz das alte, doch es kam ihm nahe. »Was ist mit Seymour? Hat er dich …?«

»Gewandelt? Ja.«

Das vertraute Kratzen am Sargdeckel brachte Alisa zum Lächeln. »Wieso bist du bei ihm geblieben?«

»Weil er mich nie als Schatten behandelt hat. Er ist mein Bruder. Ich bin seine Schwester. Wir sind alles, was wir haben auf dieser Welt.«

»Nicht mehr.« Alisa tastete nach Ivys Hand. »Du gehörst zu uns.«

»Nicht mehr, wenn die anderen herausfinden, dass ich – nicht in ihre Klasse gehöre.«

»Ich verrate dich nicht.«

Ivy drückte ihre Hand und schwieg. Alisa wünschte sich, sie könnte bereits Gedanken lesen. Gleich darauf verfluchte sie sich dafür. Ivy würde nie ihre Gedanken lesen können.

Als sie aufwachte, fiel das Licht der Abenddämmerung in den Raum. Alisa fuhr hoch und stieß gegen Ivy.

»He, pass auf«, flüsterte Ivy.

»Wieso bist du schon wach?« Alle anderen Särge waren noch geschlossen. Alisa streckte sich.

Ivy hielt stumm eine Schere hoch und deutete auf ihre Haare, die wieder zu einem Zopf geflochten waren. Natürlich. Das durften die anderen nicht sehen. »Soll ich dir helfen?«

Ivy reichte Alisa die Schere über ihre Schulter. »Du musst den Zopf hier abschneiden.« Sie deutete mit einem Finger auf die Stelle.

»Ist klar.« Alisa setzte die Schere an. »Ich könnte versuchen, dir eine richtige Frisur zu schneiden.«

»Versuchen?«

»Na ja, ich hab das noch nie gemacht.« Ein letzter Schnitt, und sie war durch.

»Lass mal.« Ivy streckte eine Hand nach hinten. »Das müsstest du dann ja auch jeden Abend identisch hinkriegen.«

Daran hatte sie nicht gedacht. Sie reichte Ivy den Zopf. »Das ist echt …« Ihr fiel kein passendes Wort ein.

»… mies?« Ivy zuckte mit den Schultern. »Was wolltest du mir eigentlich erzählen?« Sie warf den abgeschnittenen Zopf ans Fußende des Sargs. »Du weißt schon, heute Morgen, bevor du meine Haare gesehen hast.«

Die Erinnerung löste ein Kribbeln in Alisa aus, das dem des Funkens ähnelte, nur dass dieses überall war. »Ich habe Leo geküsst.«

»Endlich.« Ivy lachte leise. »War es gut?«

»So richtig.« Sie streckte Ivy die Schere hin. Ivy griff danach und hielt ihre Hand fest.

»Sag ihm, wenn er dir wehtut, bekommt er es mit mir zu tun.«

Es tat gut, über etwas zu reden, das nichts mit Dracula, Rubinen, Rotmasken oder Geheimnissen zu tun hatte. Es fühlte sich an wie das, was sie sich immer gewünscht hatte, ein normales Vampirleben.

Das Gefühl hielt an, bis sie am Eingang zur Messe standen, wo Inger sich an der Tür herumdrückte. Dann war Fanny sicher auch in der Nähe. Was hatten die beiden jetzt wieder vor? Alles, was die Dracas-Schwestern Ivy und ihr angetan hatten, brodelte in Alisa hoch – ebenso wie die Erinnerung daran, wie sie die beiden durch das Klassenzimmer geschleudert hatte. Ihre bewegungslosen Gestalten am Boden. Trotzdem hatten Inger und Fanny zu ihrer Rettung beigetragen.

»Geh einfach an ihr vorbei«, raunte Ivy ihr zu.

»Aber –«

»Kein Aber.« Ivy packte sie am Arm. »Nur vorbeigehen.«

Inger stellte sich ihnen in den Weg. »Kann ich dich kurz sprechen, Ivy? Allein?«

»Ich glaube nicht.« Alisa schob sich vor Ivy. Es fühlte sich gut an, als Inger vor ihr zurückwich. Aber nur, bis sie die Furcht in ihren Augen sah. Dieselbe Furcht, die sie in Tammos Augen gesehen hatte.

»Ich denke, das entscheide ich selbst.« Ivy ging an ihr vorbei und blieb vor Inger stehen. »Sag, was du zu sagen hast.«

Alles in Ordnung hier? Die Stimme in Alisas Kopf drängte die trüben Gedanken zur Seite wie Sonnenstrahlen den Schatten. Sie drehte sich zu Leo um.

»Hey.«

Er zog eine Augenbraue hoch. *Das ist deine Begrüßung nach … gestern?*

Alisa nickte.

Leo grinste. *Gehst du mit mir an Deck?*

Hinter ihr räusperte sich Inger. »Das – das mit den Haaren ging echt zu weit, Ivy. Und – all das andere, das war, na ja, auch nicht wirklich in Ordnung. Es tut mir leid.«

Alisa fühlte sich mindestens so geschockt, wie Leo aussah. Eine Dracas, die sich entschuldigte? Sie fuhr herum. Inger blickte sie über Ivys Schulter hinweg an.

»Schau nicht so. Ich meine das ernst. Würdest du mir jetzt bitte etwas Zeit allein mit Ivy geben?« Sie wandte sich an Ivy. »Wenn du das möchtest, natürlich.«

Ivy nickte nur. Wahrscheinlich stand sie genauso unter Schock angesichts dieser Worte, die Inger bestimmt zum ersten Mal in ihrem Leben geäußert hatte.

»Bist du dir sicher?« Sosehr Alisa Ingers Sinneswandel glauben wollte, ihre Zweifel blieben hartnäckig.

Sie hat die Wahrheit gesagt, ließ Leo sich vernehmen.

Ivy wandte ihnen weiterhin den Rücken zu. »Ich will hören, was sie zu sagen hat.«

»Deine Entscheidung.« Kaum waren die Worte draußen, wollte Alisa sich selbst treten.

»Ja.«

Alisa biss sich auf die Lippe. Ivy hatte bis jetzt ihre Geheimnisse bewahrt, also würde sie das auch weiterhin schaffen. Hoffentlich.

Worauf wartest du? Leo streckte ihr eine Hand hin. Alisa nahm sie und rannte mit ihm nach oben. Die Dämmerung hatte sich längst zur Nacht verdunkelt. Dichte Wolken verdeckten Sterne und Mond.

»Und jetzt?« Sie zog Leo näher zu sich. Er leistete keinen Widerstand, legte seine Stirn an ihre.

»Jetzt könnten wir das von gestern wiederholen – nur dieses Mal tatsächlich an Deck.«

»Aber die Sonne scheint nicht.«

»Mein Glück, sonst –«

Sie drückte ihre Lippen auf seine, spürte sein Grinsen an ihrem Mund. *Sonst könnte ich das hier nicht tun.*

»Alisa!«

Beim Klang von Hindriks Stimme zuckte sie zusammen. Leo drückte sie an sich. *Ist man auf diesem Schiff nirgends ungestört?*

Alisa versteckte ihr Gesicht an seiner Schulter. Sie wollte hier nicht weg. Doch das schien ihr nicht vergönnt. Hindrik rief schon wieder nach ihr, und er klang ungewohnt dringlich.

Keine Sorge, ich bin nachher auch noch da. Leo zwinkerte ihr zu. Ihr Herz schlug so laut, dass das ganze Schiff es hören musste. Sie drückte eine Hand gegen ihre Brust und nickte. Dann eilte sie zu Hindrik, der an der Treppe ungeduldig auf sie wartete.

»Was ist denn?«

»Gleich, wenn wir unter uns sind.« Er ging mit weiten Schritten voraus, Richtung der Schattenquartiere. »Ein Dracas, Alisa? Hat Freifrau Elina dich nicht vor ihnen gewarnt?« Er riss eine Tür auf und ließ ihr den Vortritt. Alisa stürmte hindurch.

»Großmutter hätte mich doch am liebsten auf ewig vor

der ganzen Welt versteckt! Nur weil ich …« Sie unterbrach sich und senkte ihre Stimme. »Weil ich ein Herz habe. Weil mein Vater ein Mensch war. Und dann ein Schatten.«

»Woher …?« Hindrik fuhr sich durch die Haare. »Wenn nur deine Mutter –«

»Sie ist aber nicht mehr hier.« Und Alisa konnte nicht einmal mehr den Versuch unternehmen, im Totenreich nach ihr zu suchen, seit Dracula die Rubine abgelegt hatte. »Hindrik, ich bitte dich, sag mir endlich die ganze Wahrheit über meine Mutter! Sie kann nicht einfach in die Sonne gegangen sein.«

Hindrik legte einen Arm um ihre Schultern. Es fühlte sich so vertraut an. Als könnte sie wieder ein kleines Mädchen sein, das ihm alles glaubte. »Komm. Ich denke, es ist an der Zeit.« Er führte sie zu seinem Sarg und öffnete ihn. »Ich weiß nicht, wie deine Mutter gestorben ist. Das ist die Wahrheit, Alisa.« Er griff in den Sarg. »Ich vermute, Freifrau Elina hat mich gezwungen, es zu vergessen, damit ich dir nichts darüber erzählen kann.«

»Das – das tut mir leid.«

Er hob die Schultern, ließ sie wieder sinken. »Du kannst nichts dafür.« Hindrik hielt ihr ein in Leder gebundenes Notizbuch hin. »Das ist das Einzige, was ich aus Hamburg mitnehmen konnte. Deine Mutter hat es für dich geschrieben. Sie hat mir aufgetragen, es für dich aufzubewahren.«

Ein schlichtes dunkelbraunes Lederbuch, ohne Verzierung, verschlossen nur mit einem mehrfach darumgewundenen Lederband. Alisa schluckte. »Was steht da drin?«

»Ich habe nie hineingeschaut.« Hindrik streckte das Buch näher zu ihr. »Das ist für dich bestimmt.«

Alisa nahm es an sich. Der Einband war weich, viel angefasst. Die letzten Worte ihrer Mutter. »Danke.« Sie drückte das Buch an sich.

Hindrik schüttelte den Kopf. »Ihr größter Wunsch war, dass du das Buch nie bekommen musst.« Er seufzte.

»Trotzdem danke, Hindrik.« Sie stellte sich auf die Zehenspitzen und drückte ihm einen leichten Kuss auf die Wange. »Für alles.«

Hindrik strich ihr über den Kopf. »Versprich mir eins, Alisa, sei vorsichtig mit den Dracas.«

Das sind doch nur Großmutters alte Geschichten, lag ihr auf der Zunge. Aber sie nickte, froh, dass Hindrik keine Gedanken lesen konnte, traurig, weil sie ihn anlog. Sie hatte keinen Grund, Leo zu misstrauen. Er kannte fast alle ihre Geheimnisse, und er bewahrte sie.

Alisa schlüpfte als Letzte auf ihren Platz im Klassenzimmer. Gespräche verstummten, und Blicke von flüchtig-furchtsam bis abschätzend-angewidert trafen sie. Sie senkte den Kopf. Sah so aus, als hätte sie sich besser irgendwo in eine sichere Ecke verzogen, um das Notizbuch zu lesen, statt hierher zu gehen.

Die kriegen sich schon wieder ein.

Alisa behielt den Kopf unten – aber Leos Worte gaben ihr ein klein wenig Hoffnung. Ihr Pult knarrte laut in der Stille, als sie Heft und Feder herausnahm. Obwohl es ihr widerstrebte, sich davon zu trennen, legte sie das Notizbuch ihrer Mutter in das Fach. Nur ein paar Stunden, dann würde sie es wieder an sich nehmen und lesen können. Nur ein paar Stunden warten. Das würde sie hinbekommen.

Alles in Ordnung? Schlechte Nachrichten von Hindrik?

Das wird sich zeigen. Sie blickte schnell zu Leo. Er nickte ihr zu und sagte nichts mehr. Sie sah zu Ivy, wollte sie zu gern fragen, wie es mit Inger gelaufen war, doch in der Stille hätte selbst ein Flüstern wie Schreien geklungen. Das Zuschlagen der Tür dröhnte durch den Raum. In der ersten Reihe bedeckten Tammo und Joanne ihre Ohren. Wenigstens schauten jetzt alle auf die Contessa, die schweigend nach vorn schritt. Bei Luciano blieb sie stehen, strich ihrem Sohn kurz über den Kopf, bevor sie sich der Klasse zuwandte.

»Die letzten Nächte waren für euch alle sicherlich ebenso verwirrend wie verunsichernd. Ich werde euch nicht beleidigen und sagen, dass alles wieder in Ordnung, alle Gefahr gebannt ist. Graf Dracula ist erwacht. Und das kann nichts Gutes bedeuten. Für euch heißt es: Verdreifacht eure Anstrengungen. Lernt. Werdet stark. Werdet stärker.« Contessa Viola sah sie alle der Reihe nach an. »Ihr müsst das Alte hinter euch lassen und zusammenfinden. Wenn ihr kämpft wie *ein* Clan, können euch weder Rotmasken noch Graf Dracula besiegen.«

Das Schweigen nach ihren Worten war so tief, dass Alisa meinte, jeden einzelnen misstrauischen Gedanken um sich herum zu hören. Obwohl eine Stimme in ihrem Inneren sie beschwor, es nicht zu tun, hob sie eine Hand.

»Alisa, bitte.«

Sie schob ihren Stuhl zurück. Jede Bewegung fühlte sich so schwer an wie unter Wasser ohne den Tova-Rubin. Aber schließlich stand sie. »Ich möchte mich bei euch allen entschuldigen.« Nachdem die ersten Worte heraus waren, wurde das Sprechen ein wenig leichter. »Fanny, du hattest recht, ich habe mich überlegen gefühlt. Weil ich plötzlich so viele Gaben hatte. Es tut mir leid, dass ich euch angegriffen habe.« Sie zwang sich, Fanny und Inger anzuschauen. Fanny verzog keine Miene, aber auf Ingers Gesicht lag ein zögerndes Lächeln. Leo grinste ganz offen. *Schnee von gestern.* Wenn es doch nur so leicht wäre! Die Contessa nickte ihr zu. »Mein Bruder hat mir gezeigt, dass unsere Claneigene Gabe stärker ist, als ich ihr zugetraut habe.«

Tammo fiel fast vom Stuhl, so schnell drehte er sich zu ihr herum. In all der Schwere, die sie fühlte, musste sie angesichts seiner weit aufgerissenen Augen, seines offen stehenden Mundes doch schmunzeln.

»Du konntest zu mir durchdringen, Tammo. Mich stoppen. Und du hast den Mut dazu gehabt.«

»Mut?« Er schüttelte den Kopf. »Ich hatte so viel Angst, als wären tausend Rotmasken hinter mir her.«

Die Contessa trat zu ihm. »Und genau das ist Mut, Tammo, wenn du etwas tust, obwohl es dir eine Höllenangst einjagt.« Sie tätschelte Tammos Schulter. »Ich danke dir, Alisa. Auch eine Entschuldigung erfordert Mut, und ich hoffe, ihr könnt sie alle annehmen. Nun, zurück zum Unterricht. Ihr werdet in den nächsten Wochen nur mich als Lehrerin haben, Conte Claudio und Signor Umberto versammeln die Ehrwürdigen, um über die Entwicklungen zu beraten. Dracas, wer von euch ist bereit, den unterbrochenen Unterricht fortzusetzen?«

Leo sprang auf, und auch Inger fuhr hoch. Fanny hingegen lehnte sich zurück. So, wie Leo die Augen verdrehte, hatte sie den beiden einen ihrer üblichen Kommentare zuteilwerden lassen. Es war ungewohnt, Inger und Fanny nicht auf einer Linie zu sehen.

Alisa bemühte sich, den Übungen zu Barrieren und Gedankensprache zu folgen, hatte mit Tammo sogar erste Erfolge darin – es war ein deutlicher Unterschied, ob man ein echtes Gespräch in Gedanken führte oder nur einseitig zuhörte und hoffte, dass die eigenen Antworten gelesen wurden. Aber all ihre Fortschritte minderten ihr Verlangen danach, endlich das Notizbuch zu lesen, kein bisschen.

Als die Contessa endlich eine Pause verkündete, presste Alisa die Hände auf ihr Pult, damit sie es nicht sofort aufriss und die Aufmerksamkeit aller auf sich zog.

»Für alle, die hungrig sind, steht Essen in der Messe bereit. Wir treffen uns hier in einer Stunde wieder. Dann wird Malcolm den Unterricht übernehmen.« Contessa Viola ging mit Luciano hinaus. Das Klassenzimmer leerte sich schnell. Alisa saß da, die Hände auf dem Pult, lauschte auf die hinauseilenden Schritte und Stimmen. Malcolm blieb an der Tür stehen.

»Leo, kommst du?«

»Gleich.« Leo hatte sich auf seinen Tisch gesetzt und rührte sich kein Stück.

Malcolm knallte die Tür hinter sich zu. Jetzt waren nur noch Leo, Ivy und sie im Raum. »Endlich«, stöhnte Alisa. Sie riss ihr Pult auf. Leo und Ivy standen schon neben ihr, als sie das Notizbuch vor sich legte.

»Was ist das?« Ivy lugte über ihre Schulter.

»Von meiner Mutter.« Alisa wickelte das Lederband ab, das das Notizbuch umschloss. »Für mich geschrieben. Vielleicht …« Der Moment war zu groß für Worte. Aber Ivy und Leo schienen auch so zu verstehen. Sie spürte, wie sie ihr beide eine Hand auf die Schultern legten. Sie war nicht allein.

Worauf wartest du?

Auf der ersten Seite stand nur ein Name. Anna von Vamalia. Sie strich darüber. Blätterte um.

Meine liebste Alisa,
wenn Du das hier liest, ist irgendetwas Unvorhergesehenes passiert. Leider ist die Wahrscheinlichkeit, dass Hindrik Dir dieses Buch eines Tages gibt, sehr hoch. Vertraue niemandem. Insbesondere nicht den Ehrwürdigen. Sie können die Zukunft nicht mehr klar sehen. Ihre Motive sind selbstsüchtiger Natur.
Ich liebe Dich so sehr, meine Kleine. Ich werde Dich stets vermissen. Aber das ist ein Opfer, das ich bringen muss. Wenn ich scheitere, wirst irgendwann Du den Funken und seine Bürde erben. Das ist unsere Bestimmung – sie liegt in unserem Blut … und in Deinem Herz.
Wenn die Zeit kommt und Du Deine Aufgabe verstehst, wirst Du meine Aufzeichnungen brauchen. Ich bin dem Ort des Knotens schon sehr nahe gekommen. Aber davon darf niemand erfahren.
Insbesondere nicht die Dracas. Lass sie nicht an Dich heran! Sie sind allein auf Macht versessen. Sie versuchen, mich aufzuhalten. Wenn ich nicht zurückkomme, dann sei wachsam, denn die Dracas könnten dafür gesorgt haben.

An ihrer linken Seite war plötzlich Leere. Aber sie brachte es nicht über sich, aufzuschauen. Sie konnte nicht aufhören zu lesen.

Aber alle werden Dich aufhalten wollen: Ehrwürdige, Erben, Schatten, Rotmasken.
Dieses Buch wirst allein Du lesen können.
Ich kann Dir nicht sagen, wann Deine Zeit kommen wird, aber Du wirst es wissen. Du bist meine Tochter. Du hast ein aufrichtiges Herz. Du wirst das Richtige tun. Ich werde bis ans Ende aller Zeiten über Dich wachen.

Die Schrift verschwamm, und sie wischte sich mit den Daumen über die Augen. Sie starrte auf ihre Hand, die den Funken enthielt. Sie sah aus wie ihre Hand. Doch offenbar hielt sie das Schicksal aller Vampire darin. Das in der Handschrift ihrer Mutter zu lesen, machte es wirklicher als der Funke selbst.

»Das ist gelogen!« Leo schlug auf den Tisch, so heftig, dass das Notizbuch zur Seite rutschte. »Sag mir, dass du kein Wort von dem glaubst, was sie über die Dracas schreibt. Das ist verrückt! Sie muss verrückt gewesen sein!«

Das schloss er aus all dem? Fassungslos schüttelte Alisa den Kopf. Er hatte ihre Erinnerungen gesehen! »Wie kannst du …« Ihre Kehle war zu eng für Worte. Wütend wischte sie mehr Tränen von ihrem Gesicht. *Meine Mutter ist nicht verrückt gewesen!*

Sie hat dich im Stich gelassen! Leo wischte über die

Notizbuchseiten. Sie flatterten unter seinen Fingern, enthüllten die nächsten, eng beschriebenen Blätter. Alisa stieß seine Hand weg. Starrte auf die Schrift. Aber es war keine Schrift mehr, es war sinnloses Gekritzel.

»Da! Bitte!« Leo pochte mit der Faust auf die offenen Seiten. »Sieht so ein klarer Verstand aus?«

Keine Sprache der Welt sah so aus. Alisa starrte auf das wirre Gekritzel. Blätterte Seite um Seite weiter. Nichts veränderte sich. Leo redete weiter auf sie ein, aber sie hörte ihm nicht zu. Auch nicht Ivy, die kaum weniger aufgebracht klang. Wenn sie lange genug blätterte, würde sie etwas finden, das aus all dem Sinn machte. Wenn sie lange genug blätterte, würde sie einen Schlüssel finden, einen Beweis, eine Erklärung, etwas, irgendetwas. Aber da war nichts. Sie stieß das Buch von sich weg und sprang auf.

»Gibst du es jetzt zu?«

»Lass sie in Ruhe!«

»Du hast mir gar nichts zu sagen!«

Alisa hielt sich die Ohren zu. Was nichts brachte. Sie musste hier raus. Sie musste irgendwohin, wo sie sich selbst denken hören konnte. Ohne ein Wort stürmte sie aus dem Klassenzimmer, stürmte an Deck, stürmte vom Schiff, stürmte über den Strand. Das Rauschen an ihren Ohren tat gut, weil es nichts von ihr wollte, weil es nur lachte und für sie schrie.

Bei den ersten Häusern der Stadt wurde sie langsamer, passte sich dem Tempo der wenigen nächtlichen Spaziergänger an. Ihre Mutter durfte nicht verrückt gewesen sein. Begriff Leo das nicht? Er hatte den Funken gesehen, er hatte Dracula gesehen. In ihrem Kopf. Alisa blieb stehen.

Ihr zielloses Schlendern hatte sie zu dem Wunschbrunnen geführt. Sie starrte auf die glatte Wasseroberfläche, in der sich das Licht einer Laterne spiegelte. Vielleicht hatte Leo in ihrem Kopf auch gesehen, dass sie verrückt war. Wie ihre Mutter. Sie hatte keine Ahnung mehr, wem oder was sie glauben sollte. Mit ihren Gedanken allein zu sein, war auch keine Hilfe.

Zwei bekannte Stimmen näherten sich aus einer der Gassen, stritten miteinander. Alisa duckte sich hinter der Brunnenmauer. Sie konnte Nicu jetzt nicht gegenübertreten. Oder der Vampirjägerin. Hoffentlich gingen sie einfach vorüber. Aber sie blieben am Brunnen stehen, stritten sich weiter.

»Wir sind kein Kult, Nicu! Und auch keine Spinner. Nur weil die Wahrheit schrecklich ist, ist sie nicht weniger wahr! Wenn du nur einmal mitkommen würdest, dann würdest du verstehen …« Calvina seufzte laut. »Ein Mal, Nicu. Dann würdest du die Wahrheit erkennen.«

»Dass Vampire existieren? Das sind Legenden, Schreckgeschichten für Kinder. Du musst damit aufhören, Mama! Bitte! Das ist doch kein Leben. Wach auf! Niemand außer dir und deiner Handvoll Verrückter –«

»Wir sind weit mehr als eine Handvoll. Und es wird bald zum Kampf kommen, Nicu, zum Krieg! Dann wird egal sein, was du glaubst. Aber dann wird es auch zu spät sein, dich vorzubereiten.«

Alisa drückte den Rücken gegen die Brunnenmauer. Die Rotmasken bereiteten sich auf einen Krieg vor. Planten sie einen Angriff auf die *Elisabetha*? Alisa presste sich fester gegen die Steine.

»Wir werden täglich mehr, Nicu. Wie kommt es, dass Fremde mir glauben, während mein eigener Sohn mich für verrückt hält?«

»Du tust so, als *wollte* ich dich für verrückt halten! Begreifst du denn gar nichts?«

Schnelle Schritte entfernten sich. Calvina rief Nicu hinterher, beorderte ihn zurück, doch die Schritte kehrten nicht um, wurden schneller und leiser. Calvina seufzte. »Nächstes Mal«, murmelte sie vor sich hin.

Als Calvina weiterging, zögerte Alisa nicht lang und folgte ihr. Wenn die Rotmasken wirklich einen Angriff planten, fand sie besser so viel wie möglich darüber heraus.

Leo

Die Tür schlug zu. Leo drehte sich um und trat einen Tisch um. Hinter sich hörte er Ivy aus dem Klassenzimmer stürmen. Er würde Alisa bestimmt nicht hinterherrennen. Was sollte das – ein paar Worte von ihrer Mutter, und er war abgeschrieben? Als wären alle Dracas wie sein Vater. Sowieso – er wäre jede Wette eingegangen, dass sich im Krieg alle wie sein Vater verhalten hatten, gleichgültig, zu welchem Clan sie gehörten.

Und jetzt? Leo biss die Zähne zusammen. Nein, er würde ihr nicht nachlaufen. Stattdessen stellte er den umgetretenen Tisch wieder auf. Damit sah das Klassenzimmer wieder aus wie vorher. Nur er fühlte sich noch immer, als stünde seine Welt Kopf. Er rieb sich über die Stirn. Was nichts von der Verwirrung vertrieb. Logisch. Vielleicht gab das Notizbuch noch etwas her, vielleicht würde er darin zumindest etwas finden, womit er Alisa beweisen konnte, dass ihre Mutter fantasiert hatte.

Das Buch lag nicht mehr auf Alisas Tisch. Leo schaute in das Pult, suchte den Boden ab – aber da hockte nur eine der verdammten Ratten. »Du hast das Buch wohl kaum verschleppt«, murmelte Leo. Die Ratte zuckte mit den Ohren und eilte an der Wand entlang. Was Joanne und Tammo an diesen Tieren fanden, würde ihm ein ewiges Rätsel bleiben.

Es gab nur eine, die das Buch an sich genommen haben konnte. Bevor er zu lange darüber nachdenken konnte, dass Ivy zu suchen vermutlich auch bedeutete, Alisa hinterherzurennen, eilte Leo aus dem Klassenzimmer – und stieß mit Malcolm zusammen. Sie landeten beide auf dem Boden, Leo halb auf Malcolm, der ihn von sich wegschubste.

»Pass doch auf!«

»Selber.« Leo sprang auf und wollte das Ganze mit einem Lachen abtun. Aber Malcolm stand mit wutdunklen Augen vor ihm und hob die Fäuste.

»Verzieh dich, Weiberheld!«

»Was?« Leo rührte keinen Muskel. »Spinnst du jetzt komplett? Was soll das?«

»Aus dem Weg!« Malcolm stieß ihn so heftig weg, dass Leo an die Wand gegenüber prallte. Bevor er sich aufrappeln konnte, war Malcolm bereits im Klassenzimmer verschwunden. Der Knall der Tür sagte mehr als Worte. Leo starrte auf die Tür. *Was bitte hat den gebissen?* Im Klassenzimmer schien Malcolm Selbstgespräche zu führen. Er zögerte. Aber er hatte Wichtigeres vor, als Malcolms Launen nachzugehen.

Falls Ivy nicht zu einer sinnlosen Verfolgung aufgebrochen war, gab es genau einen Ort, an den sie sich zurückziehen würde. Obwohl der Zellentrakt unangenehme Erinnerungen weckte, machte Leo sich mit entschlossenen Schritten auf den Weg. Doch bis auf die Tiere – und Ivys Bruder in Wolfsform – schien der Zellentrakt leer, soweit er von der Tür aus sehen konnte. Wenn er wenigstens mit dem Wolf sprechen könnte! Der starrte ihn aus seiner Zelle hinaus an, hoffte entweder auf Befreiung oder seinen

Rubin, damit er sich wandeln konnte. Oder schlicht auf Futter.

»Nicht herumtrödeln, Leo«, erklang die mahnende Stimme der Contessa hinter ihm. »Der Unterricht geht weiter.«

Er seufzte und schloss die Tür. Wenigstens würden die Mädchen auch zum Unterricht kommen müssen. Nicht die beste Umgebung für ein Gespräch, aber immerhin eine, in der Alisa nicht einfach wieder wegrennen konnte.

»Was macht dir Sorgen?« Contessa Viola trat ihm in den Weg, legte eine Hand auf seine Schulter. Unter ihrem grauen Blick musste er sich erst daran erinnern, dass sie keine Gedanken lesen konnte, bevor er seine Stimme fand.

»Nichts weiter.« Er senkte den Kopf.

»Leo. Sieh mich an.« Sie wartete, bis er ihren Worten nachkam. »Du hast viel durchgestanden in den letzten Tagen. Selbst einem Dracas ist es erlaubt, wegen all dieser Ereignisse – beunruhigt zu sein.«

Er zwang sich zu einem Nicken, für das sein Vater ihn verachten würde. »War schon einiges.«

Contessa Viola lächelte. »Du hast große Stärke bewiesen, genau wie Alisa. Ihr werdet eures Erbes würdig sein. Aber jetzt ist die Zeit zum Lernen.« Sie tätschelte ihm eine Wange. »Komm.«

Niemals würde er zugeben, dass ihre Worte ihm etwas bedeuteten. Leo trottete hinter der Contessa her. Im Klassenzimmer hockte Malcolm mit gekrümmten Schultern an seinem Platz und starrte auf die Tischplatte vor sich, als stünde dort ein ganzer Roman. Ivy unterhielt sich mit Tammo und Joanne, während Fanny und Inger hereinstürzten. Seine Cousinen wieder vereint. Die Welt war also nicht vollkommen aus den Fugen geraten. Leo ließ sich auf seinen Stuhl sinken. Er würde sich nicht umschauen. Die Contessa scheuchte alle auf ihre Plätze.

Wo ist Alisa?, schoss er zu Ivy hinüber.

Die zuckte nur mit den Schultern, gönnte ihm keinen Gedanken. Alisas kleiner Bruder war zu beschäftigt mit den beiden Ratten auf seinem Tisch, um auf seine Gedankenanfragen zu reagieren. Er schubste seine Ratte auf Joannes zu, die fauchte und die Zähne zeigte. Tammos Ratte stemmte die Pfoten gegen den Tisch, weigerte sich, auch nur einen Schritt zu machen.

»Tammo von Vamalia!«, rief die Contessa.

Tammo zuckte zusammen und sprang auf. »Hier!« Die Ratte floh von seinem Tisch. Fanny und Inger kicherten, während er zögerlich von einer Seite zur anderen schwankte, ganz klar die Ratte einfangen wollte, aber zu viel Furcht vor der Contessa hatte, um es zu wagen.

»Setz dich, Tammo.« Sie ließ ihren Blick auf ihm ruhen. Er folgte ihrer Aufforderung. »Wo ist deine Schwester?«

Tammo blickte nach hinten, schien erst jetzt den leeren Platz zu bemerken. »Ich – ich weiß nicht.«

Ivy räusperte sich. »Sie fühlt sich nicht so gut. Sie kommt später.«

»Etwas Ernstes?«

»Mädchenkram.«

Leo konnte nicht umhin, Ivy dafür zu bewundern, wie sie dem Blick der Contessa standhielt. Auch wenn die Ausrede wirklich armselig war. Doch die Contessa nickte nur und machte weiter.

»Malcolm wird jetzt den Unterricht übernehmen und

euch eine Einführung in die Beeinflussung und Beherrschung der Elemente geben, die Kontrolle des Wetters. Malcolm, bitte.« Sie bedeutete ihm, nach vorn zu kommen. Malcolm rührte sich nicht. Er war noch mehr in sich zusammengesunken. »Malcolm of Vyrad!« Malcolm zuckte noch heftiger zusammen als zuvor Tammo. »Wie schön, dass du uns mit deiner Aufmerksamkeit beehrst. Wir warten auf deinen Unterricht.«

Malcolm schwankte leicht beim Aufstehen. »Ich danke Ihnen, ehrwürdigste Lady.« Er stützte sich mit einer Hand auf seinem Tisch ab. »Uns fehlt die entzückende Alisa mit ihrer Liebe …«

Fanny lachte laut auf. Alle starrten Malcolm an. Leo war überzeugt, dass sie sich alle auch dieselbe Frage stellten: *Was ist mit dem los?* Aber niemand sprach die Frage aus. Es begann zu schneien.

»Ohne sie frieren unsere Seelen«, fuhr Malcolm fort. »Zumindest eine, nicht wahr, Leo? Vermisst du sie nicht?« Der Schnee fiel immer dichter. Dunkle Wolken ballten sich unter der Decke zusammen. Donner grollte.

Das reichte. »Was hat dich gebissen?« Leo stürzte auf Malcolm zu.

»Setz dich!«

Schneller als er begriff, was vorging, fand Leo sich auf dem Boden wieder. Alles schmerzte. Das Bild eines Blitzes flackerte vor seinen Augen. Ein Stuhl krachte zu Boden.

»Hör auf!«, schrie Ivy. Doch Malcolm lachte nur, begleitet von weiteren Donnerschlägen. Leo rappelte sich hoch. Wenn Malcolm meinte, Blitze könnten einen Vampir aufhalten, war er ganz klar nicht mehr bei Verstand.

»Bleibt von ihm weg«, sagte die Contessa ruhig. Sie ging langsam auf Malcolm zu, bedeutete Leo, am Boden zu bleiben. »Er hat Ur-Rot getrunken und keine Kontrolle mehr über seine Handlungen. Überlasst das mir.«

»Ein paar Blitze bringen mich nicht um.« Leo rappelte sich hoch. »Idiot!«

Malcolm grinste verächtlich. »Ich wollte dich ja auch nicht umbringen …«

»… nur ablenken.«

Sie alle fuhren zu der neuen Stimme herum. Leo spürte seine Fangzähne hervorschießen. Am Hals der Contessa blitzte ein Silberdolch – gehalten von der Upiry, die ihnen schon einmal entkommen war. In ihrer anderen Hand hatte sie die Kette mit dem Nosferas-Rubin. Luciano stürzte zu seiner Mutter. Schnee stäubte hoch. »Lass sie gehen! Mamma!«

»Klappe halten, Muttersöhnchen«, fuhr ihn die Upiry an und legte sich die Kette mit dem Rubin um. Sie presste den Dolch an den Hals der Contessa. Leo rannte zu Luciano und schob den Jungen hinter sich.

»Lass die Contessa frei! Sofort!«

Malcolm, der an die Seite der Upiry getorkelt war, musterte ihn aus blutunterlaufenen Augen. »Sonst was? Glaubst du wirklich, du bist schneller bei Tonka als der Dolch durch den Hals der Contessa?« Malcolm grinste wieder.

Leo gab sich nicht mit einer Antwort ab. Stattdessen versuchte er, Kontakt zu Malcolm aufzunehmen, hoffte, er würde in Gedanken zu seinem Verstand durchdringen können. *Malcolm, du musst dem widerstehen, das bist nicht du.*

»Aus meinen Kopf, Dracas!« Der Kontakt riss ab, und

ein heftiger Windstoß schleuderte Leo rückwärts in hoch aufgetürmten Schnee. Ein Blitz erwischte ihn an der linken Schulter. Heißer Schmerz zuckte bis in seine Zehenspitzen. Die Upiry zerrte Contessa Viola auf die Tür zu, Malcolm dicht an ihrer linken Seite.

Leo biss die Zähne zusammen, sah, wie Luciano sich zu einem Sprung bereit machte. *Halt Luciano zurück*, beschwor er Ivy in Gedanken. *Er kann nichts tun. Malcolm ist zu wirr vom Ur-Rot.*

Ivy spannte die Muskeln an.

»Schnapp dir die Lycana«, herrschte die Upiry Malcolm an. Der zögerte. Tonka holte ein Fläschchen mit einer roten Flüssigkeit aus ihrer Tasche und hielt es hoch. »Willst du mehr davon?« Sie fuhr mit dem Fläschchen vor Malcolms Gesicht hin und her. Er nickte, streckte sich danach. Tonka blieb außer Reichweite. »Dann tu, was ich dir sage.«

In einem Wirbel aus Schnee stürzte Malcolm sich auf Ivy, packte sie und war mit ihr, der Contessa und Tonka aus dem Raum, bevor sich irgendjemand von ihnen rühren konnte. Die Tür schlug zu. Leo sprang darauf zu, packte die Türklinke, rüttelte daran. Die Tür bewegte sich keinen Millimeter. Er warf sich dagegen. Doch der Druck von außen war stärker. Es klang, als heulte dort ein Sturm. Luciano war als Erster an seiner Seite, die anderen folgten. Inger und Fanny warfen sich gemeinsam mit ihm gegen die Tür, bis ihre Körper lauter dagegenkrachten als Malcolms Donnerschläge. Doch die Tür gab nicht nach. Wie lange konnte Malcolm diesen verdammten Sturm aufrechterhalten? Leo schlug auf die Tür ein. Plötzlich war er froh, dass Alisa weggerannt und außer Gefahr war.

Draußen erstarb das Heulen des Sturms. Leo stieß die Tür auf. Von Malcolm, Tonka und der Contessa war nichts zu sehen. Leo rannte den anderen voran auf die Treppe zu, die aufs Deck führte. Von dort drangen Stimmen herunter.

»Sie haben den ...« Ivys Worte gingen in ein ersticktes Murmeln über. Ein Schrei ertönte, der nach Malcolm klang. Und dann wieder Ivy: »... Nosferas-Rubin!«

Vom Fuß der Treppe konnte er sie jetzt auch sehen. Ivy war an Deck, Malcolm hielt sie immer noch mit einem Arm umklammert, schüttelte seine andere Hand, von der Blut tropfte. Sie standen beide mit dem Rücken zu ihm, versperrten den Blick auf das, was sonst noch an Deck vorging. Leo bedeutete den anderen, hinter ihm zu bleiben. Er drückte sich eng ans Geländer und schlich ein paar Stufen nach oben. Die nächste Stimme ließ ihn erstarren.

»Nimm den Rubin, aber lass die beiden gehen.« Alisa. So viel dazu, dass sie weit fort und in Sicherheit war.

»Damit du uns tötest?«, fuhr Tonka auf. »Niemals!« Sie musste immer noch das Messer am Hals der Contessa haben. Leo huschte weiter nach oben, bis er an Malcolm und Ivy vorbei das Deck sehen konnte. Alisa sehen konnte. Was er auch bemerkte: Die Nacht begann sich zurückzuziehen. Schon drohte die Sonne am Horizont.

Er konzentrierte sich wieder auf Alisa. *Schau nicht zur Treppe. Red weiter, lenk sie ab, ich versuche, Ivy zu befreien.* Zum Glück behielt Alisa die Nerven, verriet ihn mit keiner Geste.

»Lass uns eine Lösung finden, bei der niemand sterben muss. Bitte.« Alisa machte sich klein, ging einen zögernden Schritt auf Tonka zu. »Du kannst den Nosferas-Rubin behalten und gehen. Ich verspreche, wir werden dir nicht folgen.«

»Lass die Kinder aus dem Spiel, Upiry«, mischte sich die Contessa ein. »Graf Dracula will sich an uns rächen, nicht an unschuldigen Kindern.«

»Unschuldig, die?« Tonka richtete die Dolchspitze gegen die Kehle der Contessa. »Kein Wort mehr!«

»Bitte.« Alisa breitete die Arme aus. »Lass uns wenigstens alle unter Deck gehen.« Die ersten Sonnenstrahlen berührten das Deck. Leo spannte unwillkürlich alle Muskeln an. Die Sonnenstrahlen krochen auf die Contessa zu, und Tonka hielt sie vor ihren Körper wie einen Schild. Sie schwenkte das Fläschchen mit dem Ur-Rot in Malcolms Richtung, ließ dabei Alisa nicht aus den Augen.

»Wir müssen die Sonne nicht fürchten, solange sie uns nicht erreichen kann.«

Malcolm folgte wie hypnotisiert den Bewegungen des Fläschchens. Unter sichtbarer Anstrengung löste er den Blick von der rot leuchtenden Flüssigkeit und konzentrierte sich auf den Horizont, an dem sich mehr und mehr des gelben Tods zeigte. Eine Wolke formte sich davor, verdunkelte sich, wuchs, dehnte sich aus. Schweiß stand auf Malcolms Stirn. Er schwankte. Umklammerte Ivy.

Alisa schien nichts als den Silberdolch am Hals der Contessa zu sehen. »Nimm mich als Geisel. Ich bedeute Dracula viel mehr als die Contessa.«

»Du machst zu viel Mühe«, murrte Tonka und begann, sich Malcolm zuzuwenden, sich in Richtung der Treppe zu drehen – wo sie Leo sofort entdecken würde.

Alisa! Ablenkung! Leo presste sich an das Geländer.

»Ich habe den Funken!«, rief Alisa.

Contessa Viola stand stocksteif da, starrte genau wie Tonka auf Alisa. Tonka begann zu grinsen. »Der Funke … mit dem würde er die Rubine nicht mehr brauchen … er wäre mir dankbar …«

»Alisa«, murmelte die Contessa und riss sich aus ihrer Schockstarre. »Alisa – nein! Der Funke ist wichtiger als wir alle!«

»Nichts ist wichtiger als meine Freunde.« Alisa näherte sich Tonka. So verdammt sturköpfig. Leo wusste, wie wenig er ausrichten konnte, aber er machte sich bereit, an Deck zu springen. Dort verlagerte die Contessa ihr Gewicht, was Tonka offenbar nicht mitbekam.

Contessa, was haben Sie vor?

Ein Versprechen zu halten, das ich einer vor langer Zeit verlorenen Freundin gegeben habe. Sei bereit.

Contessa Viola stieß Tonkas Dolcharm von sich, drehte sich herum, entriss der Upiry das Fläschchen mit dem Ur-Rot und holte weit aus. Malcolm schrie auf. Das Fläschchen segelte durch die Luft, über die Reling. Malcolm stieß Ivy zur Seite und stürzte dem Fläschchen hinterher, sprang über die Reling, die Arme weit nach vorn gestreckt.

Das laute Klatschen seines Körpers, als er auf dem Wasser aufschlug, riss Leo aus seiner Erstarrung. Die Wolke löste sich von der Sonne. Er rannte die letzten Stufen hinauf, packte Ivy, zog sie in die Sicherheit unter Deck.

Sie zappelte in seinen Armen, trat nach ihm. Er umklammerte sie fester. *Halt still, verdammt! Oder willst du da oben verbrennen?*

Alisa ist da oben!

Sie ist durch den Belov-Rubin geschützt.

Ivy sackte in sich zusammen. Leo gab sie frei. Auch wenn er nicht an Deck konnte, musste er sehen, was dort geschah. Die Contessa hielt Tonka fest, die ihren Dolch verloren hatte, aber mit all ihrer Kraft gegen die Contessa ankämpfte. Die hielt ihre Stellung.

Contessa, retten Sie sich, drängte Leo.

Ich kann sie nicht davonkommen lassen. Sag Claudio, er muss jetzt Mut fassen und stark sein – und Luciano, dass er Schönheit auch in den schwersten Zeiten finden soll. Versprich es mir!

Leo wollte wegschauen. Doch wenn Contessa Viola sich für sie alle opferte, schuldete er es ihr, hinzuschauen bis zum letzten Moment. *Ich verspreche es.*

Tonka wehrte sich immer verzweifelter, je näher die Sonnenstrahlen kamen. Sie zuckte, versuchte offenbar, sich zu wandeln, doch Contessa Viola hielt sie so fest, dass Leo meinte, den Schmerz zu spüren. Bis er Ivys leises »Nein, nein, nein« hörte und begriff, dass der Schmerz von dem Griff rührte, mit dem sie sich an ihn klammerte.

Die Sonnenstrahlen strichen über Contessa Viola. Alisa schrie auf. Vielleicht schrie auch er. Flammen schlugen hoch. Tonka machte einen Satz nach vorn. Sie zuckte, begann ihre Wandlung. Alisa warf sich auf sie, packte sie am Arm und zerrte sie ins volle Sonnenlicht. Mit einem hasserfüllten Schrei zerfiel die Upiry zu Staub.

Zwei Rubine rollten über das Deck, blieben liegen. Alles war still. So still, dass die leichte Brise wie ein Sturm klang. Sie streichelte über das Deck, strich über die Asche, wehte sie vor sich her, wirbelte sie davon.

Alisa hatte noch immer den Mund wie zum Schrei aufgerissen, doch sie verstopfte ihn mit einer Faust. Leo wollte zu ihr, aber das Sonnenlicht war eine tödliche Barriere. Alisa sank auf die Knie. Das leere Deck wirkte viel zu groß für ihre einsame Gestalt. Langsam, als versuchte sie, sich unter Wasser zu bewegen, zog sie ihre Faust nach unten, drückte sie gegen ihre Brust. Dort, wo ihr Herz schlug. Immer noch schweigend beugte Alisa sich vor und hob die beiden Rubine auf.

Alisa? Wir sind hier. Du bist nicht allein. Aber was er auch sagte, sie reagierte nicht. Er wusste nicht, wie viel Zeit verging über seinem Starren in den immer heller werdenden Morgen, bis Alisa sich endlich erhob. Sie kam zur Treppe und zu ihnen hinunter. Doch sie nickte ihm nur kurz zu, sagte immer noch kein Wort, während sie Ivy den Lycana-Rubin in die Hand drückte.

Er drehte sich um und hatte schon eine Hand nach ihr ausgestreckt, wollte sie festhalten. Dann hielt er inne. Im Gang standen die anderen Erben, hinter ihnen Karen und Hindrik. Luciano blickte zu Alisa, lehnte sich leicht zur Seite, um an ihr vorbeizuspähen. Als könnte seine Mutter sich hinter ihr verbergen. Alisa nahm ihn in ihre Arme. Sofort war Tammo an ihrer Seite und machte es ihr nach. Joanne folgte ihm. Inger zog Fanny mit in die Umarmung – und sie wehrte sich nicht den kleinsten Augenblick dagegen. Ivy gab ihm einen Schubs, ging zu den anderen, ohne abzuwarten, ob er mitkam. Konnte das wirklich helfen?

Seine Zweifel blieben, aber er schloss sich den anderen an.

Irgendwann später hatte er mit Luciano die letzten Worte seiner Mutter geteilt – und war nie dankbarer für die Gedankensprache gewesen. Luciano hatte nur den Nosferas-Rubin umklammert, ihn mit diesen grauen Augen angesehen und genickt. Leo ertappte sich bei der Frage, ob es für den Jungen einfacher wäre, wenn er weinen könnte wie Alisa.

Der Tag verging irgendwie. Niemand schlief wirklich.

Später – sobald der Abend heraufgedämmert war – fischten sie Malcolm aus dem Meer. Sein Blutrausch war vergangen. Jetzt hockte er tropfnass und wortlos in der Zelle, in der sich vor Kurzem noch Alisa eingeschlossen hatte. Vor Ewigkeiten.

Leo schloss die Hände um die Gitterstäbe und begab sich auf Augenhöhe mit Malcolm. Der verweigerte zwar jeden Blickkontakt, doch er ließ ihn in seine Gedanken. Leo sah Tonka, sah, wie Malcolm sich von dem Ur-Rot abwenden wollte – aber Tonka zwang ihn, sodass er davon trinken musste. Ein roter Schleier legte sich über die Szene, wurde dichter und dichter, schleuderte Leo zurück in seinen eigenen Kopf. Malcolm verbarg sein Gesicht mit beiden Händen.

Wenn die verfluchte Upiry nicht schon tot wäre, würde ich sie dafür umbringen. Selbst seine Gedankenstimme, die Leo sonst unter Kontrolle hatte, bebte vor Wut. Malcolm reagierte nicht. Ein rostiges Quietschen ließ Leo aufblicken.

Nebenan sperrte Ivy die Zelle des Wolfs auf. Sie legte ihm den Rubin vor die Pfoten. Der Wolf zögerte keinen Moment, stellte sich auf den Rubin. Ein Zucken lief über sein Fell. Sein ganzer Körper schwankte, wurde von unsichtbaren Kräften hin- und hergerissen. Er kippte, fiel zu Boden – seine Gestalt verschwamm vor Leos Blick, war da und doch nicht da, als beobachtete er jemanden hinter einem Vorhang aus Eis. Der Vorhang zerbröckelte. Auf dem Zellenboden lag ein nackter Junge, zusammengekrümmt, bewegungslos. Ivy breitete eine Decke über ihn. »Seymour?«, fragte sie leise.

»Moment.« Die Stimme des Jungen klang heiser. »So lange war ich noch nie …« Er setzte sich auf, betrachtete seine Hände. Langsam breitete sich ein Grinsen über sein Gesicht aus. Er sprang auf und warf Ivy fast zu Boden, als er sie umarmte. Sie lachten beide und hielten sich aneinander fest, und Leo war einfach dankbar für das Geräusch nach diesem Tag. Selbst Malcolm wagte einen Blick zu den Geschwistern.

»Es tut mir leid«, flüsterte er und wiederholte die Worte dann lauter. Das Lachen verstummte. »Ich werde jede Strafe akzeptieren, die ihr beschließt.«

Leo fuhr hoch. »Tonka hat dich gezwungen!« Aber Malcolm sah ihn nicht einmal an, schottete seine Gedanken ab. Hilflos rüttelte Leo an den Gitterstäben der Zelle.

Gib ihm etwas Raum, meldete sich eine vertraute Stimme in seinem Kopf. Alisa stand am Fuß der Treppe, über die Ivy und Seymour bereits nach oben verschwanden.

Können wir reden? Allein?

Alisa nickte. Sie eilte ihm voraus an Deck, blieb erst an der Reling stehen. Er vermied es, die Stelle zu betreten, an der die Asche der Contessa gelegen hatte. Als könnte er damit der Erinnerung ausweichen. Als machte sie das weniger tot. Nichts davon. Leo lehnte sich an die Reling, achtete sorgsam darauf, Abstand zu Alisa zu halten. Das Leben konnte zu schnell vorbei sein, um es mit Angst zu verschwenden. Trotzdem zögerte er, bis das Schreien der Möwen ihn auszulachen schien. »Es tut mir leid, wie ich reagiert habe. Auf die Worte deiner Mutter.« Was ein Herz jetzt wohl tun würde, wenn eines in seiner Brust schlüge? Leo schüttelte den Gedanken ab. »Ich bin nicht mein Vater.« Über ihm spotteten die Möwen, unten klatschten die Wellen gegen das Schiff.

»Ich weiß«, sagte Alisa leise. »Und ich bin nicht meine Mutter.«

Er wagte zu hoffen. Machte einige Schritte auf sie zu. Langsame Schritte. Falls sie doch wieder weglaufen wollte. Sie lief nicht weg. Er blieb vor ihr stehen. Nah genug, dass sie nur eine Hand ausstrecken musste, um ihn zu berühren. Wenn sie das wollte. Er stand still, hielt seine Gedanken im Zaum. Ihre Finger streiften seine Hand, umschlossen sie. Immer noch hielt er jede Bewegung zurück. Alisa zog ihn näher, legte seine Hand an ihre Brust, mitten auf ihren Herzschlag. Er senkte den Kopf, bis seine Stirn an ihrer ruhte.

Alisa drückte seine Hand fester an ihre Brust. »Da ist noch etwas«, wisperte sie in den Raum zwischen ihnen. Es klang widerstrebend. So, als fürchtete sie die nächsten Worte, die über ihre Lippen kommen mussten. »In der Stadt versammeln sich die Rotmasken. Sie wissen, wo wir sind. Und sie bereiten einen Angriff vor.«

Ivy

Seymour hatte sich Kleidung von Tammo geborgt und wich ihr nicht von der Seite. Nicht, dass Ivy etwas dagegen hatte. Ihr Bruder in seiner alten Gestalt war der einzig helle Stern dieser letzten Stunden. Er trug den Lycana-Ring an seinem angestammten Platz und strich immer wieder darüber. So wie sie selbst sich immer wieder vergewisserte, dass das Notizbuch von Alisas Mutter noch in ihrer Jackentasche steckte. Am liebsten hätte sie sich mit Seymour zurückgezogen, hätte ihm alles erzählt, hätte mit ihm geredet, bis alles besser wurde, wie sie es so oft getan hatten, bevor ihnen der Rubin gestohlen worden war. Aber Leo hatte sie alle gebeten, sich im Klassenzimmer zu versammeln.

Tammo und Joanne saßen bei Luciano, der sich an den Nosferas-Rubin klammerte. Fanny redete leise mit Leo, der vorne auf dem Lehrerpult hockte. Inger lehnte neben dem Bullauge an der Wand und lächelte zu ihr herüber. Ivy spürte, wie ihre Mundwinkel sich jeder Kontrolle entzogen. Schnell schaute sie auf ihre Tischplatte. Seymour stieß sie an und flüsterte: »Ist sie das?«

»Sei still!«

Seymour zuckte mit den Schultern. »Wollte dich nur ablenken.«

Hatte er auch. Für einen Moment. Sie sah kurz zu Malcolms leerem Platz, spürte wieder, wie er sie gepackt hielt, sah wieder, wie die Sonne auf sie zukroch. Ohne die Contessa wäre sie nicht mehr hier. Ivy schluckte.

Seymour schmiegte den Kopf an ihre Schulter. »Ich bin dieser Contessa echt dankbar«, flüsterte er ihr zu. Sie legte ihren Kopf an seinen. Bevor sie etwas erwidern konnte, schlüpfte Alisa ins Klassenzimmer.

Statt etwas zu sagen, ging sie zu Luciano und hockte sich vor ihn. Sie sagte immer noch nichts – zumindest nicht laut –, aber Lucianos Finger krampften sich fester um seinen Rubin. Auch er schwieg, starrte Alisa an, als blickte er durch sie hindurch auf jemand anders. Schließlich nickte er.

»Danke.« Alisas leise Stimme klang laut im stillen Klassenzimmer. Sie beobachteten sie alle, als sie zur Tür zurückkehrte. »Komm rein.«

Ivy sprang von ihrem Stuhl hoch, als sie sah, wer da eintrat. Malcolm. Ihr Tisch krachte zu Boden. Seymour schob sich vor sie. Inger schoss an seine Seite. Stimmen übertönten einander. Alisa sprang auf einen Tisch. »Ruhe!« Erst als Leo sie unterstützte, verstummten die anderen.

»Was macht er hier?« Ivy hasste, wie ihre Stimme zitterte.

»Bitte hört mir zu.« Alisa blieb auf dem Tisch, und Malcolm stand mit gesenktem Kopf daneben. Hinter ihnen tauchten Hindrik und Karen auf. Etwas daran, wie sie beide Malcolm keine Sekunde aus dem Blick ließen, beruhigte Ivy ein wenig. »Danke.« Alisa nickte ihnen zu. »Was geschehen ist, hat uns alle hart getroffen. Aber wir müssen jetzt stark bleiben und zusammenhalten. Die Gefahr ist noch nicht vorbei.«

»Nein, denn sie steht mitten unter uns.« Inger verschränkte die Arme.

»Er hat unter Zwang gestanden!«, mischte Leo sich von hinten ein. »Lass sie ausreden.«

»Nicht Malcolm ist die Gefahr.« Alisa hielt inne, wirkte plötzlich, als wollte sie selbst nicht aussprechen, was ihnen drohte. »In der Stadt versammeln sich Rotmasken. Ich habe mit eigenen Augen ihr Trainingslager gesehen. Es sind viele. Und sie bereiten einen Angriff auf uns vor. Wir müssen alle unsere Kräfte vereinen, wenn …«

Neues Chaos brach aus. Seymour zog Ivy zur Seite. Er beugte sich nah an ihr Ohr. »Wir haben alles, was wir wollten. Wir sollten einfach verschwinden.«

»Und sie ihrem Schicksal überlassen?« Ivy schüttelte den Kopf. »Das kann ich nicht.«

Seymour runzelte die Stirn. »Nicht mal nach dem, was der dir angetan hat?«

Es fiel ihr nicht leicht, aber Ivy betrachtete Malcolm, der mit hängenden Schultern im Lärm stand. Keine Spur von Rot mehr in seinen Augen. »Du hast Leo gehört – er stand unter Zwang.« Ivy zupfte an Seymours Locken. Auch wenn sie hier nicht nur Freundschaft erlebt hatte, kam ihre Gemeinschaft auf der *Elisabetha* doch einem Clanleben, von dem Seymour immer wieder erzählte, sehr nahe. »Familien sind kompliziert?« Sie wickelte sich eine seiner Locken um den Finger. Seymour ließ ein Grinsen aufblitzen.

»Allerdings.« Er seufzte. »Du kennst sie besser als ich. Aber wenn dieser Malcolm auch nur einen falschen Schritt in deine Richtung macht, verwandle ich mich wieder in einen Wolf und verpasse ihm einen tödlichen Biss.«

»Das wird nicht nötig sein.« Beim Klang von Malcolms Stimme fuhren sie beide zusammen. Auch die anderen verstummten. Malcolm straffte sich. »Was ich getan habe, ist schwer zu vergeben. Vielleicht sogar unmöglich. Wenn ich es rückgängig machen könnte …« Er schluckte. »Aber das kann ich nicht. Das kann niemand. Es tut mir leid, Ivy. Luciano. Ich kann euch nur versprechen, dass ich alles tun werde, alles, um wiedergutzumachen, was sich gutmachen lässt.«

Inger schnaubte. »Und warum sollten wir dir einfach so wieder vertrauen?«

»Weil ich es tue.« Luciano stand auf. Er ging auf Malcolm zu, der ihn mit weit aufgerissenen Augen ansah. »Weil ich ihm vertrauen will.« Luciano nahm Malcolms Hand. »Alisa hat recht. Wir müssen gegen die Rotmasken alle zusammenstehen.« Er wandte sich zu Inger, ohne Malcolms Hand loszulassen. »Und wir lassen keinen Vampir zurück.«

Alisa

»Meinst du, da geht alles gut an Bord?« Alisa drehte sich im Rennen um, spähte durch die Abenddämmerung zur *Elisabetha*. Vorsichtshalber hatten sie alle Lichter im und am Schiff gelöscht.

»Die kommen schon klar.« Leo beschleunigte das Tempo, und sie musste wieder nach vorn schauen, um mitzuhalten. Ivy hatte sich bereit erklärt, den Unterricht zu organisieren, während sie mit Leo Genaueres über den Angriffsplan der Rotmasken herausfinden wollte.

Sie hatte Leo ihre Erinnerung an die halb verfallene Kathedrale am Stadtrand gezeigt, in der die Rotmasken trainierten und ihr Hauptquartier eingerichtet hatten. *Und wie kommen wir da unauffällig rein?*, hatte Leo gefragt.

Gar nicht. Wir geben uns als neue Freiwillige aus. Auf dem Schiff hatte das sehr überzeugend geklungen. Während sie jetzt einen Bogen um die Stadt schlugen und sich der Kathedrale näherten, beschlichen sie Zweifel. Doch schon kam die Kathedrale mit dem eingefallenen Dach und den glaslosen Fenstern in Sicht. *Langsam*, mahnte sie Leo, *sonst fallen wir sofort auf.* Sie liefen in Menschentempo weiter.

Leo nahm ihre Hand. *Wird schon gutgehen.* Aber sie spürte deutlich die Anspannung in seiner Hand. Im Gegensatz zu Fenstern und Dach war der Eingang der Kathedrale noch unversehrt, die schwere Holztür mit den Eisenbeschlägen geschlossen. Durch die Fensterhöhlen drangen Stimmen nach draußen. Und das Klirren von Metall auf Metall, das dumpfe Aufprallen von Pfeilen auf Zielscheiben. *Wird schon gutgehen*, wiederholte sie sich Leos Worte, spürte den Druck seiner Finger.

»Alisa?«

Sie fuhr herum und ließ Leo los. »Nicu!« Sie starrten einander an. »Was machst du hier?«, platzten sie schließlich gleichzeitig heraus. Lachten. Verstummten. Alisa zuckte mit den Schultern. »Ich – also, wir, wir haben von den Rotmasken gehört und waren einfach neugierig … du weißt schon, Vampire und so.« Sie blickte kurz zu Boden. »Ist mal was anderes als Schule.«

Nicus Grinsen wirkte angestrengt. »Ich würde jederzeit das hier gegen Schule tauschen.«

»Wieso bist du dann hier?« Leo lehnte sich gegen die Mauer neben dem Eingang.

Nicu musterte ihn von oben bis unten. »Und du bist?«

»Ein Mitschüler«, ging Alisa dazwischen. *Sei nett, wir dürfen nicht auffallen.*

Glaub mir, mit nett würde ich auffallen.

»… jedenfalls hat sie sich seltsam verhalten …«, sagte Nicu, und Alisa bemühte sich, so auszusehen, als hätte sie nicht die Hälfte von all dem verpasst, was er erzählt hatte. »… als wäre sie gar nicht richtig anwesend. Und dann ist sie einfach wieder abgehauen, mitten im Gespräch. Erst war ich nur wütend, aber dann …« Nicu zuckte mit den Schultern und drückte die Tür auf. »Na ja, ich dachte, ich schau mal nach ihr.« Er drehte sich zu ihnen um. »Kommt ihr mit, oder fürchtet ihr euch plötzlich vor diesen Spinnern?«

»Bestimmt nicht.« Leo stieß sich von der Mauer ab.

Drinnen hing der Rauch von Fackeln und Öllampen in der Luft. An Säulen waren Zielscheiben für Pfeile und Messer befestigt. Sie wichen den verschiedenen Gruppen aus, die schossen, warfen, fochten. Nicu blieb bei einem Mann stehen, der Weihwasser in kleine Flaschen füllte.

Und jetzt?, fragte Leo.

Ich beschäftige Nicu. Du suchst nach ihrem Angriffsplan.

Leo zog die Augenbrauen hoch. *Ich soll dich mit ihm allein lassen?*

Du musst mir schon vertrauen.

Aber ihm nicht.

Alisa verdrehte die Augen und ging zu Nicu, hörte, wie Leo in die andere Richtung davonstapfte.

»... sie sollte irgendwo hier sein«, sagte die Rotmaske und verschloss eine Flasche mit einem Korken. »Entweder schärft sie die Messer oder sie macht irgendeinen unglücklichen Neuzugang rund, weil er die Armbrust verkehrt herum hält.« Er griff nach einer neuen Flasche. »Schaut euch einfach um.«

»Danke.« Nicu sah sich zu Alisa um. »Wo ist ... dein Mitschüler?«

»Der wollte sich irgendwelche Waffen näher ansehen.« Alisa hakte sich bei Nicu unter. »Komm, suchen wir nach deiner Mutter.« Obwohl Calvina nun wirklich die Letzte war, der sie hier begegnen wollte. Während sie zwischen Säulen und trainierenden Gruppen umherliefen, versuchte

Alisa, die Anwesenden zu zählen. Aber es war zu viel Bewegung im Raum, sie gab auf, als sie zum vierten Mal stecken blieb, unsicher, ob sie die Bogenschützen links von sich schon gezählt hatte oder nicht. Nicu nahm einen Bogen auf, den eine andere Rotmaske zur Seite gestellt hatte.

»Schon mal so einen benutzt?«

Alisa verneinte. Nicu legte einen Pfeil an, zielte und traf die Mitte der Scheibe. Eine der Rotmasken klopfte ihm auf die Schulter. »Da hat sich das ganze Training mit deiner Mutter ja gelohnt, was? Wo ist sie überhaupt?«

»Ich weiß nicht – sie sollte eigentlich …«

Die Frau pfiff auf zwei Fingern und winkte ein paar Männer heran. »Calvina ist immer noch nicht da. Holt euch noch ein paar Leute dazu und sucht in der Stadt nach ihr. Nicht, dass sie einem dieser Biester –« Sie verstummte mit einem Blick auf Nicu. Die Männer zogen ab. »Wenn du deiner Freundin einen Gefallen tun willst, zeig ihr, wie sie sich verteidigen kann.« Die Frau zwinkerte ihm zu und setzte ihre Runde fort.

Nicu kratzte sich am Nacken. »Willst du?« Er hob den Bogen. »Ist gar nicht so schwierig.«

»Klar.« Alisa fiel es mit jedem Augenblick schwerer, ihre unbekümmerte Fassade aufrechtzuhalten. All diese Menschen um sie herum wollten sie und alle ihrer Art töten. Nicu legte ihr die Hände auf die Schultern, drehte sie sanft zur Zielscheibe.

»Schritt eins, das Ziel im Blick haben.« Er drückte ihr den Bogen in die Hand. Alisa schluckte gegen ihr Unbehagen an. Immerhin einer, der ihr nicht den Tod wünschte. *Weil er nicht weiß, was du bist*, wisperte es in ihr. Sie zuckte zusammen, als Nicu hinter sie trat. »Entschuldige.« Er kam zurück an ihre Seite. »Ich wollte dich nicht erschrecken.« Er hielt einen Pfeil mit Silberspitze hoch. »Aber für Schritt zwei brauchst du den.«

Alisa zwang sich zu einem Lächeln. Für ein todbringendes Instrument war der Pfeil erstaunlich leicht. »Und jetzt?«

»Schritt drei. Den Pfeil anlegen, den Bogen spannen.«

Bei Nicu hatte das eben ganz leicht ausgesehen. Aber jetzt, wo sie selbst mit den beiden Dingern hantierte, fühlte Alisa sich, als hätte sie Arme aus Holz.

»Darf ich?« Nicu berührte sie vorsichtig an der Schulter. Sie nickte, ließ zu, dass er ihre Haltung korrigierte, zuckte nicht, als seine Finger ihre Hand auf dem Bogen positionierten. Gemeinsam legten sie den Pfeil an. Nicus Atem strich über ihren Hals. Seine Brust drückte warm und ruhig gegen ihren Rücken. Sie konnte sein Herz darin schlagen hören. Schnell, wie ihres. Sie musste sich auf etwas anderes konzentrieren als ihre Furcht. Contessa Viola in ihrer aufrechten Haltung – nicht einmal die herannahende Sonne hatte sie beugen können. *Für die Contessa.* Alisa richtete den Blick fest auf die Zielscheibe.

Nicus Hände lagen um ihre, hielten Pfeil und Bogen ruhig. Sie spürte, wie die Sehne sich unter ihrem Zug spannte. Gleichzeitig ließen sie los. Der Pfeil schoss davon. Die Sehne zitterte, sang. Der Pfeil bohrte sich in die Scheibe.

»Volltreffer!«, jubelte Nicu hinter ihr. »Du bist ein Naturtalent.«

Sie wandte sich zu ihm um, wollte etwas sagen, aber sie war viel zu nah vor seinem Gesicht. Seine Hände strichen über ihre Wangen, berührten ihren Hals – seine Lippen berührten ihre. Alisa sprang zurück, stolperte, fing sich, ließ den Bogen los. Er fiel mit einem Klappern auf den Steinboden.

Nicu war rot im Gesicht. »Entschuldige, ich – ich wollte nicht …« Er senkte den Kopf. »Es tut mir leid.«

Alisa blickte sich schnell um. Niemand beachtete sie. Dann hatte wohl auch niemand ihren Sprung gesehen. Viel zu weit für einen Menschen. Schnell ging sie zu Nicu zurück, der den Blick immer noch auf den Boden gerichtet hielt. Vorsichtig stieß sie ihn an. »Vergiss es einfach, ja?«

Er schloss die Augen und fuhr sich über das Gesicht. »Wie soll ich dich vergessen?« Er sprach so leise, dass ein anderer Mensch seine Worte nicht gehört hätte. Aber sie hörte nicht nur die Worte, sie hörte auch den Schmerz darin.

»Nicu.« Sie zog sanft seine Hände von seinem Gesicht. »Ich mag dich. Wirklich. Aber da ist ein anderer und …« Und sie hatte sich in eine Sackgasse geredet. Wie sollte sie ihm erklären, dass sie sich bei Leo nicht verstecken musste, nicht ständig fürchten musste zu verraten, was sie war? Nicu würde ihr ohnehin nicht glauben – und ihm hier den Beweis zu zeigen, wäre tödlich. Alisa ballte die Hände zu Fäusten. »Ich weiß selbst nicht, was ich fühle«, schloss sie lahm.

Eine Antwort bekam sie nicht, nur einen Blick, der zu wenig Raum für das Herz in ihrer Brust ließ. Ihr schwindelte. »Mir ist … komisch, ich muss mich …« Ihre Handfläche kribbelte und steigerte ihre Panik. Nicht hier! Nicht. Nicu stützte sie, und sie schaffte es bis zu der Säule. Anlehnen war nicht genug. Sie rutschte hinunter auf den Boden und ließ den Kopf auf ihre Knie sinken, versteckte die Hände auf ihrem Schoß. Der Schwindel riss sie mit sich.

Musik. Streichinstrumente. Alisa blinzelt. Sie muss zurück. Sofort. Aber so sehr sie sich fortwünscht, es hilft nichts. Auf einer Empore links von ihr stehen die Musiker und füllen den Raum mit einem schwermütigen Walzer. Alisa ist in einem Gang zwischen langen Reihen von Stühlen. Zerschlissene rote Samtvorhänge umrahmen die Bühne, auf der Graf Dracula mit einer Frau tanzt, die ihr bekannt vorkommt. Alisa wagt sich etwas dichter heran. Calvina – Dracula tanzt mit Calvina! Und sie lächelt und wendet keine Sekunde den Blick von ihm ab.

»Ah, warum gehen, wenn man tanzen kann?« Dracula führt die Vampirjägerin herum und herum. Sie muss unter seinem Zwang stehen. »Spürst du es nicht auch?« Er lacht. »Natürlich spürst du es nicht. Meine eben noch so fernen Rubine kommen näher.« Er schnipst mit den Fingern, und die Musiker spielen schneller. Dracula wirbelt Calvina über die Bühne. Alisa schwindelt vom Zusehen ebenso wie von ihren rasenden Gedanken. *Dracula ist hier. Er weiß, wo wir sind. Wenn die Rubine näher kommen, sind die Ehrwürdigen …*

»Sie sind nah, ganz nah. Und deswegen brauche ich deine Hilfe, Calvina.« Er stoppt die Drehungen, wiegt sie auf der Stelle hin und her. Alisa schiebt sich in eine der Stuhlreihen, packt eine Lehne. Als biete das irgendeine Sicherheit. Dracula streicht Calvina über die Wange. »Mit all ihren Rubinen sind die verbliebenen Vampire zu stark für mich. Und deine Rotmasken kann ich nicht alle gleichzeitig bezwingen. Doch auf dich hören sie. Du musst sie für mich anführen.«

Er reißt den Arm hoch, schleudert Calvina in eine wilde Drehung, in der sie quer über die Bühne wirbelt. Dracula fährt herum und starrt Alisa über die Stuhlreihen hinweg an. »Ich habe mich schon gefragt, wann du wohl wieder auftauchst. Was sagst du zu meiner neuen Freundin?« Er winkt Calvina zu sich, die torkelnd am Bühnenrand stehen geblieben ist. Sie kommt auf ihn zu, begibt sich widerstandslos in seine Arme. »Sie wird mir meine Rubine bringen. Heute Nacht noch! Und du kannst sie nicht aufhalten!«

Ihre Finger schmerzen, so fest hält sie die Stuhllehne gepackt. Den Schwindel hält das nicht fern, sie wirbelt herum, wie Calvina in ihrem Tanz mit Dracula, aber sie wird nicht gehalten, sie fällt-schleudert-stürzt-fällt.

Sie lag auf der Seite neben der Säule. Es war hell, strahlend hell. Jemand beugte sich über sie. Nicu.

»Alisa? Alisa, was ist mit dir? Was ist mit deiner Hand? Wieso …?«

Irgendwo in der Ferne klang immer noch ein Walzer. »Tut mir so leid«, murmelte sie und packte Nicus Hand.

Sie spürt ihn an ihrer Seite in ihrem Fall. Sie umklammert immer noch seine Hand, als sie gemeinsam im Theater landen. Nicu keucht auf. Er starrt sie an. »Was … wie … wo …?« Er schüttelt den Kopf.

»Hab keine Angst, bitte.« Alisa zieht ihn näher an sich. »Wir sind hier und doch nicht wirklich hier. Niemand kann uns etwas antun. Aber du musst das mit eigenen Augen sehen.«

»Wer soll uns – Mama!« Nicu blickt auf die Bühne und will sich losreißen. Alisa hält ihn fester. Gegen ihre wirkliche Kraft ist er machtlos. »Mama! Lassen Sie sie los!«

Dracula fährt zu ihnen herum, lässt seine Fangzähne aufblitzen. »Sie gehört mir!«

Nicu schreit, und sie fallen, Alisa redet auf ihn ein, hört sich selbst kaum, weiß nicht, was er hört, redet und stürzt, und Stimmen stürzen auf sie ein.

Nicu riss sich von ihr los und taumelte rückwärts. Alisa sprang auf. »Es tut mir so leid! So sehr. Ich wusste nicht, wie ich dir das sonst …« Jetzt erst bemerkte sie die Menschen um sie herum. Sie senkte die Stimme. »Hör mir zu, Nicu, bitte. Alles, was deine Mutter sagt, stimmt. Es gibt Vampire. Dracula. Und er hat sie in seiner Gewalt.«

»Aber wie … wie waren wir eben …« Er starrte sie an, als hätte er sie noch nie gesehen. Die Rotmasken in ihrer Nähe warfen ihnen misstrauische Blicke zu, ließen von ihren Kampfübungen ab. Sie packte Nicu an den Schultern.

»Wir müssen einen Krieg verhindern!«, drang sie auf ihn ein. »Nur du kannst zu deiner Mutter durchdringen. Du musst versuchen, sie zu stoppen!«

Die Rotmasken kamen näher, und Nicu reagierte noch immer nicht. Alisa schüttelte ihn. Die Rotmasken bildeten einen Halbkreis um sie, der Feuerschein der Fackeln glänzte auf silbernen Dolchen und Pfeilspitzen. Eine Tür quietschte.

Bist du wahnsinnig? Raus hier! Leo kam von der anderen Seite der Halle angerannt.

»Nicu! Du musst mir glauben. Ich werde auf meiner Seite alles tun, um ein Blutbad zu verhindern. Aber wir brauchen deine Hil-«

»Wir? Deine Seite?« Nicu erwachte aus seiner Erstarrung. »Du bist ein …« Er wich vor ihr zurück. Seine Lippen formten das Wort tonlos, doch von den Rotmasken, die sie umzingelten, wurde es laut aufgenommen. Es gellte in ihren Ohren. »Vampir!«

Sie suchte Nicus Blick. »Ich wollte dich nie verletzen.« Aber er wich weiter vor ihr zurück, drängte sich zwischen die Rotmasken. Die rückten langsam vor.

Alisa! Leo landete mit einem Sprung neben ihr und ergriff ihren Arm. *Wir müssen hier weg. Jetzt!*

Sein plötzliches Auftauchen hatte die Rotmasken gestoppt. Gemeinsam duckten sie sich zum Sprung, setzten über ihre Köpfe hinweg, rannten, kaum dass sie Boden unter den Füßen spürten. Pfeile zischten durch die Luft, wollten sie einholen, doch sie waren zu schnell, waren schon an der Tür und hindurch und rannten weiter, bis sie die Schritte hinter sich nicht mehr hörten.

Ivy

Sie drückte sich an die Tür der Kapitänskajüte, spürte Inger neben und die anderen Erben hinter sich. Niemand fand Worte. In der Kajüte hockte Conte Claudio auf dem breiten Doppelsarg und starrte blicklos vor sich hin. Wieder und wieder murmelte er dieselben Worte.

»Sei stark, fasse Mut, sei stark, fasse …«

Luciano schmiegte sich an ihn, hatte längst jeden anderen Versuch aufgegeben, zu seinem Vater durchzudringen. Er strich ihm im Rhythmus der Worte über den Arm, bewegte die Lippen ohne einen Laut.

Inger tippte ihr auf den Handrücken. »Wir sollten ihnen etwas Privatsphäre geben«, flüsterte sie. »Und uns auf die Ankunft der anderen Ehrwürdigen vorbereiten.« Sie verzog das Gesicht.

Ivy nickte. Die übrigen Ehrwürdigen konnten nicht weit hinter Conte Claudio zurück sein. Sie biss sich auf die Lippe.

»Leo und Alisa schaffen das schon«, sagte Inger beruhigend.

»Hast du etwa meine –«

»Nein. Manches ist auch so offensichtlich.« Inger wandte sich zu den anderen um und bedeutete ihnen, ihr zu folgen. Ohne Widerspruch verzogen sie sich alle ins Klassenzimmer. Statt sich auf ihre üblichen Plätze zu setzen, drängten sie sich um Ivy und Inger zusammen. Seymour zwinkerte ihr zu, wirkte als Einziger unbeschwert.

»Was ist der Plan?«, fragte er.

Seine Stimme gab ihr neue Zuversicht. »Wir trainieren. Wie mit Alisa und Leo besprochen. Malcolm, deine Wetterkontrolle kann uns allen im Kampf nutzen. Bist du bereit?«

Er nickte und kam nach vorn. Während er begann, zog Ivy Inger und Seymour in eine Ecke auf der anderen Seite. »Kannst du Seymour das mit der Gedankenbarriere erklären?«, bat sie Inger. »Das ist das Einzige, was er auch ohne das Blutritual lernen kann – und mir schadet noch etwas Übung auch nicht.«

»Na klar. Wenn man sich auf eins verlassen kann, dann darauf, dass Onkel Magnus versuchen wird, unsere Gedanken zu lesen. Vor allem, wenn Leo nicht vor ihm wieder an Bord ist.«

Ihnen gegenüber zuckten erste Blitze unter der Decke entlang, Donner grollte auf und verstummte wieder, grollte erneut. Malcolm ging zwischen den Erben umher und sprach ihnen ermutigend zu. Ivy schaute schnell weg, spürte, wie Seymour ihr Handgelenk drückte.

»Dann mal los«, sagte er.

Bald vergaß sie, wie die Zeit verging, während Inger abwechselnd Seymours und ihre Barrieren attackierte, sie auf Lücken hinwies, geduldig wiederholte, was sie besser machen konnten und wie. »Das Wichtigste ist, flexibel zu bleiben. Wenn eine Barriere nutzlos wird, stellt euch eine andere vor. Ivy, du schützt dich mit einem Ring aus Feuer.

Aber was machst du, wenn es mir gelingt, das Feuer zu löschen?«

Eine Welle eisigen Wassers überrollte ihren Schutzwall. Ivy erstarrte, als wäre sie tatsächlich von Wasser getroffen worden. Inger schüttelte den Kopf. »Du darfst der Illusion nicht glauben. Du musst sofort kontern. Stell dir Felsen vor, an denen würde das Wasser einfach abprallen.«

So ging es weiter und weiter. Ivy war jedes Mal froh, wenn Inger sich Seymour vorknöpfte und sie sich kurz erholen konnte. »Wenn ihr gar nicht mehr weiterwisst, denkt so viel wie möglich. Überschüttet den Eindringling mit einem Wirrwarr an Gedanken. Je mehr Einzelheiten, desto besser. Denkt an alle Tiere, in die ihr euch verwandeln könnt, an alle Wege, die ihr jemals gegangen seid, jede Landschaft, die ihr gesehen habt, alles Alltägliche, Harmlose – aber so viel davon auf einmal wie nur möglich. Das verwirrt und macht es äußerst schwer, einen Weg durch das Chaos zu finden. Versucht es.«

Mitten in ihren Übungen wurde die Tür des Klassenzimmers aufgerissen. »Sie sind da!« Hindriks Stimme zitterte leicht. »Die Ehrwürdigen.«

Ein Blitz zuckte unter der Decke entlang, verpuffte. »Mein Vater.« Malcolm wirkte grau im Gesicht.

Tammo nahm seine Hand. »Wir haben es Alisa und Leo versprochen. Niemand wird dich verraten.«

Malcolm blickte zu ihr hinüber. Ivy nickte ihm stumm zu.

An der Tür wurde Hindrik aus dem Weg gestoßen. Baron Magnus stürmte herein, gefolgt von Madame Audry, Sir Milton und Freifrau Elina. »Was geht hier vor?«, verlangte Baron Magnus zu wissen. »Claudio hat sich in seiner Kajüte eingeschlossen, Viola ist nirgendwo zu finden, nicht einmal Signor Umberto lässt sich blicken!«

Sie drängten sich alle zusammen. Nur Inger und Fanny schienen weniger eingeschüchtert. Sie stellten sich nach vorn, trotzten der drohenden Gestalt des Barons.

»Wer ist hier verantwortlich?«, donnerte der weiter. »Und wo ist mein Sohn?« Er starrte Inger an, die beharrlich schwieg. Baron Magnus zog die Augenbrauen hoch und gab ein Brummen von sich, das widerwillig anerkennend klang. Doch er sagte nichts, wandte sich Fanny zu. Auch die hielt ihm stand. Ivy schluckte, als der eisblaue Blick sich auf sie richtete. Zu gern hätte sie die Augen geschlossen, aber das war sinnlos. Die Flammen um ihre Gedanken erstarrten zu Eis. Ein Hämmern begann, als schlügen tausend Eispickel zugleich auf sie ein. Das Eis splitterte. Ivy stopfte die Lücken mit allem, was sie gerade zu fassen bekam. Motten im Klassenzimmer, Ingers Lächeln, Seymour, der sich aus seiner Wolfsgestalt löste, Felsklippen in Irland, unendliche Anstiege über Geröll, durch Wälder, der weite Nachthimmel von Bergrücken aus, so viele helle Punkte, dass dazwischen kaum Platz für das Dunkel blieb – der Angriff brach ab.

»Ihr habt also alle den ein oder anderen Trick gelernt«, grollte der Baron. »Aber ich bin euch immer noch überlegen.« Damit konzentrierte er sich auf Joanne. Es dauerte nicht lange, bis sie schwankte und sich die Lippe blutig biss.

»Sie ist noch ein Kind, Magnus«, protestierte Madame Audry. Der Baron zeigte sich unbeeindruckt, konzentrierte sich weiter auf Joanne. Aber Inger und Fanny traten hinter das Mädchen, legten ihr die Hände auf die Schultern.

»Ihr habt wohl vergessen, zu welchem Clan ihr gehört!« Baron Magnus starrte seine Nichten voller Wut an. Madame Audry stellte sich vor ihn.

»Lass sie in Ruhe, Magnus, so erreichen wir nichts.«

»Wo ist mein Sohn?«

Ivy lehnte sich an Seymour, der ihre Arme umklammerte, als wollte er Eisen zerquetschen. Ihr fiel nichts Beruhigendes für ihn ein. Sir Milton baute sich vor Malcolm auf. »An deiner Stelle würde ich reden, damit niemand verletzt wird.«

»Geduld ist eine Tugend, Sir.« Malcolm sprach betont höflich.

»Das ist nicht witzig, Malcolm.«

»So habe ich das auch nicht gemeint. Sir.«

Freifrau Elina beugte sich zu Tammo hinab und strich ihm über den Kopf. »Wo ist deine Schwester? Wo treibt sie sich herum? Was hat sie vor? Ich bin krank vor Sorge, Tammo! Willst du mir das wirklich antun?«

Tammo schluckte hörbar. »Sie – sie wird dir alles selbst erzählen, wenn sie von ihrer Mission zurück ist.«

»Was für eine Mission?«

Tammo zitterte und presste die Lippen zusammen. Baron Magnus brüllte wütend auf. Er stürzte zur Tür hinaus. In dem folgenden Schweigen brauchte Ivy einen Moment, um sich zu sammeln. »Folgen wir ihm«, flüsterte sie in die Stille. Alle schlossen sich ihr an.

Sie holten Baron Magnus an Deck ein. Er trat die Tür der Kapitänskajüte auf. Erst vor Conte Claudio blieb er stehen. Der murmelte noch immer dieselben Worte vor sich hin, während Luciano stumm neben ihm auf dem Sarg saß.

Baron Magnus wirkte mit einem Mal ganz ruhig. Fast schon zärtlich umfasste er Conte Claudios Gesicht. »Was ist passiert, Claudio?«

Doch der Conte reagierte auch auf den Baron nicht, starrte weiter ins Leere. Baron Magnus kniete sich vor den Sarg. »Luciano.« Seine Stimme war so sanft, dass Ivy sie nicht mit dem tobenden Mann von eben zusammenbringen konnte. »Was ist mit deinem Vater? Wo ist deine Mutter? Was ist hier geschehen?«

Ivy schüttelte den Kopf, aber Luciano hatte nur Augen für den Baron. »Inger, tu was«, wisperte sie.

Er hört mir nicht zu.

Neben dem langen, hageren Conte und dem noch im Knien riesig wirkenden Baron sah Luciano geradezu winzig aus. »Mamma ist – sie – eine Upiry hat uns angegriffen und wollte unseren Rubin stehlen. Mamma hat sie getötet und ist dabei – in die Sonne.« Luciano verstummte. Sein Kopf verschwand unter der Hand des Barons, als der ihm über die Haare strich. Nur das beständige Murmeln des Conte war noch zu hören. Luciano seufzte leise. »Die Stadt ist voller Rotmasken. Sie bereiten einen Angriff auf uns vor. Alisa will eine friedliche Lösung finden.«

»Friedlich?«, grollte der Baron, und alle Sanftheit fiel von ihm ab. »Wir werden sie in Stücke reißen!«

Madame Audry legte einen Arm um Luciano und schob ihn sachte hinaus. Sir Milton drängte sie alle von der Tür zurück. »Das ist keine Angelegenheit für Kinder.« Und schon schloss sich die Tür zwischen ihnen und den Ehrwürdigen.

»Wir sind keine Kinder!«, empörte sich Inger.

»Kommt.« Fanny winkte sie zum Fenster der Kajüte. Sie duckten sich darunter, während Fanny und Inger hineinspähten und lauschten.

»Sie wollen sofort angreifen«, berichtete Inger.

Ivy raufte sich die Haare. »Aber sie wissen nicht mal, wie viele es sind oder wo –«

»Sie wollen die Stadt durchkämmen«, unterbrach Fanny sie. »Scheint ihnen egal zu sein, ob andere als Rotmasken dabei verletzt werden.«

»Wir müssen sie aufhalten!« Ivy wollte schon aufspringen, aber Fanny hielt sie zurück.

»Wie? Willst du sie in der Kajüte einsperren? Dann wäre alles, was du bislang von unserem Onkel gesehen und gehört hast, ein höfliches Gespräch gewesen.«

Inger stimmte ihr zu, und Luciano ließ den Kopf hängen. »Ich hätte nichts sagen dürfen. Es tut mir leid.«

Malcolm legte einen Arm um seine Schultern. »Ist schon gut. Niemand nimmt dir das übel.« Sein Blick sagte klar, dass alle, die Widerspruch wagten, es mit ihm zu tun bekämen. Luciano verbarg das Gesicht an seiner Schulter.

In diesem Moment sprangen zwei Gestalten an Deck. Ivy war mit allen anderen auf den Füßen, bevor sie registrierte, dass sie die beiden kannte. »Endlich! Was habt ihr herausgefunden? Wir müssen –«

Alisa schnitt ihr das Wort ab. »Sind die Ehrwürdigen da drin?« Sie zeigte auf die Kapitänskajüte.

»Woher weißt du –«

»Keine Zeit!« Sie rannte in die Kajüte. Leo folgte ihr, blickte zu seinen Cousinen zurück.

»Gebt den anderen alles weiter!« Die Tür schlug hinter

ihm zu. Inger und Fanny starrten einander an. Dann wandten sie sich gleichzeitig zu ihnen um.

»Dafür setzt ihr euch besser.«

Alisa

Bei dem Lärm, der in der Kajüte herrschte, blieb ihr Eintritt unbemerkt. Alisa räusperte sich. Auch das ging unter. Leo stampfte entschieden mit einem Fuß auf. Die Ehrwürdigen schnellten herum.

»Bitte, hören Sie uns –«

»Du steckst bis zum Hals in Schwierigkeiten, junge Dame.« Großmutter stemmte die Hände in die Hüften. »Was hast du dir nur gedacht?«

Baron Magnus ging auf Leo los. »Du kennst die Strafe für Ungehorsam, Sohn.«

»Ja, ja, später. Erst musst du Alisa anhören. Vater.« *Schnell, rede, lange wird ihn das nicht zum Schweigen bringen.*

»Die Rotmasken stehen –«

»In der Stadt zum Angriff bereit.« Baron Magnus winkte ab. »Wissen wir. Aber von so ein paar Möchtegern-Kriegern mit Masken lassen wir uns nicht einschüchtern. Wir werden sie –«

»Papa. Bitte.« Leo trat auf seinen Vater zu. »Hör ein einziges Mal in deinem Leben zu.«

Baron Magnus schwieg, doch er starrte sie über Leos Schulter hinweg mit so einem durchdringenden Blick an, dass Alisa sich zu den Rotmasken zurückwünschte. »Sei stark, fasse Mut, sei stark, fasse Mut ...«, drang Conte Claudios Murmeln zu ihr durch. *Für die Contessa.* Alisa straffte sich. »Die Rotmasken stehen unter Graf Draculas Kontrolle.« Jetzt ruhten alle Blicke auf ihr – bis auf den des Conte, der immer noch ins Leere ging. Aber auch wenn seine gemurmelten Worte sich nicht wirklich an sie richteten, halfen sie ihr, ruhig weiterzusprechen. »Graf Dracula ist hier, und er hat Calvina, die Anführerin der Rotmasken, unter seiner Kontrolle. Er will alle unsere Rubine, und er wird noch heute Nacht die Rotmasken gegen uns ausschicken.«

Ihre Großmutter stützte sich auf Sir Miltons Arm ab. »Wir müssen den Anker lichten und sofort lossegeln. Die Clans versammeln. Nur gemeinsam ...«

»Dafür ist es zu spät«, sagte Leo in ihr Verstummen.

»Aber wir haben einen Plan«, fuhr Alisa fort. »Wenn wir alle –«

»Das ist doch lächerlich!«, übertönte Sir Milton sie. »Wir hören doch nicht auf Kinder.«

Baron Magnus nickte. »Oder nehmen Befehle von einer Vamalia an.«

»Ihr seid schon genug Risiken eingegangen«, mischte Madame Audry sich ein. »Überlasst das uns, Kinder. Wir haben euch Jahrhunderte an Erfahrung mit diesen Dingen voraus.«

Alisa wollte schreien, doch auch das würde diese Sturköpfe nicht zum Schweigen oder gar zum Zuhören bringen. *Die benehmen sich wie Kinder.*

Leo kam zurück an ihre Seite. *Verkehrte Welt wäre jetzt gut, dann könnten wir sie zwingen, bei dem Plan mitzumachen.*

Plötzlich verstummte Conte Claudios Murmeln, und er schoss in die Höhe. »Hört ihnen zu! Ich habe unsere Kinder in den letzten Wochen begleitet. Sie sind stark! Sie sind voller Mut. Sie haben voneinander gelernt, sie teilen ihre Gaben. Unsere Kinder sind uns überlegen, ob uns das gefällt oder nicht!«

Baron Magnus schnaubte. »Bei allem Respekt vor deiner Trauer, Claudio, das ist doch –«

»Wahr«, hielt Leo ihm entgegen. »Es ist wahr, und es ist genau das, weswegen du uns hier versammelt hast. Und Alisa, eine Vamalia, ist mutiger als alle Dracas zusammen.« Er griff nach ihrer Hand. Mit seiner Hand in ihrer konnte sie den Mut auch spüren.

»Ihr habt uns hier zusammengebracht, damit wir etwas Neues aufbauen. Einen neuen Clan, in dem alle Vampire ihre Gaben teilen. Damit wir gemeinsam stärker sind, als wir es je zuvor waren. Wir sind euch gefolgt und haben darauf vertraut, dass es der richtige Weg ist. Jetzt müsst ihr uns vertrauen!«

Conte Claudio war der Erste, der nickte. Madame Audry schloss sich ihm an. Großmutter und Sir Milton folgten. Baron Magnus blickte auf Leo, auf ihre Hände. »Nun gut, nun gut«, brummelte er schließlich. »Wie sieht dieser Plan aus?«

Alisa drückte Leos Hand. *Gleich voll reinspringen – oder vorsichtige Annäherung?*

Voll …

Die Tür wurde aufgerissen, Inger und Ivy stürmten in die Kajüte. »Sie kommen!«

Leo, übermittle deinem Vater den Plan. »Sind die anderen auf ihren Positionen?«

Ivy nickte.

»Gut. Dann nehmt eure ein. Wir sind gleich bei euch.« Alisa wandte sich an die Ehrwürdigen. »Wir können die Rotmasken aufhalten. Kein Vampir muss dabei sterben. Wenn ihr unserem Plan folgt.«

Baron Magnus schaute von Leo zu ihr. »Unser Leben liegt in euren Händen.« Er winkte den anderen Ehrwürdigen. »Mir nach!« Niemand von ihnen zögerte mehr. So mussten sie früher gegeneinander in den Krieg gezogen sein. Alisa sah ihnen nach. Alles, was schiefgehen konnte, schoss ihr durch den Kopf.

Leo hielt ihre Hand fester. *Du solltest uns auch vertrauen.*

Dann los.

Sie hatten alle Lichter gelöscht, aber die Rotmasken brachten ihre eigenen mit. Von ihren Verstecken hoch oben in den Masten sahen sie, wie die Vampirjäger sich auf Booten und über den Steg näherten. Die roten Tücher ließen von den Gesichtern nur die Augen frei. Calvina war die Erste an Deck. Sie sprachen kein Wort miteinander, verständigten sich durch Gesten. Calvina teilte die Rotmasken in zwei Gruppen, bedeutete der einen, ihr hinab unter Deck zu folgen.

Alisa lauschte den Schritten auf der Treppe, hörte, wie sie sich über die unteren Räume verteilten. Die Rotmasken an Deck schlichen zu zweit und dritt herum, spähten unter Planen, in Fässer, vier gingen mit gezogenen Dolchen auf die Kapitänskajüte zu.

Jetzt!, rief sie allen gleichzeitig zu. Lautlos sprangen sie aufs Deck hinab. Ebenso lautlos packten sie die überraschten Rotmasken und warfen sie über die Reling ins Wasser. Noch bevor das letzte Aufklatschen auf den Wellen verklang, hockten sie wieder in ihren Verstecken. Alisas Herzschlag dröhnte ihr in den Ohren.

Die ersten Schreie im Wasser wurden laut. Rotmasken paddelten hektisch mit Armen und Beinen, bemühten sich, ihre Ruderboote oder den Strand zu erreichen.

Wenn die wüssten. Sie konnte Leos Grinsen in ihren Gedanken sehen. So wenig sie sich ablenken lassen wollte, musste sie doch seiner Vorstellung unter Wasser folgen, wo die Ehrwürdigen wie Perlen an einer Schnur aufgereiht lagen – die Rubine sicher vor jedem Vampirzugriff. Und im nachtdunklen Wasser vor jedem menschlichen Blick verborgen. Sie staunte noch immer darüber, dass Baron Magnus sich darauf eingelassen hatte.

Sie kommen wieder hoch, meldete Inger.

Alisa wartete, bis auch Calvina an Deck war und sich den anderen Rotmasken anschloss, die sich verwundert umsahen.

Malcolm, jetzt.

Schon begann es zu schneien. Unter ihnen wurden Stimmen laut. »Was zum Teufel?« – »Was geht hier vor?« – »Hexenwerk!« – »Wo sind die alle hin?«

Der Schnee fiel dichter und dichter, als sie alle Malcolm unterstützten. Bald konnten die Rotmasken an Deck nicht einmal mehr einander sehen.

»Wo sind die verfluchten Vampire?«, rief Calvina.

Jetzt!, gab Alisa den nächsten Einsatz. Genauso lautlos wie beim ersten Mal landeten sie an Deck. Stoppten den Schneefall.

»Hier«, antwortete Leo. Die Rotmasken zuckten zusammen, drehten sich in alle Richtungen, doch sie waren umstellt von Erben und Schatten. Calvina kam drohend auf ihn zu.

»Wo sind die Ehrwürdigen? Die Rubine?«

»Außer Reichweite«, rief Alisa ihr von der anderen Seite zu, und Calvina fuhr herum. Donnergrollen ertönte direkt über ihren Köpfen, und alle Rotmasken duckten sich. Malcolm zwinkerte Tammo anerkennend zu. Die Rotmasken fingen sich. Sie zückten ihre Kreuze, streckten sie ihnen entgegen. Sofort begann Luciano, sie durch die Entweihung zu leiten. Während der Chor der Worte anschwoll, bemerkte Alisa, dass Calvina als Einzige kein Kreuz in der Hand hatte. Und nicht nur das – sie zuckte vor jedem zurück, dem sie zu nahe kam. Alisa stockten die Worte.

Calvina steht nicht unter Zwang, sie ist ein Schattenvampir, schickte sie in die Runde. Dracula musste sie gebissen haben. Hass, so stark, dass ihr davon übel wurde, stieg in ihr auf. Er hatte Nicu die Mutter genommen. Calvina fauchte, und ihre Fangzähne blitzten auf. Die Rotmasken in ihrer Nähe rannten von ihr weg – kamen aber nicht weit, da sie von Vampiren umzingelt waren.

»Ihr habt die Wahl«, rief Leo über die wachsende Panik hinweg. »Verlasst das Schiff – oder bereut, jemals ein rotes Tuch umgebunden zu haben!«

Waffen fielen klirrend aufs Deck. Calvina sprang rückwärts, als ein Kreuz sie traf. Hindrik kam ihr zur Hilfe, zog sie von den Rotmasken fort. Die stürmten durch die Lücke im Kreis, rannten, manche sprangen ins Wasser, andere flohen über den Steg. Calvina wand sich in Hindriks Armen, und Karen eilte an seine Seite. Zu zweit bekamen sie die Schattenvampirin in den Griff.

Alisa konnte den Blick nicht von ihr abwenden und nicht in den Jubel der anderen einstimmen. Der Sieg schmeckte bitter, wenn sie an Nicu dachte.

»He, hier ist noch einer!«, hörte sie Leo. Da stand tatsächlich noch eine Rotmaske, starrte genau wie sie zu Calvina, Bogen und Pfeil gesenkt. Vorsichtig ging sie ein paar Schritte auf ihn zu.

»Willst du deinen Freunden nicht folgen?«

»Das sind nicht meine Freunde.« Er zog sich das rote Tuch vom Gesicht.

»Nicu.« Ihre Stimme klang rau. In einer fließenden Bewegung legte er den Pfeil an und zielte mit dessen silberner Spitze auf sie. Leo spannte sich zu einem Sprung an. *Nicht – er wird mir nichts tun.*

Die Pfeilspitze zitterte. »Ihr habt niemanden getötet. Nicht mal verletzt. Ich dachte, alle Vampire sind Monster.«

»Nur in Gruselgeschichten.«

Nicu schaute von ihr zu seiner Mutter. Calvina erwiderte seinen Blick, doch man merkte ihr an, dass sie ihn nicht erkannte. Mit noch immer zitternden Händen ließ Nicu Pfeil und Bogen fallen. »Sie ist jetzt eine von euch. Gebt gut auf sie acht.« Er sah Alisa nicht noch einmal an, rannte über das Deck.

Es tut mir so leid, schickte sie ihm in Gedanken hinterher. Er drehte sich nicht um, lief weiter über den Steg und weiter.

»Wer war das?«, fragte Calvina verwirrt.

»Bringt sie nach unten«, sagte Leo und kam zu Alisa

herüber. »Holen wir die Ehrwürdigen an Bord und verschwinden von hier, bevor Graf Dracula auf den Gedanken kommt, sich doch noch persönlich blicken zu lassen.«

In der schwindenden Nacht glitten sie aufs Meer hinaus. Alisa blickte auf die kleiner werdende Küste. So viel war geschehen, seit sie aus Hamburg hatte flüchten müssen. Und jetzt segelte sie wieder einer ungewissen Zukunft entgegen. Die Rotmasken hatten sie besiegt, aber Dracula war immer noch irgendwo dort draußen, wollte immer noch die Rubine, um mit ihnen das Tor zum Totenreich zu öffnen. Alisa schauderte.

Trübe Gedanken? Leo trat an ihre Seite. »Tut mir leid. Das mit Nicu.«

»Er hatte nur noch seine Mutter, und jetzt – es ist grausam, dass er sie so verliert.«

»Und dich verliert.« Leo schob seine Hand auf der Reling nah an ihre, bis sie sich gerade so berührten. Schweigend beobachteten sie die Küste, die nur noch ein schmaler Streifen war. »Aber dein Plan ist aufgegangen«, sagte Leo leise. »Du hast uns alle gerettet. Ohne einen Tropfen Blut zu vergießen.«

»*Unser* Plan.« Sie hakte den kleinen Finger um seinen.

Leo schüttelte den Kopf. »Nimm einfach hin, dass du etwas Großartiges getan hast. Du hast alle davon überzeugt, dass wir zusammengehören, egal, von welchem Clan wir sind. Ist dir eigentlich klar …?« Er zuckte mit den Schultern und schwieg.

Und wir?

Er hob die Augenbrauen und sah sie fragend an.

Gehören wir auch zusammen?

Wenn du das willst …?

Sie drehte der Küste den Rücken zu und legte die Arme um ihn. *Nimmst du das als Antwort?*

Wie wäre es damit? Er küsste sie auf den Mund. Seine Lippen waren weich, und ihr Herz schlug zwischen ihnen, und sie wollte nirgendwo anders sein.

Autorin

Maike Stein ist Jahrgang 1969 und lebt seit frühester Kindheit in Berlin. Hier hat sie eine Lesebühne mitgegründet und sich nach diversen Jobs in ihren Ausbildungsberufen (Clown, Betriebswirtin, Fremdsprachenkorrespondentin) fürs Schreiben entschieden. Neben dem Schreiben von Romanen und Kurzgeschichten übersetzt sie Bücher vom Englischen ins Deutsche.

Autorin der ursprünglichen Buchreihe, die dem Film zugrunde liegt

Ulrike Schweikert, Jahrgang 1966, beherrscht sowohl das historische als auch das fantastische Genre meisterhaft. Ihre historischen Romane für Erwachsene sind Bestseller und ihr »Drachenkrone«-Zyklus ist ein Fantasy-Muss. Die »Erben der Nacht«, ihre erste Fantasy-Saga für Jugendliche, wurde auf Anhieb ein großer Erfolg. Jetzt kommt sie ins Fernsehen. Das Drehbuch zur TV-Serie stammt von Maria von Heland und Diederik van Rooijen.

Mehr über cbj auf Instagram unter @hey_reader

Maike Stein; Ulrike Schweikert

Die Erben der Nacht – Kampf um Licht und Schatten

erscheint im Dezember 2020

ca. 400 Seiten, ISBN 978-3-570-31401-2

Das Buch zur 2. Staffel des TV-Serienhighlights »Erben der Nacht«

Nach dem Kampf gegen die Rotmasken nehmen die Erben mit den Clanführern Kurs auf Norwegen, die Heimat der Dracas. Doch während die Erben Seite an Seite stehen, schließt Ragnar, der Bruder von Baron Magnus, einen Pakt mit Dracula und entführt Leo nach Russland. Um Leo zu retten, verbündet Alisa sich mit dem Vampirjäger Van Helsing. Sie muss entscheiden, was ihr wichtiger ist: Leo – oder ihre Mission, Dracula davon abzuhalten, die gesamte Menschheit in willenlose Schattenvampire zu verwandeln.

cbt

www.cbj-verlag.de